祝賀張建全先生
散文集《香江望雲》出版發行

香江的雲，
承載這座城的記憶。
翻開這本書，
香港的市井百態躍然紙上。

2025 年 6 月 16 日
於香港

張建全——著

香江望雲

南粵出版社

目錄

輯二　香江望雲

輯三　域外觀感

輯四　史海拾貝

序

散文的天空無比燦爛

紅 孩[1]

國慶假期，很多人都到各地旅遊打卡，我則坐在家裏讀散文。很多朋友說，你幾十年如一日地寫散文、編散文、寫評論，如今又大張旗鼓地做有關散文的公眾號、視頻、直播，簡直著了散文的魔。我聽罷一笑，說，人這一生總得有一兩件愛好，最好能讓人著魔，不然，整日閒得無聊，一天天的日子可怎麼打發呢？

我喜歡散文，寫了幾十年，到了最近幾年，似乎才悟出了點門道。我不止一次說，寫散文如同參禪，不管你多麼勤奮，多麼有耐力，最終你得有瞬間永恒的覺悟，即所謂的一念。不然，你所有的努力都將無果而終。我這麼說，並不是給許多有志於散文寫作的朋友潑冷水，說泄氣的話，藝術的規律本就是如此。那麼，有人就會問，什麼樣的果才是散文的正念？我想說的是，一切果皆是果，怎樣寫好散文，什麼樣的散文是好散文，那就要看你的慧根了。我知道，所有的答案都並非答案本身。

---

[1] 中國散文學會常務副會長，著名作家、散文理論家

生活即宇宙，宇宙是這世界最大的道場。文學也是個道場，散文是文學這個道場中的一個賽道，如果把散文也看做道場，倒也不妨。在散文這個道場裏，修行的人很多，古代得道者很多，諸如韓愈、柳宗元、王安石、蘇東坡等八大家。其實更寬泛點說，孔子、孟子、老子、莊子等先秦諸子百家，以及後來的司馬遷、諸葛亮、李密、王勃等人又何嘗不是文章大家呢！至於近現代，毛澤東、魯迅、胡適、郭沫若、瞿秋白、茅盾、朱自清、冰心、老舍、孫犁、秦牧、楊朔、劉白羽、魏巍等，總該有上百人可以列舉吧。我之所以這麼縱向描述，無非是想說，我們的漢語言文學在散文這個道場裏，有著無數的先行者，他們以不同的經典作品，對散文這個文體做了最好的闡釋。我們沒有理由，也沒有統一標準，對他們的作品作高低優劣之分。我只能說，在我們這個國度，散文的天空無比燦爛。

在八十年代，我上初中的時候，第一次知道了「散文」這個詞。從那時，我在心中把散文家當成神明一樣供奉，他們的名字依次是魯迅、冰心、朱自清、茅盾、碧野，我銘記的散文有《紀念劉和珍君》、《藤野先生》、《櫻花讚》、《背影》、《荷塘月色》、《白楊禮讚》、《天山景物記》等。當老師講到「散文貴在形散神不散」時，我是懵懂的，直接的理解就是寫散文不能跑題，要有中心思想。誰能想到，在幾十年之後，我不但寫散文，還編輯散文、研究散文，為散文組織了大大小小的採風、評獎、研討、出書等事宜。尤其令我自己都感到驚訝的是，在二十年前，我見到了「散文貴在形散神不散」的首倡者肖雲儒先生。1963 年，肖先生寫了這篇文章，當時他還只是個在校的大學生。如今我們成了忘年交，他還專門撰文對我提出的「散文的確定性與非確定性」表示了高度認可。另一件讓我感到驚訝的事情，是在與今年新結識的文友張建全先生的一次聚會上，他詳細給我講了他到日本仙台醫學專門學校尋訪魯迅足跡的經歷，以及所考證的有關藤野先生的軼事，讓我對魯迅先生的《藤野先生》不僅做到了知其然，而且還做到了知其所以然。

張建全六十年代初出生在陝西西安市高陵縣白蟒塬下十里村，十八歲參軍入伍，輾轉於湖南、北京、河南，六年後轉業落到西安。上世紀八十年代，改革開放的大潮激勵了無數年輕人的創業夢想，偶然的一次廣州之行，使張建全的命運轉折到改革開放的潮頭深圳。在那裏，他親眼目睹了國貿大廈是如何拔地而起，令整個中國「當驚世界殊」的。我沒有張建全的港深經歷，但他置身於香港、深圳的高樓大廈之間，忽然想到把香港與遠在幾千公里外的陝西老家那個叫做十里村的村莊進行比較，這大大超乎我的預料。張建全在其散文《香港高樓說》中寫道，在關中老家，蓋房對於一個農家是頭等大事，不僅關乎生存需要，更關乎個人和家族的面子。我想，這深圳國貿大廈的建設就關乎中國改革開放的形象，它同時也代表一種面子，很大很大的面子，不過這個面子我們中國必須要有！多年以後，張建全舉家從深圳來到北京，他所選的住所就在北京國貿大廈附近，這是機緣巧合，還是內心的歸屬，張建全內心自然明白。

我結識張建全，不是因為他是個成功的企業家，或者是某明星演員的家屬，完全是由於他熱愛寫作，對文學有著執著與虔誠。張建全的文學夢，我認為在他的老家渭河北岸白蟒塬下就開始了。在陝西關中地區，有著很多大大小小的「塬」，如我們都知道的陳忠實筆下的白鹿塬，還有神禾塬、少陵塬。何為「塬」，就是由南部秦嶺山地向北部平原伸展過程中形成的遼闊渾厚的土台子。站在塬上，你會自然想到「原野」這個令人充滿想像的詞，你也可以向遙遠的對面山坡坡吼上幾聲秦腔。

張建全的文學之花開在深圳。當他的小說處女作《阿美娜》發表在深圳《特區文學》引起關注甚至引發爭議之時，他覺得他可以吃文學這碗飯了。然而，意想不到的是，當他拿著稿費請當地文友吃飯時，才發現那稿費不夠一頓飯錢，這讓他感到尷尬、窘迫甚至是恥辱。也就在那一刻，他決定暫時放棄文學，去經商、去下海。我相信，在九十年代初，特別是小平南巡講話之後，中國不知有多少人像張建全那樣棄文棄政棄國企，投身到市場經濟的浪潮中。從張建全後來的諸多小說、散文、紀實文學中，我雖然不能了解他的全部經歷，但卻可以窺一斑而知全豹。

文學是能讓人著魔中毒的。張建全不論身處中國的深圳、香港、澳門、海南、湛江，抑或是到了法國、德國、美國、日本，他始終保持對生活的敏感，不忘對生活的觀察、細節的發現，即便是當時沒有寫出作品，也會在筆記本上留下關鍵的詞語。我說過，文學就是我的經歷，一個寫作者的經歷就是他的寫作財富。比起普通的人，張建全無疑見多識廣，但他也時刻告誡自己：一個人的眼睛再大，也不會直接看到自己後腦勺處的頭髮；身處城市中心，也會忽視周邊的磚石瓦片、樹木花草。我注意到，張建全在生活中，確實有著基建工程兵的那種勇氣和耐力，這種性格也必然會成就他的事業。譬如他第一次當經理，談成的第一筆買賣就險些擱淺在湛江，賠本不說，臉都不知往哪放，那可是自己的第一次單飛啊！於是，他硬著頭皮去找只有一面之緣的老兵局長，居然把一盤死棋給下活了。再譬如，他為了方便在香港的生活，百折不撓地學開右舵汽車；到世界各地「自駕遊」，語言不通，他完全通過手機去實現自己的一切。看到這些經歷，我不由發出感嘆：他活成了高倉健！

我和張建全都屬六十年代人，他比我長幾歲。我們都從農村走出來，進入城市。讀張建全的散文作品，我常為他涉獵的廣泛感到驚奇，如音樂、電影、歷史、文學、人文、經濟，讓人看後不免產生多重的獲得感，正如我所提出的判斷一篇好散文的標準：「獲得多少知識（信息）的含量，情感的含量，文化思考的含量和藝術審美的含量」，顯然，張建全的散文大體都做到了，有許多地方還讓我產生了強烈的共鳴。他寫故鄉的高陵塔，寫到那塔本是唐塔，其地位不可小覷，只因它生在西安的北郊外，就不像西安城裏的大雁塔、小雁塔那麼頗負盛名，就使我想到小時候家門前的無名小河，想到了我們許多的無名小人物，想到了修長城開鑿大運河的那些千百萬的勞動人民。還有，張建全多次去故宮，每次去都有不一樣的感受。在故宮角樓的咖啡館，在走出神武門的瞬間，他會覺得做今天的老百姓好，故宮是可以隨便出入的，不像古代的文官武將王公貴族，出入要等待皇帝的詔書。

這些年，關於散文我多有論述，張建全是個有心人，他把我的散文理論一一找來細讀，有了心得體會，他還要在書上劃線寫感想，甚至還把某些共鳴的理論書寫成幅，如「散文是說我的世界，小說是我說的世界」、「散文的寫作是從我到我們的過程」、「散文的確定性與非確定性」、「莊嚴國土 覺悟人生」等，既讓我感動，也讓我在茫茫人海中遇到了知音。看了張建全的一些作品，逐漸對他有了全面深刻的認識。我想對他說，散文寫作沒有固定模式，任何的模式都可以嘗試，只要它適合自己的語言節奏，足以表達自己的思想感情。國慶前，他把散文集書稿《香江望雲》發給我，希望我能為其寫序，我則欣然受命，樂此不疲，原因是我歷來認為一個人的經歷越複雜，其情感思想也就越豐富，直覺告訴我，張建全的散文一定會有看頭。誠然，這本散文集的書名叫《香江望雲》，內容肯定與香港相關，但也不都如此。如果把香江看作祖國陸地的南端，那麼往北看，則是整個中國，香江以外呢，當然是整個世界。也許，讀者在看本書時，是按作者編輯的四輯來看的，但我卻把整本書看作一篇散文，我覺得散文寫作不必過於拘泥，只要風箏不斷線，內容是可以上下左右紛飛的。在寫這篇文章時，北京人民藝術劇院於國慶黃金檔上演了曹禺先生的經典話劇《原野》，主演是張建全的女兒張可盈。在觀看演出時，我就想，張建全從小生活在渭河北岸的白蟒塬下，而今日，他的女兒又主演了《原野》，這冥冥之中是一種偶然，還是一種必然呢？或許，從周恩來年輕時在日本留學期間所作的詩篇《雨中嵐山》中可以找到答案：「人間的萬象真理，愈求愈模糊。模糊中偶然見到一點光明，真愈覺姣妍。」謹以此為序吧。

2024 年 10 月 8 日

北京西壩河

自序

嶺南也，大灣區也！

嶺南，是中國南方五嶺以南地區的概稱，以五嶺為界，與內陸相隔。五嶺由越城嶺、都龐嶺、萌渚嶺、騎田嶺、大庾嶺五座山組成，大體分佈在廣西東部至廣東東部和湖南、江西四省邊界處。歷史上大致包括廣東（含海南、香港、澳門）、廣西和湖南省東部、福建省西南部的部分地區。

「嶺南」是一個歷史概念，各朝代的行政建制不同，嶺南建制的劃分和稱謂也有很大變化。現在提及「嶺南」一詞，特指廣東、廣西、海南、香港、澳門，亦即是當今華南區域範圍。這一區域，如今有一個響當當的新名：粵港澳大灣區。

今人讀這段文字，會產生一個簡單而直接的印象：「噢！嶺南，大灣區，那可是一個好地方呀！」但要是上溯到宋朝、唐朝呢？我想那時的人可能會說：「噢！嶺南，那可是個不毛之地，是朝廷流放罪臣的去處！」那時，中原王朝想在物質生活和氣候條件方面，給罪臣們吃一些苦頭，亦想讓他們與首都的官場離得遠一些，以免他們再生事端，於是，歷歷數朝，便把嶺南視為貶謫官員之地。

李德裕（787-850）與其父李吉甫均為晚唐名相，經歷唐憲宗、穆宗、敬宗、文宗四朝，曾兩度為相，在位七年有餘，後因黨爭傾軋，被排擠出京，謫居海南。《登崖州城》一詩，便是李德裕在海南所作：

獨上高樓望帝京，鳥飛猶是半年程。
青山似欲留人住，百匝千遭繞郡城。

顯然，李德裕哀嘆海南距離首都長安和東都洛陽太過遙遠了，以至於「鳥飛猶是半年程」。他心情鬱悶，亦有遠離朝廷中樞，徒有報國忠君之心的悲憤之情。王讜在《唐語林》中有言：「李衛公在珠崖郡，北亭謂之望闕亭。公每登臨，未嘗不北睇悲哽。」

相比之下，宋代的蘇東坡在貶謫廣東惠州、海南儋州時，卻秉持了他一貫的樂觀主義人生態度。謫居惠州時，他有詩《惠州一絕》：

羅浮山下四時春，盧橘楊梅次第新。
日啖荔枝三百顆，不辭長作嶺南人。

再貶謫海南時，他又寫《椰子冠》一詩：

天教日飲欲全絲，美酒生林不待儀。
自漉疏巾邀醉客，更將空殼付冠師。
規模簡古人爭看，簪導輕安髮不知。
更著短簷高屋帽，東坡何事不違時。

蘇東坡詩文名篇太多了，但我覺得他寫於兩個謫居地的「水果詩」，最貼合他當時的心態，最能夠反襯出他身處逆境依然樂觀的性格特點。

他吃了荔枝，便笑吟「不辭長作嶺南人」，他把蠻荒之地看作盛產佳果之風水寶地；他吃了椰子，便「更著短簷高屋帽，東坡何事不違時」，以此自嘲自己乃「違時」之人。但東坡先生實在是掌握了命運的反轉大師，他總能在「違時」的命運面前，修得「順勢」或者「造勢」之功，最後終於高登人生境界之峰頂，成為神一般的存在。

顯然，如果撇開別的不談，蘇東坡看待嶺南要好過李德裕。李德裕在海南抑鬱而終，蘇東坡卻在人生歸去之前，迎來光明的晚霞。

公元 1100 年，宋哲宗病逝，宋徽宗繼位。他大赦天下，蘇軾由此得以離瓊北返。他原本以為自己會步李德裕後塵而老死海南的，未料想他的人生竟還有最後一次轉折。於是在他乘船過海途中，作《六月二十日夜渡海》詩。這首七律最末兩句：「九死南荒吾不恨，茲遊奇絕冠平生」。顯而易見，亦如「不辭長作嶺南人」一樣，蘇軾對於「九死南荒」，既有「不恨」之曠達，又有「茲遊奇絕」之欣然。

當然，這些文字皆事關嶺南舊事。時間來到上世紀八十年代，此嶺南已非彼嶺南了。作為一個關中少年，我的命運竟然神使鬼差地發生了改變——有幸擁抱嶺南、成為嶺南人。

我出生在陝西關中，具體地說，是在西安市以北的高陵縣（現已撤縣設區）十里村。我十八歲時當兵，先湖南，後北京，再河南，復又北京。六年軍旅生活屆滿後，我以部隊幹部的身份，從北京轉業到航天部陝西管理局下屬企業機關任職。一年後，我以未婚之身，又從西安調入嶺南之熱點新城深圳工作，時年二十五歲。

在深圳，我趕上了中國頒發的第一代居民身份證，且獲得了自己一生不變的身份證號「44030119……」。顯然，只有戶籍在廣東的人，才能獲得這個身份證號碼。這個戶籍，強化了我這個陝籍廣東人的身份認同。

那時的嶺南，是中國改革開放的前沿陣地，而深圳更像是一艘名為「經濟特區」的巨輪，正在揚帆遠航。嶺南大地處處春潮湧動。

我在嶺南開啟了人生最重要的篇章，十五年後，我帶著在嶺南大城深圳完成的人生成果 —— 成家、立業，又遷居北京。2015 年，由於女兒考入香港演藝學院，我以陪讀家長的身份長期租住在香港，而後又受香港特區「優才」政策惠顧，取得了香港居民身份證（非永居）。於是，我在進入退休之齡時，開啟了今京港、明港京的自由往返的候鳥式生活。

也許是因為一生搬家頻繁之故，我在華夏東西南北的故地多到難以排序的地步。我已不能簡單地回答自己是哪裏人的問題。如果非要回答，我願意說：「我是中國人，中國無處不是吾之故鄉矣！」

我自認自己得益於好時代，我在嶺南的日子比李德裕、蘇東坡要好上千百倍。但他們是天之驕子，他們謫居嶺南便有詩文傳世。我雖不才，但既在嶺南，無論是長居或者短旅，亦帶著一雙好奇的眼睛，在不甘於「享受嶺南而無讚歌」的心態驅駛下，寫了這麼一組文章。結集時一看，我才發現這些文字要麼是帶著香港元素或者是以香港為主題寫就的篇章，要麼是立足於香港看天下、談天下的習作。當擁有金字招牌的香港三聯書店決定為這些文字出書時，我除了高興、感激之外，趕緊搜腸刮肚地取了一個書名：《香江望雲》。對照書中所收文章的內容，好像還算貼切。

散文是寫「我」的，於是，本書便貫穿著我的人生經歷：「種過地，當過兵，經過商」。看看，僅僅九個字，就勾勒出我的大半個人生。但「九字」經歷中所遇到的人、面對的事、產生的喜樂與悲苦，感受的成功與失敗，遇到的忠誠與背叛，引發的醒悟與疑惑，卻是再多的文字也難以寫盡的。

本書文章對應的正是我的人生腳步與心路歷程。當然，閱讀之缺乏，思想之不足必定在我的文字中紛紛露頭。好在我抱著求教的心態，認為敢於露短，才能知短、補短，也才能進步。

本書分為四輯：

第一輯：風起嶺南。此「風」乃中國改革開放之春風。有了這一陣激盪不息的春風，中國才開啟了「春天的故事」的歷史新篇章。

我十分喜歡台灣出品的電視連續劇《八月桂花香》的主題曲《塵緣》，歌詞中有一句：「漫漫長路，起伏不能由我……」它揭示了個人命運與時代、與社會的關係與真相。

當我走出關中農村時，印象中嶺南亦即廣東、香港和澳門，還是和《西遊記》中孫悟空的花果山一樣，既遙不可及，又充滿幻想。雖然說命運「起伏不能由我」，但命運卻待我不薄，它讓我有幸成為一名深圳的國企幹部，且讓我有機會到海南房地產開發公司當「一把手」。而我們公司又與香港、澳門有著廣泛的業務聯繫。我的生活也隨著工作轉移，不斷地擴大活動範圍和社交層次……幾十年過去，我猛一回頭，竟然發現自己具有為期不短的深圳居住史；更沒有預料到的是，我有幸深度地體驗香港的社會生活。

「風起嶺南」這組文章，寫的就是我這樣的人生經歷和與之呼應的人生感悟。而我是我同時代人中的一分子，我相信我的生活記錄具有「社會標本」的作用，想必會引起我的同齡人的一些共鳴。

第二輯：香江望雲。我們每一個人的日常生活大約分屬物質和精神兩個範疇。我在體驗香港生活的衣食住行的同時，好像對於發生在香港的人文故事更感興趣。「香江望雲」是因為香港有太多風雲故事，它們給我的印象太過深刻，且在我自認為有了一定的人生感悟的今天，總有「回頭再看」的衝動，也有用筆書寫的願望。當然，這些大到國家政治，小到夫妻糾紛的故事，不同的人都有不同的看法。我在這裏說的，盡是個人淺見。

第三輯：域外觀感。在我的理解中，我們「60 後」這一代人，是在新中國恢復「高考」制度之前完成中學教育的，我們的「思想解放」與全國人民一樣，發端於「實踐是檢驗真理的唯一標準」大討論。中國由此開啟的改革開放的偉大事業，令我們在思想覺悟與工作實踐上實現了「三級跳」式進步：從沿海經濟特區，到港澳台，到世界……熟悉那一段歷史的人，知道從「閉關鎖國」到「全面開放」，對中國富起來、強起來的偉大意義。

於是，我們出國考察，我們放眼世界，我們用「摸著石頭過河」的改革精神做自己的工作，交世界的朋友，也看東西方的文明和五湖四海的風景。在這個過程中，我留下了「域外觀感」的文字，權且算是我的旅遊報告吧。

第四輯：史海拾貝。我以為，每個人都有自己的歷史觀。對歷史事件和歷史人物，或多或少，或深或淺，都能發表些自己的看法，只是要使這些看法成文發表，對於作者來講，便如同開卷考試一樣。

「史海拾貝」就是我的一張張有關歷史的答卷，我本來缺少辨證唯物主義認識論的理論支持，沒有把文章示人的信心。但好在這些都不是史學著作，我只是用文學的眼睛看歷史，用個人化的感覺談古論今，即便偏頗，即便淺陋，那也是我的一點學習心得，用以拋磚引玉倒也未嘗不可。

此書出版，首先要感謝香港三聯的總編輯于克凌先生和參與編校的朋友們！

輯一　嶺南風起

回望羊城

在關中平原、渭河北岸、白蟒塬下的小村子裏，露天電影場正在放映黑白電影《羊城暗哨》。我那時整天在山坡放羊，對羊的熟悉程度超過了人，情感也親近過人。於是，我把電影名字中「城」字的土字邊給看丢了，把電影記成了《羊成暗哨》。

少年牧羊人在看發生在城市中的電影故事時，缺乏相關知識輔助，只知其皮毛。雖然知道電影故事並不是「哪只羊成為暗藏的哨兵」，但能記住的也只是帥氣的公安幹警馮哲和嫵媚妖冶的女特務葉琳琅等幾個角色而已。直至上了中學，地理老師講起廣州的歷史，方知嶺南大省的省會廣州有一個吉祥的別稱：羊城。

1984 年末，我以 00361 部隊轉業安置幹部的身份，護送殘疾軍人到湛江徐聞縣。在完成公務後，我趕到廣州，計劃買火車票返回西安過年。不料當時正值春運期間，買不到車票。沒有想到，我是以這樣的方式，接觸少年時在露天電影場就開始羨慕和嚮往的羊城。

既然不得不待在廣州，我也就欣然開啟了廣州數日遊的計劃，於是中山紀念堂、白雲山、越秀公園、陳家祠、黃埔軍校舊址等，都留下了我好奇的目光。到了年三十，我不想在廣州孤身過年，決定以軍人公務介紹信代替前往深圳的特區通行證，登上了繼續南下的火車。

按照當年深圳特區「二線關」的管理規定，內地省市（含廣東）人員前往深圳、珠海特區，須在戶口所在地公安機關辦理上述通行證方可進入。誰知在廣深列車上，查驗證件的乘警是一位與我年齡相當的退伍兵，他接過我手上的介紹信看了一眼，然後問我是哪支部隊的、去深圳幹什麼？我說我是基建工程兵，去找戰友過年。他聽了，立即把介紹信交還我，還笑著對我敬禮道：「過年好，班長！」

我就這樣進入深圳，住進了位於深圳紅嶺路附近的邊防部隊六支隊招待所。

由於我前往湛江路過桂林時，偶遇了當時熱映的電影《高山下的花環》中靳開來的扮演者何偉（金雞百花電影節雙料最佳男配角獎獲得者），於是我寫了一篇通訊稿件《英雄是戰士們塑造的》。招待所裏有《深圳特區報》，我見報社地址離我很近，就想親自送稿件到報社。在紅嶺路與深南大道十字口（現荔枝公園鄧小平畫像處），巧遇我在當文書時所在的00362部隊十五連戰友鄭開金，他又高興地帶我到住在附近的連隊指導員李國棟家。

我是因部隊工作調動而與十五連戰友分開的，他們後來被劃撥到別的部隊，兩萬人集體轉業安家到了深圳。此時，指導員已擔任深圳市物業發展集團公司人事部主任，正在為公司擴大隊伍而招兵買馬。

我在深圳期間，目睹了熱火朝天的特區建設景象，聯想到西安古城當時的「四平八穩」，當即就向李主任表示：「我想調來深圳工作！」

「歡迎文書回隊！」我的老領導沒有任何猶豫地接受了我的請求。在他眼裏，我本就屬深圳，屬十五連的一分子，我只是因為工作的關係，拐過一個彎，類似外出學習了一段時間而已。

春節後，我從深圳返回廣州，再由廣州返回西安。又過了兩個月，我在完成轉業手續後，很快就手持調令，折回廣州，前往深圳，且成為深圳物業集團公司總經理辦公室秘書，成為一名深圳的未婚青年。

值得慶幸和驕傲的是，物業集團是當時被譽為「華夏第一樓」的深圳國際貿易中心大廈的建設單位。當時大廈的施工速度奇快，因「三天建設一層樓」而創造了聞名中外的「深圳速度」。這座極具深圳特區象徵意義的大廈，是自 1949 年新中國成立之後，第一座由我國自行設計、自行施工、自行管理的超高層大廈。

大廈竣工前夕，馬成禮總經理交代我寫一份致時任中共中央總書記胡耀邦的申請報告。報告的內容是呈請總書記為國貿大廈題詞，理由是國貿大廈是深圳改革開放的象徵，是特區建設成功的標誌，總書記的題詞將進一步彰顯我國改革開放的路線不動搖。成文後我即呈時任深圳市委書記李灝同志，後由他轉遞中共中央辦公廳。不久，我們就收到了胡耀邦總書記的題詞：「深圳國際貿易中心」。

1988 年春，受集團公司委派，我前往海南海口籌建物業集團下屬企業 —— 海南新達開發總公司，並先任貿易部經理，兩年後升任總經理。

在深圳機場通航之前，我往來深圳與海口時，廣州是必經之地。首選的路線當然是經白雲機場，當「空中飛人」。但遇到惡劣天氣而沒有航班時，就不得不從深圳乘火車到廣州天河站下車，再轉乘大巴前往湛江、海安，然後在海安碼頭乘船越過瓊州海峽，最後抵達海口。

有一次，我在天河站等大巴期間，就近到路邊餐館午餐，本想吃一碟「乾炒牛河」就罷了，可老闆娘一再推薦他們的燒鵝，價格與一碟河粉相當。誰知那燒鵝可能變質了，飯後不久，我坐上大巴，當車即將駛出廣州城時，我的肚子開始劇烈疼痛，而且頭冒冷汗，渾身的難受難以形容。大巴司機心好，馬上在路邊停下車，幫我攔了的士，讓的士司機就近送我到廣州陸軍總醫院。

我不記得過了多長時間，的士司機送我到急診室，等醫生開了藥、護士為我掛上吊瓶後，他才轉身離開。我有氣無力地說要付他車費，他也連連喊著「免了，免了」。幾個小時後，護士給我掛完兩大瓶藥水，我才恢復正常。由於當時醫院病床緊張，這位護士又幫我提著行李，送我到醫院對面的東方賓館，辦好登記，看著我吃了藥，才與我道別。

那時人們還沒有手機，事後也我不好意思登門道謝，但這次突發急病的經歷是令我難忘的。那位女護士、的士司機、大巴司機成為我心中廣州人的代表，他們幫我渡過一時的難關，又至今溫暖著我。

作為新達公司貿易部經理，我所做的第一筆生意，竟然發生在湛江。

當時，我代表公司親赴山東青島，採購了兩車皮青島啤酒運抵湛江，原計劃是運到海口銷售的，不料海口的青島啤酒價格已經下滑，如果按原計劃進行，不僅無利可圖，反而還要倒貼運費。我急忙從海口趕到湛江的時候，心裏有說不出的苦澀滋味，因為這筆業務是我親自經辦的，是我擔任貿易部經理的第一筆業務，一旦做砸了，無論虧損多少，都會被我的頂頭上司抓住辮子，從而動搖我貿易部經理的位子。

我本著死馬當作活馬醫的態度找到了當時粵西農墾局的張德錚局長。在幾個月前的一次貿易洽談會上，我與他有過一面之緣。那天他在辦公室看文件，他的秘書帶我敲門走進去時，他猛一抬頭見我，開始還未認出我來。我不無惶恐地提醒說：「八月份，濱海酒店那個活動上，姓張。」

「噢，想起來了，張幹事！」他放下文件，摘掉花鏡，過來與我熱情握手，一句「張幹事」已令我踏實下來。他之所以改稱我為張幹事，原因是那次見面時聊了各自在部隊的生活，他在知道我當過部隊的新聞幹事之後，就改用部隊的稱呼了。

「怎麼樣？有事找我？」他示意我坐在一旁的沙發上。我驀然覺得，眼前這位五十多歲，身材健壯，充滿活力的局長真有點像我在部隊時的首長了。我說明情況以後，張局長沉吟片刻，少頃便爽朗地笑了：「張幹事，你真是來得早不如來得巧，我們正在給農墾職工籌備過節用品，你把名牌啤酒送到我們農墾局的門口了，我哪有不要之理？」

我頓時心花怒放起來，有點兒不相信好事竟能從天而降。

「不過，我可不會讓你賺大錢，讓你有利可圖就是了。」張局長又補充說。我心裏想，都到這會兒了，我哪兒還敢想賺多賺少的問題呢？我只要卸了包袱，就謝天謝地了。

張局長隨即讓秘書找來後勤處長，交代完簽約、提貨、結算等事宜以後，就趕去參加一個會議。我忙活一陣後，便順利從他們財務處拿到了貨款支票。事後經過核算，我從啤酒生意中獲得了數萬元利潤，但這卻增加了我當好貿易部經理的資本，更重要的是，我由此獲得了頂頭上司對我履職能力的認可。雖然湛江是廣東省轄的地級市，但我從感情上無法把它與省會城市廣州分割開來，張德錚局長也成為我記憶中的「廣州好人」之一。

在這以後，我在貿易工作中仍有不俗業績，也因此被晉升為公司總經理，成為那時「局級」國企中的「處級」領導。我的父母聽人家說「處級就是縣長級」，還真以為他們的兒子當了「大官」。

1992 年的一天，我回深圳參加集團公司的一個經理人學習班，正巧遇到鄧小平同志視察深圳，且登上了國際貿易中心頂樓的旋轉餐廳。他老人家正是在這個餐廳，發表了在中國歷史上影響深遠的「南方談話」。

作為一個曾經的關中少年，我有幸在中國改革開放的前沿地域，與嶺南大地的父老鄉親們，同唱「春天的故事」，當昔日的廣東省惠陽地區寶安縣變成今天「北上廣深」之深圳時，我感到了國家命運對南中國的厚愛，亦感到了個人命運對我的厚愛。它讓我的生活與嶺南、與廣東、與深圳甚至香港緊緊地聯繫在一起。而我命運的轉折，就發生在廣州的那一次滯留。

回想我在湛江出差，當地戰友吳偉明陪我在赤坎街頭閒逛時，曾遇到一位鶴髮童顏的相命大師。他攔住我，要為我看相。我倆無聊，就讓他看了看。他說我是木命之人，命中缺水。

「那怎麼辦呢？」我問他。

「年輕人，你今後只有長居水邊之城，才能補你命相之缺哦⋯⋯」

我們不怎麼相信這些江湖術語，但我後來在深圳、海口工作，也屬「常居水邊之城」，江湖術語這時好像也成為一劑心靈的安慰藥。在頒發公民身份證時，我順理成章地領取了由「4403」開頭的身份證，在深圳成家立業、有了粵 B 車牌的私家車⋯⋯

即使我多年來堅持的文學愛好，也與廣東、與廣州有著太多因緣。當年擔任廣東省作家協會主席的陳國凱先生，曾兼任深圳《特區文學》的主編。他曾力主發表我的小說處女作《阿美娜》(責任編輯石濤)。但由於這篇小說涉及婚外情故事，在八十年代中後期算是「意識超前」。據説陳國凱主編為此受到一些非議。小說發表後不久，他就請辭了《特區文學》主編一職。我不知他的辭職是否受到我的小說牽連，但我對於陳國凱先生的關懷與支持，至今心存感激。

這篇小說後來被香港《文匯報》冠以「內地女性問題小說」之名連載，我也因此加入了廣東省作家協會。只是我因商務繁忙，幾乎荒廢了寫作，所以後來我不願徒留「作協會員」之名而申請退會了。

幾十年後，當我以描寫嶺南商務生活為主題的散文集《我的商海往事》在《海外文摘》連載時，雜誌社收到了不少評論文章。而北京出版社計劃結集出版時，又從這些評論文章中選擇了著名作家、編輯家張鴻的評論，做了散文集的序，我的散文集由此錦上添花。

當然，廣州在我的生活中留下的故事還有很多——它的美食、它的城市建設以及古老而又時尚的都市氣質、它曾在流行音樂上創造的輝煌，包括紅線女的粵劇，呂念祖首唱的《萬里長城永不倒》等粵語歌，早已成為我推崇備至的經典藝術作品，存活於我的心中。

我還讓獨生女兒就讀於香港演藝學院，且讓她學得一口流利的粵語，從而傳承我對嶺南大地的熱愛。如今，我一有機會就想去廣州，在那裏的每一次呼吸，都叫我心情舒暢。

「人生就是如此，會因為一個事件，甚至一個細節而徹底改變對一個人、一件事的看法，也徹底改變一個人。」這是我喜歡的一篇名叫《新疆老張》的散文中的一句充滿哲理的話。我覺得，這句話十分切貼地道出了我意外的「羊城滯留」對我人生的深遠影響！

沙頭角中英街

上世紀八十年代，你如果站在深圳河北岸，就可以與深圳河南岸的香港隔河相望；你如果行走在沙頭角鎮上的中英街，就可以直接到香港的店舗買東西！

早在清朝年間，中英街原是一條沙石小河。後來，因河水改道，河便乾涸，漸漸形成一條小道，當地居民取名為「鷺鷥徑」。1842 年，英國侵略軍強迫清政府簽訂了喪權辱國的《南京條約》，清政府依此約將香港島割讓給英國；1898 年 6 月 9 日，在英帝國主義的再次武力威脅之下，李鴻章又代表清政府與英國駐華公使竇納樂簽訂了《展拓香港界址專條》，依約將界限街以北，深圳河以南大片土地及附近 235 個島嶼，總面積 975.1 平方公里，即現在說的新界範圍，租給英國，期限為 99 年，到 1997 年 6 月 30 日期滿。

次年 3 月 16 日，中英兩國的勘界人員來到了沙頭角，從海邊開始沿著河道進行測量和勘界，在測量好的點位豎立界樁，寫著「大清國新安縣界」(新安縣後更名寶安縣)；界樁在沙頭角鷺鷥徑一字延伸，把沙頭角一分為二，東側為中國（華）界，西側為英（港）界，故名中英街。

新中國成立後，中國開始實行邊境管理，所有人員均須從正式口岸憑公安機關簽發的通行證進出中英街。中英街藉助改革開放的春風，在中央決定設立深圳經濟特區之後，迎來了它的黃金時期。

那時候的中國，深圳特區與相鄰的廣東其他地區設有鐵網透視牆，俗稱「二線關」界牆。到深圳的人，按規定應該在戶口所在地公安機關申請辦理「前往深圳特區邊境通行證」，並憑證經「二線關」邊防檢查後進入深圳；而要進入沙頭角中英街，無論是深圳市民還是到深圳的遊客，都可以在深圳市公安局申請辦理「前往沙頭角中英街邊境禁區通行證」，並憑證於當日一次性進出中英街。

如果以申辦兩次通行證、須經兩道檢查站的情況來看，中英街堪稱特區裏的特區。中英街的名聲和超強的吸引力，與它所在的位置和規模似乎並不相稱。

中英街位於深圳市東部鹽田區較偏僻的沙頭角街道與香港北區交界處。這條街僅長約 250 米，寬約 4 米。如果從進入中英街的方向區分左右，則街左一排店舖為深圳商家所開，右邊一排店舖為香港商家所開。持證進街的人，可以自由地在街上行走，那界碑石更像是遊人照相的背景道具，起不到限制行人越界行走的作用。如果你願意在 4 米寬的街道上走出「Z」字形曲線，則意味著你可以在深圳與香港之間實現瞬間穿梭且可在一秒鐘內打一個來回。

當然，到中英街的人，並不想單純地玩玩這種「穿梭」遊戲，更重要的是想買東西。於是，過檢查站進街的人都手提大大小小的空袋空包，過個大半天之後出街，兩手大都提著分量不輕的大包小袋，甚至肩上扛的，背上揹的，都是從中英街上採購來的可心物品。如此，中英街更像是哪個香港老闆投資開設的免稅商城。

你也許好奇，中英街都有什麼商店？客人到底能買些什麼呢？據說，在中英街上開店的人，多是當地的「坐地戶」，常常祖孫三代都是沙頭角人，只是有人拿的是香港身份證，有人拿著深圳的戶口本，一個家兩種戶籍的情況也不少見。既然人口狀況是犬牙交錯的，那麼商店權屬也便你中有我、我中有你。但由於來中英街的人，絕大多數是想買進口商品（港貨為主）的，於是中英街左右兩邊可謂「冰火兩重天」——香港一邊的商店，家家人頭攢動、生意興隆，而深圳一邊的商店，卻門可羅雀，以至於多數商店常年關門歇業。

深港兩地政府部門早已有針對性地對這裏的商店頒發了相應的許可證，有些受專營限制，如煙酒等在這裏是禁止買賣的，其他日用消費品則是琳琅滿目，應有盡有。於是，有包裝精美的西裝布料，有西洋美女百媚笑的袋裝絲襪，有香氣撲鼻的力士香皂，有款式多樣的摺疊傘，有李錦記調味品，尤其是味精，還有港式衣裙、黃金首飾、電子手錶，以及仿真的各種名錶、意大利皮衣皮鞋皮帶，洋溢著精緻生活氣息的港風雜貨等等。當然，也有不規矩的商家在普通雜貨掩飾之下，躲躲閃閃地私售萬寶路、555、劍牌香煙，還有軒尼詩XO、馬爹利等洋酒的。不怕不識貨，單怕貨比貨。八十年代的國貨，無論從質量還是包裝上說，與中英街買回來的港貨相比，就讓人不得不對進口商品豎起大拇指。儘管我們反對崇洋媚外，但作為消費者，追求物美價廉之心是沒有國界的，也不應該盲目地貼上意識形態的標籤。中英街上的商品包裝精美，用料不虛、設計時尚、質量考究。加上中英街上的東西免稅，也讓人感覺的的確確是物美價廉的。

榜樣的力量是無窮的。幾十年過去，當中國今天已然成為世界工廠之時，我想幾十年間，尤其是八十年代之後，從沙頭角中英街流向全國各地的形形色色的進口商品，有沒有成為中國輕工生產廠商學習的樣板呢？回答應該是肯定的。

當然，買賣本身就是交流、就是學習。作為曾經的深圳市民，中英街很自然地融入我和與我同代的深圳人的生活之中。我習慣在週末匯入前往沙頭角中英街的人流，這時參觀的用意為零，唯一的目的就是去購物；全國各地的朋友來深圳，我幾乎都無一例外地把中英街購物當成主要的接待項目之一。朋友離深還家，也常以在中英街買到了各種各樣的禮物而心滿意足。

在中英街往返多了，我便增加了不少之前沒有過的購物經驗。比如，在中英街店舖裏，東西最好按搭（十個為一搭）買，這樣更划算，商家可實現薄利多銷，買家可享受最低折扣；我還學會了討價還價——看中的東西不要表現在臉上，而要裝作隨便問價格；當與店方就某個商品報價砍價且接近成交時，你還可以裝作抬腳要走的樣子，然後再回頭補一句：「再打九折！不賣就算了！」商家生怕你真跑了，於是做出痛心疾首狀：「給給給，今天放血價，我只圖開賣吉祥！」當然，買家永遠沒有賣家精，你以為自己佔便宜了，但沒準在別的店看到同樣的東西，人家標價比你的成交價還低一截。你忍不住返回，找店家理論，店家卻可能指著櫃檯上的告示牌——「議價賣貨，出店不退」。我相信，中英街上的買賣糾紛，甚至激烈衝突都不鮮見。它既然是一條商街，買賣當中的便宜貴賤、喜怒哀樂想必與世界上任何地方的商街不會兩樣。

1998 年，我因遷居北京而讓深圳成為我的故地，沙頭角中英街也定格在了我記憶的相冊裏。

今天的沙頭角中英街，面貌已今非昔比了。單從城區面貌方面說，它有了步行街、環城路、海傍街、横頭街、碧海路等五條新的街道；主要建築有入口廣場、騎樓、街道轉角處建築、轉角廣場、榕樹林蔭道、回歸廣場、天后宮廣場、濱海觀景道、中英街標誌塔公園、海濱綠水長廊和中英街雕塑牆，街邊商店增加了規模，也提高了檔次，其規劃設計體現出「一街兩制」的歷史景觀和文化風情。

2023 年末的一天，我帶著故地重遊的心態，與妹妹、妹夫一同來到沙頭角中英街。這時，距我第一次來此已過去三十八年。我在想，當年不足一百萬人的深圳特區，現在已經發展成為接近兩千萬人的超大型城市，中英街在這個歷史時期會有什麼樣的變化呢？

未曾想到的是，如今進出中英街，仍要辦理《沙頭角邊境特別管理區通行證》，區別在於今天的通行證可以在自助機器上申請辦理，即用手機掃碼，關注鹽田區政府公眾號，按「預約」流程操作即可；我因年齡滿六十歲，還可以直接用身份證在機器上驗證取證；也可能是「大數據」的作用，幾秒鐘後，一張電子打印的通行證就由機器吐出：通行證上有我的個人身份信息，有照片，有二維碼。淡藍色紙質的通行證如同一張精美的名片，十分具有收藏價值。我持證從自助通道驗證而入，與當年相比，我沒有了過去那種「身份查驗」的感覺，反而像是一群人在做輕鬆的行為藝術，又像走在自己熟悉而親切的街巷。

中英街擁有同根同源的深港共生文化、中英百多年的抗爭文化和源遠流長的客家文化，各種文化交相輝映，更增加了「此處特色獨具」的街巷魅力。2012 年 6 月 8 日，中英街被文化部、國家文物局評為「中國歷史文化名街」；2004 年，中英街被評為「深圳八景」之一。無疑，中英街也是深港兩地尋古覓蹤者喜歡選擇的一個熱點去處。

一個人的眼睛再大，也不會直接看到自己後腦勺上的頭髮，一個身處城市中心的人，也往往會忽視城市邊沿處的磚石瓦片、樹木花草。但沙頭角中英街在我的記憶中卻分量不輕。它是深圳過去、現在、將來都值得書寫的傳奇之一。

（原載《散文選刊》2023 年 9 月號）

初到香港

「近水樓台先得月」，作為深圳特區市民，我們與香港以深圳河相隔，跨過那座短短的羅湖橋，就到了香港。儘管在改革開放初期的中國，「走出國門，開眼界，學西方先進技術」是大多數人所期待的夢想，但我們卻能先別人一步走進香港。

那時，我調入深圳物業發展集團公司已滿一年了。我們公司在深圳羅湖口岸不遠處開發了當年號稱「華夏第一樓」的國際貿易中心大廈。這座高達 53 層的巨型建築創造了聞名世界的「深圳速度」(即三天一層樓)。我們集團公司在 39 層和 42 層辦公。坐在辦公室的旋轉椅子上，轉身透過玻璃幕牆，目光隨之就越過邊境，看到香港新界、上水和粉嶺的高樓大廈，當然也能看見邊境線上的英軍哨所和米字旗。如果使用望遠鏡，哨所站崗的士兵臉上有幾顆青春痘也一目了然。

這是深圳與香港的距離，但那時邁步走過羅湖橋，到香港參觀、訪問、旅遊卻不是容易的事。儘管有此願望的人太多，但機會的門只對少數人開放，絕大多數人將在長年累月的等待中尋找新機會，而那些潮水般湧向內地的港人港貨及粵語影視劇、流行歌不斷地刺激著羨慕與嚮往著他們的人。我算是個幸運者。1986年春，我任職總經理辦公室秘書時，總經理馬成禮有一天突然對我說：「小張，你隨貿易部黃興紹經理到香港開開眼界去，咱們與香港人打交道多，你看看去，對將來工作有用！」

八十年代，深圳經濟特區是依託香港發展的，用鄧小平同志的話說：「中央不給錢，只給政策」，春天的故事這時已經在南中國這塊熱土上提筆開頭。商人總是趨利的，在特區政策吸引下，先香港後澳門再台灣，一大批嗅覺靈敏的外資老闆無一例外地成為深圳特區的招商對象。我所在的物業集團公司，是以房地產開發為主營業務的多元化企業。我們的每一項業務，都與香港或通過香港與其他國家與地區發生著聯繫。

我們與香港人打交道，說的更多的當然是粵語。於是，深圳各單位幾乎都喜歡就近招聘會說廣東話的員工。相比之下，會說粵語的員工比會英語的員工薪酬低，也容易招到。那時候，通過粵語，就能與香港取得廣泛聯繫，而與香港建立了聯繫，就等於與世界建立了聯繫。因為英語在香港十分普及，所以英語也是香港的官方語言之一。這樣，香港在語言、信息、貿易轉口、金融服務等多方面，都成功地擔當了中國內地與世界的「二傳手」責任，搭起了互惠通商的橋樑。

馬成禮總經理安排我去香港，實際是在實施讓公司全體員工到香港「開眼界」的計劃，只是作為他的秘書，我排位在先罷了。

我們這一批「商務考察團」共四人，由集團公司貿易部經理黃興紹擔任團長，團員除我之外，另有財務部劉會計和設備部的孫工程師。接待我們的是給我們大廈供應美國設備的香港代理商高老闆和他那位長得很像林憶蓮的女兒。

我們出發前，公司政工人事部按照外事辦的要求，組織我們學習外事紀律，明確要求我們「在港七天，任何人不得單獨行動，所有行程要由接待方制訂、安排與實施」。那時候，對於出境人員的管理，有一條高壓線，即防止有人脫隊、逾期不歸。而接待我們的高老闆，已經在與我們集團公司簽訂設備訂貨合同時，就如何接待我方考察人員、費用開支、安全責任等事宜，在合同附件上做了明確的文字約定。

「多少人為了偷渡去香港，把命都交給了伶仃洋！」

「香港到處有台灣特務，有英美特務……」

在外辦的學習材料上，這兩點是強調的核心。

我們出深圳邊防檢查和海關，走進香港入境事務關，排隊得一兩個小時，高氏父女在港鐵之東鐵線羅湖口岸站來接我們。一見面，對方先給我們一人一張「八達通」。然後乘車，先地上後地下，兩次轉車後，不到一小時就到達位於港島的信德中心酒店。這個行程，讓我們感覺像是從一個城市的北端到南端，而沒有一丁點兒千里萬里走出國門到了境外的感覺。只是香港街頭和報刊仍然用著繁體字，這才讓我們覺得香港確實與中國內地存在文化差異。那時候的香港，在內地人的心目中多是模糊的概念，是一個被英國殖民管治的城市，是一個資本主義發達的經濟區，號稱「亞洲四小龍」之一。

當我們坐火車從羅湖口岸到港島，卻發現原來港鐵像「串」字中的一豎，而要是給「串」字的兩個「口」字下再加一個「口」，則香港地域可用三個「口」代表三個區域，自北而南依次是新界、九龍、港島。

信德中心是傲立於維多利亞海港南岸中環商業中心區的商業綜合體，兩幢高高的雙子座塔樓因「紮著紅腰帶」而讓人過目難忘。它是賭王何鴻燊的產業，與同一地段其他商廈最大的區別，在於這裏還是港澳碼頭。通過雙翼噴射客船，禁賭的香港把愛賭的香港客人源源不斷地送去了澳門，而乘船赴澳的客人一上岸，何鴻燊老闆的葡京酒店已在此敞開大門恭候了。當客人一踏入酒店的大門，超乎一般人想像的超級豪華的賭場就率先映入人們眼簾。就像在浴場穿衣服太多令人不自在一樣，到了賭場不賭博，便自覺是個另類，甚至有些手足無措之感，沒準兒心裏還對入住高檔客房、享受優惠折扣而產生些許愧意。據説，這是賭場設計師與酒店管理方研究賭徒心理與行為學之後有意為之的效果。

港澳固然是兩個地區的簡稱，但在遊客或賭客眼中，港澳也是旅遊的優選站點或是功能有別的玩樂圈子。尤其是對嗜賭之人來説，他們去世界著名的賭城拉斯維加斯太遠，於是就對澳門趨之若鶩了。在此後許多年裏，有多少賭海泛舟之徒，在澳門身敗名裂。香港無線電視當紅節目主持人鍾保羅，就是在澳門欠下賭債、被「大耳窿」追債，最後跳樓自殺的。當然，這些都是後話。

信德中心國際酒店屬五星級，我們一行四人都是第一次來港，第一次入住五星級酒店。潔白的床和潔白的衛生潔具令我們大開眼界；早晨被理查德·克萊德曼的鋼琴曲叫醒，讓我們看到了詩意盎然的晨曦。

高氏父女一早趕來，指引我們到西餐廳用自助式早餐。那一個時期，上海某西餐廳被客人偷走銀質刀叉的醜聞傳得紛紛揚揚，當我們看到臨海落地玻璃窗前鋪著白色桌布的桌子上，整齊地擺著左刀右叉，另有一雙象牙白的筷子架在 K 金的筷子托架上時，心裏無不驚訝——原來五星級酒店的餐具如此高級，難怪令有的人暗生攫取之念。

我第一次見到方塊片裝的麵包和不停旋轉的麵包機，也學著在烤得有些過頭、發焦了的麵包片上塗抹黃油或不同顏色的果醬；當然，明檔後的主廚在為客人或煎著雞蛋或做著蛋捲，也讓我知道了雞蛋除了煮、炒之外的另類做法；而那一排任意取食的成品菜，也是誘人的煙肉、香腸、煎魚、雞腿、牛排⋯⋯我想不到，香港人怎麼把早餐吃得這麼隆重、複雜，不由得就心生羨慕。事後，見多識廣的馬總曾笑我看問題太片面，他說：「那是五星飯店的商業早餐，為的是賣出高價錢。香港市民的日常早餐，要麼一碗公仔麵，要麼一碗皮蛋瘦肉粥。」

我們用完早餐後，高氏父女開著麵包車，帶著我們開啟香港六日遊的行程，尖沙咀的星光大道，香火超級旺的黃大仙，有過山車和海豚表演的海洋公園，有印上港幣的中銀大廈，李嘉誠的長江實業總部大樓⋯⋯有些神秘的總督府，那時候戒備森嚴，我們只能路過。那一時期的報紙，時常報道總督衛奕信與新華社香港分社就一些政治議題爭議不休。當然，這是香港回歸前，中英兩國政治博弈的棋局。

第一次到香港，我們想看的東西當然很多，想吃的東西也很多，高氏父女換著花樣安排我們的膳食。去有名的珍寶海鮮舫吃海鮮時，黃興紹經理鬧出了笑話。

海鮮宴自然有魚蝦蟹，蝦是基圍蝦，為什麼叫這個名？我至今也不明所以。

服務員微笑著上了滿桌菜，高老闆一番熱情的話語之後就開宴了，在圓桌兩端上了兩碗茶水，也許是白天的行程太滿了，大家有些口乾舌燥，黃經理端起茶碗就咕咚咕咚喝下半碗。

「黃生，那是洗碗筷的水來的⋯⋯」高小姐伸手拉住黃興紹，在座的人替黃難為情，黃一時尷尬，臉都紅了。

高老闆不慌不忙，他反駁女兒：「衰女哦，哪有這個規定！」說完，他端起另外一個碗，也喝了兩口。「啊，小姐！」他對著旁邊站著的服務員說：「你幫我們一個人來一碗！」

「高生您說是一人一碗這個？」

「是的啦，大家口渴啦！」

那一餐飯，大家都喝過洗餐具的茶葉水，我由此見識了香港人的情商和應變之智。

也許接待工作讓高氏父女備感勞累，最後兩天，高老闆問我們想不想自由活動，黃經理說想，還說他有親戚在香港呢！於是就有查先生來接我們去他毛衣廠的經歷。

查先生老家是深圳人，當時約四十歲了，一表人才。他們廠生產的蝙蝠衫熱銷，當時瓊瑤劇中的不少女主角，也穿他們廠的衣服。在查先生辦公室的電視屏幕上，循環播放著身著蝙蝠衫的演員的演出片段……

可能查先生比高老闆年輕，他盡地主之誼時，就自由大膽了許多。吃日式料理鐵板燒，去「油麻地戲院」看禁止未成年人入內的影片。我由此知道了什麼叫「兒童不宜」電影。香港著名導演王晶的作品，捧紅了葉子楣、葉玉卿、陳寶蓮等。而「油麻地戲院」是這類影片的專業場。當中國內地還在爭議影視鏡頭該不該有接吻戲時，到香港看電影，也成為了解香港文化的窗口。

離開香港時，我們都有些不捨，感覺七天時間過得太快，一晃就沒了！即使不得不在證件有效期最後一天離港，那我們也拖到當天深夜十一二點才過關，真有點兒不想浪費合法逗留香港的一分一秒的架勢。

高氏父女送我們上車時，送我們一人一份伴手禮，包裝得十分精緻，紙質的禮品袋上印著「高氏成套設備（香港）有限公司」的隸書字體。我們在火車上，猜想禮品到底為何物：手錶？項鏈？老婆餅？巧克力？

「猜什麼猜！」黃經理說著就撕掉包裝紙，打開硬紙盒，原來是擺放得整整齊齊的一次性打火機。

「哈哈哈，我這一輩子不用買打火機了！」黃經理抽煙，他表現得蠻高興，我與另外兩個人也紛紛打開包裝，禮品完全一樣。

也許是我不抽煙之故，我為這樣的禮物感到失望。失望的原因不是禮太輕，而是沒有文化意義。假如是一個有香港風景的咖啡杯，或者是張國榮、梅艷芳的歌曲盒帶，也比用完即扔的打火機好。我表示了自己的看法，黃經理回了我一句：「你不要給我，回深圳後，我送你一把宜興的紫砂壺……」

幾十年後，我家的博古架上仍然擺著黃經理的紫砂壺，我看到那一把壺，就想到那盒打火機和第一次香港之行。

高樓不問人間事

在北上廣深四個超級大城市中，深圳市是最新的；我有幸在二十世紀八十年代中期就成為深圳人，儘管在十五年後，我遷居北京，但在我心目中，深圳一直是我的一個家鄉。如果用四個字形容現在的深圳，可能用「高樓林立」是最準確的，但如果是我初識的深圳，大概就只能用「到處工地」來形容了。

我所在的單位，那時叫深圳市物業發展總公司，即現在的深圳市物業發展（集團）股份有限公司，簡稱「物業集團」。如今站在人民南路與嘉賓路交叉路口，即背對國商大廈前望，高入雲天的國貿大廈就聳立眼前，而大廈上部正立面鋁塑板外牆上，掛著的「物業集團」四個大字熠熠生輝。

兔年末的一天上午，我從龍崗區百合盛世花園的妹妹家出發，開著妹夫的蔚來新能源轎車，獨自來到國貿大廈。這是我一個人靜悄悄的故地重遊之旅。

車停在國貿大廈正門廣場的停車場上，而我當年手持調令，從西安千里迢迢前來物業集團報到時，國貿大廈尚處在外裝修施工中，停車場的位置既是國貿大廈承建方——中建三局一公司的堆料場，又是物業集團臨時辦公區；如今的地鐵國貿站 B 出口處，當年有一幢二層簡易小樓，二樓是經理室、財務部、政工辦；一樓有工程部、材料部、行政辦及小車隊等。馬成禮總經理、譚光遠副總經理共用一間辦公室，隔壁一間是秘書室，先來的秘書是李永清，她負責公司迎來送往的接待工作；後來增加的秘書叫林春吉，他是正牌大學建築系畢業的，他承擔技術諮詢方面的工作；我是秘書「三人組」最後加入者，負責公司各類文件及黨務工作。

上世紀八九十年代，是中國偉大的改革開放事業的起步階段，深圳經濟特區承載著改革開放試驗田的歷史使命，各行各業都本著大膽創新、「摸著石頭過河」、「殺出一條血路」的精神。國貿大廈是時任深圳市領導班子確定的深圳標誌性建築，給物業集團領導下達的死命令是「只許成功、不許失敗」。那時，「房地產開發」這個概念還沒有流行，國貿大廈的用地是深圳市政府劃撥的，資金來自全國各省市外貿部門的集資款（合約規定大廈竣工後按資分房），物業集團之「物業」二字是借鑒香港公司取的，以至於許多內地朋友常常把「物業」與「物資」弄混淆了。其實，物業集團是由計劃經濟時代建設工程「籌建處」或者「指揮部」演變而來的。由公司代替籌建處或者指揮部，就是嘗試建設工程管理機體改革的產物。

那時，改革之風日漸濃烈，各級政府倡導卸包袱，即「小政府、大社會」；國有企業也在倡導打破大鍋飯，實行自負盈虧，參與市場自由競爭等。物業集團從小到大，由單一產業到多元化，再到深圳第一批股票上市且市值上百億的集團企業，説明當時深圳市領導班子對這一個「籌建處」規劃的發展路徑是正確的。

當然，任何美好的藍圖，也是要靠人去實現的。

馬成禮總經理來自深圳最強開荒牛團隊——「兩萬基建工程兵」，他在轉業前任某部參謀長，轉業後被市長點將，成為物業

集團的一把手 —— 總經理兼黨委書記。作為軍人，馬總知道打仗要有兵，而且要有精兵。他廣納賢才，首先從原部隊轉業幹部中，招調來李國棟、孫大海、查生明等一批骨幹成員。我在李國棟擔任連隊指導員時，做過連隊文書。我正是在馬總為物業集團招兵買馬時，通過李國棟指導員加入這個團隊且成為馬總身邊的秘書的。

當馬總聽到他重用部隊老部下而被認為「拉幫結派」時，他用部隊首長習慣了的霸氣口吻吼道：「不管他們說什麼！先給我把仗打贏⋯⋯」

作為常為馬總開會做記錄的「張秘書」，我知道上述傳言與事實嚴重不符。因為馬總招調的團隊中，還有來自全國的「非轉」（軍人）骨幹，如副總經理譚光遠（清華大學畢業）、總工程師黃秉泉（同濟大學畢業）等；就拿秘書三人組來說，轉業軍人也只有我一人。

事實證明，馬總確實組建了一支特別能戰鬥的企業團隊。國貿大廈原設計只有 38 層，第二次修改圖紙，又提高到 42 層，最後一次修改，即定稿設計，增高至現在的 53 層。我曾在無數次參與接待中外來賓的活動中，當著講解員：「深圳國際貿易中心大廈高 53 層，是我國目前最高的建築，被譽為華夏第一樓。它的頂層設有旋轉餐廳且以每小時一圈的速度轉動；大廈樓頂屋面兼作直升飛機停機坪；施工期間，曾經創造了三天一層樓的『深圳速度』的奇蹟⋯⋯」

今天重溫這一段文字，顯然已經有些過時了，當中國成為當今世界知名的「基建狂魔」時，各地一再刷新的建築高度，早已使國貿大廈的特別之處，變成了一個重大的歷史事件 —— 1992 年，鄧小平視察深圳，在國貿大廈頂層旋轉餐廳發表了著名的

「南方談話」。

我是在完全意外的情況下，側面見證了這一歷史時刻。當時，我已升任物業集團海南公司負責人，在回深圳開會時，正好遇到「小平同志上咱們旋轉餐廳了」的喜訊。

我與站在國貿大廈門口和大廳的千萬個熱心觀眾一樣，是在小平同志及陪同的省市領導下樓時，才目睹了偉人風采的。大家喊了「小平，您好！」的口號，伴之以不絕於耳的掌聲，直至麵包車隊駛離國貿大廈。

由著名作曲家王佑貴先生創作的歌曲《春天的故事》（蔣開儒、葉旭全作詞）完美地詮釋了「南方談話」的歷史意義：

一九九二年，
又是一個春天。
有一位老人，
在中國的南海邊寫下詩篇。
天地間盪起滾滾春潮，
征途上揚起浩浩風帆。
春風吹綠了東方神州，
春雨滋潤了華夏故園。
啊，中國！
你邁開了氣壯山河的新步伐，
走進萬象更新的春天……

在我調離深圳之後的這些年裏，我也曾幾次回來過國貿大廈，甚至在當年鄧小平落座之處（現改為旋轉餐廳鄧公廳）設宴待客。但前幾次的回訪，多被老同事的「歡聚」熱情，沖淡了「重遊」的思緒。今天，我孤身獨來，正好彌補往日之缺。我在停車場，看見友誼泉雕像移位至靠近馬路的一側，原來的位置在大廈正門口的廣場中心處，有一個圓形水池，池子中心有噴泉、水柱可噴至十多米高，三位裙裝少女背身牽手，水柱從她們背後升起，然後從頭頂四散而下，少女於是有了動感，猶如在泉水中舞蹈……

這是中國著名雕塑家潘鶴、梁明誠先生合作的作品。潘鶴曾因表現紅軍長征題材的獲獎雕塑《艱苦歲月》而知名，深圳市領導請他為市政府大院創作了名為《拓荒牛》（牛拉樹根造型）的標誌性雕塑。當馬成禮、譚光遠兩位公司領導把潘鶴、梁明誠先生請進公司會議室的時候，藝術家對著他們的創意模型介紹道：「國貿大廈的功能是國際貿易，貿易的靈魂是交易，交易的核心是互惠。而唯有友好溝通才能相互尊重、才能互惠。三位不同種族的少女，代表著超國界、超種族的交易方，牽手寓意合作，戲水則象徵生意如泉水湧動，源源不斷……」

模型中的少女均為裸體，材料是古銅，色彩為咖啡色，以此保證雕塑的莊重、古樸及高級感。兩位老總對藝術家的創意拍手叫絕，但對於少女裸體卻表現出一些猶豫。潘鶴先生拿出許多歐洲國家的城市雕塑圖片，據理力爭。恰好這時主管城市基建的副市長羅昌仁來訪，馬總把球踢給羅副市長，沒想到羅副市長說：「全國人民都在看華夏第一樓呢！在中國的地盤上，還是讓少女穿些衣服為好！」潘、梁老師聽了，只好同意再作調整。後來，裸體少女就變成裙裝少女了。

當「友誼泉」的「泉」已被拆除，少女呆立在約兩米的大理石基座之上時，雕塑家的原意已經被改變了。在大理石基座雕刻的「作品介紹」中，作品名稱也變作《友誼》了。對此，我雖然感到有些可惜，但看到原址上新建的地鐵工程設施，也便釋然了。

我又走近大廈寬闊而豪華的雨棚前，拾四級台階而上，見正面牆上，掛著時任中共中央總書記胡耀邦的題字（銅質塗金色）：

深圳國際貿易中心

我再走進國貿大廈一樓大廳，見電梯間外的左右牆面上，分別懸掛著巨型山水國畫。這是我們當年邀請中國湖社的著名畫家來深圳半個多月，專門為國貿大廈定向創作的國畫作品，有王夢湖的《三峽風光》、白雪石的《黃山松雲》和《千峰疊翠》。幾幅書畫大師的匠心之作，給國貿大廈增加了濃郁的藝術氣氛。

在一樓左側的觀光電梯大廳裏，有「南方談話」的歷史照片。在鄧小平的身旁，有時任廣東省委書記謝非、深圳市委書記李灝、時任物業集團黨委書記李國棟等。另一張照片是時任中共中央政治局常委喬石視察國貿的情景，陪同在側的是時任物業集團董事長黃秉泉、總經理譚光遠。

午飯時間，我來到音樂噴泉原來所在的大廳。不知為什麼，當年號稱中國改革開放以來引進的第一個音樂噴泉已經被拆除了。記得時任國務院總理的李鵬同志，曾在觀看了音樂噴泉表演後，欣然題詞道：「聲光泉虹，天上人間」。音樂噴泉旁邊，是「國貿食街」曾經的所在地，當年整個大廈的員工，多在此午餐。如今被星巴克咖啡所代替，雖也人來人往，但給我的多是陌生感與失落感。

這些年，國貿大廈的周邊環境隨著深圳城建的發展而聯動變化。當年的一枝獨秀變成現在的群雄並立。各個商廈也借鑒香港中環商業區的經驗（地面、天橋、地下交通立體交叉），通過天橋連廊而連通。我經過星巴克門口的電動扶梯上樓，通過連廊天橋，既可以去天安國際大廈，又可以去國貿商業大廈和商住大廈，還可以穿過嘉賓路，到金光華商城……

我刻意在移位至國貿商業大廈的國貿美食城「漫食里」吃了快餐，便匆匆走出大廈向東，越過人民南路，經過海豐苑公寓，來到迎春路深圳中醫院科教中心南側的國貿公寓（現名馨寓）樓前。在這個只有七層的公寓樓頂，曾有一排用鐵皮搭建的臨時宿舍，那是物業集團單身職工的宿舍，我與另外兩個光棍住在把頭的一間。深圳的夏天悶熱異常，我們仨無法入眠時，常常到南塘食街的大排檔吃炒田螺、椒絲腐乳通菜，飲珠江啤酒……

公寓樓入口處外牆上，掛著與國貿大廈外牆一樣的徽標。我笑問公寓樓保安值班人：「你知道這個徽標是什麼意思嗎？」他搖頭，表示不知道。

當初設計徽標時，馬總傾向於公司英文字母重疊造型的方案，譚總主張用國貿大廈四個立面各有的七條豎狀玻璃幕牆變形為上升箭頭的方案。後來，大家集思廣益，在譚總方案的基礎上，以人字為中心，兩邊加三個線條，取「七上」之意，另外為變形箭頭加一圓圈，寓意有無限的發展空間。儘管許多現在的物業人不清楚徽標來歷，但每每看見，大家亦覺得十分親切。

在結束故地半日遊之後，我一邊開車返回妹妹家，一邊在想：國貿大廈四面牆上無數個玻璃窗戶，就像是一隻隻冷靜的眼睛，它看著深圳、看著中國、看著世界在不斷變化；它也像人生命運的舞台與驛站，無論偉大與平凡，它都給予有緣與它相交集的人應有的記憶。我們對偉人在此留下的光輝足跡當然會紀念、會敬仰；而對於我們自身圍繞這一座高樓所發生的故事，卻有太多的懷念與感慨。

單說我們經理室的五個人，馬成禮總經理前年去世，享年九十多歲。我因疫情未能趕回深圳為老領導送行，深感遺憾！譚光遠副總經理退休前因家庭方面的原因移民去了澳洲，後來不幸因病去世，想起來常令人感慨生命無常；林春吉在國貿大廈竣工後不久就調離了物業集團，後來又下海經商。據説他在西安成功地開發了一個別墅項目，但意外地與合作方打了一場官司，還因此入獄數年，獲釋後與物業同事甚少來往，最近聽聞他也於不久前病逝。我手機中有一些當年同事在一起的合影舊照，現在回看個個都顯得春風得意。當命運出現生死分野，怎不叫人無奈唏噓呢？李永清是個認真生活的人，她父親在深圳還是惠陽地區寶安縣時，就當過深圳的領導，後又擔任惠陽地委領導。李秘書笑稱自己籍貫在北方，但實際上是地地道道的「深圳兒女」。她不久前遊覽北京時，仍然是長髮飄飄，瘦得像模特兒一般。不過，她本來身高就有一米七以上，歲月似乎特別優待她。她有兩個女兒，大女兒在澳洲，如今成為當地大型醫院的主治醫師；二女兒大學畢業後，在深圳的頂級出版機構工作。

我調侃她：「如今你可是個幸福的外婆呀！」我知道她時常往返於兩個女兒之間，過著幸福快樂的退休生活。

重逢阿美娜

中篇小說《阿美娜》是我的處女作，發表在深圳《特區文學》1986 年第 5 期上。當時的雜誌主編是原廣東省作家協會主席陳國凱先生，責任編輯是石濤先生。小說發表後，引起了當時雜誌主管部門個別領導的批評，說我的小說寫了婚外情，主人公缺乏正面意義，歪曲了深圳特區的青年形象等等。不知是不是受此影響，陳國凱先生不久之後，就辭去了《特區文學》主編一職。

我為此感到不安與愧疚，一直想找機會向國凱先生致歉，可惜直至他去世，我也沒有機會見到他。這是我的過錯，因為我沒有把自己的想法付諸行動，我為此常常自責。

我那時喜歡看香港報紙新聞，但更關注香港報紙文藝副刊上的連載小說。因為在八十年代，這些連載小說無論選材、人物形象、寫作手法，較中國內地都要自由、豐富，也貼近現實生活。當我收到刊發我小說的那一期《特區文學》之後，就馬上寄了一本給香港《文匯報》編輯部並自我推薦。令我意外和驚喜的是，不久之後，《阿美娜》就被《文匯報》冠之以「內地女性問題小說」開始連載。《文匯報》編者按這樣寫道：

> 今日起連載中篇小說《阿美娜》，原作發表於深圳《特

區文學》，作者里芒（我那時的筆名）。一方面是特區目迷五色的生活，一方面是當代青年對人生的多角度審視。戀愛、婚姻、謀生、住房……諸多苦惱問題的抉擇中，竟有如此苦味，令人驚訝。情節推進快，語言簡潔，對話活潑，不但人物頗有「港味」，連小說也頗有「港味」。

阿美娜出國了。美麗的少女以自己的身體交換了嘗試外國生活方式的機會，但即使如此，她又是否快樂呢？

報紙連載了整整一個月。

這個小説帶有些許我的青春生活的自傳性。小説中兩對青年男女：我和妻子如月、于非和他的女友阿美娜都有生活原型。生活中的「我」和小説原型中的如月、于非、阿美娜都是八十年代中期從內地來深圳闖蕩的同齡人。我盡可能真實地再現那個時期深圳特區青年的希望與失望，奮鬥與挫折，愛情與背叛等。那個時候，國門初開，出國熱潮漸起。在許多青年人心裏，出國也分成三個級別：一級美英；二級日澳；三級港台。深圳與香港之間交通的便捷性，語言的易懂性，使赴港、與港人聯姻，甚至做婚姻之外的男女朋友，成為了少數青年人眼中的「成功」。

阿美娜的原型人物叫姜麗英，她畢業於陝西省戲曲學校，與現在的梅派傳人胡文閔先生是同學。而她的男朋友名叫余飛，是西安電影製片廠的專家子弟，其父曾為導演吳天明的獲獎電影作曲。他從西安音樂學院附中畢業後自謀職業，是崔健的「迷弟」，當年立志要當一名搖滾歌手。我們相識於深圳的陝西同鄉會。有一年，我所在的深圳物業集團公司舉辦週年慶典，我以總辦秘書的身份負責組織晚會，手上掌握了一筆在當時算得上不少的晚會經費。

我與深圳電視台副台長祝希娟（電影《紅色娘子軍》吳瓊華的扮演者，她的妹妹祝希荊與我在物業集團工作）達成了共同主辦晚會的協議。我舉賢不避同鄉，把余飛和姜麗英作為表演嘉賓請上了晚會舞台，也支付了他倆一筆「雪中送炭」般的酬金。在登台前，他倆住在最廉價的招待所，平時吃飯都是四處對付，隔三岔五來到我位於寶安路松園南里的家裏，改善生活或酒後借宿。

由於深圳電視台錄播了我們聯辦的晚會節目，而那會兒能夠上電視演唱的歌手，就像獲得官方認可了演唱資格一樣，在歌廳選人時就會變得搶手。反過來説，在歌廳當駐唱歌手，又給不少有志於當歌星的人，提供了難得的提升業務水平與控場能力的機會。

「你不知道吧，鄧麗君、齊秦、梅艷芳，還有……都是酒吧歌手出身！」余飛有次眉飛色舞地説。

余飛拿著上過電視的資料照片，先後去幾個知名的歌廳求職，不久就和姜麗英一道與「歡樂園歌城」簽了約，真就成了駐唱歌手。他倆隨後還在離我家不遠的筍崗路附近租了一套兩室一廳的房子，過上了準夫妻的快樂生活。

我們本是同鄉，這時又成了隔著一條馬路的鄰居。我與夫人朝九晚五，他倆則黑白顛倒。但四個人經常在大排檔一同宵夜，吃乾炒牛河，椒絲腐乳通菜，蔥薑田螺；喝進口的生力、喜力或國產的珠江、青島啤酒。酒壯男女膽，四人的語言在吃著喝著聊著時，就慢慢放肆起來。余飛喜歡講粗口，姜麗英則經常笑罵余飛是「醋罎子」。他倆的打扮也日趨超前，余飛像中國版麥克·傑克遜，姜麗英則個高膚白細腰，口音又不斷增加粵語腔調，對異性的吸引力越來越超出一般人範圍。

我們相處久了，感覺就不單純了，姜麗英向我借錢，我就借給她了。但我夫人因此拉下臉，半個月不見悦色。余飛開始打電話（那時還沒有手機）到處查姜麗英的崗。終於有一天，一個香港老闆交了歡樂園老闆的違約金，接走了姜麗英……這個香港老闆有超過常人的啤酒肚，我們送了一個「肥佬」的外號給他。余飛一連幾日找我喝酒、罵娘，一次醉了之後，摔碎了幾個啤酒瓶，還不小心劃破手肘，害得我送他去醫院急診室，縫了好幾針。那天颱風猛烈，地動山搖，猶如一對歌手在失戀之後的情感波濤……

我就是把這一段青春故事，寫成了小說《阿美娜》。小說名字借用了一部給我印象深刻的西方愛情電影。儘管當時《特區文學》主管部門的個別領導對《阿美娜》持有批評意見，但深圳特區文藝的大環境還是「百花齊放」的，而且發展趨勢是向前看，是不因循守舊的。

小說在香港《文匯報》連載後，在深圳引起一點點小轟動，我也順勢加入了廣東省作家協會。可當我志得意滿地用稿費在東海漁港設宴招待一幫深圳文友時，卻在結賬時因不夠支付酒菜錢而被嚴重地刺傷了自尊心。這個意外的尷尬事件直接促使我很快作出了「棄文從商」的決定。後來因執導電視連續劇《大宅門》而大獲成功的著名導演郭寶昌（當時郭導任職於深圳影業公司），曾經通過深圳電視藝術中心主任郭震，約我到他位於濱河新村的家裏見面。他說他計劃把《阿美娜》改編成電視劇。此時我已專心忙著做生意的事了，對郭導上述改編動議缺乏熱情，虛於應付之後，這件事就不了了之了。

今天，我要對已在天國的郭導說聲對不起！也對當時在場的郭導的愛人、電視節目主持人柳格格老師表達歉意！

小說發表後不久，余飛與姜麗英就正式分手了，但他倆最初還與我分別保持著聯繫。姜麗英因為港商「肥佬」的關係，成為深港兩地的雙棲人士。她在香港住哪兒，我當時不得而知，但在深圳住的地方，則是位於深圳電視台附近的怡景花園別墅小區。

「哈哈，真沒想到，你把我寫進小說裏了，搞得我天天等著看《文匯報》！」姜麗英知道我的筆名（《阿美娜》是用我的筆名「里芒」發表的），「不過吧，你把我寫得那麼漂亮，我也樂意！」

余飛後來在深圳唱火了，他的酬金提高了，每晚都要跑三四個場子。有一次我請客戶聽歌，在香蜜湖夜總會遇到他，他給我們簽字免單了，還給我們送了一支紅酒。

「聽英子說，你把我倆寫到你小說裏了？改天送我一本看看。」余飛登台前這樣說，我不置可否。我後來沒有給他，因為小說中的他，被阿美娜甩了，「我」還對阿美娜垂涎三尺……他要是對號入座，一來不會有好的感覺，二來容易對我產生誤解。但從余飛的口氣中聽得出來，他倆過了不長時間就和解了。

「我理解英子了，她想過富裕生活沒有錯，我們做回普通朋友，反而彼此輕鬆……還有，我有新女友啦！」余飛指了指吧台裏正在調酒的時髦女郎說。

我們剛才進來時，那女子就像屋子裏的一束光電，引人注目，沒想到原來是余飛的新女友。

「你小子艷福不淺！」我拍了拍余飛肩膀說。也難怪余飛與姜麗英和解呢，他倆是不是兩相便利也未可知。

深圳是個經濟特區，對於有志於唱歌的余飛而言，可能舞台尚且小了些。他後來先去廣州，後又去北京，從此我與他沒有了往來。在沒有手機的時代，某段時間要好的朋友，後因調動、搬家而斷聯，是那時的人生常態。但我與姜麗英卻意外地在香港巧遇且恢復了聯繫。

都説斷聯後的朋友 99% 都會變成陌路人，但總有 1% 的人有緣復聯。2015 年，我女兒從北京考到了香港演藝學院。剛開始，我有些不放心女兒，就在香港租房常住，當起了陪讀父親。有一次，作為學生家長，我受邀觀看演藝學院學生的匯報演出。在觀眾席中，竟然坐著韶華不再的姜麗英，她與我同時對望，一眼就認出了彼此。

「呀！這不是大作家嗎？」

「姜麗英！你怎麼……在這兒？」

「女兒今天有演出呀！你呢？」

「我女兒也有演出呀！怎麼，她倆不會是同學吧！」

無巧不成書，我女兒與姜麗英女兒真是演藝學院的同學。事後我問起女兒，她説沒有錯，只是她倆來往不多。

那天孩子們的演出耗時不短，我與姜麗英也在家長席聊了不少閒話。兩個年輕時的老相識，相隔二十多年再見，彼此都有太多感慨。

「你還是那麼年輕漂亮！」我嘴上這樣説，但心裏卻嘆道，歲月怎可以這樣殘忍，把當年那個膚白貌美大長腿的風流歌手，變成了身寬體胖的家庭主婦。眼前的她，一副啥都不缺的樣子，服裝和包包都是名牌，只是腰圍是過去的一倍半，臉也大了一圈，笑起來顯得眼睛也小了。

「當年你搬離怡景花園時，不是説去英國留學了嗎？」

「哦！那是我前夫，噢，『肥佬』，你和余飛叫我前夫『肥佬』，哈哈……」

「前夫？那，那你離婚了？」

「是呀，肥佬以送我去英國留學為名，把我騙到他手裏，其實我們只是去英國旅遊了一趟，就又回香港了。」

「後來呢？」

「我發現他騙我，就想離開他，但我又沒有臉回內地，就只好留在了香港。」

「原來咱們這麼些年，生活在深圳河南北與兩岸！」

「肥佬原來有老婆，也有一個女兒，他讓我為他生兒子，我不願意當小三，他就先離婚，再與我結婚。」

「這不挺好嗎？」

「可是我給他生了兒子，他卻改不了到處溝女（尋花問柳）的毛病，我氣不順，等孩子稍大一點，就與他離婚了。」

姜麗英與肥佬的兒子已經長大成人，在英國畢業後就留在倫敦工作了。她現在的女兒，是她與二婚老公所生。

「你現在這位，還好嗎？」

「噢，你問我個女她老豆（父親）呀！他人很好，他是政府公務員，典型的居家性格。」英子生活在香港久了，語言習慣也多有港味。

姜麗英眼下的生活狀態不錯，可能是得益於她的再婚質量。對此，她倒是平淡地說：「年輕時有過很多的夢想，現在只能當個衣食無憂的主婦，也就這樣啦！」

「後悔過嗎？」我問。

「後悔有用嗎？我早看開了，人生也就是這樣，你看那些大明星，青春不再時，不也都成了黃臉婆，都要過油鹽醬醋的日子！」姜麗英全然是看破紅塵般淡然輕鬆。

「與余飛還有聯繫嗎？」我好奇地問。

「有，他與夫人來香港旅遊，我和先生還請他們吃日本料理來著。」在姜麗英的口中，余飛早已經變成另外一個人。

把小說中原型人物與幾十年後的現狀相對比，小說竟然有如原型人物的人生前傳。我與小說中的「我」是可以對比的四人中之一。我看我的青春歲月，我看那時的深圳、香港、嶺南、中國與海外，一切的一切，皆如一頁一頁的舊日記，一張一張的舊照片。回首再看，再想，再憶，那一切有形的影像彷彿亦如從前，但無形的感覺感受，卻早已面目全非。

太多人用他們的生花妙筆，在寫那些逝去的歲月以及歲月裏的人，但我卻感覺理屈詞窮，心意茫然。那逝去的歲月，帶走了我們的部分生命，且那一段生命，可能是我們最珍貴的那一部分。阿美娜到了香港，就不再是阿美娜。小說可以固定一個人的青春與他們的風月往事，但原型人物卻不得不在命運的河流中四處漂盪。昔日的阿美娜就是今天的姜麗英，但今天的姜麗英，不是我筆下的那個總叫人心亂情迷的阿美娜。

前不久，我在央視某晚會的字幕上發現了余飛的名字，他成為該晚會的導演。我好奇，便通過央視的一個朋友要到了他的電話。通話過後，確認今余飛就是昔余飛，我們倆於是先來了一次長時間的電話敘舊，直至手機發熱燙耳時才結束。電話中，我們相約另找機會面聊。但後來我們彼此都食言了。我敢肯定，年過六旬的余飛，定然與小說中的于非是兩個互不相干的存在。

文學即人學，但我發現文學往往把複雜的人生膚淺化了。

香港地名考

是人就有人名，是地就有地名。不管什麼名兒，都有一個這樣或那樣的來歷。

香港為什麼叫香港，用手機搜索一下便可知曉：香港這個地名最早出現在明朝，它最初是指當時香港島上的一個小港灣、小村落，後來才擴大為對整個香港島的稱呼了。至於為什麼叫香港呢？自古以來的說法就不一樣，但常見的說法有四種：

一說與「香木」有關。「香」指的是沉香和檀香一類的香料和香木。「香港」意思就是出口、運送香料的港口。香港本土不產香木，它所出口的香木來自廣東東莞市（原東莞縣），叫做「莞香」。宋元時期，香港在行政上隸屬廣東東莞。從明朝開始，香港島南部的一個小港灣，成為轉運南粵香料的集散港，因轉運香料而出名，時人稱其為「香港」。據說那時香港轉運的香料，質量上乘，被稱為「海南珍奇」，香港當地許多人也以種香料為業，香港與其種植的香料一起，名聲大噪。經過歷史演變，這種香料後來被當作皇家貢品，並逐漸造就了當時鼎盛的製香業。後來香料的種植和轉運逐漸式微，但香港這個名稱卻保留下來。

二說香港是一個天然的港灣，附近有溪水甘香可口，海上往來的水手，經常到這裏來取水飲用，久而久之，甘香的溪水出了名，小溪由此被人稱為「香江」。而香江入海沖積成的港灣，也就開始被人稱為「香港」了。某年，有一批英國人從這個港灣上岸，登上香港島，所以他們也就用「香港」這個詞來命名整個島嶼。直到今天，「香江」仍然是香港的別稱。

三說香港名稱來自「香姑」。香姑是傳說中的女海盜，盤踞香港島，於是該島被稱為「香姑島」，簡稱「香島」，後經多年演變成「香港」。

四說由「紅香爐山」一名演變而來。據說，清初在銅鑼灣海旁有紅香爐從海上漂來，於是村民便在沙灘上建廟，廟後的小山便被命名為「紅香爐山」，由此演變成「紅香爐港」，後簡稱為「香港」。

四種說法到底哪個才更接近真實，可能是見仁見智的。但今天誰要是一定想辯出一個絕對的答案，似乎也沒有什麼必要。單就香港名稱的辨識度以及它的意蘊內涵、字面形象與讀音來說，是可以給予人們美好想像的，說它是吉祥如意之名，也定為大眾所認同。

在香港這個總的地區名稱之下，還有香港從南到北三個分屬地域的名稱：一是香港島，二是九龍，三是新界。這三個地名，卻是中英兩國軍事較量和外交博弈的產物。說到此，我們不得不說十九世紀是屬英國人的世紀。他們通過堅船利炮，不斷擴大自己的殖民領地。維多利亞女王登基僅三年，即 1840 年，大英帝國便發動了第一次鴉片戰爭，強迫清政府簽訂了不平等的中英《南京條約》，把香港島割讓給了英國。香港島本就是香港名稱的誕生地，英佔後依然沿用原名。

1860 年，大英帝國又發動了第二次鴉片戰爭，清政府被迫再與英國簽訂了《北京條約》，又割讓九龍半島給英國。九龍之名古已有之，當它作為清政府再次割讓出去的土地時，為與香港島相區別，自然仍舊沿用了老地名。

1898 年，英國人繼奪取香港島及九龍之後，迫使清政府簽訂的第三個關於香港的不平等條約，即《展拓中國香港界址專條》，把九龍界以北，深圳河以南的土地包括附近島嶼租借給英國。這塊領土既然是在香港島和九龍之後被英國拿到手的新領土，且是新近劃界的產物，故稱新界。

顯然，香港回歸祖國的時間節點，就是以上述專條為計算依據的。

1843 年，《英王制誥》頒佈，英王自此成為香港的最高統治者，香港總督是英王的全權代表，兼任香港三軍司令職。香港島和九龍半島之間的港口和海域，原名叫香港之港。當英女王任命的香港總督到任後，他就很快找到了對女王表忠心的機會，於是便把「香港之港」改名為「維多利亞港」（簡稱維港）了，以此紀念維多利亞女王的「雄才偉略」。

前任港督用海港命名的方式為女王唱讚歌，半個世紀後的後任港督，又把香港最大的公園命名為維多利亞公園（簡稱維園）。於是，維港與維園，成遙相呼應狀，他們似乎想讓女王的榮耀亘古不變。維園建於 1955 年，以體育運動場地為主，有遊泳池、網球場、足球場及其他球類場地。公園入口處還特別設立著維多利亞女王的銅像。也許一屆屆港督覺得女王的恩德無處不在吧。除了海港與公園外，香港開埠初期，港島中區還曾被命名為維多利亞城。

1897 年，港島中區的填海工程已經大部分完成，當時的港英政府又在為紀念維多利亞女王登基六十週年而煞費苦心。按照英國人的習慣，六十週年稱為鑽禧，香港城既然用女王之名命名為維多利亞城，那麼對女王的鑽禧紀念，自然就要舉行盛大的慶祝活動。為此，還爭分奪秒地建造了女王像並安放於新的填海所造土地之上。這個立像之處，後被稱為皇后像廣場，亦即女王像廣場。

不同時期的港督，對女王的紀念真是辦法用盡，彷彿不管是誰在港督這個位置上，都要在「紀念」問題上表現一番。這對於從英王手上討得烏紗帽的人而言，其實不難理解。但可惜他們也有鬧出笑話的時候 —— 位於中環的皇后大道，本來也是紀念維多利亞女王的，英文是 Queen's Road。可是翻譯官弄出錯來，把「女王」錯譯成「皇后」了，且將錯就錯地一直沿用下來。與此相關聯的「皇后大道東」、「皇后大道西」及「皇后大道中」，均是將錯就錯之作。上世紀九十年代，港英政府曾商議更改上述錯譯之名，後又念及香港回歸中國日期已經臨近，隨後便打消了更名的打算。

除了女王外，英國皇室的其他成員也紛紛被路名「紀念」：例如紀念英皇佐治五世的「英皇道」、紀念愛德華八世的「太子道」、紀念女皇三兒子干諾的「干諾道」等。在這些紀念道路名稱當中，最出名的是「皇后大道東」。它因羅大佑的同名歌曲而廣為人知。

首先紀念女王、其次紀念皇室成員，再下來就輪到紀念總督了。歷史上，港英政府共歷二十八位港督，只有五位沒有紀念街道，七位有不限於一條的紀念街道。

如今在港島東西走向的幹道 —— 軒尼詩道（Hennessy Road）是紀念第八任港督軒尼詩的。這是一條香港的主要道路，長約 1860 米，連接著香港島西面的灣仔與東面的銅鑼灣，大部分路段為四線雙向行車，西接金鐘道，東接怡和街；位於九龍商業中心的彌敦道，是以第十三任港督彌敦的名字命名的。彌敦道聯結了九龍以北的新界，也聯結以南的港島。從彌敦道南行至梳士巴利道後，再向南移動幾步就到維多利亞港。這裏有尖沙咀碼頭，可渡海前往港島中環（天星碼頭）；有的英國下級官員也有紀念街道，如加連威老道，是用來紀念大臣加連威老伯爵的。

當然，香港有四千多條街道，有權使用街道命名的權貴太少，於是更多的路名與紀念沒有關係。這些名稱有的霸氣，有的委婉，有的洋氣撲鼻，有的土味十足；有的新奇，有的卻仿中國內地城市的方法為街道命名，如廣東道、北京道、洛陽街等。

分析香港地名成因，顯然關乎政治、歷史與文化因素。還有英語與漢語的翻譯問題以及粵語與普通話的發音差異問題。

街道名稱用普通話與粵語讀起來感覺差別很大，如「咸美頓街」。按國語口譯，應稱其為「漢密爾頓街」，但以粵語發音翻譯，則是「咸美頓街」。四十多年前，我第一次到香港，過目難忘的街道是「窩打老道」。我當時想，是窩打的老街道呢？還是窩打老的道路？多年之後我才明白，「窩打老」是英文 Waterloo 的音譯，其實意思是「滑鐵盧」。如果用意譯，叫它「滑鐵盧大道」可能更恰當一些。

顯然，香港地名打下了深深的殖民文化的烙印，但具有中國傳統文化和嶺南地域文化特色的地名也比比皆是。如九龍尖沙咀有賣波鞋的，故有波鞋街；豉油街以前是醬油廠扎堆之地，故稱豉油街；利東街曾聚集著許多經營印刷品的商戶，故稱「喜帖街」。香港詞人黃偉文作詞、謝安琪演唱的歌曲《喜帖街》，更使這條街道成為一個文化符號。雖然喜帖街並非官方命名，而是港人口口相傳的產物，但在香港人心中，它成了一個致敬情懷的去處。

歷史如滔滔江水奔流而去。1997 年 7 月 1 日，香港即時成為中華人民共和國香港特別行政區。隨著大英帝國米字旗徐徐降落，殖民者遺留在香港的一切，無一例外地成為歷史的遺蹟。歷史偉人列寧曾經説過，「忘記歷史，就意味著背叛」。當我們走在香港的大街小巷中，看著殖民者留下來的依然如故的諸多地名，自然會牢牢記住香港曾經有過的歷史。

有人説，香港的地名應該改一改了，應該消除殖民者的歷史陳蹟。但筆者卻認為大可不必。我們可以「將計就計」，用這些所謂的紀念某人的地名，來牢記我們曾經有過的屈辱歷史，就像北京保留著圓明園的遺址一樣。儘管它們的存在，總會叫我們如鯁在喉，感到沉重與痛苦，但它們卻會使那些曾經侵略、殖民過我們國家、欺侮過我們民族的罪犯及其後代們芒刺在背，罪惡昭昭。

由此可以説，上述更名之議，有如之前有人倡議重修圓明園一樣，都有幫罪犯消滅證據的意義，實為不智之舉。好在香港的未來在於祖國的未來，紀念香港未來的路名或者其他什麼名，定與名為「日不落」實為「日將落」的帝國沒有什麼關係了！

香港高樓說

我想以《香港高樓說》為題寫一篇文章，可還沒有動筆，就意外地在香港《明報》副刊上讀到黃虹堅的書評：〈方元建築專論初讀之《閱讀香港建築》〉。

黃虹堅的文章評介了方元博士的三本建築專著，即《一樓兩制：香港建築的機遇和挑戰》、《一別鍾情：香港建築十日談》和《建築是我們的皮膚》，令我有購買這三本書先睹為快的慾望。可是文章中，黃虹堅在應該由什麼人來分析評論香港建築的問題上，標出了一條清楚的資格線：「香港的新舊建築一直靜靜矗立，無論人來人往，秋去冬來，它們都站在那裏，等待懂它們、愛它們的溫情文字關注。這位文字作者需要有香港、內地、世界格局，政經視野和歷史文化的眼光，應該是治學嚴謹的學者，應該是有豐富實踐的建築師，同時他又該是一位運用文字嫻熟的作家。」

看了這段話，我就想打消寫「高樓說」的念頭。但我又不死心，因為黃虹堅文中引用的有關名人談建築的名言，是我在人民解放軍某部教導隊（專業培訓班）參加學習時，為我們上「工業與民用建築」專業課的孫振明老師，就給我們講到過且被我抄錄過的，即：

俄國作家果戈理說：「當詩歌和傳說都緘默的時候，只有建築還在說話」；

德國詩人歌德說：「建築是凝固的音樂」；

法國作家雨果說：「建築是用石頭寫成的史書」；

美籍華裔建築大師貝聿銘說：「建築是有生命的，它雖然是凝固的，可在它上面蘊含著人文思想」……

我於是想，上述歷史名人之所以對建築都有自己的見解，那是因為他們生活在不同時代、不同的建築物當中，用一雙慧眼在審視他們目光所及的建築，且在審視的同時，以他們獨特的視角，譜寫了關於建築的頌歌。我同時還想，倘若牛羊有人的意識，牛羊也會對牛棚羊圈談看法、說優劣呢；那地鼠與喜鵲若有了人的意識，可能也會為住房問題發生爭論——地鼠認為在樹枝上建房，一不安全，二不保暖。而喜鵲定會認為，在地洞中爬出爬入，一是不衛生，二是難以飛翔……

那麼我們人呢？僅僅因為少了專業建築師的學問，少了專業作家的文筆，少了方博士的堪稱全方位的才華，就對自己住的房、眼睛看的樓，失去談論的資格，拋棄談論的慾望，顯然是不自信的，這個要求也顯得苛刻了些。當然，我理解黃虹堅的意思，那就是說，要把香港的建築談得全面、深入、到位，非專業而不可及，非專業而易失之片面。

我也相信黃虹堅先生會認可，我們同樣生活在這樣或那樣的建築物當中，而且也有雙眼與頭腦。相比古人，我們今天可能比前人看到的建築更多、更廣、更多元、更複雜。如此，我們怎能滿足於傳抄古人關於建築的名言？我們是否應該睜大眼睛，開動腦筋，總結我們對建築的觀感和體會？基於此，任何一個建築使用者或者消費者，即便是用一派「門外話」談談他眼裏的建築，只要是真情實感，那也會是對建築本身有價值的意見反饋。這種意見，想必對大師們的專著，也會起到一點點參考作用罷。

基於這一認識，我便固執地想試一試，盡力完成此文的寫作。但我想先作聲明，我只想寫出一個中國內地「自由行」客人的、非專業的「香港建築印象記」。且這個印象，是一個生長於陝西關中農村，在六年工程兵生涯結束之後，就職於深圳市國有房產業集團企業，出遊過許多國家的人的香港建築印象。

顯然，我的經歷無法幫助我以建築專業的視角看香港。但我卻意外地發現，我的經歷幫助我構建了我的個人的建築觀。

當我還是一個關中農村少年時，我先是接受了比「建築」一詞更通俗的詞彙：「蓋房」。我父親與他的同齡人把蓋房當成人生的首要使命，窮其一生，都想建一所既能遮風擋雨，又能給臉面添光加彩的房子。沒房子時，理想是蓋房子；有了房子時，又想改建、翻建、重建新房子；房子不如人時，覺得心有壓力，臉無光彩；房子與人一樣時，覺得無分高下就難顯誰更有本領；房子好到成為村中標杆、受人追捧時，又擔心後來居上者，有人躍躍欲試，標杆地位動搖，於是心生困擾⋯⋯總之一句話，房子成為鄉村父老鄉親們共同的話題，成為區分貧富的標尺，成為判斷男女主人能力大小、婚姻關係、家族和睦的試金石，更成為談婚論嫁的籌碼與條件⋯⋯

好在鄉村蓋房受到的約束較少，村長給你家分了宅基地，定樁劃線、前後朝向、開門定窗、高低適當、引水排污，豬羊圈舍等等，只要按照鄉村千百年來的約定俗成去做，剩下來的就是錢多用好料，錢少用次料；選好工匠花大價，蓋好房；請次工人用小錢，建次房⋯⋯如此這般，以蓋房為劇本，倒也演繹出鄉村數不清的悲喜劇。

如果把香港與我們村莊比較一下呢？也許有人說，這怎麼能比呢？一個是關中平原上一個不知名的小山村，一個是享譽世界的大都會。是的，表面上是不能比的。但我在當了工程兵，尤其是接受了建築專業的培訓之後，在用「建築」一詞替代了「蓋房」之說之後，便不由自主地要用建築理論重新審視父輩在鄉村的建築實踐。

比如，一個村委會，它在對農村宅基地進行規劃與分配時，必須考慮全村人口（戶籍）因素，這是否就是市場的剛需呢？關中平原，南依秦嶺，北與陝北高原相接。一個村子的選址定位，只能限於自己對應的土地範圍內，且這個範圍，早在「打土豪，分田地」的革命年代就已劃定。新中國成立後，行政區劃雖常有調整，但一個行政村與他所轄土地是相對穩定的。上一代人早已按照他們對自然條件的洞察，如哪裏有地下水，哪裏與鄉村道路、縣市道路易於銜接等，做了研究並定下合理的原則。至於具體到一院院民宅的建造問題上，鄉親們早已把口口相傳的建築理論實用化，且依靠鄉村木匠、石匠、泥瓦匠代代傳承的方法，完成了不同時代的富家大宅與貧戶寒舍的建設。

顯然，涉及鄉村規劃的問題，是由村委會、鄉鎮、縣市及省政府逐級向上負責的，也就是說，政府公權力是會管理到一個村莊的宅基地選址何處，哪一戶人有權分得宅基地的。

現在，我用看慣了村莊的眼睛看香港。看它怎樣從古中國嶺南的山野漁村發展成為今天的國際大都會，它是怎樣從規劃，調整，再規劃，再調整，週而復始，在沒有停止過發展腳步的進程中，呈獻給世人一個獨一無二的香港的。顯然，這是個大問題，本人無力回答，本文亦無法容納。

回到前文的「印象」軌道上。我最先看到的香港，是電影

《巴士奇遇結良緣》，那時我還只認識西安郊區的公共汽車。看過這個電影後，我給小夥伴解釋說：「一個叫巴士奇的帥哥，遇到了一個漂亮的姑娘，後來他倆結婚了……」當我知道「巴士」是香港公共汽車的稱謂時，我才感嘆：原來是帥哥在公共汽車上遇到良緣了，電影男主人公並不叫巴士奇。

在電影情節中，巴士一次次穿行在香港的高樓大廈之中，我由此認為，香港就是高樓擁擠的城市，與我們能聞麥香，能雪野帶狗抓兔的關中平原是兩個世界。

顯然，我通過電影建立起來的對香港建築的印象是片面的，也是模糊的。但我相信，作為古中國嶺南地區的沿海居民，他們想住好房子的願望，與關中農民是一樣的。只是作為一個地區、一個城市、一個回歸中國的特別行政區，這裏的人，從幾萬到十幾萬到一百萬，再從一百萬到兩百萬、三百萬直至現在的六百多萬人口，它的發展是全方位的。

而所有的發展，都要有相適應的建築物與之匹配，或者說，一切發展，最好要通過建築物來表現。否則，發展就缺乏指標、缺乏說服力。有趣的是，上世紀八十年代中期，我作為部隊轉業幹部，從北京先落戶西安，再調入與香港僅一河之隔的深圳，且有幸參與了深圳國際貿易中心大廈的開發建設工作。國貿大廈的設計高度是 160 米，共 53 層，當時被譽為「華夏第一樓」，鄧小平同志著名的「南方談話」，就是在這個大廈頂樓的旋轉餐廳發表的。

作為中國改革開放的窗口城市，就像中央給它的稱謂一樣，他頭頂上戴著「不同凡響」的帽子——「深圳經濟特區」，幹著不同凡響的事業——創造聞名全國的三天一層樓的「深圳速度」。顯然，深圳特區的決策者和廣大人民群眾，都希望改變昔日漁村的落後面貌，把城市建設的高度當作指標、當成象徵來追求。

這種心情，與當時的世界主流意識似乎也是吻合的，説起城市建設天際線的高度，很容易談及美國紐約、英國倫敦、日本東京等，説起單體建築，常被行內人談起的是紐約世貿中心雙子塔(那時還不知道後來發生的 911 襲擊)、帝國大廈或是吉隆坡、東京，甚至台北的 101 大廈，而眼前的香港，則有中銀大廈、滙豐銀行總部大廈等。

我在深圳國貿大廈總設計師朱文輝先生主持的會議上，親耳聽到他介紹過設計國貿大廈的過程，即最初計劃建設高度只有 30 多層，後來改為 40 多層，在參觀過香港的幾個大廈之後，最後定案時確定為 53 層。而樓頂上的直升飛機坪，頂樓的旋轉餐廳，一層大廳的音樂噴泉等等，就是借鑒香港合和中心的設計。

記得合和公司的老闆胡應湘先生，還一次次接待我們集團公司總經理馬成禮、副總經理譚光遠、總工程師黃秉泉先生。胡老闆把他的愛國情懷，轉化為對我們的關心與支持。

現在，深圳國貿大廈早已被深圳、北京、上海、廣州等許多高層樓宇遮住光芒，而香港新落成的大廈 —— 位於港島的世界交易中心廣場（IFC）和九龍的環球交易廣場（ICC）成為今日香港的新地標，深圳國貿中心已經很少有人談起了。我故地重遊時，也感到它明顯落伍和老舊了，與我拜見滿頭銀髮的中學老師一樣，雖親切無比，卻也傷感滿懷。但是作為深圳國貿大廈的建設者，我知道它在獨領風騷的八九十年代，給我們帶來的自信、榮耀和對改革開放政策的支持力有多麼重要。

除了鄧小平視察過深圳國貿大廈外，江澤民、李鵬、喬石、李瑞環、尉健行等時任政治局常委都曾親臨這裏視察指導；而我經手參與接待過的外國政要更是數不勝數，有時任美國副總統的喬治·布什（後任美國總統）、日本前首相海部俊樹、英國女王丈夫菲利普親王等。

我們應該承認，發端於深圳的改革開放，給中國的發展注入了強勁的動力，而毗鄰香港的深圳，得風氣之先，也走在了全國發展的前頭。我們在幾十年前，是怎麼也想不到，昔日只是一個小漁村的深圳，在香港回歸時，已變成國人口中「北上廣深」之「深」了，竟然一躍而成為中國的四大超級城市之一了。

我們不能否認，香港在中國改革開放進程中的積極作用，單就房地產開發行業而言，在建築規劃、設計、施工、管理以及土地拍賣、房產交易等方面，香港都曾經起到了積極的示範作用和推動作用。就拿我們開發深圳國貿大廈的甲方「深圳市物業發展總公司」的名稱來說，其中「物業」二字就是引自香港的。因為八十年代初，國人不會把「房產」與「物業」劃上等號；後來我們公司進行股份制改革，名稱改為「深圳市物業發展（集團）股份有限公司」，同時成為深圳證券交易所最早的上市公司之一。而其間關於在社會主義中國恢復證券交易的一系列政策與法規，也多是直接學習借鑒港交所的結果。

榜樣的力量是無窮的。當香港成熟的市場經濟模式，成為我們發展社會主義市場經濟的樣板之一時，無論是宏觀方面還是微觀方面，香港都為我們提供了參考和借鑒。

還是回頭說建築。

香港是山海之地，可土地資源稀缺，於是規劃設計既向天空發展，又向地下發展。這就是我們看到香港無論是中心城區還是偏遠市區，都是高樓林立，地下層能多則多的原因。土地金貴了，於是發展公共交通就成了首要任務。香港地鐵一條兩條無數條，由筷子形狀變成蛛網形狀，而「地鐵上蓋物業」的「高明方案」也是從香港開始逐漸摸索成熟，現在推廣普及到全中國。

其他公司我不清楚，單就我們「物業集團」而言，除了國貿大廈參照過合和中心外，我們還對口學習，比如寫字樓開發就在香港中環找樣板，高層住宅區、綜合商城、別墅小區等等，幾乎沒有不學的。由我們公司開發的深圳羅湖商業區，就移植了香港沙田城市中心的方案。儘管我們公司許多員工到香港，許多時候只是以參觀學習為名，行旅遊購物之實，但每每我們開發項目的方案圖擺在桌面上的時候，總是「像香港某個方案」卻是不爭的事實。

我覺得這既是一種便利，也是一種智慧。因為深圳與香港一河之隔，其地質條件與氣候特徵毫無二致，適合香港自然也就適合深圳。倘若深圳以倫敦或莫斯科為樣板，單氣候一項，就會導致設計上出現巨大的條件差和不適感。

當然，以香港為借鑒，早就不局限於深圳了，全國都在學習，都在借鑒。就我熟悉的北京來説，知名的商業綜合體，幾乎都有香港財團的身影——位於王府井與東單之間的東方廣場，數十萬平方米的建築規模，那是李嘉誠長江實業旗下企業投資的；位於崇文門的新世界中心，是鄭裕彤家族的產業；楊受成的英皇集團在建國門外有英皇中心；包玉剛在改革開放之初，就投資了東三環的兆龍飯店（包玉剛父名包兆龍）；香港女富豪陳麗華，在金寶街、長安街、興隆街有酒店、寫字樓、博物館、商業街等……可以這麼説，香港的資金，像春天的楊絮，早已佈滿京城的四面八方。

如果再遍查其他省會城市，香港房企依然扮演著主要角色。

當然，學習、借鑒是雙方的。當招商引資、合作共贏成為粵港兩地、香港與內地以及現在的粵港澳大灣區多地政府與企業、混合資本共同的目標與理想時，內地許多項目，許多地標建築、明星樓盤，都不能簡單地回答是誰的項目了，它們成為集體的創作，成為時代的產物，成為中國人民包括港澳同胞共同的驕傲！

俠之大者：金庸

本文原題《多少俠義出香江》，我想探討金庸對香港武俠文藝的貢獻，但我臨時又改了現名，原因如下：龍年春，我從北京飛抵香港。出了機場旅客接機口，即見大廳的空曠處立有一尊巨大的銀色雕塑，後面還有一面碩大的背景牆，牆上有四個醒目的大字「俠之大者」，旁邊是中英文對照的介紹文字：

> 蛟龍雙目圓睜、昂首游弋之姿隨郭靖雙手與身軀旋轉騰飛似雲浪翻湧，縱橫恣意、昂揚率性，賦予降龍十八掌的「其大無外其小無內」、「天法道，道法自然」之意味。胸有驚雷而面若平湖，沉鬱頓錯間盡現出類拔萃的磅礴氣勢。

這尊名為「俠之大者」的雕塑是北京清華大學美術學院雕塑系碩士、中國雕塑學會理事任哲先生為紀念金庸百年誕辰而創作的。我在想，一位功力深厚的雕塑藝術家，如果不喜歡金庸先生、不喜歡金庸先生的武俠小說、不喜歡小說男主人公郭靖，他大概是不會有此創作的。

任哲先生在金庸的武俠世界中，單把中年郭靖與龍之「能合能散，能微能章，變而不可測，動而不可馴」的特質相結合，同時與中國武術動作融為一體，強調君子志向遠大。雕像中的郭靖俯瞰大地，御龍乘風，盡顯其武俠大家的偉岸英姿。

武俠，從字面上說，「武」在「俠」之先。彷彿沒有「武」，就沒有所謂的「俠」。反過來說，沒有「俠」，「武」也便成為單純的舞槍弄棒，其行為難免少了些精氣神。武俠似乎本該就是一個血肉相連的整體。百度上有關「武俠」的解釋說：「武俠是華人世界特有的一種流行文化。武俠文化以各式俠客為主角，以神乎其神的武術技巧為特點，刻畫宣揚俠客精神；武俠按時間分有古代武俠和民國武俠，按流派分有新武俠、舊武俠和古仙武俠。」在人們以往固有的印象中，武俠不會在男耕女織或生兒育女的平凡日子中出現，他們常常出沒於深山老林或是大漠古鎮。他們生活在江湖，也在江湖上製造或是除暴安良，或是英雄救美的傳奇故事。

我想弄清楚何謂「江湖」? 上網查詢得知，「江湖」本來指廣闊的江河、湖泊。後來泛指四方各地，如《漢書 · 王莽傳》中有「清潔江湖之盜賊」的表述。但「江湖」一詞，早已衍生出新的含義。那些不接受當權者控制和法律約束而適性所為、遊離於正統社會之外的人群和活動，成為人們常說的「江湖」。《莊子 · 大宗師》說的「相忘於江湖」，就是指這種廣闊逍遙的適性之處；范仲淹《岳陽樓記》中有「處江湖之遠則憂其君」，顯然指的是遠離朝廷的民間社會。當然，「江湖」有時候也被用來象徵浪漫、冒險和英雄主義行為。

在特定的文化和語境中，「江湖」還有特殊的含義和用法，佛教裏的「江湖人」，說的是雲遊四海的僧人或者散居於名山大剎之外的禪士與隱者；在中國文學，尤其是武俠小說中，「江湖」則是俠客們的活動範圍和打鬥比武的場所。同時，「走江湖」、「跑江湖」、「老江湖」以及「江湖郎中」等都是與「江湖」相關的通俗稱呼和術語。顯而易見，「江湖」一詞具有多重含義和豐富的文化內涵，它的具體意義需要根據不同的語境和文化背景來理解。

金庸小說所寫的江湖，當然是武俠的江湖。

我是一個在十八歲前成長於關中農村的少年，但這種武俠的江湖彷彿離我很近。我的二祖父就是江湖中人，擁有一身好武功。民國初年，在一次武林對決中，二祖父大勝對手。不幸的是，對手不僅輸了比賽，而且受了內傷，幾天之後便一命嗚呼了。本來比武與決鬥類似，輸了傷了亡了，該自行承擔後果，但對方依仗其官家背景，聲言要我二祖父償命，否則就要花錢消災。

顯然，對手借機敲詐，我二祖父勢單力薄，與幾個同胞兄弟一合計，認定命比錢貴，便只好用我們張家的祖產（土地）折價抵命。具有戲劇性的是，對手雖然通過訛詐得到了土地，還沒有等到收穫幾年糧食，1949 年卻驟然來到。後來，他們因擁有土地而被戴上了「地主分子」的帽子，我家卻因失去土地而有幸成了「中農」。那個時代，貧農、下中農是革命的中堅力量，中農是團結對象。因此，我們張家因禍得福地高興了不少年。

這是後話，當時的二祖父實際上因為武藝過人而成為家族罪人。儘管他的兄弟們合力救回他的命，但之後不久，他又因民國初年關中霍亂而英年早逝。我祖父行三，他記著我二祖父血的教訓，於是立下了「張家子弟不得習武」的祖訓。這個祖訓，既是我與武術絕緣的理由，又是促使我對武術產生好奇心的催化劑。畢竟，長輩約束我的手腳易，約束我的思想難。

於是，我自然而然地從二祖父「生死故事」的角度看武術，又從武術的角度看江湖。從此之後，聽人說起江湖，我的腦子裏就老是閃現「武術」這兩個字。而我也認為，把武術與人生故事揉在一起寫成書、拍成影視劇，就是武俠文藝作品了。

在我看來，香港是武俠文藝的高產區，而金庸（查良鏞）先生無疑是這方面的一面大旗。

金庸（1924–2018），浙江海寧人，祖籍江西婺源。1948 年移居香港。當代武俠小說作家、新聞學家、企業家、政治評論家、社會活動家，被譽為「香港四大才子」之一，與古龍、梁羽生、溫瑞安並稱為「中國武俠小說四大宗師」。

1944 年，金庸考入重慶中央政治大學外交系；1946 年秋，進入上海《大公報》任國際電訊翻譯；1948 年，畢業於上海東吳大學法學院，並被調往《大公報》香港分社；1952 年調入《新晚報》編輯副刊，並寫出《絕代佳人》、《蘭花花》等電影劇本；1959 年，金庸創辦《明報》；1985 年起，任香港特別行政區基本法起草委員會委員、政治體制小組負責人之一，基本法諮詢委員會執行委員會委員，以及香港特別行政區籌備委員會委員；1994 年，任北京大學名譽教授；2000 年，獲得大紫荊勛章；2007 年，出任香港中文大學文學院榮譽教授；2009 年 9 月，被聘為中國作協第七屆全國委員會名譽副主席；同年榮獲 2008 年影響世界華人終身成就獎；2010 年，獲得劍橋大學哲學博士學位；2018 年 10 月 30 日逝世，享年九十四歲。

金庸先生一生創作的武俠小說共十五部，分別是《飛狐外傳》、《雪山飛狐》、《連城訣》、《天龍八部》、《射鵰英雄傳》、《白馬嘯西風》、《鹿鼎記》、《笑傲江湖》、《書劍恩仇錄》、《神雕俠侶》、《俠客行》、《倚天屠龍記》、《碧血劍》、《鴛鴦刀》、《越女劍》。

上述作品除《越女劍》外，全被拍成了影視劇。如此，影視劇因小說而強化了人物的文學性，小說又因為影視劇而得到更廣泛、更長久、更生動的傳播。

關於金庸的武俠小説及其改編的影視劇，我無力作出具有專業水準的文學或影視評論。但我想概括地説，香港的文學成就如果沒有金庸，那可能是殘缺的；中國的武俠文學，如果沒有金庸，也顯得虛弱不堪；中國的影視文藝，如若失去金庸作品（劇本故事），那也會黯然失色的。

事實上，金庸的小説一版再版再再版，足以説明有太多的讀者喜歡他，也説明了他在中國文學史上的「江湖」地位。倘若把不同文學流派比作山頭，那麼金庸當屬武俠小説這一山頭上的當然大哥。據網絡統計，金庸在華人世界有大約 4 億讀者，而且社會各階層人士都有。上世紀八十年代初，鄧小平曾接見過金庸。甫一見面，鄧小平就説自己讀過金庸的小説。

對於一個國家領導人而言，鄧小平能夠在閒時閱讀武俠小説，説明他的生活富有情趣；而對於一個作家而言，得到國家領導人的接見，除了説明他的作品成功之外，還説明他的政治立場與公眾形象得到了國家層面的肯定與認同。

顯然，鄧小平接待的既是作家金庸，更是愛國商人、政治評論家查良鏞（金庸）。他一生寫過五百萬字的時評社論文章，是最早在媒體上表示「鄧小平必將復出」的人。不過話又説回來，國家領導人也罷，億萬讀者或觀眾也好，那也不是全部讀者與觀眾。客觀地説，不喜歡金庸作品的讀者，公開批評他的同行或者知名作家也比比皆是。在此，我僅舉兩例：

其一、王朔評金庸。網上有王朔的一篇《我看金庸》的文章，內容摘要如下：

> 金庸的小説我原來沒看過，只知道金先生是一個在香港寫武俠小説的浙江人。按我過去的觀念，港台作家的東西是

不入流的，他們的作品一是言情，二是武俠。言情顯得濫情幼稚，武俠則胡編亂造；

我後來讀一本金庸的書，書名忘了。書讀到一半就擱下了，但留下一個印象。金庸的小說情節重複，行文囉嗦。整個故事情節類似於中國舊小說，說到底就是寫了個因果報應；

我也看過金庸小說改編的電視劇《天龍八部》，很難容忍從服裝到道具到場景到打鬥等等，都是糊弄人的，有些得過且過的味道。同名小說一套七本，我捏著鼻子看完了第一本，第二本怎麼努力也看不動了；

金庸小說的人物更像是他把《水滸傳》裏的一百單八將的性格拿過來貼在他筆下的那些妖魔鬼怪身上了；

金庸先生大約是為了娛樂大眾而寫小說。但他又喜歡往一些角色臉上貼金。他筆下那些人本就是個小心眼，多是瞎扯淡。用小說來娛樂大眾，其實也是目的之一，但他非要在這種娛樂作品中扯上千秋大義，家國之恨，看著就令人噁心了。

其二、李敖評金庸（括號裏文字為筆者依視頻內容所加註釋）。

在一個電視記者的採訪中，李敖直接了當地說：「我看不起他（金庸），他寫的什麼玩意兒啊！武俠小說什麼玩意兒？胡適講那是下流的。」

記者問李敖：「金庸的小說您都看了嗎？」

李敖沒有直接回答，而是迂迴地說：「我告訴你，一個臭雞蛋，你要全部吃掉它，才知道它是臭雞蛋嗎？一聞就知是臭雞蛋嘛。武俠小說在中國的寫作裏面是不入流的，那是什麼玩意兒嘛。一個人可以飛簷走壁，哪有這事呢？這麼個神怪的東西嘛。

「如果談裏面的俠義部分，金庸自己沒有一樣做得到，什麼華山論劍，論個鬼劍！那些人小氣巴拉，有沒有給慰安婦捐點錢啊？打日本有沒有搞個運動啊？都沒有！自己發了財就做自了漢。金庸到我家來拜訪我，跟我談，說他信佛的。我問他，那你的財產怎麼處理的？有沒有捐出來？按照佛經，你就全要捐出去，要散盡家財啊，可是他沒有。（信佛）絕對假的！

「如果小說看得過癮那是一回事。你看電影中演員在空中飛來飛去，一看就是假的嘛！演員吊鋼筋吊鋼索都是假的嘛！對不對？所以大家都被糊弄了，都被騙了！但是，有的東西你擋不住喜歡它，比如，拉胡弦你喜不喜歡？聽了小提琴以後，你就會發現這胡弦的聲音太刺耳。為什麼呢？因為它的共鳴箱太小了，所以聲音就太刺耳。小提琴的聲音就不一樣。當你看到聽到更好的東西後，以前不好、不太好的東西你就不願看了嘛！你小時候覺得小村姑好看，但你長大覺得美女好看，這時你發現小村姑不好看了。為什麼呢？曾經滄海難為水啊，你的境界高了嘛。所以我的意思是你得比較著看。你稱讚金庸作品，但當你的境界高的時候，就不再稱讚了。我的意思是，千百萬個金庸的讀者，可能是境界低的、喜歡看他的，這些人至少是浪費時間的。有很多大學教授，科學家也願意看（金庸小說），我承認呀，（金庸寫得）神靈活現的，寫得好玩，我也承認。但我是說金庸的文與他的人本身搭不成線，（作品與人品）不一致。他談了半天俠義，自己本身卻是個小調，有什麼俠義呢？」

我不諱言，王朔和李敖都是我佩服的著名作家，他們兩個人，一個生長在北京，最初成名也在北京；一個出生在北京，成長在台灣，最初成名也在台灣。但兩個人都憑藉作品揚名世界，備受包括我在內的讀者的喜愛。恕我直言，上述王朔、李敖針對金庸作品及個人的批評，我卻不能苟同。

在我看來，寫小說與做飯炒菜一樣，都存在眾口難調的問題。有人好肉，視青蔬為寡淡之物；有人怕膩，有葷則反胃。這與菜肴關係不大，全憑食客的口味習慣。小說也一樣，同為經典名著，喜歡兒女情長的人不喜歡《水滸傳》，喜歡歷史軍事的人認為《西遊記》的孫猴子太不真實……對於金庸的小說，讀者大眾與作家同行一樣，其評價也褒貶不一，甚至冰火兩重天。

喜歡並推崇金庸的人，認為他應與中國現代文學大師級人物魯迅、郭沫若、茅盾、巴金、老舍、曹禺（俗稱「魯郭茅巴老曹」）齊名，但不喜歡他的人，則說他的武俠小說僅僅是娛樂大眾的庸俗之作，很難登上大雅之堂。其實，我沒有能力評價金庸作品的優劣，也不想具體地反駁我所喜歡的王朔、李敖對金庸作品及個人的負評觀點。我想，把對文學作品的「爭鳴」觀點擺在桌面上，讓讀者自己思考、比較、判斷與鑒別，可能更有意義。

在此，我僅以讀者的角度說，中國之大，讀者之眾，完全能夠容納金庸、李敖、王朔和千千萬萬個作家及其題材不同、風格迴異的作品。百花齊放時，才是滿園春呢！

當然，文學批評，包括李敖、王朔式坦白地、自由地對金庸的批評，都是我們樂意看到的積極而健康的氣象，也是批評者思想獨立與襟懷坦白優秀品質的生動體現。

我想用金庸同名小說改編的電視劇《雪山飛狐》的片尾曲《追夢人》（羅大佑詞曲、鳳飛飛唱）作為本文結尾。在我過去三四十年的人生旅途中，這首歌成為我抵禦憂鬱和失落的精神良藥：

讓青春吹動了你的長髮，
讓它牽引你的夢。
不知不覺這城市的歷史，
已記取了你的笑容。
紅紅心中藍藍的天，
是個生命的開始。
春雨不眠隔夜的你，
曾空獨眠的日子。
讓青春嬌艷的花朵，
綻開了深藏的紅顏。
飛去飛來的滿天的飛絮，
是幻想你的笑臉。
秋來春去紅塵中，
誰在宿命裏安排？
冰雪不語寒夜的你，
那難隱藏的光彩。
看我看一眼吧，
莫讓紅顏守空枕。
青春無悔不死，
永遠的愛人……

謹以此文紀念金庸百年誕辰！

好聽的粵語歌

大家知道，我國的官方語言是普通話。但地方方言（包括少數民族語言）也依不同地域的民族習慣得以保留。根據 2019 年的《中國語言文字概況》介紹，按照常規劃分，我國有十大方言：官話方言、晉方言、吳方言、閩方言、客家方言、粵方言、湘方言、贛方言、徽方言、平話土話。我發現在上述方言中，唯有粵方言既叫「廣東話、白話」又稱「粵語」。而用「語」指稱某一種語言，往往習慣上是指他國語言，如英語、俄語、日語等等。從這個角度看，被稱為「粵語」的方言 —— 廣東話，的確是有幾分特殊性呢。

人先會説話，而後才會唱戲。於是地方方言孕育了地方戲，如秦腔、豫劇、越劇、吉劇、瓊劇、花鼓戲等等，它們又以戲劇的方式傳播著方言。進入現代社會以後，人們已經不再滿足於僅僅欣賞戲劇了，大量的歌曲，尤其是更易於傳唱的流行（通俗）歌曲，成為深受大眾喜愛的精神食糧和娛樂產品。在浩如煙海的流行音樂作品中，當然是以國語歌（普通話演唱）為主流，但要是把用方言演唱的歌放在一起比較，則粵語歌無疑是獨領風騷的，且它超過其他方言歌曲足有十條街之多。

我小時候在關中農村放羊，鄉村大槐樹上架著大喇叭，播放的內容有時候是「語錄歌」，有時候是秦腔或眉戶，偶爾還有豫劇（那時西安北郊有超大的河南人社區）。當我十八歲參軍後，聽的歌、唱的歌就都成了嘹亮的軍歌了，當然偶爾也會走進部隊所在地——湖南邵陽的劇場，看看花鼓戲。

時間來到八十年代初，香港製作的電視連續劇《霍元甲》跨過羅湖橋（粵港邊境口岸），走進了中國內地的千家萬戶。頃刻之間，一代義薄雲天的武林大俠，以滿腔的愛國熱情和天下無敵的拳腳功夫，紅遍了大江南北。而電視劇插曲——粵語歌《萬里長城永不倒》也以雷霆之力，穿透了億萬聽眾的耳膜。它優美且淋漓酣暢的旋律，豪邁且激情澎湃的歌詞，直接擊打著聽眾的心靈，激勵著人們熱愛祖國的精神和奮發向上的力量。

中國的改革開放是以設立深圳經濟特區為發端的，進而實施起沿海城市及全國開放的大戰略。如果說改革開放政策對經濟領域的影響，是以城市建設的飛速發展和國民收入的不斷增加為標誌的話，那麼在文化藝術，尤其是流行音樂方面的影響，則是以思想的豐富性、音樂的多元化、風格的創新與國際風為前沿標誌的。

在傳播技術上，也是從廣播、電影、電視，再到無線電、電腦、手機等，不斷地推陳出新，不斷地優化音樂效果；黑膠唱片受盒式磁帶衝擊，盒式磁帶被 DVD 超越，DVD 又被電腦 U 盤超越。未來會是什麼？我雖不知道，但我相信技術進步不會停歇。技術為藝術插上了翅膀，於是神州大地早就讓粵語歌暢行無阻，影視劇好看歌也受歡迎，歌好聽反過來又提升了影視劇的收視率。

繼《霍元甲》之後，香港製作的電視連續劇一波又一波深入內地，一首首經典的粵語歌也隨之令人難忘：《上海灘》中葉麗儀唱的同名插曲；《義不容情》中陳百強唱的《一生何求》；《萬水千山總是情》中汪明荃唱的同名插曲等等，都是故事牽動人心，歌曲感動人情的成功範例。

榜樣的力量是無窮的。一首好聽的粵語歌開了頭，一批粵語歌就排隊跟上來。於是，在香港樂壇打過「爭霸戰」的譚詠麟、張國榮，也在內地收穫了眾多粉絲；「四大天王」張學友、劉德華、郭富城、黎明也把他們的光芒照射到神州四方；台灣出生的鄧麗君，以其獨特的唱功征服了華人世界。她本來是以唱國語歌為主的，但到了香港，她竟然也苦學粵語，奉獻了《漫漫人生路》等一首首好聽的粵語歌；而北京姑娘王靖雯，在香港更名為王菲，竟然坐上了樂壇大姐大的高位……

當然，香港樂壇似耀眼的銀河，巨星閃爍，佳作迭出。作為聽眾，有如口味刁鑽的食客，呈現「蘿蔔白菜各有所愛」的多元態勢。就我個人而言，除了上述經典的影視劇插曲外，我的愛好不以人取，而以歌選。徐小鳳的《順流逆流》，梅艷芳的《女人花》，鄺美雲的《堆積情感》，陳慧嫻的《千千闕歌》，關淑怡的《難得有情人》，羅文的《獅子山下》，劉德華的《忘情水》，李克勤的《紅日》，黃家駒的《光輝歲月》等等，都是我百聽不厭之作。

毫無疑問，香港樂壇的市場化程度高，國際視野也領先於中國內地，他們雲集了大量人才，習慣與日韓、美歐及中國台灣地區等同行合作，既有大量原創作品，也有許多引進翻唱作品。這樣一來，粵語歌的氣質，不像是地域性的，而更像是國際性的。

我相信對語言與地域的熱愛可以通過血緣傳承，儘管我至今只學會了幾句粵語，比如：

——你幾點返到屋企（你幾點回家）？

——你鍾意食點乜（你想吃什麼）？

——我真的鍾意你（我喜歡你）！

——你搵邊個（你找哪位）？

但我女兒張可盈卻完全學會了粵語，還考入了香港演藝學院學習。為了唱歌，她拜在著名聲樂教育家洛詩婷門下，與容祖兒、鄧紫棋、楊千嬅、周慧敏、蘇永康等，成為同門學子。

學成後，我們與香港「愛得茂音樂機構」合作，為她量身定做了原創粵語新歌《記得你的名字》、《鐵牆》、《他朝君體也相同》等；還與音樂製作人陳思敏合作，以「致敬粵語經典」為題，翻唱了譚詠麟的《一生中最愛》、陳百強的《一生何求》等。也許女兒的粵語歌是地道的粵語味，央視幾次邀請她登台演唱，先是《萬水千山總是情》，後是《餓狼傳説》。

最後，我想用女兒原唱粵語歌的歌詞（呂喬恩作詞，Juliet Piper 作曲），作為本文結尾：

漆黑一片　看不清　鏡中的那人
睜開雙眼　那一刻　刺穿的眼神
gonna find myself gonna find myself
自由地唱　自由地想
活著就是要彼此發亮
自由做我　撇去心中偶像
豁出去發放最真的氣場
Hey I'm gonna find my way
不要魯莽跟風向
以勇氣勇敢找去向

Hey I'm gonna find my way
要確信放膽不怯場
要放眼世間多漂亮

快快快快衝出鐵牆
跳跳跳跳出想像
快快快快衝出鐵牆
跳跳跳跳出想像
新的感覺　太逼真　再不想遠離
深深傾聽　那顆心　發聲很細微
gonna find myself gonna find myself
盡情地唱　盡情地想
造夢就是要點抽象
為求脈搏擴張得不正常
豁出去我要細胞都跳躍
Hey I'm gonna find my way
不要魯莽跟風向
以勇氣勇敢找去向
Hey I'm gonna find my way
要確信放膽不怯場
要放眼世間多漂亮

快快快快衝出鐵牆
跳跳跳跳出想像
快快快快衝出鐵牆
跳跳跳跳出想像

找找　找到我的方向
想想　超脫我的所想
活著　不要呆著坐著
真的　感覺才是漂亮

我和車的故事

我對車具有常人所沒有的情結，原因是小時候總被車「傷」。當然，我這裏說的車，是各種各樣的；所謂「傷」，也不是身體的傷，而是心傷，是一種揮之不去的令人尷尬的記憶。

先說架子車。那是關中農村的農具車，拉土運糞，拉糧運柴，樣樣都離不開它。當然，我也被父母親放在架子車上，走過舅舅家、姑姑家的親戚。這種車的車廂淺，父親拉著，母親推著，我們兄弟姐妹坐在車上。本來覺得挺好玩，但彼此擁擠著也撕扯打鬧著。這就可能不小心跌出車廂，摔個頭破血流也不一定。於是父母一路走著也大呼小叫著；當我們乖乖坐著時，卻覺得同路上行走的牛馬車更好。坐牛馬車上的大人小孩不費力氣且從容淡定。他們享受著牛馬大車的奢華服務，實在叫人羨慕與嫉妒！

但當我也遇到機會，坐上生產隊裏的牛馬車時，那種比架子車舒服和威風的感覺，卻很快被擦肩飛過的自行車搶了去。你乘牛馬車上縣城，人家騎車去的人已經踏上返程，這個速度又叫人有些鬱悶。

顯然，在上世紀七八十年代，我們關中農村的鄉親們把自行車當成衡量貧富的指標，各家各戶的姑娘出嫁時，也把自行車當成向公婆家索要的彩禮且是必備的結婚條件之一。

我們家那時是有自行車的，但是太舊了，加上我父親的修車技術不怎麼到位，騎上那輛車上路後，感覺有些沉重不說，壞到半路、不得不扛著回家的概率也不低。這讓我十分羨慕鄰居家那一輛新買的飛鴿（名牌）自行車。

高中畢業時，我們同學們計劃到縣城照合影，我去借鄰居家的飛鴿，鄰居說：「太不巧了，車胎扎破了，沒氣了，不信你捏一捏……」他用手捏著車胎，顯然是沒氣的。後來父親說，人家平時不用車時，就有意鬆開車胎氣門芯，用車了再臨時打氣。

我十八歲當兵離開鄉村，第一次與幾十號新兵，站上了解放牌大卡車的車廂；第一次坐上了綠皮悶罐火車……

1979 年初，我所在的工程兵十五連，駐紮在湖南郴州資興市鯉魚江大壩，參加東江水電站建設大會戰。當時我擔任連部文書。一天清晨，我去炊事班為連部挑開水，上山坡時由於雨後路滑，結果不小心摔倒了，兩桶開水也倒了，我的左胳膊被嚴重燙傷。那天營教導員趙俊哲正好來我們十五連檢查工作，見我受傷，他立即讓司機拉我去十公里外的營部衛生所醫治。我坐上綠色吉普車司機的右手位置，飛馳在湖南的公路上，一時忘記了燙傷的疼痛，反而感到十分慶幸，覺得有機會像部隊首長一樣，坐著這樣的「指揮車」，受傷受得值了——要知道，《南征北戰》中的張軍長，就是坐著類似的吉普車的呀！

1980 年正月十五，我因工作調動，從湖南乘火車到北京，出了北京火車站，我按戰友寫的路線，在車站上了 103 路公共汽車，前往部隊指揮所所在地阜成路 8 號。我一上車，卻發現車廂站滿了人，我在「肉林」的縫隙擠著站著，後背上的軍人背包卻被車門夾住了。也許是我當時只會說的陝西方言令我無膽開口，汽車啟動上路以後，女乘務員卻用「捲舌音」嘲諷我：「你，你，這位解放軍同志怎麼啦，你被車門夾著了，咋就不知道吭一聲兒！」

大概由於北京城首次乘車的不順利，給我留下了心理陰影。之後兩年裏，我穿著軍裝，乘坐了無數次公共汽車。為了避免尷尬，我每次都要事先弄清楚行車線路與站點，避免開口問路；每次也都早早買好車票，避免因涉嫌逃票而給「解放軍同志」抹黑。那個時期，我既羨慕北京城裏騎著自行車上下班的人，也羨慕手持月票隨便乘坐公共汽車的人。

我帶著這個心理，於 1984 年轉業到西安，一年後調入深圳。當我因在部隊入黨、提幹，從而有資格轉業、調動，先成為西安、後成為深圳市民時，我才先後購買了兩輛飛鴿牌自行車，也先後擁有了兩個城市的公共汽車月票。我以此消除了一個在農村長大的、後來以轉業幹部身份進城生活的人，在地地道道的城市人面前的自卑感。

可是歲月流逝，時光改變著人們的價值觀。當改革開放的春風在深圳激盪時，人們的早已把「飛鴿」忘在了腦後，乘坐公共汽車更成為「打工一族」的標配，出入有轎車，招手叫「的士」才是成功者的習慣動作。

1988 年春，當我接受深圳物業集團公司委派，到其下屬的海南新達公司擔任貿易部經理時，公司分配給我們部門兩輛進口的本田 125 型摩托車。我以為能學會騎自行車的人，就能學會摩托車。結果不錯，我很快考取了摩托車駕駛證。

駕駛摩托車的要點是在不同的路況下，對車輛進行有效控制。我開始輕視了這一點，於是有一次在海口街頭駕駛摩托，載著穿黑色皮夾克的休班空姐，路過一段工程車灑露著沙子的彎道時，由於車速太快，拐彎路滑，我與空姐雙雙摔傷住院了。經過兩個多月的寂寞養傷，才終於出院。也許正是這個教訓，才令我下決心學習汽車駕駛技術。心想，一定要把「肉包車」的摩托車，換成「車包肉」的汽車。

一年後的 1989 年底，我就升任海南新達公司總經理了，待遇也隨之提高了。公司一把手專用的日產公爵王轎車這時自然就配給我用了。而當公司規模擴大之後，我又借用海南的優惠政策，先後進口了好幾輛轎車，有日產的雷克薩斯、德產的寶馬，甚至還有一部美產跑車。只是跑車與公司業務沒有關聯，很快就作為進口貿易商品，轉讓給一位販賣海鮮的暴發戶了。

有朋友誇我，說我比以前自信多了。我也捫心自問，這個自信也許來自許多方面，有來自別人對我稱呼的改變——小張、張幹事、張秘書、張經理、張總、張董事長；也有來自我使用過的交通工具的變化——架子車、牛馬車、自行車、公共汽車、摩托車、小轎車。

人大概都難免俗。改革開放四十多年來，中國人民早就響應黨中央的號召，「把主要精力轉移到經濟建設上來」，而經商、崇商、養商，也漸漸改變了傳統的「士農工商」的順序。再說，「白貓黑貓，抓住老鼠就是好貓」也成為很長時間裏被人接受的價值觀與方法論。而在商業領域，抓住「老鼠」，就是賺到錢。

當我把海南新達公司的資產從幾百萬發展到上億時，我用的車，住的房，工資待遇等等，也都水漲船高起來。尤其是在 1995 年下海經商後，我竟然擁有了自己的私營企業，有了不止一輛的私家車，也得以從深圳遷居北京。

我坦白承認，許多時候，我確實在用自己開著的車，來掩飾從小就有的自卑感。這個目的似乎在我生活過的城市裏實現了，但當我跨過羅湖橋，進入香港，我脆弱的小心臟就又受不了了。

受上世紀末英國規範影響，香港的道路設計是「靠左行」模式，汽車方向盤也在車的右手邊，這與中國內地正相反。按照香港的相關法律，持有中國內地駕照，在香港不能開車。即使能開，那麼習慣於左舵駕車的內地司機，面對「靠左行」且無比複雜的香港路況，往往也心存畏懼。

我從 1986 年起到 2014 年止，一直是作為商務考察或內地遊客的身份前往香港的，儘管這個過程發生了從口袋無錢到有錢的變化，發生了從住廉價賓館到星級酒店的變化，但「開不了車」，彷彿仍是無法改變的窘迫現實。

在香港開不了車，也就不想開了。於是我學會用「八達通」坐地鐵、乘巴士。但我早在第一次到香港時，就產生了嚴重的錯覺——我以為香港開出租車的人都是李嘉誠家的親戚、都是有錢人。在香港回歸前的那些年，他們多把中國內地公幹人士及遊客戲稱為「表叔」，而那時我們囊中羞澀，也常常被的士車上不停上調的咪錶金額嚇得心臟狂跳……

香港的士司機無疑是香港服務業天然的代言人，但他們從前大多聽不懂普通話，我們又說不了粵語，於是在關於路線、車費問題上就常出誤會，許多摩擦也就避免不了。這種經歷，導致我慢慢不願在香港坐出租車了，但看著飛馳在香港街頭巷尾的的士，尤其是各種款式的私家車，我就又難免心生羨慕之情。

2014 年底，我的女兒計劃考香港高校，我們當父母的當然以孩子的學業為重，於是就陪她到九龍塘一所中學上預科並上粵語速成班。為此，我們在火炭地鐵站附近的小區租了房，從北京遷到香港，成為一個「港漂」家庭。

半年後，女兒如願考入香港演藝學院，成為該年度唯一一位中國內地新生。作為家長，我既高興，又擔心。高興的是，我這個在 1979 年高考落榜的人，竟然培養出就讀於香港的大學生。擔心的是，作為內地新生，她的粵語尚不熟練，住在租住的公寓中，來去學校再乘路線不熟的公交車⋯⋯如此一來，她會不會產生不適感？會不會缺少應該有的自信心？而演藝是個吃舞台飯的職業，不自信會不會導致內向與怯懦的性格？這種性格又是這種職業之大忌。為此，我想通過一些外部措施，盡力避免她形成這種性格。

某日，我和一位深圳朋友一道，光顧了位於九龍紅磡的奔馳專賣店。對比同款車的深圳報價，這裏的車幾乎是深圳的半價水平。半小時後，我辦完了購車手續。在香港買車，須先有車位證明。好在我在朋友幫助下，事先在沙田停車場租到了車位。車行按約定時間辦好車牌，並送車到停車場，我之前也用中國內地駕照和住址證明（即租住公寓水電費憑據），在香港運輸署換領到香港駕駛證。

本來，我想請教練教教我右舵方向車的駕駛方法，可認識的幾個朋友時間不湊巧，我又不想再等，於是就自己在停車場裏練習了三十圈，然後就駛出停車場。上路後，我見香港的車速普遍比內地快，而我是新手，每每遲緩一下，就惹得後面的車鳴笛抗議，慌忙之間，車輪還屢屢壓上馬路牙子，甚至幾次出現逆行的大錯⋯⋯

一個在內地已經習慣按肌肉記憶開車的人，在香港要給自己腦子裏重新置入一套駕駛理論、法規、習慣等，確實要下一番功夫的。好在我一直崇拜電影《追捕》中的杜丘——人家沒有開過飛機，尚且敢於上去駕駛飛機飛上藍天，我以前是一位中國軍人，咋就當不了一個香港司機呢？

信心帶來動力，也帶來膽量與機智。於是，我一有時間就駕車出行，先近後遠：鑽海底隧道，上太平山頂；北上深圳皇崗口岸，南到淺水灣、赤柱海灘；去深井吃燒鵝，到西貢嚐海鮮……熟能生巧，當路走得多了，罰款繳納的也不少了，我便完全變成了香港司機。即使不用導航，也能在香港任何一個地方「遊車河」。

「閨女，放學後，在學校側門停車場找爹！」我經常在接女兒放學時，先到學校停車場，再這樣發信息給她。

可喜的是，女兒在學校與老師和同學們處得挺好，學習也十分用功，她第一年就獲得了香港政府頒發的年度獎學金八萬港幣，當年就登上紅館舞台，演唱了獨唱歌曲。

在香港有了自己名下的車，神奇的是車牌號竟然與北京的車牌後四位完全一樣。這讓我產生了這樣的感覺——我的生活圈不僅有北京，而且有香港，所謂的「雙城記」的生活，也許就是這種體驗。

有車如同有了一雙自由飛翔的翅膀。此後，我在香港居住的時間多了，幾乎駕車走遍了全港除了軍事禁地、邊境非許可區域以及有「私家道路」標誌外的所有道路。這讓我這個「港漂」有了以港為家的意識，也漸漸愛上了這一方山水寶地，愛上這顆「東方之珠」。

我隨後又向香港運輸署申領到國際駕照，且在日本、韓國、泰國、德國、法國、英國等地自駕遊。當然，如今出境自駕遊除了具有左右舵駕駛技術和國際駕照之外，更重要的是手機這個不可缺少的輔助工具。我不懂外語，但我可以用微信上的互譯功能與租車公司的人交流，辦租車、還車手續，可以用手機預訂酒店，可以通過酒店預訂信息上的地址或電話號碼設定導航，還可以選用語音導航……

當我在東京成田機場接自成都飛抵日本的女兒時，我開著租來的車。女兒坐上車，驚訝地說：「爸爸，這是哪兒？這不是北京哦！」

「你爸能在北京開車、在香港開車，當然也能在東京開車！」我驕傲地回答，女兒的眼神當然有佩服的味道。當我獨自在倫敦租來汽車，開到我們入住的酒店門口，且讓蒙在鼓裏的夫人下樓乘車外出吃飯時，夫人同樣驚訝：「你好大的膽！」

雖然我首次開車帶夫人去一個路邊餐廳吃了飯，因違章停車吃了一張罰單，但在其後我們倆的自駕遊行程中，還是體會到了有車的便利與自由。

有一次，我們開車到了倫敦以外一百多公里的一個城市，我問夫人：「咱們參觀一下這裏好嗎？」

「沒有導遊，咱倆不懂英語，能看懂什麼呢？」

「我自有辦法！」我停了車，先用手機發了一個中文定位給夫人，然後查看定位地址的名稱，發現當下我們已置身於英國倫敦郊外的「坎特布雷市」。我隨即把「坎特布雷市」輸入百度搜索，傾刻，有關坎特布雷市的資料應有盡有。

「這個解說器好過導遊吧？」我揚了揚手機，夫人笑了笑：「真有你的！」

午餐時，我們倆看著英文菜譜，卻不知道如何點菜，尷尬一陣後，我把菜譜丟在一邊，問夫人：「想吃什麼？我知道怎麼點了！」隨後，我把夫人想吃的牛排、羅宋湯、水果沙拉輸入「百度圖片」，一一搜索出這幾個菜的圖片，然後向服務員展示。

「OK！」服務員一下就懂了。

當然，我在許多國家當外國人、當中國人。當我以自駕遊的中國人身份與當地不同朋友發生交集，用微信翻譯交流時，我受到了不少讚許。這個讚許表面上看是因為我的勇氣與能力，實際上卻是因為中國的經濟發展與國家地位。每到這時，我便自覺地謹言慎行，心想「可不能給咱中國人丟臉！」

我必須要說，一個從前乘坐架子車的關中少年，今天發展為能夠進行世界範圍自駕遊的發燒友，這是一個普通的中國人的人生故事，也是一個中國夢的鮮活例證。

許多年來，許多人一說起美國夢、淘金夢，就顯現出「外國的月亮圓」的偏執情緒，但我卻自豪於不懂英語的自己，實實在在地實現了自己的「中國夢」!

港澳碼頭

説起來，香港島四周的碼頭是不少的，但港澳碼頭可能是最大的客運碼頭。儘管與之通航的地方不止一個，但主要的還是港澳之間的往來。

我小的時候，是從廣播或電視上聽到「港澳」一詞的，好像是國家領導人在講話中，有一句規範的用詞：「全黨、全軍、全國各族人民、港澳同胞、台灣同胞、海外僑胞……」當初不知道，「港澳同胞」指的是兩個地方的同胞。想必把兩地同胞並列放在一起，一是出於簡化的需要，二是兩個地方在殖民時期的情況類似；三是香港地大人多，所以就排名在前。

當然，港澳都是資本主義社會，且這個社會形態在「一國兩制」的實踐中延續至今。與之相呼應，港澳也以其相互毗鄰的地理優勢，成為市場互補的經濟區。在產業政策上，好像雙方也有過溝通與商量似的，香港禁賭，澳門卻又把賭業合法化。於是乎，兩地人員來往便有了動力，兩地的經濟發展也揚長避短，互相促進，共同繁榮。由此可見，這樣一個碼頭，已然成為港澳遊客最為熟悉的水陸交通樞紐，它把香港和澳門緊緊地聯繫起來，使南中國海邊的兩個城市像是兄弟城、姐妹市。

可是我在 1986 年第一次踏足此地、入住信德中心酒店時，尚不知所住酒店竟然與港澳碼頭幾乎是連體建築，而只知信德中心是香港島沿維多利亞港海岸的高樓大廈之一。我那時覺得，信德中心耀眼之處在於，它是由兩座大廈組成且比肩而立著。它與香港另一個繁華城區 —— 九龍尖沙咀城區隔海相望。令人難忘的是它方正的建築外觀上，有上中下三條紅色裝飾線，像是設計師給盒子狀的大廈，紮上了紅色的腰帶。我私下稱它為「紅腰帶大廈」，好在與人交談時提起，倒也十分容易理解。

當時，我在深圳市物業發展集團公司就職，那是第一次受邀訪港。那時的香港，還在港英政府執政時期。接待方是高氏父女，他們安排我們入住於信德中心大廈中的信德酒店。至於高先生與信德中心有什麼關係，現已淡忘了。

記得我們一行五人，一切出行活動都要按當時的外事紀律執行，只能集體行動，不能脱隊獨行。否則，就要被問責處分。不過，我們作為那時的國企員工，工資待遇不足以支持我們在香港的自由活動，因為高度市場化的香港，不花錢就寸步難行。

我們雖然住在信德中心酒店，卻不知該同名酒店其實是信德中心的功能之一，它的樓上還有寫字樓；樓下還有兩個塔樓相連的裙樓 —— 那是體量闊大的商城。且商城通過四通八達的過街天橋，行人走廊及地鐵通道與中上互聯互通；更重要的是，機動車道路竟然自樓下穿行通過，此乃典型的道路上空建大廈。當車流鑽進大廈體內，又自信德中心駛離時，便可看到樓宇通道的上方，正面朝內的交通導示牌上，寫有「林士街停車場、中環、中環西區及九龍」，且三個方向各有不同的箭頭指示。這説明從信德中心車道行出的車輛，可以分流到三個不同的方向上去⋯⋯

可以想像，作為港島的一個交通樞紐，與港澳碼頭相鄰的停車大樓，即林士街多層停車場肯定屬其配套設施。我有意在現場察看，停車樓似有九層之高，且樓體寬闊，想必有成百上千個車位。當然，與任何交通樞紐一樣，這裏也設有巴士站、的士站等。而上環地鐵站多個出入口也分設於地面、地下及天橋等處。

港澳碼頭其實是一個獨立的異型建築，它位於信德中心北側（海邊）。也可以說它是個離岸建築，或者說是海水裏的建築，只是它通過廊橋，與信德中心連為一體了。於是，從港澳碼頭離港，須先經過信德中心；從港澳碼頭入港，也必須經過信德中心。

我在多年以後，才知道名揚四海的「賭王」何鴻燊，早年在澳門發跡，通過澳門葡京酒店而財源廣進，在具備雄厚的經濟實力之後，便在香港開發了信德中心建築綜合體。他獲得澳門特別行政區政府頒發的賭博牌照，亦獲得了港澳政府將港澳客運碼頭與其信德中心規劃為一體的政策優待。當然，信德中心雙子座東樓樓頂有「招商局」三字廣告招牌，西樓樓頂有「信德」兩字廣告招牌，就其物業產權而言，想必還有其他參與者。

商業邏輯告訴我們，財源離不開人流。何先生通過港澳水上客運，給澳門送去了源源不斷的人流，在這些人流當中，賭客的比例是很高的。我們可以猜到，澳門特別行政區政府收取的博彩稅、賭王的財富之大山中，有很大比例是由港澳碼頭輸送而去的！

2023 年 7 月 19 日上午，我陪同北京的朋友蔣先生及其夫人來到中環港澳碼頭，準備乘船前往澳門氹仔，去著名賭城遊玩兩日。我在候船時默想，這碼頭自有碼頭的功能，它是船來船去之地，它是客到客走之所，它在藍天白雲下悠然自得，它又在狂風暴雨時風雨飄搖……

我們三人乘噴射船，僅一小時就抵達澳門氹仔碼頭。氹仔碼頭與澳門路氹城、澳門機場等同屬澳門回歸祖國後，由填海造地而發展的新興區域，當中的項目包括澳門科技大學、「澳門蛋」（東亞運動會體育館）、路氹金光大道等。其中以路氹金光大道規模最為龐大，計劃興建二十家各具特色的酒店，如「澳門倫敦人」、「澳門巴黎人」、「澳門威尼斯人」及四季酒店、新濠天地酒店等，這些酒店共有六萬間客房，總投資額超過了一千億澳門元。

我把澳門回歸前的景象與眼前相比，看到氹仔碼頭是新建的，盡顯其現代、豪華與便利性。我們搭乘的士，花三十多塊澳幣，就到了我們通過攜程網預定的澳門倫敦人喜來登酒店。由於正值中午，辦理酒店入住登記的人排了回字形長隊，我問大堂值班者，我們排隊的話，多久能排到？他禮貌但平淡地回答：「兩個小時後。」也許正值七月暑假，遊客太多了，酒店大堂與我老家的集貿市場一樣熱鬧。

在網上預訂酒店時，我以為名叫喜來登的酒店如同中國內地一些城市一樣，會是一棟獨立的大樓，酒店招牌設於大樓外牆醒目處，酒店大堂寬敞、明亮、奢華。但令我意外的是，這裏的喜來登，卻只是名為「澳門倫敦人」的商業綜合體之一小部分。因為除了酒店客房外，還有購物城、娛樂場（俗稱賭場）、美食城等。單就酒店而言，「倫敦人」裏有康萊德酒店、倫敦人酒店。

酒店大堂處於倫敦人商業走廊一側，與之相通的是最豪華、最寬大、燈火通明的空間——「娛樂場」。

我們寄存了行李，從挑空大堂中的電動扶梯上到四樓，到同時可以容納數百人就餐的「美食廣場」，一人吃了一碗澳門煲仔飯，然後返回一樓大堂。當我們的腳步在「娛樂場」門口徜徉，場內的燈光和綽綽人影，時不時傳來的興奮的尖叫聲，都在誘惑著我們。我於是轉向朋友：「要不，我們進去參觀一下？」

我是進過賭場的，蔣先生與夫人是第一次。也許是中午時分，一大片賭桌，有的圍滿了人，有的上客過半，有的僅有一兩個人，還有的賭桌只有發牌的莊家一人呆坐，像是湖邊垂釣者，在靜靜地注視著走入賭場、游弋於賭桌前的客人。我感覺我們像三條魚，明知釣者不善，還是抵禦不了「香餌」的誘惑。

「要不，咱們限購買一千元港幣的籌碼，兩男各四百，一女二百，輸完即止。以此體驗一下輸錢贏錢的感覺！」

蔣先生和夫人笑著點頭，於是我們照辦，拿了籌碼，輪迴到一個牌桌前。這個桌只有一個三十多歲的賭客，臉黑髮短脖子粗，坐在椅子上，腰圍的脂肪擠出了圈椅椅背，十足一個「大塊頭」。我們先看他押注，再看他翻牌，他先贏一局，又輸一局，第三局我與蔣先生跟著下了注，等大塊頭翻開兩張撲克牌，莊家便給我們倆的籌碼上加摞了一疊籌碼，我知道這一局我們都贏了，便和蔣先生收起籌碼，離開牌桌，轉身在一旁細細一數，每人竟然贏有一千多塊。

「好了，我們首賭即贏，保持贏錢的心情就是了！」我這樣說著，三人就已起身走向籌碼兌換處，可蔣先生想讓夫人也體驗一下，夫人不願意，於是我與蔣先生又換了一個牌桌，這個牌桌也只有一個客人，他年齡在五十歲上下，衣著光鮮，看上去高深莫測。

我們看他幾次下注，可都沒有贏，正在我們猶豫之間，莊家女士笑著看我們，好像在問：「你們下注嗎？」我們於是像剛才一樣，跟著「高深莫測先生」下注，可這回不走運，頃刻之間，莊家一聲「和啦」，就沒收了我倆每人五百元的籌碼。

我們不敢繼續，趕緊兌換了剩餘的籌碼，一算，前後二十分鐘，拿著淨賺的 1000 元離場。雖然只是一張千元港幣，但它卻帶給我們半天的好心情。

「小賭怡情呀！」我這樣感嘆。

傍晚，華燈初上，我們走出「倫敦人」，徜徉在「威尼斯人」、「巴黎人」、「新濠天地」等大型商業綜合體室外。這個以歐洲人稱謂命名的城區，在建築造型上極盡奢華之能事。「倫敦人」外觀好似白金漢宮、「巴黎人」門前有埃菲爾鐵塔、「威尼斯人」的外觀就用了威尼斯水城的經典建築。這些歐範的建築，在旖旎而迷離的燈光夜色之下，營造出無比繁華的澳門新城夜景，許多遊客興致勃勃地拍照留念。但我卻想，六萬間客房，對應著多大的娛樂場呀！何況這裏的酒店投資方，說是投資酒店，其實都是奔著博彩業、奔著娛樂場而去的。而來澳門的遊客，想必計劃到娛樂場試試身手和運氣者，也不在少數。

按說，我是不該沾賭的。我小時候聽父親說，我爺爺三個同胞兄弟，一人因染賭而敗家。於是我爺爺給我父親定了規矩 —— 此生不可碰賭。我父親牢記父命，窮其一生，沒有碰任何賭局；我父親亦給我定了同樣的規矩。為此，我連麻將和撲克也不打。可到了澳門，住在了賭場酒店，好像環境與氣氛馭使著我，儼然似一賭客，與朋友一道邁步下場。

我其實做了心理建設 —— 三個人限於一千元港幣，即一頓好點的飯錢，以此投放賭場，就當是三個人的參觀門票吧。再說，博彩業乃澳門特別行政區政府准許發展的旅遊產業，且是支柱性產業，作為遊客，在此「小賭」，既為法律所接受，又為旅遊生活添樂趣，似乎是可以安心接受的活動安排。

次日上午，我們三人到「倫敦人」室內商業長廊裏一個裝修得十分「倫敦範」的咖啡館用早餐，與我們為鄰的食客，像是來自中國南方某省的中年夫婦，男人點了兩份早餐，但是半靠在椅背上，一副無精打采的模樣，沒有食慾，任由熱麵包變成冷麵包。當我們吃完早餐，準備去澳門老城區參觀遊覽時，一個矮胖的中年婦女興高采烈地跑了進來：「老公老公，我贏了！我贏了！」

鄰桌男人這才打起精神，問婦人：「贏多少？」

「把你輸的八千塊，全撈了回來！」

「好，好，那就好！我們不玩了！吃完早餐，回房睡覺吧！」

原來這一對夫妻，在娛樂場熬了一個通宵，男的輸了，女的贏了，錢財上扯平了，但損失了兩個人一個晚上的睡眠。

如果把進娛樂場的人按類分一下，大概可以分三類：一是贏錢的；二是輸錢的；三是不輸不贏的。但理性地想一想，或者按前人留下來的名句「十賭九輸」論，贏錢的人肯定是鳳毛麟角的，輸錢的永遠是絕大多數；而不輸不贏的人，在賭場而言，是可以忽略不計的。他們充其量給賭場經營者捧個人場罷了。

既然如此，我們這些以「參觀」為重的「賭客」，在這些娛樂場能看到些什麼呢？

我想，我們看到了在中國內地未曾見過的賭場，且豪華程度超乎想像。儘管據有關資料介紹說，有的賭場，尤其是 VIP 賭廳，是專門接待世界各地豪客的，我們尚無緣目睹，單就與酒店大堂相隔一個屏風的娛樂場而言，已經令人大開眼界了；再者，我們看到了人們在輸錢贏錢之後的別樣容顏。就拿與我們一同吃早餐的夫婦來講，輸錢的丈夫垂頭喪氣，贏錢的妻子笑逐顏開。如此情形，怕是唯有在這賭場才能看到。

當然，還有另一種發現。

我們三人吃過早餐後，就乘軌道交通來到澳門老城區參觀，首個目標是賭王何鴻燊於 1970 年 6 月 11 日建成開業的葡京酒店，這是澳門當年最大的酒店，也是澳門歷史上首家五星級酒店。我們穿過葡京酒店大堂，看到賭場沙發上東倒西歪地躺著幾個人。以前香港朋友給我介紹過，說這些人多半是賭了一個通宵的賭徒，連回酒店的力氣也沒有了；要不就是輸乾輸淨了的人，等人送錢，試圖再入戰場撈本，或等人送路費，然後打道回府。

就像任何產業都有上游與下游相對接的服務機構一樣，澳門賭場既然有港澳碼頭這樣的上游產業，又有賭場之外形形色色的當舖作為下游產業。我記得過去的老電影，有人去當舖用金銀財寶抵押借錢，以此緩解一時急需。而澳門街頭上的當舖，更多的是服務於那些賭輸了又不服輸的人。於是，這些人身上的名錶、金銀首飾或其他什麼值錢寶物，皆似螞蟻搬家般到了不同的當舖之中。

有賭王之稱的何鴻燊博士，在世時不止一次地對媒體說：「我從來不參賭的！」這是何等的諷刺呀！聲震世界的賭王，卻一生不賭。

我在查閱了許多資料才發現，何鴻燊先生的高明之處，在於他做人是賭過許多次的，只是他的賭，賭的是商機、賭的是決策、賭的是對時局的把控。

我承認，我過去一聽說「賭王何鴻燊」，就對他產生些許偏見，總覺得他不像人們口中的「地產大亨李嘉誠」光彩似的。但是今天，我卻不得不說，這種帶著有色眼鏡看人的方法，其實顯示我的膚淺或愚昧。在「一國兩制」之下，博彩業既然是特區政府支持的產業，那麼它就與房地產業一樣，沒有高低貴賤之分，何況何鴻燊投入賭業是在澳門回歸前的幾十年間。顯然，說何鴻燊先生是賭王，是指他投資賭業且成為澳門博彩業霸主的，而不是說他靠賭技贏錢，以賭為生。此賭非彼賭也。

可惜，賭雖是人性催生的行為，賭業雖為澳門帶來豐厚稅收，但總有極少數人，超過「小賭怡情」的界限，在賭海浮沉，甚至喪命於此。

八十年代中後期，香港著名電視節目主持人鍾保羅，就是因為在澳門欠下巨額賭債而跳樓身亡的；瀋陽市原副市長馬向東，也是頻頻光顧澳門賭場的豪客。他以貪養賭，以賭助貪，未料到東窗事發之後，他也只剩下走完司法程序，以死謝罪。我本來想圍繞港澳碼頭說故事的，不料受八卦之心驅使，竟然走筆到了澳門賭場，彷彿思緒到了港澳碼頭，也會順理成章地前往澳門似的。

我當然希望碼頭上絡繹不絕的客人，都不要走上賭博的道路，即便像我們一行三人，入住了賭場酒店，踏足到了娛樂場，那也讓自己處於「小賭怡情」的範圍內，輸了，當是支持澳門特區的建設；贏了，也像我們一樣，帶著輕鬆和愉快的心情，完成澳門之旅。

相守相望

我有一個「詞作家」的頭銜，儘管我為此常感慚愧。但是由於愛好之故，我確實寫過一些歌詞，也加入了中國音樂著作權協會，成為該會的一名會員。

歌詞寫作與其他文學創作一樣，寫是容易的，寫好則很難，寫出經典歌曲更是難上加難。為了提高自己的歌詞寫作水平，我選擇了兩岸暨港澳三位歌詞寫作大家作為學習的榜樣——中國內地的喬羽、中國香港的黃霑、中國台灣的莊奴。

在香港回歸祖國二十週年紀念日到來前夕，著名作曲家王佑貴先生約我合作，說：「咱倆為香港寫首歌吧！」這是我與王老師在他位於深圳梅林的工作室聚餐時，他當面向我提出的邀約。

王佑貴老師因歌曲《春天的故事》（蔣開儒、葉旭全作詞）而享譽國內外。除此之外，他還創作了許多經典歌曲，如《長大後我就成了你》、《我們這一輩》等。我與王老師曾經合作過七首歌，有《四海同春》（張英席、王慶爽唱）、《想見村裏每一個人》（劉和剛唱）、《女兒是爸爸的前世情人》（廖昌永唱）、《湖的南》（王歡唱）、《上了油畫的女人》（陳思思唱）、《人生如歌》（黃鍶琪唱）、《我的河》（王佑貴唱）。

幾個月後，這首名為《相守相望》的歌曲，就由深圳青年歌唱家龔道演唱並拍攝了 MV。全網上線後，MV 演唱版隨之也在央視和一些地方台反覆播放。儘管這首歌的傳唱度有待提高，但是作為詞曲作者，我們用真情實意，為「明天會更好」的香港送上了真誠的祝福。歌詞如下：

高山峻嶺，炎黃脊樑。
江河湖海，血脈流淌。
華夏文化，源遠流長。
忠孝仁義，代代傳揚。
黑的頭髮，黑的眼睛。
咱們不變，黃種模樣。
歷史的巨輪，迎風遠航。
牡丹紫荊，共同芬芳。
今朝明朝，南方北方。
你我並肩，相守相望！

2024 年 3 月 23 日，《香港維護國家安全條例》正式生效實施。了解這部關係香港前途命運的法例修訂過程的人，便知道它是來之不易的。

聯想到 2019 年 7 月 14 日在中國香港發生的暴力襲警事件，以及其後發生的一系列亂港暴亂事件，在上述國安條例實施之後，悲劇將不可能重演。而當下這種被時任美國眾議院議長佩洛西評價為所謂的「美麗的風景線」已經轉移到美國各大校園（美國學生集會遊行，抗議政府支持以軍進攻巴勒斯坦人集居區——加沙城），我為香港的和平穩定，為兩岸和平統一的大趨勢而歡欣鼓舞，於是便與著名作曲家孟文豪先生合作，又創作了一首《我是中國人》：

我的家在遼闊的北方，
高山大河平原鄉村，
扎下了華夏文明的根，
我是北方人／我是中國人！
我的家在富饒的南方，
水鄉田園都市古鎮，
流淌著儒家文化精髓，
我是南方人／我是中國人！
啊，我是中國人！
啊，我們是炎黃的子孫！
啊，我是中國人！
我們是炎黃的子孫！
我們都是中國人！
我的家在繁華的港澳，
一百多年的遠行，
一百多年後的回歸，
我們搭乘祖國巨輪前進！
我的家在美麗的寶島，
分離傷痛終將消逝，
巨龍的故鄉是我的故鄉，
我是台灣人／我是中國人！
啊，我是中國人！
啊，我們是炎黃的子孫！
啊，我是中國人！

這首歌用時一年半左右時間，經過反覆修改調整才完成，由于海洋、魏洛伊在《強基工程》主題演出節目上首唱。而報道這場晚會的新聞稿有如下表述：

> 為深入學習貫徹黨的二十大和二十屆三中全會精神，深入學習貫徹習近平文化思想和習近平總書記關於文化文藝工作的重要論述，持續推進「強基工程」——文藝助力基層精神文明建設行動，中國文藝志願服務團於 2024 年 11 月 29 日走進四川省涼山州西昌市開展「強基工程」主題演出，展現新時代文藝志願者服務基層精神文明建設的昂揚風貌和成果。

隨後，由男女四人合唱（張可盈 / 北方，李斯丹妮 / 南方，林曉峰 / 港澳，楊品驊 / 台灣）的版本《我是中國人》於 2024 年 12 月 12 日 12 時在騰訊音樂娛樂集團旗下的 QQ 音樂、酷狗音樂、騰訊音樂網正式上線。

在騰訊推介文字中說，每一個中國人都會熱愛遼闊的北方，富饒的南方，繁華的港澳，美麗的寶島。帶著對這片土地的熱愛，張可盈、李斯丹妮、林曉峰、楊品驊傾情演唱了這首愛國歌曲。這歌聲既是一個答案，又是一個宣言。讓我們一起聆聽這首抒發著中國人驕傲與自豪之情的歌。

作為詞作者，這首歌被我視為寫作生涯最最重要的歌詞作品。我滿懷恭敬之情，把她敬獻給我們偉大的祖國！

輯二　香江望雲

多少魅影出東瀛

2024年中國電影院線國慶節檔期中，由方勵先生導演製作的紀錄影片《里斯本丸沉沒》受到觀眾好評。這部影片講述了第二次世界大戰期間，里斯本丸號沉船事件和八十多年後發現沉船和尋找倖存者的故事。

原來，里斯本丸號是一艘日本貨船。1942年9月末，日軍在香港淪陷後的英軍戰俘營中，挑選了1834名身體健壯的俘虜，押上里斯本丸號，計劃將他們從香港運抵日本本土，充當戰爭時期的勞工苦役。

由於里斯本丸號武裝有大炮，且沒有任何戰俘標識，當貨船行駛到中國浙江東極島海域時，被美軍潛艇「鱸魚號」發現並當作日軍戰船而發射魚雷攻擊。受傷的里斯本丸在25個小時後沉沒了。但在可能逃生的一天零一個小時的時間裏，日軍不但罔顧俘虜的生命，而且害怕運送戰俘回日本做勞工苦役的消息外洩，便決定藉沉船之機溺殺全部戰俘。他們將戰俘封鎖在船艙底部，並用木條和帆布釘死艙門，防止有人在沉船時泅水自救。

戰俘們早已領教過日軍的獸性胡為，當他們識破船上日軍看守的險惡用心之後，便通力合作，通過破艙而逃生。日軍看守先是急忙開槍射殺，但因人多槍少而半途而廢，緊接著在船沉之前，他們轉乘日軍救援船，拋棄里斯本丸號和落水戰俘，急匆匆逃離出事海域。

危難之際，浙江舟山靠海漁民冒著生命危險，划著舢板在水中撈起了 384 個奄奄一息的戰俘，並給他們提供食物、衣物和庇護所。但可惜的是，船上多達 828 位戰俘或被淹死，或被日軍射殺，或隨里斯本丸號一同沉入海底……

多年後，中國電影人方勵先生，依靠有限史資，通過新技術，歷時八年，終於找到了消失在海洋深處的沉船殘骸，並拜訪了幾個僅存的親歷者、倖存者，完成了他對里斯本丸號沉船事件的採訪和紀錄片製作。

看了這部影片，我對二戰時期日軍侵佔香港的歷史產生了濃厚的興趣——

二戰前期，香港早已受英國殖民管治。當日軍進攻香港時，英國政府依靠薄弱的駐港英軍確實也阻擋過日軍，但很快就失敗了，而且英國向日本投降了。於是，從 1941 年 12 月 25 日到 1945 年 8 月 15 日，香港被日本佔領。在這個時期，日軍指揮官酒井隆最先成為香港的主宰者；三個月後，酒井隆的軍中同夥磯谷廉介接了班，且成為由日本天皇正式委任的首任日籍香港總督。這就是日本人從英國人手上拿走香港、有關戰時「總督」人員變化的概況。那麼軍事方面的具體經過是一番什麼景象呢？

1941 年 12 月 8 日，日本在成功地偷襲了美國珍珠港之後，僅僅過了夠他們喘半口氣的 8 個小時，日軍便在酒井隆司令官帶領下，從中國廣東轟轟烈烈地打入香港。儘管港英政府之前也做了一些防衛工作，具體地說，就是從 1934 年開始，駐港英軍在香港建造了所謂的「醉酒灣」防線。這個以法國「馬其諾」防線為藍本的防線，歷時兩年完成。但英國政府對日本的真實態度彷彿是「他強由他強，清風拂山岡。他橫任他橫，明月照大江」。

時任英軍駐港司令官賈乃錫少將，雖然強化了香港防線，但由於港督羅富國和英國政府的抗日態度消極，特別是首相丘吉爾，他在英國本土疲於應付納粹德國的軍事進攻，已經無心也無力向香港增兵。於是，在應對日軍入侵香港的軍力方面，除原有的駐港英軍以外，英國沒有再給香港增援一兵一卒。無奈之下，賈乃錫少將在 1941 年 7 月卸任駐港英軍司令時，説服了加拿大政府，加方反而派出了兩個步兵營，約 2000 人，且於當年 11 月 16 日抵達香港。

1941 年 9 月，莫德庇接替賈乃錫出任駐港英軍司令。這時，香港英國守軍有四個正規步兵營，包括皇家蘇格蘭步兵團第 2 營、密德塞克斯團第 1 營、第 7 拉吉普團第 5 營及第 14 旁遮普團第 2 營。此外，還有一營香港防衛軍、一連香港華人軍團、曉士軍團民兵、四團炮兵、三連工兵以及若干後勤部隊，共計 14000 人。

上述涉及香港防禦工作的大小頭頭們，雖然都有一個中國人名——賈乃錫、羅富國、丘吉爾、莫德庇等等，但實際上，他們都是純正的盎格魯撒克遜種的英國人。真正的中國人有中華民國海軍上將陳策，他率領少量的國軍海軍，也加入了香港防禦戰。

日軍在進攻香港之前，早已佔領了中國大片國土，包括臨近香港的廣東和海南島，香港此時已經成為一座孤島。1941 年 9 月，日軍參謀本部通過了入侵東南亞的所謂「南方計劃」，香港成為這個計劃的橋頭跳板。

酒井隆司令官手下的日軍第 23 軍第 38 師團是入侵香港的主力部隊，旗下包括三個步兵聯隊、一個炮兵聯隊、一個工兵聯隊以及若干後勤部隊。此外，日本海軍也派出一艘巡洋艦、三艘驅逐艦、四艘水雷艇、三艘炮艦及若干支援艦隻，實施海上封鎖和火力支援。日本空中部隊派出四十七架戰機，海軍派出五架戰機。作戰總人數多達五萬人，幾倍於香港守軍人數。

1941 年 12 月 8 日上午 8 點左右，日軍開戰後迅速摧毀英軍少數飛機，很快就獲得了香港空中優勢，步兵隨之侵入香港。作戰部隊進展之神速，令酒井隆感到驚訝。他們僅僅用時不到兩天，就突破了英軍防線。12 月 13 日，香港英方守軍退守到香港島，日軍兩次要求英軍投降，遭到拒絕後，日軍開始大肆屠殺香港非戰鬥人員。

同月 25 日的聖誕節早晨，日軍佔領了聖斯蒂芬學院的英軍野戰醫院，開始屠殺醫院裏的英軍傷病員。這天，即 1941 年 12 月 25 日下午，時任港督楊慕琦、駐港英軍總司令莫德庇，在香港九龍地區的半島酒店向日軍投降。但是參加香港保衛戰的國軍將領陳策不願投降，他率領十多名不願投降的英國軍官和三十多名國軍官兵乘坐魚雷艇實施突圍，經過四天三夜的周折，終於突破日軍的海上攔截，成功地撤退到廣東惠州。至此，香港保衛戰以英港政府投降而結束。據史料記載，英軍投降人數約 9500 人，死亡 2113 人、傷 1300 人；日軍傷亡 1996 人。

日軍隨後舉行了盛大的入城儀式，侵略者一時得意洋洋的模樣令人厭惡不已，香港三年零八個月的日佔時期就此開始。侵略軍姦淫搶掠，殺人放火，把原來美麗的都市，瞬間變成人間地獄。日佔時期，香港人口由戰前的 161 萬驟跌至日本投降前的 60 萬人，日軍的殘暴統治由此可見一斑。

中國抗戰史無法把香港保衛戰納入其中，因為投降的決定來自英國政府對日本法西斯的低頭。對比丘吉爾對德意法西斯的態度，不難看出，他們看待香港是低於英國本土的，二者存在著天地之差。面對日本侵略，他們說防守就防守，但防守不住時，那就投降罷了。反正香港淪陷投降，又不影響我丘吉爾成為二戰元勛三巨頭之一（羅斯福、丘吉爾、斯大林）。

但我作此文，忍不住要把日本在香港最後的失敗，併入日本在中國的失敗來看待。因為中國抗戰勝利，包括了把日軍從香港趕出去的勝利。這樣，我就不禁感慨：「滄海橫流，方顯出英雄本色！」回望中國抗戰，造就了多少抗日名將；細查侵華戰爭，暴露了多少戰犯嘴臉！縱觀「勝利」佔領香港的酒井隆，其雙手沾滿了中國人民的鮮血——

1928 年，酒井隆就一手製造了「濟南慘案」。他因此晉升到日軍中佐，回國後還擔任了參謀本部作戰部中國課課長，成為出了名的中國通；1934 年 8 月，酒井隆調任日本天津駐屯軍參謀長。在此任內，即 1935 年 5 月，酒井隆參與起草了《何梅協定》（指南京國民政府軍事委員會華北分會代理委員長何應欽與日本華北駐屯軍司令官梅津美治郎達成的喪權辱國的秘密協定）。在簽字儀式上，酒井隆像個屠夫一樣，他眼露凶光，拔出軍刀……國軍將領何應欽便是在酒井隆軍刀的逼迫之下簽字的。後人常把何梅協定的簽約責任歸咎於何將軍，但是仔細想一想，在敵我角力而我方處處被動的局勢下，何將軍似乎也有太多無可奈何的意味。

酒井隆還有率領日軍，把國軍和東北軍逐出東北和華北的「輝煌」戰績；1937 年，酒井隆升任步兵第 28 旅團少將旅團長並隨師團長土肥原賢二（戰後被判死刑）參加了蘭封會戰；1938 年 6 月至 1940 年 6 月，酒井隆先後擔任日本駐張家口特務機關長、日本內閣「興亞院」駐蒙疆聯絡部長官、駐蒙軍軍附等職，晉升中將；他還大搞經濟侵略，把掠奪的資源不斷送回日本。1941 年 11 月，酒井隆升任（駐廣東）日軍第 23 軍司令官。同年 12 月，酒井隆揮師南下，直取香港。日軍甫一佔領香港，酒井隆即時宣佈日軍全體「大放假」，縱容官兵大肆姦淫擄掠，無惡不作。作為佔領軍司令官，酒井隆依照當年在濟南入城時的排場，在香港同樣舉行了炫耀武力的入城儀式，隨後當了三個月的香港「軍政長官」。日本戰敗投降後，酒井隆遭中國政府逮捕，並於 1946 年 8 月 27 日，被南京軍事法庭判處死刑。

其實，當酒井隆被香港人恨得咬牙切齒的十三年前，山東濟南人民和當時的國民軍總司令蔣介石，就恨不得把這位魔鬼千刀萬剮。

1928 年，蔣介石發動了第二次北伐戰爭。蔣介石計劃通過此次戰爭，殲滅奉系軍閥，收歸東三省，完成中國的統一。但是，日本人認為蔣介石的北伐戰爭，會打亂他們攫取「滿蒙」和發動侵華戰爭的計劃。為了阻撓北伐軍，酒井隆以保護日本僑民為藉口，率領 5000 日軍進駐濟南和青島，切斷了北伐軍出關北上的必經之路。蔣介石為了打通膠濟鐵路要道，派出國民政府外交部的蔡公時，作為特派員，緊急前往濟南與日軍交涉。

不料早有預謀的日本軍官，當著全體外交人員的面，宣讀了日軍第 6 師團長關於槍斃蔡公時和 16 名外交人員的命令。隨後，不管蔡公時等人如何抗議，負責包圍這些外交人員的日本兵還是從腰裹拔出軍刀，把蔡公時摔倒並把他的頭死死地踩在腳下，然後活生生地將蔡的耳朵割掉。日本兵原以為蔡公時會哭天搶地地求饒。但蔡公時卻不屈服，日本兵接著又將他的鼻子割了下來。

蔡公時強忍疼痛，大聲怒罵：「日本人禽獸不如，士可殺不可辱，中國人一定會為我們報仇雪恨！」

日本兵憤怒至極，氣急敗壞地將軍刀插進了蔡公時的嘴裏，割掉了他的舌頭。這時，不能說話了的蔡公時，仍然怒視日本兵，他英勇無畏的氣概，讓日本兵不寒而慄。最後，日本兵殘酷地將他的雙眼也挖掉了。蔡公時此時全身早已血肉模糊。剛剛上任不到 14 個小時的他以及 16 名外交人員，就這樣被日軍殺害了！

倖免於難的張漢儒，事後將蔡公時等人遇害的經過公之於眾，一時引起全體中國人的憤慨。至今提起，國人仍然仇恨滿腔。這是侵華日軍數不清的血債當中的其中一筆血債，史稱「五三慘案」。

慘案過後的 5 月 11 日上午，酒井隆率日軍耀武揚威地進入濟南城。此後，他們見人就殺，老弱婦孺皆不放過，濟南城一時陷入腥風血雨之中……據史料記載，在這次濟南大屠殺中，中國軍民死亡了 6123 人，傷 1700 餘人。在敵我軍力懸殊的情況下，蔣介石被迫下令北伐軍撤離濟南。具有戲劇性的是，日本投降之後，在南京舉行的日軍投降儀式上，日方代表岡村寧次是向時任中國陸軍總司令的何應欽遞交投降書的。而南京軍事法庭在審判包括酒井隆在內的日本戰犯期間，何應欽自然對「老相識」酒井隆的量刑格外關注，他不可能忘記《何梅協定》簽訂時的恥辱。

為此，何應欽還專門面見中華民國總統蔣介石，而蔣總統也牢牢記著酒井隆在濟南欠下的血債，尤其是他要為蔡公時等人報仇。他口氣堅定地對何應欽說：「定不能放過他！」

在得知酒井隆獲判死刑時，蔣介石還在判決書上親筆寫下「克日執行具報」六個大字。

從 1941 年 12 月 26 日在香港耀武揚威地現身日軍入城儀式，到 1946 年 9 月 13 日走上南京行刑場，酒井隆用時四年零九個月。當行刑隊的子彈穿過酒井隆腦袋的那一瞬間，濟南與香港的死難同胞便可以瞑目了！

話說到此，我竟然想到這樣一句話：「英雄能夠惜英雄，魔頭自會惜魔頭」。當初酒井隆帶兵打跑英國人後，香港就從受英國殖民管治淪為受日軍管治。磯谷廉介就是受到酒井隆的支持、進而受到天皇的授權委任，才成為首任日籍香港總督的。

磯谷廉介與酒井隆是穿著「同一條軍褲」的人，他同樣欠著中國人民的累累血債。且看看他的履歷：

1915 年，日本陸軍大學畢業後，歷任日軍第一師團參謀長、陸軍省人事局副課長、參謀本部第二部部長；1935 年，任駐中國使館武官，為日軍著名的「中國通」，極力主張武力征服中國。次年晉升中將，任陸軍省軍務局長；1937 年，任日軍第十師團師團長，參加侵華戰爭；1938 年 4 月，擔任台兒莊戰役的日軍指揮官，繼而參加徐州會戰，縱兵任意強姦搶劫、殺害無辜平民。同年，任關東軍參謀長，強化對中國東北的殖民統治；1942 年初，擔任香港總督，是香港在開埠以來最為黑暗的歷史時期；日本戰敗投降後，磯谷廉介逃跑不成被捕，後被中國政府列為甲級戰犯；1945 年 12 月，被遠東國際軍事法庭判處無期徒刑，1952 年獲釋，1967 年死亡。

按說，日本在香港投降，在中國所有的土地上投降，在東南亞等被侵佔的國家投降，且是無條件跪地投降，其原因在於招架不了包括原子彈在內的反法西斯陣營的強力反擊，並不是他們的天皇與政府、軍官與士兵浪子回頭、良心發現。

戰後，日本在美國的脅迫之下，制定了《和平憲法》，聲言

「永不再戰」。但幾十年風雲變幻，日本右翼政治家大有「傷疤剛好就忘疼」的架勢。他們伺機而動，今天參拜供奉著甲級戰犯的靖國神社，明天在釣魚島搞些小動作，後天進行美日聯合軍演，甚至想把美國主導的「北約」引向亞洲……

有些政治新生代，長的模樣與其前輩是大相徑庭的，但骨子裏卻流淌著與其前輩一樣的血液。日本前首相安倍晉三就是這一類新生代的典型代表。他於 2022 年 7 月 8 日在奈良市街頭發表演講時，遭遇刺客槍擊身亡。從個人角度說，這是一個令人同情的悲劇。但一想到他之前狂妄地叫囂過什麼「台灣有事，就是日本有事」的驚人之語，就不出得讓人要收回對他的這一絲同情，甚至倍感憎恨了。

有人說得好，一個人的世界觀，往往來自他的出身和經歷。通俗地說，就是原生家庭對一個人具有深遠的影響力。安倍晉三的外公岸信介（1896 年 11 月 13 日–1987 年 8 月 7 日），就是老一代日本右翼政治家，屬侵華戰爭的甲級戰犯，且擔任過日本第 56 任、第 57 任首相。我們知道，所謂的偽滿洲國，本就是日本吞併中國的侵略戰爭的一部分，而這位前首相岸信介，早在 1936 年就擔任過偽滿洲國實業部總務司司長、產業部次長和總務廳次長等職，人稱「滿洲之妖」；岸信介與二戰元兇東條英機等人還被並稱為「滿洲五巨頭」；1939 年，岸信介從偽滿洲國調回日本後任商工次官；1941 年，任東條英機內閣商工大臣、國務大臣兼軍需省次官。

二戰後，岸信介先被關押，後卻因其親美反共的立場意外得到美國人的青睞與「搭救」，不僅沒有像其他戰犯那樣受到懲處，而且在 1948 年獲得釋放。因此，岸信介得以成為戰後日本政界右翼組織的鼻祖，從原來的「滿洲之妖」變成「昭和之妖」。

1954 年，岸信介參與創建日本民主黨並任幹事長。次年自由民主黨成立後，仍任幹事長；1956 年任石橋湛山內閣外相，次年出任自民黨總裁、出任首相。期間曾竄訪台灣，支持蔣介石的所謂「反攻大陸」；1960 年，岸信介不顧國內民眾強烈反對，強行修訂日美安全條約，並宣稱台灣包括在該條約「遠東」地區的適用範圍，嚴重干涉中國內政和侵犯領土主權。

從岸信介的仕途升遷軌跡不難發現，他是東條英機身邊的紅人，無論當這個「妖」還是那個「妖」，抑或是竄訪台灣，修改日美安保條約等，無不反映出岸信介對中國的敵視態度。

當然，日本政壇也不盡由右翼政客把持，當熱愛和平的政治勢力左右日本政局時，中日關係就出現回暖佳象。

1972 年 9 月 25 日至 30 日，時任日本首相的田中角榮應中國國務院總理周恩來的邀請訪問中國，9 月 29 日兩國政府發表了《中日聯合聲明》。自此，中日兩國實現邦交正常化。田中角榮因此獲得中日兩國熱愛和平的人士的高度讚揚。斯人已逝，但對其在世時為中日友好所做出的歷史貢獻，仍然令人敬仰與懷念。

正如東風西風相互拉扯一樣，到了二十一世紀初，日本政壇卻不幸遭遇「岸信家族」的復辟。儘管岸信介的肉體早就壽終正寢了，但其右翼政客的衣缽卻被其外孫安倍晉三完全繼承下來。

當年，日本打響侵華戰爭之前，就有一個臭名昭著的理論文件——《田中奏摺》：時任日本首相的田中義一，在 1927 年上呈給日本天皇一份關於侵略中國的軍國主義文件中，明確提出「如欲征服中國，必先征服滿蒙；如欲征服世界，必先征服中國」。從日本侵略戰爭的實際情況看，《田中奏摺》是起了大作用的。相比德國納粹黨人把希特勒所著的《我的奮鬥》當作理論基礎，

《田中奏摺》猶如日本軍國主義的行動綱領。

二戰後，麥克阿瑟將軍曾任駐日美軍的司令長官，他憑著「王師北定」東京日之威，使日本天皇、日本首相等一眾投降國官民，無不對他盡卑躬屈膝之能事，甚至把日本美女作為禮物送給麥將軍享用。滄海桑田，風水輪流之間，駐日美軍由麥將軍帶到日本，至今仍然在駐。何時沒有駐日美軍？日本天皇、日本首相和平凡如你我者，都不知道啊！

儘管作為美國的軍事佈署，駐日美軍沒有變，但駐日美軍的使命卻大不相同了。今天的美日，已由二戰時的交戰國，變成了美日同盟國了。今天的日本政客不敢指責美國給他們扔過兩顆前無古人、尚無來者的原子彈，美國也支持日本向公海排放核污水，儼然成為沆瀣一氣的虎狼兄弟。當然，一切政治都有其現實的功利性。美國人今天喊重返亞太，明天又搞美日韓同盟，後天又說北約亞太版……他們需要打手，而習慣於慕強凌弱的日本，早已甘心情願地當著美國人的棋子和打手。

從歷史影片中可以看到，岸信介和其孫安倍晉三首相在任內，見了美國總統，都像個還沒有寫完作業的小學生，顯得極其謙恭有禮，沒有半點兩國元首平起平坐的禮儀和氣氛。但就像狗吃主人骨頭而搖尾，狗見路人而狂吠一樣，這爺孫倆對中國卻都有青面獠牙的時候，其秉承的狂妄思想無不潛藏著極大的危險性與破壞力。

還是分析一下安倍晉三關於「台灣有事，就是日本有事」的出籠背景吧：當中國共產黨隆重紀念建黨一百週年之際，實現「兩岸」（大陸、台灣）統一的歷史機遇已經擺在包括台灣同胞在內的全體中國人面前。眼見中國統一的洪流以排山倒海之勢而不可擋時，一心永做世界霸主的美國，卻在不斷地打「台灣牌」，他們或出售武器、武裝台灣，或搞台獨分子所謂的過境外交，眾議院議長佩洛西甚至強行竄訪台灣……

既然美國大哥不願見中國統一，那麼當小弟的日本，當然要站在大哥身後嚷嚷著叫幾聲，硬話也脱口而出，想以此博得大哥一些好感。當然，向中國投降過的日本，知道中國人民不會忘記歷史，不會忘記南京大屠殺！不會忘記他們在香港三年零八個月的罪惡！所以，當他們看到中國日益強大時，自然就心存恐懼。

也許還有一個原因，中國台灣曾處在日本殖民統治下半個多世紀，台灣與大陸長期分治，日本右翼政客便產生了一種幻覺，以為台灣是中國割讓出去的，它孤懸中國海外，我日本當然可以在這裏享受「曾為宗主」的感覺。何況台灣昔有台獨教父李登輝(岩里政男)、今有台獨金孫賴清德等政客。他們要想與中國大陸對抗，就需要我日本國的支持與溫暖呀！如果中國統一了，我們日本人連對台灣的一絲妄念也難以存續了。

可惜的是，中國統一的歷史進程是沒有人能夠阻擋的。作為中國人，我們要警惕的是，一代代日本政客當中，固然有一代代和平的使者，但也有更多的妖魔鬼怪。

站在香港太平山頂，看一看想一想二戰時的日本罪惡史，我為本文取名《多少魅影出東瀛》，似乎算是十分貼題的。

別了，彭定康們

我與今年已經長大成人的女兒說起彭定康，她一臉懵懂地問：「彭定康是誰呀？」

是啊，出生於香港回歸當月的女兒，長大後是不會關注香港回歸前的末任港督的。至於彭定康的前任和前前任，她就更是懶得知道了。但我寫下《別了，彭定康們》這個題目，就不得不談及這些包含在「們」字中的人物。

回望歷史我們知道：公元 1842 年，第一次鴉片戰爭戰敗後，清政府與大英帝國簽訂了《南京條約》，把香港島割讓給了英國；次年，《英王制誥》頒佈，英王成為香港最高統治者。1860 年，清政府在第二次鴉片戰爭中再次戰敗後，又簽訂了《北京條約》，割讓了九龍半島；1898 年，雙方在前兩份條約的基礎上，第三次簽訂了《展拓香港界址專條》，此專條以租借土地九十九年的方式，拿走了深圳河以南的新界地區。

顯然，這是英帝國殖民擴張史上的輝煌章節。史料記載，在大英帝國鼎盛時期，算上領土、自治領、殖民地和託管地，人口總數多達 4.13 億，約佔全球人口的 25%；疆域總面積更是達到了 3400 萬平方公里，相當於兩個俄羅斯；殖民地遍及全球，從北美的加拿大，到太平洋上的新西蘭，再到印度、南非、尼日利亞，英國的領土幾乎遍及世界每一個角落。那時的英王，真可以重複西班牙國王卡洛斯一世（亦即神聖羅馬帝國皇帝查理五世）的豪言：「在朕的領土上，太陽永不落下。」

歷史上，只有十六世紀的西班牙帝國和鼎盛時期的大英帝國，曾被世人稱作「日不落帝國」。但是到了二十世紀九十年代，大英帝國已經日暮西山，其殖民地已經大為減少，殖民統治的國力幾近枯竭。

英國殖民統治香港百餘年間，總督共曆二十八任。總督是英王的全權代表，權力很大，兼任香港三軍司令，主持香港行政機關行政局和立法機關立法局，兩局的議員都是由他任命。用我們通俗的說法，就是香港幹部的人事任免權牢牢地被港督抓在手中，他具有賣官鬻爵的充分條件。雖然英王不准他這麼幹，但他可乘「天高皇帝遠」之便，幹與不幹，盡靠他的道德自律了。

我在網上下載過總督名單，但我為了節約文字，不想在此列舉他們姓名，即便有不得不涉及的幾個人，我也有意刪除了原來中文名字後面的英文名。我存心淡化他們的歷史存在，想讓他們的本名，即用母語取的且想青史長存的名字，連進入我這篇文章的機會都沒有。因為港督是英王的全權代表，他們的官帽子來自英國王室。他們既不代表英國人民利益，也與香港的民意與民主毫不相關。他們是佔領者、統治者、剝削者，當歷史已經把他們掃進垃圾堆時，我當然無意於再替他們揚名。

站在中國人的角度看，香港問題、澳門問題和台灣問題一樣，都是因中國貧弱挨打而產生，也必然因中國獨立強大而解決。

我有幸作為曾經的深圳市民，近距離地關注著香港回歸祖國前後約二十年的情景：八九十年代，香港各大電視台的節目通過佈滿深圳市民屋頂的魚骨天線，與央視的新聞聯播一道，進入了每個深圳市民家。於是，香港政治與娛樂新聞也順理成章地成為深圳人自然而然關注的節目。而置身於政治與娛樂這兩個領域的人，彷彿具有相同的職業追求——要曝光度、知名度，要話題熱度和影響力。他們追求的核心目標，是在各自領域裏的競爭中掌握主動，贏得更高的名望或者票房、收視率。

在香港回歸前夕，中英兩國及香港政府中不同政治派別的中堅成員在政治舞台上的較量，無不圍繞中國收回香港主權這一核心問題而展開。作為英國政府派到香港的最高長官，港督當然站在英國政府一邊，一而再、再而三地與中方官員掰腕子、施絆子，或挖陷阱，埋地雷。

我通過廣播電視報紙等傳媒，認識並關注了香港回歸前的四任港督：尤德，任期從 1982 年 5 月 20 日至 1986 年 12 月 5 日止；鍾逸傑，任期從 1986 年 12 月 5 日至 1987 年 4 月 9 日止；衛奕信，任期從 1987 年 4 月 9 日至 1992 年 7 月 3 日止；彭定康，任期從 1992 年 7 月 9 日至 1997 年 6 月 30 日止。

這裏重點說彭定康，他生於 1944 年 5 月 12 日，算是英國保守黨資深政治家，曾任環境大臣、保守黨主席。

1992 年，在約翰·梅傑執掌英國相印時，彭定康被任命為香港最後一位總督。香港回歸後，彭定康於 2000 年至 2004 年出任歐盟外交事務專員，卸任後被冊封為終身貴族，亦任牛津大學校監及英國廣播公司信託基金（BBC Trust）的主席。作為英國保守黨政客，彭定康的政治生涯的高光時刻，出現在上世紀九十年代。而同時出身於保守黨的首相梅傑及其前任撒切爾夫人，都曾在香港問題上與中國領導人「硬碰硬」。

1979 年至 1990 年擔任英國首相的撒切爾夫人，其實並不情願乖乖地把香港交還中國的。無奈她看到眼前的中國，早已從甲午戰敗的陰霾中走了出來；經歷了抗日戰爭、抗美援朝戰爭的勝利，經歷了社會主義建設和改革開放的蓬勃發展，即使頭頂「鐵娘子」的稱號，她和她的政府也不得不在強大的中國面前，按照國際法辦事，按時把香港交還中國。儘管他們有太多的不甘心和各種各樣的小算盤，但還是與中國政府在 1984 年 12 月 19 日簽署了《中英聯合聲明》，即中華人民共和國政府決定於 1997 年 7 月 1 日對香港恢復行使主權。

儘管上述聲明已經確定了「香港回歸」的大方向，但還有許多涉及國家利益的問題，英方不斷玩弄陰謀詭計。撒切爾夫人曾經跑到北京，與鄧小平商談她的「以治權換主權」方案，即英方交還香港主權給中國，但保留香港管治權。鄧小平用「主權問題不能討論」而回懟撒切爾夫人。當「鐵娘子」走出人民大會堂時，不慎摔了一跤，似乎預示了她在中英交鋒中肯定要「跌倒」的。

後來，在香港回歸後的駐軍問題上，有人鼓譟說「可以不駐軍」，誰知此言惹得鄧小平在記者會上大發雷霆：「胡說八道！」是啊，中國收回香港主權，人民解放軍進駐香港，以此維護香港特區的和平與穩定，這是多麼天經地義！顯然，香港被殖民的歷史是中華民族最為恥辱的記錄，但中華民族是醒來的雄獅，中國共產黨人用了一百年的時間，就徹底洗刷了歷史的恥辱，「青山遮不住，畢竟東流去」！

回頭說 1990 年，接替撒切爾夫人擔任首相的梅傑仍然承繼著撒切爾夫人的執政路線，儘管他執行著前任政府就香港問題所簽署的文件，但他總想在香港的未來治理中留下英國人的控制力與影響力。1992 年，正是梅傑政府委派了「攪屎棍子」彭定康到香港赴任的。

回顧 1997 年 7 月 1 日，五星紅旗在香港會展中心升起時，我突然想起了開國領袖毛澤東當年的文章：《別了，司徒雷登》。當年這篇文章針對的是美帝國主義。在香港回歸後的今天，我借鑒此文句式，把原文中司徒雷登改為彭定康，再加一個「們」字，似乎同樣合適、同樣精彩。

英美，或者美英，他們骨子裏都流動著盎格魯撒克遜人的血。他們不甘心失敗，不甘心固有的霸權遇到挑戰。

我之所以到了 2024 年，還要重彈「別了，彭定康們」的老調，那是因為彭定康雖然在香港回歸中國後，作為總督就已經下崗了，但他作為英國政客的身份卻沒有改變，他的國家與美國的同盟關係也沒有改變，且在過去的幾十年裏，他每有「機會」便會伺機而動，爭當反華先鋒。

當然，今天回頭再看，彭定康也罷，一屆又一屆英國首相也罷，他們任期長則幾年，短則一兩個月，無論在香港、台灣、國際貿易等問題上，如何與美國一唱一和，終將是中華民族復興道路上螳臂當車一樣的存在。今日之香港，早已擺脫了英國殖民統治的影響，在祖國的大家庭中，在粵港澳大灣區的建設中，日益煥發出勃勃生機。

但國際風雲激盪不止，當香港新一屆政府強力落實《中華人民共和國香港特別行政區維護國家安全法》和《中華人民共和國香港特別行政區維護國家安全條例》，並對「亂港暴亂」分子不斷搜集事證、追究懲處暴亂分子如黎智英、黃之鋒之流時，英國政客便又手忙腳亂地鼓譟著。據中國駐英國大使館網站消息，2023 年 12 月 12 日，前英國首相、現英國外交大臣卡梅倫會見了黎智英之子黎崇恩，聲稱將繼續支持黎智英等港人，反對香港國安法。另據英國《衛報》刊出對黎崇恩的採訪報道，黎崇恩此前就要求與卡梅倫會面，希望卡梅倫就要求釋放黎智英表態。英國外交部發言人還表示，黎智英案件是英國政府優先處理事項，並已多次向中國政府提及有關案件。

大家知道，黎智英是反中亂港事件的主要策劃者和煽動者。2020 年 8 月 10 日，香港警方國安處依法將黎智英等七位亂港分子拘捕。2022 年 8 月，案件在香港高等法院進行案件審理聆訊，除黎智英外，其他六人均已表示認罪。目前，案件正在進一步審理過程中。

黎智英明目張膽勾結外部勢力，危害國家安全，嚴重違反香港國安法，香港特區政府對黎智英之流依法追究責任，完全是維護國家主權和安全利益的正義之舉，是依法行事，合理合法。卡梅倫支持黎智英等亂港分子，暴露了英方長期縱容支持反中亂港活動的真實面目，是對中國內政的粗暴干涉。黎智英危害國家安全的行為以及英方支持亂港分子的惡劣行徑，中方當然不會坐視不管。

2023 年 12 月 12 日，中國駐英國使館發言人答記者問時就指出，我們堅決反對英國政客為反中亂港首惡分子黎智英撐腰打氣，對英方干涉中國香港特區法制的惡劣行徑予以強烈譴責。除干涉中國內政、支持反中亂港分子，卡梅倫近期接連在涉華議題上強硬表態。前幾天，卡梅倫參加在華府舉行的論壇時，宣揚英美聯手對付中國。在談及台灣問題時，卡梅倫還表示要阻止解放軍以武力的方式實現兩岸統一。

本來，卡梅倫曾在 2010 年擔任英國首相，任職時間長達六年，其間中英關係曾進入黃金時代。2019 年下半年以後，中英關係逐漸惡化。此外，因為英國是美國在歐洲最重要的盟友，所以在諸多地緣政治和戰略問題上，英國緊隨美國的步伐，直接參與到美國打造的對華包圍圈中。

2023 年 12 月 5 日，王毅外長與卡梅倫通話時就指出，希望英國把握好中英關係發展的大方向，面對變亂交織的國際形勢和層出不窮的全球性挑戰，中英要保持溝通和對話，加強協調，深化合作。

其實，我們對卡梅倫外相的表現並不意外，之前的特拉斯首相、約翰遜首相，其對華攻擊性言論仍在耳邊。從中我們清楚地看到，所謂的民主國家的政治精英們，是多麼的傲慢與蠻橫。好在世人的眼睛是雪亮的。據環球網報道，近日，外文出版社榮譽主編大衛•弗格森（英國人）在一次演講時這樣說：「現在西方總是説，我們的制度比中國的制度好得多，因為我們有選票，還有選舉。但是這忽略了一個非常關鍵的點，投票和選舉是一個過程而非結果，發展中國家的窮人需要結果而非過程。他們需要棲身之所，需要餐桌上的食物，穿在身上的衣服，孩子們有學上，需要安全的街道，乾淨的環境，養老金和醫保。這些都是結果，而不是過程。

「中國顯現的是人民民主，非常成功地為十四億中國人民帶來了所有這些成果，因此中國的『全過程』人民民主是良好且有效的制度。對於那些繼續堅持『我們的制度優於中國的制度』的西方人，我有個非常簡單的問題，如果你們的選票和選舉比中國的全過程人民民主好得多，那為什麼印度比中國窮五倍，而不是富五倍？」

這是不是靈魂拷問呢？

上世紀七十年代末，中國有一次深刻影響國運的關於「實踐是檢查真理的唯一標準」的大討論。此後，中國共產黨的執政路線，都是在「實踐檢驗真理」的基礎上，摸索前行，改革創新，不斷進步。在香港回歸之後，特區政府依照《香港基本法》，讓

「一國兩制」的偉大創舉在香港落地開花。

但大英帝國的一些政治餘孽，出於各種各樣的陰暗心理，對香港政府的施政百般挑剔，資助那些所謂的「民主派」，令其逢中必反，尤其是在「佔中」及「黑暴運動」期間，他們不僅煽陰風、點鬼火，還為亂港分子出謀劃策；時任美國眾議院議長的佩洛西，竟然把亂港暴亂説成是「一道美麗的風景線」！他們之所以如此肆意妄為，就是他們偏執地認為，他們所謂的民主、自由、人權應推廣至地球上的每一個角落，天下的是非只能以他們的價值觀為標準來衡量。

但可笑的是，持有雙重標準的「民主政治」正在英國製造著民主反噬民主的笑話。上述前英國首相卡梅倫，任內曾就英國是否脱離「歐盟」進行過兩次全民公投，第一次公投「留歐」派取勝，於是，英國仍然是歐盟成員國；第二次公投「脱歐」派取勝，結果英國脱離了歐盟。我倒想問，都是民主投票的方式，為什麼出現兩個完全相反的結果？

再看看英國首相寶座的爭奪戰，僅從2016年至今，英國人就迎上送下五任首相：特蕾莎、梅，約翰遜，特拉斯，蘇納克，斯塔默。每一位首相平均任期只有一年多的時間。而每換一位首相，政府就要改組一次……如此頻繁地上台下台，「你方唱罷我登場」，讓人看著「民主」很熱鬧，而民生卻因沒有穩定的國政而百弊叢生，甚至還將面臨蘇格蘭要求「脱英」公投的挑戰。

最後，我想説，大英帝國已經形同病入膏肓的老人，所謂的「日不落帝國」也只剩下虛無縹緲的傳説故事，而在面對香港、面對中國時，自視甚高的大英帝國的精英，如彭定康們，該自覺地走進夕陽的餘輝裏。

別了，彭定康們！

閒聊一個彈劾案

百度對「彈劾」一詞的釋義是「由國家的專門機關對違法失職或涉職務犯罪的官吏採取揭發和追究法律責任的行為」；使用的例句是「身為監察委員，對於公務員失職提出彈劾，本是名正言順的事。」

顯然，「彈劾」一詞只能用在「官吏」或「公務員」身上。如果說彈劾哪一個老百姓，那一定是「開心麻花劇場」的搞笑劇。其實在中國，尤其按照中國政府的運作習慣來說，雖然經常追究失職、瀆職及其他犯罪官員或公務員的法律責任，但我們習慣用「罷免」、「雙規」、「雙開」、「逮捕」或「移交司法機關處理」這些詞。

媒體上常見的彈劾案，多是美西方政壇中爆出的新聞。最近，美國國會就出了個「國土安全部長馬約卡斯彈劾案」，這個出自正兒八經美利堅合眾國國會裏的彈劾案，其蘊含的幽默感，甚至超過了「開心麻花劇場」的喜劇。

先看看這個彈劾案的背景。長期以來，美國都在標榜自己是全球最自由的國家，也是全球移民首選的目的地。但移民分兩類：一是合法移民；二是非法移民。對於非法移民，大多數國家都採取嚴格的管控措施。美國在特朗普總統任內，便主張嚴格管控，減少美國的非法移民。為此，在特朗普政府強力推動之下，美國修建了美墨邊境隔離牆，美國非法移民的數量因此得到有效控制。可是到了民主黨的拜登總統上台後，他為了贏得非法移民背後族裔人群的選票和支持率，採取與共和黨政府相反的寬鬆的移民政策。當拜登政府的邊境管控措施軟化之後，非法移民又掀起大潮，大量地湧入美國。據統計，在過去三年裏，大約有 850 萬非法移民進入美國，單在俄烏軍事衝突烈度升高的 2023 年度，就有大約 320 萬非法移民進入美國。

進入 2024 年度，俄烏衝突在繼續，巴以衝突又無休無止，當美國人在自己國土以外不停地製造戰火時，卻也把躲避戰火、躲避貧窮與混亂的非法移民吸引到自己的國家了。其他地區的非法移民紛紛湧入美利堅的趨勢，大多數美國人當然不滿。共和黨人一貫秉持反對非法移民的態度，也就把當下主管邊境安全的「國土與安全部」部長馬約卡斯當成了批評與攻擊的靶子。馬部長也就成為共和黨人眼裏失職官員的代表和揹鍋俠。為此，共和黨人在眾議院提出了針對馬約卡斯的「彈劾案」。

共和黨人此舉是有法律依據的，且也站在了公共道德的制高點上。這是因為：既然湧入美國的是「非法移民」，那麼從法律角度上説，政府當然就應該反對。否則，政府就變成鼓勵與縱容違法了。但美國的兩黨政治，驢（民主黨）象（共和黨）之爭頻頻發生的原因，往往與法律、道義、民眾利益的關係不大，或者是以法律、道義、民眾利益為名，實以政黨利益或者為某某候選人爭取相關族群選票的考慮與算計為原則。民主黨正是出於這個考慮而支持寬鬆的移民政策與弱化邊境管控措施的。

為了測試這個彈劾案的民意基礎，世界首富馬斯克於 2024 年 2 月 3 日在網上發起了一次投票，結果顯示：89.8% 的美國民眾贊成彈劾馬約卡斯。

在當下世界上兩場戰爭持續升溫的背景下，美國部長的彈劾案本不是驚天新聞，但要是把它放在美國議會民主發展的長河裏觀察，便有了一些讓人眼界大開的發現。因為自公元 1876 年以來，類似的對聯邦政府內閣部長的彈劾案還是第一次。

美國國會眾議院有 430 多名議員，他們為這個彈劾案煞費苦心。2024 年 2 月 6 日，眾議院舉行投票表決，結果是：215 票贊成，215 票反對。彈劾案因難分輸贏而難產，「多數決」式的民主於是卡殼了。之所以出現這種情況，是因為美國國會眾議院現有共和黨 221 人，民主黨 212 人。按此一算，如果共和黨人全部投贊成票，民主黨全部投反對票，那麼就會形成 221 對 212 的結果。這樣，彈劾案就通過了。可是這次投票時，共和黨人 221 個議席中，名叫凱文和比爾的議員離任了，新的人選還沒選上來；另有一位叫喬治的議員，早在 2023 年 12 月 1 日就被美國國會眾議院投票給驅逐了。這樣，共和黨在眾議院裏面就只剩下 218 個人可以投票了。這種情況下，如果 218 個議員都投贊成票，即使民主黨 212 人全票反對，其最終結果還是可以通過彈劾案。

可是民主制度的特點，就是鼓勵不同意見的表達。共和黨人這 218 個議員中出了三個「叛徒」：肯、麥克和湯姆。他們三個人不僅沒有支持本黨提出的彈劾案，反而與民主黨人行動一致，投了反對票。這就導致在 218 名共和黨議員裏，只有 215 人投贊成票，而反對票那邊有民主黨人的 212 票，加上共和黨叛變過來的三個人，其總數也是 215 票，於是票數相等。按說，事情到這裏，眾議院投票已經出結果了，泱泱數百個議員可以找點更有意義的事情去做了。但他們沒有，他們要把彈劾案進行到底。怎麼辦呢？

過了幾天，共和黨經過私下協商勾兑，愣是把形勢給扭轉了過來。因為有一個名叫艾爾·格林的民主黨議員經過他人遊説，轉變到共和黨這邊了。「遊説」是美國政治生態中到處可見的現象。就像中國法院門口多有律師事務所的招牌一樣，美國國會山附近，也有林林總總的遊説公司的辦公室。

艾爾·格林本來生病住院了。可他聽同事説，現在雙方票數不分上下，他這一票變得舉足輕重了，可以説到了由他一票定乾坤的地步。於是，艾爾·格林像打了雞血一般，急急忙忙離開醫院，跑回眾議院投下自己的關鍵一票。這一票使民主黨的反對票數從 215 票增加到 216 票。與此同時，共和黨這邊名叫布萊克摩爾的議員又叛變了，他的票也投給民主黨了。這樣，共和黨的票數從 215 票降成了 214 票。如此一來，投票結果就變成了贊成 214 票，反對 216 票，彈劾案就此擱淺了。

分析一下原因就不難發現，導致票數此消彼長的關鍵原因，是一個反對彈劾案的民主黨眾議員從醫院裏跑回來投了票，他這一票，就決定了大局。有趣的是，民主投票的「多數決」模式，在這時，幻化演變成「一票決」了。

儘管上述票決讓民主黨擋住了共和黨的提案。但掌握眾議院的議長屬共和黨陣營，他不肯就此偃旗息鼓。又過了一週時間，即 2024 年 2 月 13 日，眾議院再次針對這個彈劾案投票。這一次投票的結果，票數與前次只有幾票之差，但結果卻發生了 180 度的變化，彈劾案獲得了通過。因為這次投票時，共和黨主張的贊成票是 214 票，和 2 月 6 日的票數相同。但民主黨的票數由 2 月 6 日的 216 票減至 213 票。民主黨為什麼少了 3 票？這樣來算一下，民主黨這邊加上從醫院趕來投票的艾爾·格林，總共有 213 票。上一次他們之所以能夠獲得 216 票，是因為共和黨出了仨叛徒。而這一次共和黨的仨叛徒雖然繼續背叛共和黨，但是他們的背叛程度降低了一個檔次。即上一次的背叛是不僅不支持本黨，而且投票支持了民主黨。而這一次，他們仍然沒有支持共和黨，但把原來投給民主黨的票改成了棄權票！

這裏有一個頗具幽默感的笑點。

所謂棄權票，就是表示投票人對議案既不支持，也不反對。具體到這個彈劾案，就是他們三個的票既不在贊成票中，也不在反對票中。表面來看，彈劾案與這三人沒有半毛錢的關係。但有趣的是，彈劾案正是由於他們棄權才獲得通過的。由此是否可以說，決定大局的，正是這三張棄權票。

因為他們棄權，共和黨的贊成票保持 214 票；因為他們棄權，民主黨的反對票由上一次的 216 票降到了 213 票。顯爾易見，三個共和黨叛徒此次又當了一回民主黨的叛徒。於是，民主黨因策反而贏得了上一局，而共和黨因為反策反而贏得了後一局。

在此，我們不妨復盤這個彈劾案的投票遊戲。

顯然，213 小於 214，於是 214 票的共和黨贏了。看上去為共和黨增加了那一票的人，也就是從醫院跑回來投票的議員，他可謂居功至偉。而民主黨少的那三票，又是原來共和黨那三個叛徒。正是這三個人，令民主黨兩百多名議員一起吃了敗仗。對民主黨而言，他們是被共和黨這三個反覆無常的小人給玩了一把。

這個票決的過程看似一波三折，其實有著幕後陰謀的明顯痕跡。想想看，那個住院治病的議員為什麼急匆匆趕回來投票？共和黨那三個叛徒為什麼第一次叛變得那麼徹底？第二次背叛的程度為什麼減輕了？他們三個為什麼不再幫民主黨，而暗助共和黨的議案獲得通過呢？

民主精神落實到投票時，投票人本來應該真實地表達自己的主張才對。投票時不應該受他人左右才對。如果議員的行動由某些人主使、策劃，議員因團體幫派的需要而投票，那還叫民主投票嗎？恐怕只能說，這種看似民主的形式，已經變成了異化了的民主，變成商議與算計式投票設計了。

彈劾案在眾議院通過了，也只是寫完了文章的上篇，書寫文章下篇的權力依法歸美國國會的參議院，但參議院的投票模式也好不到哪裏去。當下由民主黨佔多數席位的參議院，大概率不會通過上述彈劾案。因為按照美國憲法規定，美國眾議院通過的馬約卡斯彈劾案，還要通過參議院的投票決定，而且參議院議事規程不是簡單多數，而要絕對多數，即要 2/3 以上議員投票支持彈劾才能通過。

上網查資料可知美國參議院現由 51 個民主黨議員、49 個共和黨議員組成。民主黨議員佔多數且十分團結，大概不會出現叛徒。如果彈劾案經參議院投票表決，即便共和黨 49 個議員全部投贊成票，距離 2/3 多數票還差很多。所以，這個在眾議院熱鬧非常的彈劾案，到參議院會有什麼結果，便一目了然了。

由此可以說，有關馬約卡斯部長的彈劾案，只是美國參眾兩院在 2024 年春上演的政治秀而已。馬約卡斯部長在經過參眾兩院幾度投票戲耍之後還是部長，參眾兩院還是參眾兩院。所有投票過程與內裏文章，皆成為媒體舊聞與街頭市井的閒話。

說到這裏，我不由得要對美西方所謂的民主政治聊上幾句。

啥叫民主呢？顧名思義，民主就是人民做主。從民主的歷史來源來說，它脱胎於君主制。因為君主制是君主做主，而不是人民做主。人民做主落實到政治實踐上，就要有技術層面的實現形式。這個形式，就是「少數服從多數」，就是通過投票分辨誰是多數，誰是少數。這樣一個民主的實現形式，簡單地說，就是按多數人的意見辦，它對應的一個場景是按所有人一致的意見辦。但實際上，不可能所有人的意見完全一致。

美國常常自詡為民主燈塔，但我們來看上述彈劾案的關鍵點——三個共和黨叛徒真正的主張是什麼？他們第一次投票是反對彈劾馬約卡斯的，照此邏輯說，他們是要留任馬部長的，應該是支持寬鬆的移民政策與邊境管控的。換句話說，就是他們是歡迎非法移民的。但是他們後來改變主意了。這説明了什麼呢？是說明他們由原來歡迎非法移民變成反對非法移民嗎？其實不是。他們之所以從投票支持民主黨到投棄權票不再支持民主黨，是因為他們拿這三張票與本黨談條件，換利益。是在爭奪在共和黨內的影響力與話語權。因為如果他們一開始就與共和黨保持一致，那麼他們的名字連上報紙電視的機會都沒有，經過背叛，再背叛，他們成為一時新聞主角，網絡明星，其在共和黨、議會及社會大眾之中，一下子就撈足了名聲與流量，而他們的仕途，十分需要這種名聲資源。由此可見，在美國議會裏，會豢養出這樣的民主怪胎，他們利用自己能決定大局的關鍵少數票，為自己獲得個人資源，這與法律、道義、公眾利益的關係早已脫離開來。

說到這裏，我們是不是應該否定美西方的民主呢？不能，因為民主本身是人類文明發展的重大成果。只能說民主的實現形式在不同國家與民族當中，都有其不同的實現形式。當我們拿一個彈劾案對照檢查美國的議會民主時，我們有一些發現，但這不能成為全盤否定美式民主的理由。而且，我們從尊重別國內政的角度出發，還應承認，美國現行的政治模式，可能是最適合他們的。但我想說的是，美西方及美西方的信徒們在宣揚他們的民主時，需要少一些高高在上的優越感，也不能以自己那一套民主辦法，要求所有國家所有人當他們的學生和隨從，不能把「非我民主」的國家，都被視為低美國一等，視為不民主。

我還想說，相互尊重，求同存異，互利共贏，和平發展，既是人與人，也是國與國相處的基本道理與法則。

USA 總統開罵

我小時候在十里村，喜歡看村子裏的大媽嬸嬸或者媳婦姑娘們吵架罵仗。她們平時一團和氣，讓我們這群孩子覺得枯燥乏味，而一旦有人開了罵戰，情形就不一樣了。她們在語言對抗中，精神亢奮，語言流利，動作誇張……一旁觀看的人，有的笑而不語，有的佯裝勸阻，有的以平時與對罵者的遠近親疏關係而選邊站隊，甚至加入其中。如此一來，原來的「單打比賽」就可能演變成「二打一」、「二打二」、「多打少」或「多打多」的混戰局面，以至於成為半個村子中的「群口相聲」或「活報劇」。

在沒有電視、沒有手機的年代，雖說發生在鄉村的吵架罵仗仍然是我鄉村生活的負面記憶，但對於我的成長來說，許多仁義禮智信，許多是非曲直、真善假惡，都蘊含在鄉村世界成年人的口語當中。鄉村社會的大人們不習慣正襟危坐式地教育孩子，但他們在吵架罵仗的過程中，無意之間又把他們的價值觀表露無遺。在她們或爭論說理，或滿嘴髒話的互懟中，人品德行的正直與奸邪，乾淨或污穢，也在吵架罵仗的過程中出現分野。

當然，誰都不願意發生有話不好好說的吵架罵仗，但如果避免不了時，那就用一顆善良之心勸解雙方；但要是無力勸解時，就只好索性當個看客。雖然說光當個看客顯得消極了些，但當事人有時候還需要你這個觀眾和看客。這是為什麼呢？因為當事人有時候讓你為他們評理，有時候讓你監督誰在雙方急眼時首先開罵飈髒字，或者誰在文鬥時首先升級動武，看誰是假英雄、誰是真狗熊。

我離開十里村四十多年了，現在成了北京和香港的「候鳥式」居民。手機，電視，電腦幫助我打開了廣闊的視野，且這個視野大到可以看見地球每一個地方的程度。所謂「秀才不出門，便知天下事」，正是我當下的狀態。於是，地球不再是過去那個遙不可及的神秘王國，地球變成了大號的十里村，地球成為地球村。

農婦吵架罵戰的前提，是平時互相不對付，看對方不順眼，做事的初衷與願望總是相互衝突，相互傷害的。令我意外的是，當今美國總統拜登開罵俄羅斯總統普京時，我用手機也可以看看這等堪稱頂級的熱鬧。更令我意外的是，他們吵架的原理竟然與十里村的農婦並無二致。

《頭條新聞》報道：最近，美國總統拜登在參加一場公開活動時發表講話，講著講著，他突然將全球氣候變化的議題與俄羅斯總統普京扯到了一起。然後一時情緒激動，對普京開罵道：「我們有像普京這樣的瘋狂 SOB，世界就不得不擔心核衝突，他對人類生存構成嚴重威脅……」

拜登口中的「SOB」這個詞，是一個英文縮寫，其實是一句髒話，類似於中國人的國罵。美國許多電影中，主人公爆粗口時，脱口而出的就是「SOB」這個詞。顯然，拜登在隔空罵普京呢！罵完後還補充説：「你（普京）就是一個瘋狂的混蛋，你導致世界陷入核衝突的風險中！」

三年前，也就是拜登當選總統的第一年，他就曾當眾罵普京，說：「普京是一個殺手，是一個克格勃暴徒。」

也許在拜登看來，他即便是罵普京，也還是有依據的。因為在前蘇聯時期，年輕的普京曾在克格勃（前蘇聯情報機構）中當過特工。拜登於是就斷定說普京當過殺手。既然當過殺手，當然就必定是暴徒。

去年，拜登又在另一個公開場合上說：「拜託！不要讓普京再當俄羅斯總統了。」

2024 年 3 月 15 日，拜登在一個晚宴上發表講話，幾乎是習慣性地辱罵普京，他說：「我相信絕大多數人原諒我這麼說，我認為絕大多數國會議員都願意盡自己的一份力量，我繼續呼籲在座的每個人都反對弗拉基米爾·普京，他是一個暴徒！一個暴徒！」

同年 2 月 21 日，拜登在舊金山舉行的一場活動上發言，對普京的謾罵罕見地升級為爆粗口，稱其為「瘋狂的狗娘養的！」此外，拜登還曾在其他場合形容普京是「屠夫、戰犯」。作為一個大國總統，拜登對另外一個主權國家領導人開罵，反映出他的品格實乃偽君子也。儘管他貴為美國總統，但他實際上是一個粗俗的人，一個缺乏基本教養的人！

全世界的人都看到了，面對 2024 年春季以來，以色列國防軍對巴勒斯坦加沙地區無差別的轟炸，迄今造成數萬平民死亡，其中包括近兩萬名婦女兒童，且傷亡數字還在不斷上升⋯⋯拜登領導下的美國政府，卻多次否決聯合國安理會關於以色列的停火決議。美國為什麼支持以色列發動針對巴勒斯坦人的屠殺呢？為什麼不譴責以色列總理內塔尼亞胡呢？不稱其是屠夫、是戰犯呢？地球人無人不曉，以色列的一切屠殺行徑都是在美國政治、外交、經濟和軍事支持和援助之下進行的。從這個邏輯分析，拜登才是屠夫的靠山、是真正的屠夫！縱觀美國建國 240 年以來，期間只有 16 個沒有打仗的年份，那些視打仗為常態的美國總統們，是不是暴徒呢？

其實，我們還可以換一個角度分析一下拜登，即當今世界最強大國家的總統，在用下流語言辱罵他國總統時，足以說明他對那個國家領導人的仇恨已經登峰造極了，到了歇斯底里、失去理智的地步。拜登作為手握世界上最強大軍隊指揮權的人，他對普京的仇恨，不僅是俄羅斯的威脅，也是對全世界的威脅。

回顧歷史上的拿破侖與希特勒，他們都是在個人義憤達致頂峰時，控制不住開啟世界大戰的衝動。拜登代表的民主黨人（後來拜登因健康原因宣佈退出總統競選，改為副總統哈里斯為總統候選人）在 2024 年 11 月美國總統大選爭奪戰中，如果情勢不利於本黨，會不會孤注一擲，在其總統任期的最後時間裏，挑起新的有利於民主黨人的戰火？

前不久，法國總統馬克龍堅持主張以國家的名義向烏克蘭派遣軍隊，波蘭、立陶宛、拉脫維亞等國也表達支持，在這些好戰叫囂的背後，有沒有美國操控的身影呢？這個趨勢，會不會導致北約軍隊直接進入俄烏戰場呢？如此，第三次世界大戰是不是離我們更近一步呢？

面對這個問題，不同年齡段的人，心態大概是不同的。尚有青春年華的人是珍惜生命、進而珍惜和平的。而那些黃土埋脖頸的老人，那些「在我身後哪管它洪水滔天」的老年政客，是不是有可能滿不在乎？由此可見，已經八十二歲，且常常讓人懷疑其智力退化的拜登，對俄烏戰局、對世界和平的影響，都令包括美國人民在內的世人倍感憂慮。

回到拜登屢屢開罵普京這個話題上。在今天這個講究民主、自由、人權的時代，作為大國總統，在大庭廣眾之下爆粗口，既不文明，也有失身份。如果說這是拜登一時失言，或者偶爾失態，我覺得是可以原諒的，但已擔任總統至任期最後一年的拜登，在罵人這個行為上顯見是一種習慣，這就很難不令人對他嗤之以鼻了。

面對拜登一次次的挑釁謾罵，俄羅斯總統普京卻表現得既有涵養又有風度。普京從來沒有就拜登的粗魯言論作出對等反擊，反而在回答誰當美國總統更好相處時，還說比起特朗普，他更希望拜登還能擔任下屆美國總統，因為拜登作為老派政治家，他的行為更可預測。

顯然，普京的情緒是冷靜理性的。他似乎想把拜登的問題交給世界公眾去評判，他不屑於對拜登粗口相向。他的應對策略給自己加分不少。

有記者直接問普京：「你知道拜登罵你了嗎？」

普京笑呵呵地對記者說：「拜登在罵人，那我該怎麼回答呢？我只能請你轉告拜登——祝他身體健康！」

看看，普京的回覆是禮貌的，這比直接回罵高明得多。誰都知道，拜登年歲已高，身體狀態不好，連前美國白宮的醫生，現在的美國國會議員，都在發起聯名信，要求拜登接受認知測試。而普京直接問候拜登身體健康，看似一點都不生氣，還很有風度，很有素質，但其實卻是「內涵」拜登、回擊拜登。儘管拜登在美國政壇算是老馬識途的政治家，但他與年輕他許多的普京打嘴仗，卻明顯落了下風。

我不由得又拿我在十里村生活時學會的分析方法，來分析一下拜登。在我們村，往往誰在背後先開口罵人，說明誰在面對對手時先沉不住氣。也就是說，在打擊對手已經沒有更好的手段時，他才用背後罵人的方法發洩私憤，或者用這種方法挑釁對方，要麼逼對方妥協，要麼以此升級矛盾，先嘴後手，最後定個輸贏。在旁觀者看來，罵人者便是懦夫、小人，其人品德行是受人唾棄的。

ICAC 法不容情

我的朋友蔡先生，年輕時當過香港政府的公務員，後來因想做生意而早早辭職了。我與他聊天時聽他説：「在香港做公務員，最怕被 ICAC 請去喝咖啡！」

ICAC，是英文 Independent Commission Against Corruption 的縮寫，原稱「總督特派廉政專員公署」。顧名思義，這是一個直屬總督的反貪機構。據史料載，ICAC 成立於 1974 年 2 月 15 日，它脱離於香港所有政府機關而獨立存在。人員由專員、副專員及其他委任人員組成。

隨著 1997 年 7 月 1 日香港回歸中國，原「總督特派廉政專員公署」更名為「中華人民共和國香港特別行政區廉政公署」，但這個機構的英文簡稱卻保留延用了 ICAC。只是 ICAC 的機構屬性變成隸屬於中華人民共和國的反貪機構，其執法範圍在香港特區。現在的 ICAC，其職員仍不在政府公務員架構範圍之內，ICAC 首長直接向香港特區行政長官（與港督平級）負責，並依據《中華人民共和國香港特別行政區基本法》第五十七條在香港特別行政區全權獨立處理反貪工作。

為有效揭發、調查和打擊貪污，ICAC 獲准以下三條法例賦予的特別權力：一是《廉政公署條例》；二是《防止賄賂條例》；

三是《選舉（舞弊及非法行為）條例》。ICAC 的調查對象初期限為公務員，繼而擴展至公共事業機構，現在還包括所有私人機構。

ICAC 成立以來，一直以執法、預防及教育三管齊下的方法打擊貪污，致力於維護香港的公平正義、安定繁榮，並獲得香港政府及廣大市民的廣泛支持，也促使香港成為全球最廉潔的地方之一。香港市民普遍認可 ICAC 多年來的貢獻，但真正令人感到 ICAC 威力的，是香港前特首曾蔭權被查處、最後獲刑入獄的案例。

根據香港《明報》的報道：2015 年 10 月 5 日下午二時許，因被控兩項「公職人員行為失當」罪，香港前特首曾蔭權前往香港東區法院出庭應訊。庭上控方不反對曾蔭權保釋，但提出保釋條件，包括現金十萬元；不可直接或間接接觸控方證人；居住在指定地址，更改地址須於二十四小時前通知法庭；離港前須於二十四小時將行程告知廉署。同時，法庭應控方要求，將案件押後至 11 月 13 日再次提訊。報道稱，曾蔭權在法庭上神情肅穆，眼望前方，其面部肌肉不時抽動。

下午三時許，曾蔭權和太太離開法庭時，對大批等候在門口的記者稱：「過去三年半，我全面配合廉政公署調查，問心無愧，我深信法庭會還我清白。」儘管在初次聆訊期間，曾蔭權對於自己的「清白」表示出足夠的信心，但案件最終的結局，卻完全超出了這位前特首的預料，也令香港市民大為震驚。

環球網於 2017 年 2 月 23 日以《行為失當被判二十個月，港人唏噓目送曾蔭權收監》為題，報道了曾蔭權案。

曾蔭權在香港政府任職多年，時間跨越香港回歸前後，是香港 1997 年回歸後的首任財政司司長。1998 年，東南亞金融危機的風暴席捲香港，來自美西方的索羅斯的量子基金、老虎基金等世界知名的對沖基金，一時雲集香港，集中財力狙擊港元，同時沽空期指，搞得人心惶惶。香港政府這時突然宣佈入市，全面買入港股、推高股市，夾擊大量沽空期指的國際炒家，打得國際對沖基金措手不及，最後成功擊退西方金融大鱷，將香港從金融危機的泥沼中挽救出來。此一輝煌戰績，是曾蔭權司長和香港金管局總裁任志剛聯手導演的金融阻擊戰，為香港的繁榮穩定作出了不可磨滅的重大貢獻。香港民眾為此至今都在津津樂道並心存感激之情。曾蔭權擔任特首後，也曾與全體香港市民一起，齊心抵禦非典，取得了舉世矚目的好成績，同樣贏得了廣泛的讚譽。

在香港市民以及中國內地人士的眼中，香港既是西風盛吹的繁華之地，同時也是人慾橫流的香艷之所。但曾蔭權在幾十年公務員生涯中，一直潔身自好，與妻子琴瑟和鳴，恩愛始終，他們一直保持著好夫妻的形象。曾蔭權在著西裝時，從來不繫條式領帶，而固定使用蝶形領結。他成功地塑造了獨具風采的個人形象，以至於香港媒體早就送給他一個溫馨而形象的綽號「煲呔曾」。

以上種種，都給曾蔭權帶來較高的政治威望和個人聲譽。但是，作為香港前特首，不論有多大的貢獻，也不論市民多麼支持與愛戴，一旦觸犯法律，便功過難以相抵。曾蔭權用自己「貪小便宜」的犯罪行為，詮釋了曾經的港產熱播劇劇名《法不容情》的含義。

也許從特首到囚徒的落差太過巨大，許多港人在電視上看到曾蔭權坐在囚車中離去的場景，都唏噓不已甚至眼掛淚花。

仔細了解曾蔭權案的具體犯罪事實，就不難發現，他涉嫌且最後成立的指控，一項是公職人員行為失當罪；一項是觸犯《防止賄賂條例》的「行政長官接受利益罪」。法庭陪審團裁定曾蔭權在涉及為雄濤廣播公司頒發牌照的決策中沒有向行政會議申報，違犯「公職人員行為失當罪」（雄濤公司股東為曾蔭權提供位於深圳的廉租住宅並為其裝修）。法官陳慶偉宣判時稱，本案嚴重之處在於被告當時是特首，是政府和特區之首，他的決策非常重要，尤其是廣播發牌影響社會各階層，曾蔭權在本案中涉違反誠信，因此判其入獄二十個月，不得緩刑。陳慶偉還稱，這次曾蔭權的控罪屬第二類，以兩年半（三十個月）為量刑起點，考慮到曾蔭權對香港作出過重大貢獻，特別是對抗金融風暴，且考慮公眾求情，故扣減十個月刑期，判監二十個月。

陳慶偉說，在他以往的司法生涯中，從無見過哪個人從如此高的位子上墮落，感到非常可惜。他認為作為特首，曾蔭權不僅須向港人負責，還要向中央人民政府負責，他必須要具有足夠的誠信。

曾蔭權是繼 2014 年前政務司司長許仕仁貪污案後，香港歷史上遭刑事起訴並被判刑的最高級別官員。由於罪行屬刑事罪，他於 2002 年獲得特區政府頒發的大紫荊勳章也可能被剝奪，他作為前特首所享有的禮遇、福利都亦有可能被剝奪。香港特區政府禮賓處日前稱，據現行授勛及嘉獎制度，獲授勛者如被定罪而入獄一年或以上，不論是否緩刑，政府都會考慮剝奪其勛銜。據《香港公務員退休金條例》，若退休公務員觸犯任職政府工作有關的罪行或觸犯《防止賄賂條例》，每月發放的退休金可能會扣減甚至取消。對照如此冷酷的法條，曾蔭權因貪佔一處未見得有時間居住和享受的深圳住房而失去的顯得太多、太多、太多了！但這就是法律，這就是全中國廣泛而深入地開展反腐敗鬥爭所見多不怪的貪官故事。

從市民百姓的角度看，任何高官獲罪入獄，都具有「王子犯法與庶民同罪」的警示效果。香港前廉署調查主任、立法會議員林卓廷就此接受採訪時稱，對曾蔭權所犯罪行來說，二十個月的刑期合適，相信這次判決將督促公職人員做事需要「比白紙更白」。

是呀！任何國家、任何地區的公職人員，但凡吃著「公糧」，那就要心裝「公心」，不得公器私用。否則，必然落得「手莫伸，伸手必被捉」的下場。

儘管許多人對於曾蔭權案的結局拍手稱快，有媒體甚至棄用曾蔭權原來的綽號「煲呔曾」，改稱他為「貪曾」。但就筆者個人的好惡印象來說，相比中國內地一些省部級貪官，動輒就是多少億的涉貪金額，我還是覺得對曾蔭權的處罰太重，尤其是他可能會因此失去原有的退休特首的待遇。

所幸與我有相同感受的人還有不少。曾蔭權入獄服刑後，又依法減刑至一年，減免了八個月的牢獄之苦，2019 年 1 月 15 日刑滿出獄後，曾蔭權案又上訴至香港終審法院。2019 年 6 月 26 日，香港終審法院判決曾蔭權的「公職人員行為失當定罪」獲撤銷。

我不熟悉香港的法律制度，不由得自問：當曾蔭權因「公職人員行為失當罪」和「行政長官接受利益罪」坐完一年牢之後，終審法院卻又撤銷對曾蔭權的前項定罪，是不是意味著曾蔭權只是用一年的牢獄之災接受了後項定罪的處罰？但我對這一結果的感覺是欣慰的，因為我相信如此一來，曾蔭權的退休特首待遇至少能夠部分保留下來。對於一個地區的最高領導人，有罪當懲，有功也當獎。香港終審法院上述的「撤銷」判決，還是彰顯出法律具有的溫情一面，這一面讓人感動與溫暖。

拋開曾蔭權案，香港市民其實是會對比香港回歸前後的政府廉潔情況的。實事求是地說，ICAC 自成立以來，就一直高效運行，積極作為，他們是「廉潔香港」的功臣。但還有一個不爭的事實是，在英國殖民統治香港的百餘年間，香港曾經也是世界上最為腐敗的地區之一，即使 ICAC 成立後，香港社會層面和公務員階層的廉潔面貌改變巨大，但英國委派到香港的二十八位最高長官，即香港總督，卻沒有一個被問責定罪的。分析一下原因就不難發現，英國人本就不會在香港制定對自己總督不利的法律，港督是駕於香港法律之上的。

設想一下，如果說這些港督人人都潔白無瑕，個個為當世完人，你能相信嗎？不是說「絕對的權力導致絕對的腐敗」嗎？那麼在香港擁有絕對權力的港督，怎麼就絕對地沒有腐敗呢？再設想一下，如果說港督是法律意義上 ICAC 的最高領導人，他不可能讓 ICAC 調查自己，當然就沒有問責定罪的邏輯前提了，這是不是 28 位港督「沒有問題」的真正原因？對於這一個說法，你反對嗎？

有比較，才有鑒別。香港回歸祖國後的第二任行政長官曾蔭權，以及前政務司司長許仕仁（香港政府之二號首長）先後獲罪入獄，既說明中華人民共和國香港廉政公署的反貪決心和執法力度是超過回歸前的香港的，又說明今天香港法律監督的範圍已然包括了特區行政長官。也就是說，在香港無人可以淩駕於法律之上。倘若把過去的港督，放在今天香港法律的檢視鏡前，幾個能夠安全過關呢？我想至少不會全數通過吧。

由此可以說，儘管 ICAC 在香港回歸以前的成績不俗，但它在香港回歸以後的成績，更加光彩奪目且彪炳史冊！

時間來到 2024 年夏，曾蔭權早已出獄，他似忽有意逃避媒體，坊間有關他的消息幾近絕跡。但我在此想說，人非聖賢，孰能無過。曾前特首用失去自由的代價，已為自己的失當行為買單。但重獲自由的他，仍然應該得到香港市民的肯定與敬重。因為對於歷史人物，我們固然不縱其過，但也不應埋沒其功。

祝福曾蔭權先生身體健康，生活安樂！

遙遠的豪門血案

夫貴妻榮雖是一種現象，但並不是必然現象；兄友弟恭雖是一種常態，但卻經常有意外發生。很早以前，香港有過一宗血案，為我的論點提供了佐證。儘管由於這宗血案發生的時間久遠，已經降低了人們傾聽與談論的熱情，但我卻有另類想法，覺得有必要重溫這個故事。

在上個世紀初的香港，有一位頂級富豪，名叫馬敘朝。他是香港當年最為顯赫的家族之一，其商業帝國遍及鐵路、船運、地產、銀行和保險等多個領域。在其全盛時期，馬氏家族擁有的財富和地產在香港穩居前三甲。但是到了六十年代初，馬氏二代親手摧毀了這個家族。自此，「香江馬氏」就從香港公眾的視野中消失了。當年，這起血案震驚全港，後來被媒體取名為「豪門劫」而列入香港十大奇案之一。

馬氏家業第一代創始人馬敘朝於 1878 年出生於廣東台山縣白沙鎮，他幼年時到香港，長大後通過努力，成功創立了綢緞莊，由此積累了巨大財富。在商業上成功後，馬敘朝又在政界積極進取，被香港政府授予了「太平紳士」稱號；他樂善好施，成為名聲顯赫的慈善家；從 1925 年起的三年間，他分別擔任了東華三院和保良局的主席。至此，馬家進入了歷史上最為輝煌的時期。

月圓則缺。馬敘朝事業成功卻彌補不了個人生活的遺憾，他的原配妻子早逝，且未能為他留下子嗣。為此，馬敘朝先後另娶了兩房妻子——于氏和黃氏。兩妻分別為他生下了六個兒子和六個女兒，共十二個孩子。當兒女依次長大成人，並先後結婚立業後，又為馬氏家族增添了三個孫子和一個孫女，家族人丁一時興旺異常。

再好的莊稼地，也難免有壞莊稼。

馬敘朝的長子和次子雙雙英年早逝，五子後來也因病身亡。這時，他的六個女兒都已出嫁，家族中只剩下黃氏所生的三個兒子，即三子馬維墳，四子馬維炬，六子馬維超。這三兄弟為同父同母，血緣上最為親近。但他們生於豪門，彷彿命運早已注入了豪門的恩怨基因。

1959 年，馬敘朝逝世，留下了龐大的遺產，其中包括多家公司股權和眾多地產。馬敘朝生前為了家族事業持續輝煌，特意立下遺囑，指定于氏、黃氏、四子馬維炬和嫡孫馬瑞良作為遺產執行人。所謂遺產執行人，其職責就是根據遺囑人的意願執行遺囑內容。

馬敘朝的遺囑內容包括家族遺產的分配。在這四位遺產執行人中，由於各自條件所限，實際上很難完成立囑人的重託：

其一，兩位老太由於年事已高，且是文盲，基本上不參與遺產管理；

其二，嫡孫當時年歲尚小，難言正事。

如此一來，遺囑的實際執行權就落入四子馬維炬一人之手。這是立囑人馬敘朝有意為之呢？還是疏忽大意？

馬敘朝的另外兩個兒子，即馬維超和馬維墳對這份遺囑不以為然。馬維超一直定居在澳洲，有十幾年時間沒有返港，他對家族遺產漠不關心。然而三子馬維塤卻不同，他對於自己被排除在遺產執行人之外大為不滿。於是，馬家的矛盾就在四子馬維炬和三子馬維塤之間生根發芽。也就是說，哥哥不滿弟弟大權獨攬。

這兩兄弟雖一母同胞，但從小卻有較為明顯的性格差異。馬維炬從小聰明活潑，他在著名的皇仁書院接受教育，畢業後跟隨父親學習經商，深得其父賞識，被視作未來的繼承人。馬維塤雖然也是皇仁書院的畢業生，且到英國留學。但他在二十歲時患病，切除了肺葉，身體狀況不佳，一直沒有參與家族生意。他因在英國生活的時間較長，不習慣使用粵語，與家人的溝通也少之又少，性格慢慢變得孤僻。

早在上世紀五十年代，馬維塤剛從英國返港時，曾希望加入家族生意，但遭到父親馬敘朝的拒絕。這導致馬維塤覺得父親過於偏心。失望之下，馬維塤再次回到英國，開始學習裁縫手藝。幾年後再次返港，雖四處尋覓工作，卻發現自己的裁縫手藝沒有用武之地。無所事事之下，便只好遊手好閒，於是又常遭人嘲諷，內心感到十分窘迫與鬱悶。父親馬敘朝去世後，馬維塤滿以為歧視自己的父親再也阻止不了自己進入家族公司了，他可以像香港其他家族一樣，以「父子相傳」的規律，以其在世長子的身份接管家族公司，然後一展抱負。

但令他萬萬想不到的是，父親的遺囑擊碎了他的夢想。遺產執行四人小組成員竟然是以他的弟弟馬維炬為核心的。雖說另外還有三人，但這三個人更像是父親用來給弟弟當陪襯的。馬維塤想，老爹您若是真的認為弟弟馬維炬需要幫手，難道我留學英國，英語強過所有人的馬維塤還不如兩個文盲老太太？還不如未成年的小侄？老爹您這分明是給我小鞋穿呀！想到此，馬維塤氣不打一處來，他決定請律師挑戰遺囑，嘗試爭奪遺囑的執行權。

然而他的官司打輸了，法院認為遺囑有效。法律渠道走不通，馬維埧改變策略，他找弟弟一次次理論，一次次爭吵，甚至文鬥鬥不過，就用武鬥。於是，親哥倆不止一次地大打出手，馬家大宅常常雞犬不寧。

當哥哥馬維埧恨死了父親的遺囑時，弟弟馬維炬卻把父親的遺囑當作尚方寶劍。儘管兄弟倆性格差異明顯，但其固執、缺少變通的血液卻是一致的。馬維炬獨攬大權的決心不改變；馬維埧執意推翻遺囑的打算不鬆勁。

當兩個人徹底關閉協商大門之後，即在父親馬敘朝去世兩週年剛過，馬維埧終於一不做，二不休。他作出終極反擊，親手製造血案，為兄弟倆的戰爭畫上了同歸於盡的句號——

馬氏大宅位於羅便臣道 32 號，是一棟三層高的洋房別墅。馬文埧和馬維炬兄弟兩人同住在二樓，一人分居一側。二太于氏和三太黃氏則住在三樓。大宅的底層是客廳和傭人何儉的房間。隔壁的 34 號別墅同樣屬馬家，兩幢房子之間有一條通道相連。

1961 年 8 月 15 日早晨，當天于氏和黃氏吃完早餐後就外出了，何儉也去了隔壁的 34 號別墅照顧馬家的孫子。此時，馬家大宅中只剩下了馬維埧和馬維炬。上午 11:50，何儉在隔壁陪小孩子玩耍時，突然聽到 32 號大宅傳出了喊叫聲，何儉馬上返回大宅查看情況。他剛到達花園前，就看到兩兄弟從二樓衝了下來，一直跑到了後花園。馬維炬試圖打開後門逃跑，但剛解開鎖就被追上來的馬維埧用刀子連續刺殺。在一連串的慘叫聲中，馬維炬血流如注地倒在地上。何儉見狀趕緊救援，但也被馬維埧用刀刺傷。何儉負傷逃出了屋外，一邊逃跑一邊大聲呼救——「四少死了」。

鄰居陳先生聽到呼救聲，出來查看，他看到受傷的何儉向他跑來，而馬維塤則在花園中持刀徘徊。陳先生立即報警。警方火速到達馬家大宅，將重傷的馬維炬送往醫院後，開始對大宅進行搜查。這時，馬維塤突然出現在二樓陽台，對著樓下的警員用英語喊道：「嘿，我在這裏……」

警員隨即上樓，詢問他與傷者什麼關係。馬維勛塤平靜地承認傷者是他的弟弟馬維炬，並帶領警員到臥室，指著一把血跡斑斑的刀子說：「我用這把刀捅了他！」他接著又指向一堆血衣說：「這是我換下來的衣服。」馬維塤的態度異常冷靜，好像在講述別人的故事。

警方隨後將馬維塤帶回警局。審訊中，馬維塤坦誠交代了是他犯下的罪行，作案動機是因為遺產糾紛。他說：「我想過，如果今天我不動手，以後就沒有機會了」。

警方調查發現，這並非兩兄弟首次因為家產問題大打出手。之前兩兄弟就有過嚴重的肢體衝突，當時馬維炬受傷嚴重，以至於需要住院兩週。

在案發當天的下午，馬維炬在醫院身亡，這一消息傳到了遭警局羈押的馬維塤耳中，他並不悲傷，反而顯得興奮。

時香港尚未廢除死刑，而這起案件中有凶手的供詞，有凶器，有血衣。馬維塤殺害親弟弟一案，雖然證據確鑿，但此案的審理卻一波三折。

香港各大報紙圍繞著不滿遺產分配或爭奪家產這一動機報道了此案。這也是馬維塤被捕後初次向警方提出的作案動機。然而不久之後，馬維塤卻改變了這一說法，聲稱他的作案動機源於對父親遺囑的不滿。兩者有什麼不同呢？

馬敘朝的遺囑雖然沒有把馬維塤列為遺產執行人，但這份遺囑仍然規定：馬家財產每個兒子皆分有一份、每個孫子皆分有半份。因此，馬維埧的那份遺產並不存在被其弟私吞的問題。那麼馬維埧真正爭的是什麼呢？其實馬維埧爭的是在家族中的話語權。在馬維埧看來，他是馬氏家族在世兒子中輩分最大的。按照中國文化傳統，他應該最有資格作為遺產執行人。在馬敘朝去世後的兩年多時間裏，遺產稅尚未評估完畢，所以家產也未正式分配。馬維埧擔心，如果這段時間裏家族新添了孫子，他能分到的遺產將會被稀釋，因此他提議加快公司的清算和遺產分配。但幾位遺產執行人根本不理會他的要求，認為他無權干涉遺產分配的安排與進程。

馬維炬為了避免衝突，經常不在家吃飯，試圖迴避與其兄長碰面。但他又選擇繼續同住一宅，這樣一個大意安排，致使自己命喪親兄刀下。

早在案發五天前的 8 月 10 日，幾位遺產執行人舉行過一次家庭會議，馬維埧自然沒有資格參加。血案當日，馬維埧因為想了解會議內容，便走進弟弟馬維炬的房間詢問。

「維炬，遺產分配有具體安排了嗎？」馬維埧可能會問。

「我不能給你透露會議內容，你不是遺產執行人！」馬維炬可能這樣回答。

顯然，馬維炬對哥哥的問題置若罔聞，甚至不耐煩地轉身離去。他視哥哥為陌生人，甚至對哥哥還沒有對陌生人的那一份禮貌。

馬維埧對弟弟的冷漠態度極其憤怒，一時衝動，拿起刀子便追了出去。他本意是想嚇唬一下弟弟。追至一樓客廳時，馬維炬突然轉身，揚起手，似乎要與哥哥對打。

馬維埧說，他被弟弟的舉動刺激到了，條件反射地揮出拳去，但這時已經忘了手中握著刀子。他聲稱自己失去了理智，不受心智控制，一切彷彿發生在夢境中。整個事件中，關於自己究竟打了弟弟多少下，甚至是否真的進行過殺人行為，他完全沒有記憶。直到何儉的尖叫聲將他喚回到現實中。

顯然，馬維塤的第二份口供，講的是由於弟弟對他的無視，才引發了他的憤怒，導致他在犯案時失去了自制力。重點是當他看到弟弟舉拳似乎要攻擊他時，他才出於條件反射進行了還擊，聲稱這是一種自衛行為。

這個說法與他的第一份口供明顯矛盾。在第一份口供中，他表示：「自己如果不動手，以後就沒有機會了，於是，我便刺了他。」這表明他在犯案時具有思考能力。此外，他在供述中還描述了弟弟用花瓶還擊的細節。顯示他並非完全沒有記憶。他的口供前後不一，先是描述了案發過程的細節，後來又聲稱對作案過程沒有記憶。

法庭上，控辯雙方律師多方攻防，歷時四天完成審理，1961年11月17日，由五名男性和兩名女性組成的陪審團，經過三個半小時的商議後，一致裁定馬維塤謀殺罪名成立，判處死刑。香港那時還未廢止死刑。眼看這起案件要導致馬家失去兩個兒子，辯方隨後上訴，聲稱將提供「新的證據」，其中包括三位證人的證詞——

第一位證人馬佩嫻，為弟弟的精神狀況提供信息。第二位證人是馬維塤的母親黃氏，她希望在上訴時，能夠詳細敘述兒子在殺害弟弟之前的一些異常行為，比如感覺有人在街上跟蹤他。他還透露馬維塤的一個侄子也患有精神疾病，暗示家族有精神病遺傳。第三位證人是何儉。她的證詞，主要是佐證黃氏所說的情況屬實。

12月20日，高院合議庭收到了辯方的上訴狀後，結合審查英國的同類案例，研究是否接受他們的上訴。但合議庭最終認定辯方提出的證據不符合上訴標準，拒絕了辯方的上訴請求。辯方後來又指原審法官沒有充分考慮馬維錕因被激怒而誤殺的可能性。原審法官在引導陪審團時，僅提供了「被告是否有精神病」這一個選項，法官沒有讓陪審團考慮誤殺罪的可能性。合議庭則認為，案發時死者馬維炬的行為，包括「不理會被告」和「遇襲時舉起手來」這些行為都不足以使一個人憤怒到失控。即使加上對遺囑的不滿，以及對家族公司處事方式的分歧，這些因素也不構成「挑釁」，所以不存在被激怒而導致誤殺的可能性。1962年1月17日，合議庭駁回了辯方所有上訴，案件隨後提交到了英國樞密院。但辯方在那裏也失敗了。

香港總督那時具有豁免犯人死刑的權力。但時任港督柏立基拒絕豁免馬維錕。

姐姐馬佩嫻隨後發起了一場利用公眾輿論的救援行動。就在絞刑執行日的前四天，《明報》頭版刊登了馬佩嫻題為《我可憐的弟弟馬維錕》的公開信。信中揭露了馬維錕童年的許多細節，這些內容在審訊中均未曾提及。信中說到馬家三太太黃氏，在年少時嫁給了馬敍朝，由於是三房，所以在家中地位低微。馬維錕自出生後就不受父親重視。另外在馬維錕三歲時，他因血液問題患上皮膚病，污穢邋遢，使得家中無人敢與他接近。更糟糕的是馬敍朝曾請來相命師傅，妄指馬維錕將來會損害其家族名譽。馬敍朝此後更加嫌棄、防範著馬維錕。他雖然長得高大，十三歲時就有一米六，但由於性格內向，在學校經常成為同學的欺負對象。另外，馬維錕小時候很有藝術天分，喜歡畫畫，他曾用炭筆畫出老師的肖像，雖然畫得惟妙惟肖，但老師不但不欣賞，反而覺得被冒犯，經常在眾人面前批評他。

馬佩嫻指出，父親馬敘朝非常相信命理，經常根據生辰八字，為子女挑選婚姻伴侶。馬維壎十八歲時，父親為他安排了一位素未謀面的女子作為婚姻對象，但馬維壎拒絕了，結果父親斷絕了對他的經濟支持來逼他妥協。到四十年代時，馬維壎不幸患上肺病，為此不得不切除肺葉，但肺病並未痊癒，使其長期飽受困擾。

馬佩嫻在描述了弟弟的悲慘情況後，又進一步透露，儘管發生了不幸事件，但兩兄弟在父親去世之前實際上關係緊密。她說馬維炬曾經搶走他人女友，這讓馬維壎擔心弟弟會受到報復。因此有段時間他堅持每晚都要等到弟弟安全回家才能放心入睡。她還強調馬維壎確實存在精神問題，經常表現出疑神疑鬼的行為，時常靜坐數小時沉默不語，臉上的表情時而憂鬱時而歡笑，有時甚至幻想自己是警察，在街上模仿警察指揮交通。信中還提到，馬維壎一直深受父親偏心的影響，作為家族中在世輩分最大的兒子，卻沒有被任命為遺產的執行人，這讓他感到被家族成員所排斥，為此加劇了他的精神疾病。

馬佩嫻堅稱弟弟並不是貪圖金錢、為了多得遺產而殺人。她還提及父親馬敘朝曾為香港作出巨大貢獻，母親如今已年事已高，家中六個兒子已有四個過世，如今一個成為死囚，另一個長年在國外，她懇求港督能夠體恤老人心願，希望弟弟能夠倖免一死。

馬佩嫻的公開信發表後，引起了民眾對馬維壎的廣泛同情，馬佩嫻迅速組織簽名活動，幾天內便收集到四千多人的簽名支持，許多名人士紳也向港督呼籲請願。但港督不為所動。

死刑執行前夕，馬佩嫻又向港督遞交了一份呈文，請求暫緩執行。港督考慮後，同意延遲執行。但這些努力終是徒勞，政府堅持在 6 月 4 日執行死刑。馬佩嫻仍不放棄，死刑前夜，她再親自求見港督，港督再次同意延後行刑日期。為此，馬維壎多活了 4 天後，最終於該年 6 月 8 日被執行處死，時年四十一歲。

因血案慘死的馬維炬，由於膝下沒有子女，出殯時沒有後輩掛孝，到場的來賓也寥寥無幾。自此，馬氏二代在港已無男丁，而世上所剩唯一的兒子馬維超又偏偏對家族生意不感興趣，仍然安居澳洲不歸。無可奈何花落去，曾經赫赫有名的香港馬家漸漸被紅塵埋沒。

對於馬家血案，我們除了對馬家報以同情外，其實還可以做些分析。大家知道，但凡生活在兄弟姐妹多的家庭，其成長過程，往往都會面對父母對子女的不同態度。儘管我們常說：「世上的父母都是愛孩子的」，在一般情況下，這句話也沒有錯。不是還有一名言，叫「虎毒不食子」嗎？但是，在特殊情況下，個別的父母，卻可能是不愛孩子的，或者是不平等地愛孩子的，又或者是不懂得愛孩子的，再或者在不自覺的情況下，是傷害孩子的，甚至會在無意間埋下兄弟相殘的種子的。

馬家血案表面看是哥哥馬維壎一手製造的，因為作為凶手，任何矛盾與糾紛都不足以成為動手殺人的理由。何況作為馬家巨額財產的繼承人之一，馬維壎的人生不僅沒有到窮途末路之境，反而可以穩穩地住在馬氏大宅之中，等著弟弟在接下來的年月裏，分配父親的遺產。可以說，人生棋局在馬維壎面前，只等坐享富貴人生就是了。從這一點上說，馬維壎不顧父親有遺囑在，一再生事，最後悍然殺人，這當然是罪不容赦的。但如果換位想一想，似乎馬維壎行凶的背後邏輯與殺人動機，倒有幾分令人理解甚至同情的成分。

父親從小偏愛馬維炬，他把馬維壎排除在家族生意之外，因受相命師傅預言的影響，情感上疏遠他、嫌棄他；父親去世後，弟弟不尊重哥哥，遺產分配不及時，議事又不透明，作為兄長而沒有話語權，且在家族中屢屢被孤立、被排斥等。當兩兄弟在言語衝突之下動手，動手過程中馬維塤借助凶器弒弟……如此這般，馬維塤在殺死弟弟的同時，也送自己踏上了奔赴刑場的絕路。反觀凶案受害人馬維炬，他既讓人同情，又讓人嘆息唏噓，甚至還讓人對他的行事風格大為失望。因為他在執行父親遺囑時，顯得過於教條與冷酷。

單從遺囑表面看，馬維炬確實有權「一切說了算」，但從其父馬敘朝立遺囑的本意來說，是由其子分享遺產的。儘管可能有厚薄之分，但他並沒有因為情感因素而剝奪兒子馬維塤的繼承權。如果有權執行遺囑的弟弟馬維炬認識到這一點，體諒其兄的心理感受，加速完成遺產分配，矛盾似乎可以緩解；如果因法律程序的原因，在父親去世兩年的時間內無法完成上述分配，那麼關於遺產執行問題的會議如果邀請哥哥列席，傾聽他的意見，即使不同意他的觀點，也多做友善溝通，學會「後退一步路自寬」、「肉爛了也在鍋裏」的處世哲學，想必也能化解兄弟矛盾。至少，不至於發展到以刀相見的地步。

在我看來，沒有看見血案發生的父親馬敘朝，其實應該承擔血案始作俑者的責任。或者說，是他播下了兄長弒弟的仇恨種子。對於家財萬貫者來說，遺囑怎麼立，應該考慮兩個方面：一是遺產分配的意願；二是遺囑執行的可能性、穩妥性。

顯然，馬老先生對於第二點考慮不夠周全。他表面上確定四個執行人，但那兩個文盲太太有能力約束他所器重的小兒子嗎？那個令他疼愛的孫子以未成年的智力，有能力左右其叔父嗎？如此一來，他實際上在兩個兒子之間做出了最容易產生矛盾的選擇：捨大用小。

這樣的取捨、安排，世上哪個當兒子的能沒有意見？只是在中國父權社會中，兒子無膽反抗老子。尤其是當老子創下家業，老子自然就可以「有錢有權，有權就任性」的。在父親面前，兒子們大概率不敢明面上反對父親。但父親已逝，「長兄不為父」也行，但弟弟卻大權在握，還無視兄長的合理訴求，這怎麼説也是父親沒有料到的結果。若馬敘朝先生地下有靈，想必他既不會認可當兄長的行凶，也不會認可當弟弟的做派。他因相信師傅的預言而防備兒子馬維埧，最後兒子馬維埧因父親馬敘朝的「不當」遺囑而弒弟，不僅影響了家族的聲譽，而且毀滅了家族。這是相命師傅的預言準確呢？還是兒子對父親的終極反抗？可嘆！老天爺從來不給死者任何後悔的機會！

筆者為馬家女兒，即馬佩嫻的行為而感動。儘管她窮盡一切手段搶救弟弟最終以失敗告終，但她的真情是感天動地的。想必馬維埧在九泉之下也會對其姐心懷感激的。

按説，這樣的豪門恩怨對後世人生是有警示作用的。但遺憾的是，再好的啟示，在人性面前，都變得軟弱無力。馬氏家族因血案而衰落，香港其他家族的遺產爭奪大戲卻你方唱罷我登場！怎麼辦呢？也許沒有辦法，一切醜行，皆因人性使然。惟願世人能吃他人「一塹」，長自己「一智」。

當下中國，有太多人到了立遺囑的年齡。我相信，無論是達官貴人，還是平民百姓，任何長輩都不情願自己的後輩子孫相互爭鬥。於是可以説，如何立好遺囑，真是考驗每個立囑人智慧的大問題。

何言兄弟似手足

當我年少時，閱讀的書只有幾本，行走的路也只有幾里。我受父老鄉親的影響，認為兄弟情乃手足情，他們之間的情誼是超過一般人的。你說什麼同學、同鄉、戰友，距離再近，怎能近得過人家同母呢！那是一種血緣至親，有相同的祖宗敬拜，有一樣的基因繼承。不是早有古語「打仗親兄弟，上陣父子兵」嗎？在這種語境之下，獨生子女是羨慕那種兄弟姐妹好多個的人家的，嘴裏喊著哥哥弟弟、姐姐妹妹的人也常常心生自豪呢！

我曾經就有過這種自豪感。不僅如此，當我連讀三遍《水滸傳》之後，我還在同學、戰友當中尋找堪為大哥，如及時雨宋公明式的人物，我期望自己不僅守著一母同胞的幾個兄弟，而且還想發展更多「親如兄弟」的朋友知己。可是當我讀了萬卷書，行完萬里路之後，發現我原來的良好願望與人性的複雜性是相悖的，實現起來相當困難。太多歷史和現實的故事說明，好的兄弟關係是有許多，但不好的兄弟關係古今也有不少。如果用百分比來形容，是否可以說，有百分之多少的好人，就有百分之多少好的兄弟關係，反之亦然。

也許由於我是被兄弟關係所傷的人，所以我對兄弟反目成仇、互相殘殺的故事特別敏感，也時常與友人分享這方面的見解與心得。

說起來，兄弟相殘最著名的案例，當數發生於唐高祖武德九年六月四日的玄武門之變：唐高祖李淵的次子、秦王李世民，在唐王朝的首都長安（今西安）城太極宮的北宮門——玄武門附近發動政變，殺死其兄太子李建成和其弟齊王李元吉。

本來，李氏兄弟，尤其是兄李建成、弟李世民二人早年在協助其父李淵起兵反隋的過程中，配合是十分默契的，關係是十分和睦的。但在大唐王朝江山一統之後，大哥李建成雖坐上太子之位，但他自知戰功與威信皆不及其弟李世民，於是就心存忌憚。為了絕其後患，就和弟弟齊王李元吉聯合，不斷排擠、陷害、打壓李世民。李世民本就不是任人宰割的主兒，為了反擊，也為了實現其君臨天下之志，他決定先下手為強、發動政變。

本來，李世民的手下猛士眾多，以他的團隊實力，殺人這種髒活只需要他點點頭就可以了，誰知李世民卻以其梟雄獨有之勇氣與決心，在兵變中親手射殺了他的同胞大哥李建成。面對如此「霸王硬上弓」的次子，高祖李淵來不及為自己所立的太子落淚悲傷，就不得不「借坡下驢」，自動地禪讓了皇位。

如果說玄武門事變的故事離我們太過遙遠的話，那麼發生在香港的兄弟爭產故事，卻彷彿就在我們眼前，比如趙氏兄弟的反目故事。

趙從衍出生於 1912 年，1940 年就在上海成立船務公司。1945 年，他通過購入二手貨船，開啟了「船王」生涯。1948 年，因戰亂而舉家逃亡香港。在港經過多年奮鬥，至上世紀七十年代，趙從衍就成為香港三大船王之一，躋身億萬家族行列。

趙從衍與妻子倪亞震育有三子一女，即趙世彭（1934 年生）、趙世曾（1936 年生）、趙世光（1940 年生）、趙世亮（1945

年生）。

趙氏三兄弟早年留學海外，都有做生意的天賦，都先後進入家族公司。先是趙世彭，再是趙世曾。趙世曾自小深得母親倪亞震的疼愛，性格狂傲。1986 年，年邁的趙從衍逐漸退居幕後，趙世曾與其兄爭權不遂，於 1988 年離開家族公司，另立門戶、創建了卓能集團，生意也做得風生水起。

1989 年，趙從衍因中風而喪失理事能力，家族企業於是徹底交給趙世彭與趙世光兩兄弟。掌控公司大權的趙世彭、趙世光兄弟多次減持股份套現，導致趙世曾及母親倪亞震極其不滿。

1997 年，趙氏兄弟爭產風波升至高潮。趙世曾攜其母倪亞震入稟法院，要求法院根據「精神健康條例」證明老船王趙從衍已經不能妥善處理本人財產，並由倪亞震成立相關的財產處理委員會處理。趙世彭、趙世光兩人不甘喪失對公司的控制權，反指母親倪亞震及其弟趙世曾懷有不可告人之企圖，要求法院盤問倪亞震及趙世曾。至此，兄弟間徹底撕破臉皮、反目成仇。

1999 年，眼見一家人勢同水火的趙從衍在極度鬱悶之中離世；一年後，在官司纏鬥、勝負難料之際，倪亞震也撒手人寰。又過了一年，長子趙世彭雖然在訴訟中掌握主動，但他與母親、弟弟的訟爭卻反噬了他的健康，不久也突發心臟病離世。

雖然三年間失去三個至親之人，但剩下來的兩兄弟趙世曾和趙世光，在爭產大戰方面的勁頭絲毫未減。所不同的是，雙方換了個戰法。2010 年，兩人同意成立委員會處理財產問題。自此，趙氏兄弟的爭產風波才落下帷幕。雖然這個委員會幫助兩兄弟分清了財產，但也徹底分開了他們的骨肉血脈，兩兄弟及其後代由此形同陌路，同居一城，永不往來。

也許讀者會說，這些豪門恩怨中的兄弟情，當然是經不起金錢考驗的，普通人的兄弟情，鮮有這樣的戲碼。其實不然，醜陋人性如同基因病毒，它的遺傳或傳播是不分階層的。

我昨晚與深圳的朋友聊天，他說他的同學柏大軍的弟弟柏二軍不久前跳樓自殺了。原因是柏大軍多年來在深圳開公司，為了照顧遠在山西老家農村的弟弟柏二軍，就讓弟弟來自己深圳的公司上班。誰知長期以來，兄弟倆同事不同心。二軍沒有文憑，無法落戶深圳，也沒有能力另謀高就，只能一直在哥哥大軍手下做事。但他不僅不感激兄長的幫助，反而生出這樣那樣的不滿與怨恨。當大軍不得不辭退其弟，令二軍離開深圳返回山西原籍後，這位弟弟接受不了「離深」的痛苦，就在老家以「長痛不如短痛」為由，從高樓頂上一躍而下……

「他在給我墜人命呢！」當柏大軍在無奈地嘆息過後，便一再後悔自己當年幫助這位在老家沒有工作的弟弟。

我是理解柏大軍的心情的，因為我的鄰居王四成有三個同胞哥哥，曾在 2006 年春建立「圍剿」聯盟，他們委託了一位胡姓律師，不約而至地來到王四成的辦公室，給王四成送達律師催告函、還款協議、證據目錄，聲言「限三日答覆還款，否則法庭上見！」

王四成當時大感意外，但看了裝訂整齊的材料後，先是大為震驚，接著不禁失笑。原來，他的大哥王大成、二哥王二成、三哥王三成用偽造的還款協議，催告他歸還他們所謂的三千萬元欠款。王四成當時真想說，我的哥哥們想發財真是想瘋了，要是讓他們的訛詐得逞，他們每個人是可以分得一千萬的。那他們可真就都成了一夜暴富的傳奇人物了！

原來，王四成的公司在辦理相關工商變更手續時，出於對已經在他的公司任職的二哥王二成的信任，就在幾張空白信箋紙上簽了名。不料，王二成見「有機可乘」，便私下留存了多餘的簽名信箋紙。等過了一些年，他以為時機成熟了，就一方面按月領著王四成發給他的工資，坐著王四成給他配的轎車，一方面糾集另外兩個都想發財的兄弟王大成和王三成，三人為眾地發起了針對王四成的進攻行動。王四成當然不會答應他們的無恥要求，他們於是就真向法院提起訴訟，王四成隨後被迫向公安機關舉報。

可笑的是，當公安機關介入調查後，還款協議涉嫌偽造的事證就擺上台面。王二成他們沒有想到，即便還款協議偽造得與真的一樣，那也缺乏債務形成的證據鏈呀！

當公安機關準備對王二成採取進一步措施之際，王二成哥仨做賊心虛，為了逃避刑事責任，急匆匆向法院申請撤訴並向王四成表示收回之前由胡律師送達的律師催告函。隨後，為兄的哥仨分別給我寫來道歉信，除了承認錯誤外，還希望王四成念及兄弟情云云。

王四成見對方在「此路難通」的情況下繳械，便很快給公安機關出具了諒解書，放棄了對三位同胞兄長的追究。當然，此舉也令王四成仍然在世的母親大感欣慰，因為避免了兒子們在法庭上丟人現眼的鬧劇。

王四成自認自己是個有底線思維的人，當仨兄長在給胡姓律師簽字出具委託書之日，他便已經不再是三位兄長心目中的弟弟。與之相對應，王四成當然也不再認對方為自己的兄長了。

在中國傳統文化中，「兄友弟恭」一直為社會大眾所倡導，但在現實生活中，當弟弟無法左右兄長，兄長不「友」時，弟弟如何能「恭」？當然，我在此無意誇大兄弟關係中負面案例的影響，而是僅就自己的所聞所見的生動故事，聊發幾句感慨而已。

我知道，凡事皆應一分為二地看。是與非，黑與白，善與惡本來就是對立統一的存在。儘管我受過兄弟情之傷，但我受到更多的親情、友情、同學情、戰友情等等人間真情的溫暖與陪伴。因此，我不會一葉障目地看人性。我對重情重義的親兄弟及非親兄弟，包括陌生人之間所產生的友情、真情、溫情仍然抱著足夠的信心。我仍然相信天下大多數做兄長的能對弟弟真的「友」，而天下做弟弟的也能對哥哥真的「恭」。相反的案例，也只是偶作洞察人性的參考而已。

我們必須承認，生活本來就是充滿矛盾的，兄弟反目、姐妹成仇、父子失和、夫妻離異等等，均是倫常悲劇。儘管沒有人願意此等悲劇降臨到自己頭上，但有時候命運中的劫難非個人意志能夠左右，如果「事來了」，那也只好用「不怕事」的心態應對。何況對於想成為大樹的苗木而言，陽光明媚和狂風暴雨這兩種環境，都是有利於它的成長的。

我沒有能力為那些試圖避免兄弟反目的人提出建議，但老話說得好，「親不共財，共財兩不來」。單就這句話而言，如果照做了，相信就會少去許多「見利忘義」的困擾。

身陷兄弟反目困境中的人，也許可以站在世俗得失層次以上看問題，為利而毀兄弟情者，雖可能一時得利，但在利益的背後，往往有生命歷程中更大的精神損傷；而為兄弟情而失利者，雖可能失其一房一車，但誰能說「人一失」，不會「天一補」呢？人生的大喜樂，有時候是由「善有善報」而得之。許多不用贅述的案例，證明善惡終有報並非自我安慰之古語。

吾願善行者路寬！

甜甜的幻影

我站在香港中環砵典乍街的街口向北看，左右兩側的高樓遮擋了視線，前方裸露的天空下，近處有豎向懸掛於右側建築外牆上的廣告招牌——「華懋集團」，遠處則是港島地標建築——國際金融交易廣場大廈，即 IFC；若是原地轉身 180 度向南看，又是造型各異的另一片高樓。路邊的導示牌上，標註有中環街市、蘭桂坊、荷南美食區、大館（中區舊警署建築群）等。

我徜徉於中環街頭，身邊的高樓大廈猶如一座座金山，既給我視覺上的壓迫感，又令我更加感覺自己處於經濟社會的底層。在這種心態的驅使之下，我十分羨慕這些樓宇的主人，如李嘉誠、李兆基、郭氏兄弟（新鴻基地產）和龔如心等地產大佬。甚至對於出入這些大樓、穿著西服革履的企業白領們，也多了幾分敬重之心。但是撥開這些光鮮亮麗的表象之後，聯繫那些坊間的新舊傳聞再看，便發現高樓大廈對商界大佬們的人生貢獻也並非全是富貴與快樂，也衍生出許多人生危局和平常人難以遇見的痛苦。

在這些高樓主人當中，「小甜甜」龔如心的故事算是最慘烈、最稀奇、最令人唏噓的。

網上這樣介紹：「龔如心，女，生於 1937 年 9 月 29 日，

2007年4月3日去世，漢族，上海人，原籍浙江溫州，畢業於上海師範大學，早年與其夫王德輝攜手經營華懋集團公司，資產超過30億港元。」我猜測，撰寫上述介紹文字的人可能為逝者諱吧，他把龔如心人生經歷中最有故事性的部分省略掉了。我想根據相關資料，對此作些補充：

華懋公司（後改為集團公司）的創始人是龔如心的公公王廷歆，龔如心的父親與王廷歆是拜把子兄弟，王廷歆創辦華懋公司時，龔如心的父親是華懋公司的員工。

1949年除夕，當時還住在上海的龔如心得知父親遭遇海難翻船去世了，年僅十二歲的龔如心由此備受打擊。她身體不好，只能失學在家。看著母親艱難地操持一家人的生活，龔如心便寫信給遠在香港的王德輝。

因為父輩親如兄弟，王德輝與龔如心也是青梅竹馬的一對兄妹，兩人感情很好，經常鴻雁傳書，一來二去之間，兩人就私定終身。1954年，龔如心孤身一人到香港，與王德輝別後重逢。龔如心不想過度依賴王家，她進學校讀了一年書，結業後就出來工作了。1955年9月，一對有情人終成眷屬。這時龔如心十八歲，王德輝二十歲。

和很多家庭相似，王、龔婚後遇到了婆媳矛盾。儘管雙方父親曾是結拜兄弟，但如今王家已經在香港聲名鵲起，而龔家從家境上來說，明顯低王家一檔。王德輝不願在母親和妻子之間受夾板氣，也不願妻子只當家庭主婦。於是，王德輝便從父母家裏搬了出來另住，同時創立了自己的公司，但公司商號卻沿用了父親的公司原名「華懋」，全稱改作「華懋置業有限公司」。

作為「商二代」，王德輝的幹勁明顯強於父親，他很快把公司業務從代理西藥、化工原料，逐步發展到房地產開發等。他們認真研究普通百姓的住房之需，從買地開發到租售及後期管理，無不親力親為。他們還創立了按揭售樓模式，使香港樓市面貌煥然一新。直至現在，按揭售樓依然是香港乃至全中國通行的交易手段。

王、龔夫婦顯然財運亨通，不過他們雖然成了大老闆，但出於習慣，始終保持著勤儉節約的作風，而不像其他有錢人一樣，僱用保鏢保安全。遺憾的是，富豪因節儉而造成的漏洞，轉變成了綁匪得到的良機。

1983 年 4 月 12 日早晨八點半，王、龔兩人一同駕車從山頂別墅出發上班，山路剛走到一半，轎車就被前後同時出現的兩輛麵包車給逼停了，幾個蒙面人從麵包車上跳下來，用槍頂著王德輝的頭，將他綁走了。而坐在轎車副駕位置的龔如心則被綁匪親自駕車送回家。

綁匪告訴她：「老實點，想要老公活命的話，就趕快拿一千一百萬美金贖人，如果你報警，我們就撕票！」

龔如心跟王德輝青梅竹馬，感情深厚。她當然不敢怠慢，回家後就匆匆將贖金匯到綁匪指定的賬戶。但她隨後又擔心綁匪拿了錢不放人，私下又暗中報了警。綁匪收到贖金後就如約放了王德輝。故事至此，龔如心彷彿完成了破財消災的操作。但損失了巨額錢財的王德輝、龔如心不甘心令綁匪逍遙法外，他們督促、配合負責這起案件的警長鍾維政，根據綁匪的賬戶資金流動，順藤摸瓜，最後成功破案。

由於辦案警長鍾維政工作給力，深得王、龔夫婦的信賴與好感，此後雙方交往密切，還成了時常走動來往的朋友。鍾警官建議他們加強個人安保措施。於是，王德輝很快以每年六十多萬港幣的支出，聘請了 6 名高素質保鏢，還在鞋子上安裝了鍾維政推薦的隱形電子追蹤器。如此，兩個人不再有安全之憂，之前的噩夢也慢慢消散了，他們開始覺得保鏢整天無所事事，酬金還不少，於是一貫以勤儉持家為美德的夫婦倆，就把保鏢從六人減到四人，再減到兩人，直至全部辭退。

1990 年 4 月，王德輝在跑馬地打完壁球回家，路上再次遭遇綁架。此次被綁，距離上次綁架案，僅僅過了七年矣！

綁匪致電龔如心，要求她支付贖金六千萬美金。鑒於上次綁架案的圓滿解決，龔如心依靠的是警長鍾維政。這次，她第一時間又聯繫了鍾警長。不同前次的是，此時的鍾警長已近退休，他不能以辦案警察的身份，而只能作為王家的至交親朋的角色來到王家、來到龔如心身邊。可他的態度與上一次發生了 180 度的轉變，他勸龔如心不要報警，盡快籌款救人。

龔如心於是想再次破財消災，但她對鍾維政心生疑惑之下，還是堅持報警了。後來，她跟綁匪多次交涉，達成了兩次交付贖金的口頭協議。但當她如約把第一筆三千萬美金轉到綁匪的指定賬戶（台灣）之後，王德輝卻沒有如約回來，從此活不見人、死不見屍。

顯然，龔如心這一次仍然寄望於「盜亦有道」顯得幼稚了些。事實上，綁匪的幕後老闆竟然是龔如心的身邊人，而且是他們夫妻倆第一次遭遇綁架案時的英雄、貴人鍾維政。鍾維政拿到贖金後，覺得放了王德輝後，他可能秋後算賬，不如斬草除根，於是他下令手下撕票。

鍾維政以其警察的專業素養，佈置了一系列反偵察的迷局。他以為自己天衣無縫，王德輝人死就不會開口了，他大可以移居台灣，享受自己的榮華富貴了。可是「法網恢恢，疏而不漏」，雖然破案不易，可是過了不長時間，從台灣傳來了一個令香港警方振奮的消息——他們在追查一起槍支走私案的時候，抓到了兩個香港人。這兩個人曾經從台灣某個犯罪集團的銀行賬戶取走了從龔如心賬戶轉過來的巨額港幣。

香港警方迅即將這兩個犯罪嫌疑人帶回香港。經審訊後，警方大吃一驚，原來被抓的兩個人：一是程麒元，台灣特工駐香港的情報人員；二是鍾志能，即鍾維政的兒子。

警長的兒子和特工勾結犯罪，警方當然嗅出了其中的不同尋常。當他們將鍾維政列入嫌疑人名單時，鍾維政早已溜之大吉了。據落案的鍾志能和程麒元交代，他們倆只負責取錢，其他一概不知。但兩人口供內容太過相似，細節也描述得十分完美，警方懷疑他們事前已經串供過了。

正當警方對案件的審理感到焦灼時，一個名叫做鍾玉球的人來到警局自首，他承認自己參與了王德輝綁架案。鍾玉球交代說，他由於受不了內心的煎熬而選擇自首。他說他是當天第一個衝上去按住王德輝的人，其餘四人都是由幕後老闆聯繫的，他們幾個人互相並不認識。在計劃實施之前，幕後老闆出經費將他們集合到香港一個郊野公園，用兩個星期的時間進行集訓。訓練時，幕後老闆嚴格要求他們，不要多問多說，彼此知道得越少越安全。所以他們五個人始終不知道對方的名字，直到出發前才得知要綁架王姓富豪。

鍾玉球這一組人將王德輝塞進麵包車廂後迅即疾駛。車上，他們脱掉王德輝安裝有電子追蹤器的鞋子並扔進路邊山溝裏。車到鴨脷洲碼頭後，碼頭有接應的船隻，被縛住手腳的王德輝被轉移上船，旋即就飛也似地駛向公海。鍾玉球説以後的事他就不知道了。

警方疑惑，誰是綁架案的幕後老闆呢？他為什麼會對王德輝的行蹤這麼清楚，甚至連他安裝在鞋子裏的電子追蹤器都知道？在警方反覆審訊下，鍾玉球為減輕自身罪責，終於供出幕後老闆就是退休警長鍾維政。

龔如心聞知後震驚不已。她怎麼也想不到，七年前那個盡心竭力破了王德輝綁架案的警察，實施了對她老公的第二次綁架。而且案發之初，她還多次與匪首共處一室，對方佯裝安撫她，幫助她應對案情、支付贖金⋯⋯鍾維政警匪身份的反轉，敵友面目的顛倒，令龔如心近乎崩潰。

案子雖然破了，可是綁匪卻說他們收到贖金後，就把王德輝投進大海了！這樣的噩耗令龔如心難以接受，否則，她連一點點自欺欺人的希望也沒有了。龔如心心如死灰，就此沉浸在失去丈夫的悲傷與痛苦之中而不能自拔。

龔如心堅持「死要見屍」，否則她就無法相信丈夫已死。之後許多年，她堅持自己行動，四處尋人，別的什麼事都做不了。有一次，龔如心做了一個夢，夢見王德輝流落在一個荒島上。醒來以後，龔如心便認為這是丈夫託夢，她後來就把搜索的重點放在了海島上。但可惜的是，她尋遍了香港周邊上百個島嶼，卻仍然一無所獲。四處碰壁之下，龔如心漸漸明白，丈夫回來的希望越來越渺茫了。

人的潛能有時候是逼出來的。龔如心自我療傷，不再沉溺在悲傷與焦慮的情緒裏，她決心全面復出，親自主持華懋集團的經營管理。這一年，她五十五歲。也許是想換個心情，也許是聽了什麼人的妙計，龔如心從此改變形象，以紮著羊角辮，穿著迷你裙的面貌示人，與之前端莊、雍容的王德輝夫人大相徑庭。

此後五年，當外界以為這個身高只有一米五的上海女人，可能因受綁架案打擊，精神似乎異常的時候，她卻以廢寢忘食的狀態投入到工作當中，使華懋集團一度成為香港最大的私人地產公司，成功地開發了 700 多個房地產項目，旗下 200 多幢大廈，業務遍佈中國內地、英國、美國等。公司的市值從 100 億攀升至 800 億，資產超過王德輝主政時期的 20 多倍。她就此成為香港房地產巨頭、亞洲女首富、全球最富女性之一。

龔如心以實際行動贏得了公眾對她的讚譽，這時媒體誇她是香港「神奇女俠」,「小甜甜」這個名字也正是從這個時候起，成了她的雅號。據説，龔如心十分樂意被人稱為「小甜甜」。

天意常弄人。老天爺在給龔如心一個又一個非凡成功的同時，也給她一個又一個非常的挫折 —— 1999 年，她的公公王廷歆委託律師，與她打起了爭產官司。

王廷歆這時已經八十八歲了，他本就與龔如心不和，兒子失蹤後，兩人便基本上沒有了什麼交集。但王廷歆看到龔如心事業越做越大，便不顧年事已高，毅然採取了法律行動。而且在老人家的背後，還有一個「想發外財」的支持團夥。

之後兩個人圍繞王德輝的下落及遺囑安排，進行了長達八年的拉鋸式法律訴訟。龔如心先是歷經了兩次敗訴，最後在 2005 年才實現大反轉 —— 終審獲勝。以此為據，丈夫王德輝數百億遺產順利收入龔如心囊中。儘管這是龔如心想要的結果，但她為此卻多了一份額外的困擾，即從法律角度上説，她繼承了丈夫的遺產，也就意味著她確認了丈夫已經死亡。可是龔如心主觀上到死都不相信丈夫死了。

如果説龔如心與公公的官司只是她展現於公眾面前的財產保衛戰，且在波濤洶湧的這一戰役之後，她是凱旋而歸的王者，那麼她在風水師陳振聰的協助下，於私底下進行的生命保衛戰，卻使她在飽受折磨之後一敗塗地，且成為喪命於絕症的悲情女主。

早在龔如心與王廷歆訴訟前夕，機緣巧合之下，風水師陳振聰進入到龔如心的生活圈子當中。也許人在現實生活中的工具箱裏找不到解決心靈問題的工具時，便會嘗試接觸風水、通靈等玄學圈子裏的高人與大師。

陳振聰繼承了來自父輩的講用風水的本領，這正好符合龔如心的心理需要。於是，陳振聰既協助龔四處尋夫、又協助她完成一次次法律訴訟方面的對抗遊戲，還幫她調理身體、精神撫慰甚至是滿足親密關係之需等等。在外人看來，龔如心依賴風水師陳振聰，更像是一個溺水者抓住了救命稻草。可惜，稻草終歸是稻草，它實際上是救不了人的。

儘管在龔如心死後，陳振聰以龔如心男友的身份，拿著龔如心留給他的紙質遺囑，與龔家人打過遺產官司且狼狽敗訴，但筆者不想對於龔如心身後的是非，尤其是男女私情方面的故事多費筆墨，而只想對龔如心悲劇故事中的三個關鍵節點，囉嗦幾句：

第一，失夫。王德輝遭遇綁架而亡，對於刑事犯罪案件的受害者龔如心，我們當然應該深表同情，也應該無條件地支持對犯罪分子的懲處。但分析案件經過卻不難發現，悲劇的發生，也與王德輝失去警惕性、自我安全保障出現了重大漏洞有關。

古今中外，身為富豪的人，成為綁架犯罪分子目標的概率是遠高於常人的。王德輝不可能不知道這一常識；之前的綁架案如果發生於別人身上，畢竟沒有百分之百的可能性，因此我大意、我僥倖，也是可以理解的。但王德輝早就被綁架過一回，應該說，是人經此一劫，都會牢記這一慘痛教訓，加強安全防範的。李嘉誠的兒子李澤 ，就曾被「世紀賊王」張子強及其團夥綁架，李嘉誠支付贖金十億救子以後，全面加強了安保措施，從而換來家族平安。

可是令人遺憾的是，王德輝夫婦的防範措施只落實了區區數年，之後就把保鏢辭退了。他用階段性的安保措施應付自己的安全，客觀上給綁匪留出了下手的機會。一個人接連兩次摔倒在同一個坑裏的概率本來不高，但在王德輝的命運中，卻成了百分之百確定的事。

我十分佩服王德輝的商業才能，但對於他的安全保護意識，卻不以為然。他用「活不見人，死不見屍」的方式，為自己的大意付出了生命的代價，也給父母，尤其是妻子龔如心的人生，埋下了巨大悲劇的種子。

龔如心從第二次綁架案發，直到 2007 年病逝，都還在堅持尋找丈夫，還在守護著這份夫妻深情，甚至還為自己沒有像第一次綁架案時那樣，一次性付清贖金而自責⋯⋯倘若王德輝確是被歹徒扔進海裏溺亡，那麼王德輝的痛苦必然是短暫的，而龔如心的痛苦卻是終生相伴且是死不瞑目的。

第二，勝訴。龔如心與公公長達八年的訴訟，也是一個痛苦而煎熬的馬拉松比賽。兩個王德輝至親的親人，都是尋找王德輝而又不得的人，都是因王德輝遭遇綁架罹難而飽受精神打擊與磨難的人，一方是老來喪子的公公，一方是中年喪夫的兒媳。如此的敵我關係，如此的相互攻擊與防禦，如此的相互貶低抹黑，如此的反目成仇，實則是贏亦難説真贏，輸亦難説全輸的悲喜劇。世間事何至於此，實叫人情何以堪矣！儘管龔如心最後勝訴了，但八年時間的法律拉鋸戰，壓力無時不在，困擾如影隨形，煎熬難分晝夜。

筆者是打過官司的，是體會過原被告在攻防之間的戰略與戰術、詭計與陷阱的。人性在法庭對抗之中，會展現最醜陋、最無恥的一面。也許在商海當中的訴訟，還只涉及利益紛爭，但家庭成員之間的訴訟，其傷害性更大，予人的精神困擾更甚。面對打贏王德輝生身父親的官司，一心在尋找著王德輝的妻子龔如心，是喜悅呢，還是尷尬呢？若是有靈魂在，王德輝的雙眼，會不會左與父親對視，右與妻子對視？會不會悄悄說句話：「咱們回家，沏杯茶，商量著解決矛盾好嗎？畢竟，家和萬事興呀！」

第三、病逝。人常說，功名利祿，皆是身外之物。活著才是王道。但我認為，每一個人都知道這些道理，但活著的時候，誰都又想活得好一些。想活得好，就要靠多一些功名利祿來做背書、當保障。天下的成功學，無不是教人有追求卓越的理想與獲得功名利祿的能力的。再說，「君子愛財，取之有道」不也是許多正人君子的座右銘嗎？不也是長輩對後代的教誨嗎？

是的，沒有錯。但身體健康是不講這些道理的，健康有著它自身的邏輯。追求功名利祿的慾望與行動是與身體健康有著關聯性的，凡事都應該適可而止，任何美好的人生目標，都不應超出自己健康所能承受的壓力才行。否則，慾望愈大，壓力愈大。壓力愈大，身體易垮。生活中有太多這樣的例子，他們可能實現了宏偉的人生目標，但卻失去了寶貴的身體健康。

我們不能說龔如心的癌症就是她那「壓力山大」式生活直接造成的，但她在長期壓力下的生活，一定會反噬她的健康。

前幾年趙本山的小品貢獻了一句流行語，說：「人生最大的遺憾是，人死了，錢還在！」顯然，這是一句逗樂的、不夠全面的話。但我卻認為，來不及享受或處理自己的巨額財富，應該也算人生悲劇之一。

安德魯·卡耐基說過，在巨富中死去是一種恥辱，從社會上獲取的巨大財富必將有一天重歸社會所有。如果按此說法，龔如心確實從社會上獲得了巨額財富，但她來不及讓這些財富重歸社會就撒手西去。否則，她的身後，就不會出現華懋集團第二次遺產官司。

遺憾也罷、悲劇也罷，都與龔如心疏於健康管理有關。她早些年常常感覺胃部不舒服，但是由於她常年繁忙，又總是要務纏身，自己誤認為可能只是普通胃病，於是常常買些胃藥應付。可她萬萬想不到，當病情發展到身體忍受不了的時候，卻被專家確診為癌症晚期。隨後一年多的時間裏，雖用重金、雖使最好設備、雖請最好專家、雖服最貴新藥，亦未能減輕女強人龔如心的病痛，亦令她在萬般折磨之下匆匆離世。所謂強人，在疾病面前，都是笑話。

當年，香港高等法院的法官在龔如心勝訴案件的判詞中，引用了一段聖經上的話：「世人行動皆幻影。他們忙亂，真是枉然。積蓄財富，不知今後由誰收取。」龔如心所擁有的千億財富，猶如商業社會天空上的一道彩虹，但這個英年早逝的女人的命運，是不是聖經上所說的幻影呢？

我今天重溫這個故事，發現它有著不同的思考認識角度，故事中蘊含的道理，想必仍有普遍的啟發性。倘若後人能夠在故事主人「吃一塹」時，多一些思考，能獲得些許「長一智」的益處，那就不至於使作者的筆墨顯得徒勞了。

輯三　域外觀感

我住池袋本町

「池袋本町」是個日本地名。池袋是城區，本町是社區。池袋與著名的銀座、新宿、澀谷、淺草同為東京都的繁華街區。池袋以池袋車站為中心，分為六個丁目（丁目是更小的社區，據說這是古時日本借鑒中國唐朝的做法與名稱），其中包括池袋本町。

出池袋車站北口，步行七八分鐘，穿過首都高速路，就到了池袋本町。

2020 年 2 月，日本受新冠病毒侵擾期間，我按之前的行程計劃來到東京，由於心存恐懼，我便自我「隔離」——不去熱門景點、不去商店、不逛街、不下館子。在日本的朋友李偉幫我們租了一處房子，就在池袋本町一丁目。

本町社區分兩部分：一丁目和二丁目；整個本町社區像個不規則的象棋盤，網格狀的街道不寬，好在規劃的多是雙向車道而且與四周的城市幹道相連，道路微循環十分暢通；也許作為古老的街區，整個社區的房屋都只有二三層高，一家一戶，整齊地排列著，有新有舊，大多沒有庭院，沒有圍牆。這種建築在日本叫「一戶建」。如果在中國，這種房子可能會叫日式別墅。但日本人概念中的別墅，應在郊區且有院落花園；每戶人家門口都掛門牌號，比如「池袋本町一丁目 18-7」，旁邊還標註戶主名稱，如松本、高橋、田中、瀨戶等，類似於中國的王家府、李家宅、劉家第。

以往外出旅遊，起得比雞早，跑得比狗快，收穫也只是浮光掠影。在一個異域他鄉，租房而居，令我便有了旅居的感覺。左鄰右舍都住著日本人，但受語言所限，幾乎零交流。李偉說，日本人的鄰里關係本來生疏，由於人人都注重個人隱私，個個都防範他人。好在我用眼睛觀察，也能看出一點皮毛。

日本一戶建的特點，在於地皮永久歸屬買家，自用或傳承多代，當然可以買賣轉讓；業主可以拆舊建新。但建築法規定，新建房屋佔地平面在臨街的一面要內退一定尺寸；因此，本町社區的新房大多門口寬敞一些，而舊房則緊臨街道；正因如此，常年都有零星的腳手架和施工人員拆建房屋；所幸日本的建築與物業管理細膩規範，施工並不影響居民生活。

一戶建儘管不高，佔地面積也僅有幾十平米，一層常有一個停車位，二三層房屋也狹小，居住的家庭往往是一家三口。而由於日本結婚率低，丁克族多，一家兩口甚至一家一人者也不少。

也許是土地太金貴，我在本町社區沒有見到太多大體量樹木，門前屋後多是精緻的小樹或盆栽，修整得恰到好處；偶爾在街角空地上，有零星古樹，枝幹黑粗。據說是日本國花——櫻花樹，到花開季節，可以想像會是什麼景象。

本町社區有一個佔地頗大的寺院——重林寺，建於明治二十三年（公元 1890 年），至今已有一百三十年歷史了。走進寺內，有漢唐風格的大殿，飛簷翹壁，只是用了少見的淺綠色屋面瓦，與北京的黃色琉璃瓦相比，更顯得清幽冷靜；遊人寥寥，反襯出寺院的莊嚴肅穆。據說二戰時期，為躲避美軍轟炸，重林寺曾短期借予學校使用；與重林寺相對應，在本町社區另一端，有一個規模稍小的神社——冰川神社。這兩個去處，給本町社區增添了濃厚的歷史感和神秘氣氛。

我也看到一所交通短期（學制短）大學和區立中小學校。印象深刻的是，女大學生上身穿著冬裝，但裙子下卻裸露雙腿。想必日本女子多是要風度不要溫度的角色；令我感慨的是小學放學時，很小的孩子揹著雙肩包，成群結隊地走在路上。李偉說，日本人很少接送上學的孩子，因為過度愛護孩子在日本被人看成素質低下的表現，他們更傾向於從小培養孩子的意志力和獨立性。相比中國的一些父母，一方面望子成龍，另一方面又甘願當孩奴，養了太多「媽寶」、「巨嬰」。細想想，我們的教育觀念落後太多了。

閒時我們在本町社區遊逛，發現這裏有一個「能看電車的公園」，約幾百個平方米，一邊有三株古老的櫻花樹，這時還沒有開花；公園左右對角各兩株桃樹，卻已花滿枝頭，有老人孩子在草坪上玩耍，為數不多的鴿子也好熱鬧似的，哪兒有人偏去哪兒。電車每隔一會兒，就會轟隆隆過去一列，果然名不虛傳。我們坐在公園休閒桌椅上，看著四周的老房子，百多年滄桑歲月，給人帶來一絲恍然隔世的感覺。

在池袋本町縱橫交錯的小巷中，星羅棋佈地裝置著自動售貨櫃，專售飲料且有冷有熱；另有超市、藥店、自助洗衣店等，所需服務應有盡有。我想，如果安居此處，生活是十分便利舒適的，如果不想跑遠路，是哪兒也不用去的。

幾乎所有的超市，都有白色小盒包裝的納豆——黃豆浸泡發酵成黏稠狀，攪拌一下就會出現細絲兒，類似中餐裏的豆豉。據說，這個食品是在日本南北統一戰爭時期無意之中發明的——南方軍隊的士兵都揹著乾糧袋，袋中裝有黃豆，行軍中遇到下雨天，黃豆淋雨後發酵，士兵們捨不得丟掉，有啥吃啥，不料發酵過後的黃豆更好吃。如此一來，幾經調製，現在成了日本特色的傳統美食。

有一天，我們走進一個咖啡店，守店的是一位三十歲左右的男子，身材超胖。做了三杯咖啡後，他回到吧台，靜靜地看牆壁上的電視，好像是相撲比賽。我們好奇，日本人何以喜歡大胖子相撲，漂亮的宮澤理惠與貴乃花的戀情怎麼會轟轟烈烈開始，又靜悄悄結束？

李偉說，貴乃花是日本相撲界明星，不過現在已退役，當下活躍的相撲新秀，多是蒙古來的運動員。這令愛面子的日本人十分沮喪，觀眾也在慢慢流失中。李偉轉過身去與店老闆聊了一陣，回來說，這哥們少年時的確練過相撲，慢慢被淘汰後，只好改行開店謀生。李偉還說，本町社區的店舖，多與這個「相撲咖啡先生」一樣，把自家的一戶建改建成店舖，一二層經營，三層居住。

到今天為止，我在本町社區已經住了十天。如果說以往對東京都的印象僅限於旅遊點，如皇居、東京塔、淺草寺、天空樹的話，那麼這一次又多了一個居民社區。也許以後再來東京，我還會選擇住在池袋本町。

完成此文後，尚待修改之時，日本首相安倍晉三因病辭職，而新當選的首相菅義偉竟然就是納豆生產商的後代。是不是納豆不僅美味，而且益智呢？讓人意外的是，菅義偉首相的任期不長，岸田文雄又接了他的班。希望新任和後任首相們，推動中日關係正向發展！

影壇有一尊雕像

我本想為這篇文章取一個幽默的名字：《杜丘追捕真由美》。原因是杜丘和真由美是日本電影《追捕》中的男女主人公：杜丘是以追捕犯罪集團要犯的英勇形象俘獲了美人真由美的愛情。

我在大前年遊覽東京時，與華僑朋友李偉閒聊，他問我，這次來日本最想看的地方是哪兒？

我說，想抽出空兒去高倉健墓地拜一拜。

我是一個中國人、轉業軍人且已有四十餘年的黨齡，怎麼到了日本，會想起拜祭一位日本的電影演員呢？1978 年底時，我們部隊駐在湖南邵陽市郊區。某夜，副指導員龐學武讓我陪他進城，高興地說去看日本電影。在此之前，我沒有看過日本電影。對於日本的了解，也僅限於教科書上的描述和籠統的概念，而重點內容無外就是中日兩國在近代史上的戰爭。而我對日本人的印象，則來自中國電影在黑白片時期表現的日本鬼子，比如老一代「鬼子專業戶」方化所演的松井隊長（電影《平原遊擊隊》）。

我和龐副指導員坐在一個露天的電影場上，當杜丘踏上逃亡道路而被四面追捕的時候，那緊張刺激的音樂、那跌宕起伏的劇情，令我們屏住呼吸，目不轉睛。尤其是真由美對逃犯的愛情，更叫我心跳加速。

「我是逃犯！」杜丘嚴肅地對真由美說。

「我是你的同謀！」真由美高聲回答，顯示出為愛而敢於赴湯蹈火的決心與勇氣，杜丘雖被感動但仍然一臉冷峻。「我喜歡你！」真由美熱情似火。杜丘終於難以抗拒這樣濃烈的愛，於是倆人激吻……

這樣的場景即時刻印在觀眾的心上。電影放映期間，夜空忽然飄起了雪花，而且越來越大，不一會，每個人的頭上肩上就覆蓋了厚厚一層雪，即便這樣，也未見一人離場。電影劇終時，觀眾似乎意猶未盡。

我感到震撼，電影展現了現代日本繁華的大都市與當時中國城市的巨大落差。電影故事也沒有像那一時期的中國電影那樣，劇中好人、壞人也沒有在中國人、日本人之間劃分，觀眾支持和喜愛的是代表著正義和勇氣的日本檢查官杜丘和他的女朋友真由美，憎恨與唾棄的是構陷打擊杜丘的日本犯罪集團。之後很多年裏，每次與朋友們談起這部電影，大家均有同感。

如果評選自七十年代中日邦交正常化以來，在中國最有影響力的日本電影，我相信一定會是《追捕》，而最有影響力的日本男女演員，也一定是《追捕》中杜丘的扮演者高倉健和真由美的扮演者中野良子。

崇拜偶像大概是人之常情，在《追捕》放映之前，中國人自己喜愛並崇拜的電影明星要數王心剛了。比王心剛晚一代的明星，代表人物則有年輕時的唐國強等。但高倉健以其在《追捕》中的表現，改變了中國人對男性美的認識。作為被誣陷的檢察官杜丘，他沉默寡言、堅毅冷峻、手腳幹練。對比之下，中國人再看唐國強等帥哥時，覺得男人不能太美太帥，否則便僅僅是一枚「奶油小生」而已，一時間全中國冒出一大批模仿杜丘的硬漢——衣領豎起、板著面孔、不苟言笑。

也許那些以高倉健為榜樣的青年男子，覺得唯有像他那樣，才能獲得像真由美一樣的女子的愛情，才配享受「我喜歡你！」的甜蜜與浪漫！

那一時期，《中國青年》等雜誌報紙還開展過「尋找高倉健」的大討論。可見，一個日本明星，通過他塑造的藝術形象，征服了太多太多的中國人。當然，我們看到的杜丘，他說著中國話，聲音其實來自中國的著名配音演員畢克。由此可見，電影藝術形象是由編劇、導演、演員、配音等所有參與製作的藝術家共同創作的，電影中的杜丘在生活中是假的，而高倉健也不是杜丘。但偶像崇拜是一種心理需要，從情感歸宿方面來說，我知道演員與角色是兩回事，但我在生活中找不到杜丘，我就要讓高倉健代替杜丘，我就要讓高倉健代杜丘接受我的喜愛與敬仰！所謂粉絲，尤其是演員粉絲，哪個不是這樣呢？

也許出於對高倉健的喜愛，他後期出演的電影，我幾乎都看了。有《幸福的黃手帕》、《車站》、《致親愛的你》、《動亂》、《鐵道員》等，還有老年時應中國導演張藝謀邀請，主演的《千里走單騎》。高倉健的電影看得多了，對他的認知也豐富了，不僅佩服他的演技、他駕馭不同角色的能力，也感覺每一個角色，反過來構建了更立體、更生動、更有溫度的高倉健形象。如果說剛開始因為杜丘而喜歡高倉健，那麼這時，便成為因為喜歡高倉健，而喜歡他扮演的每一個角色。這也許就是偉大的演員所具有的魅力吧！

令人痛惜的是，2012 年 8 月 12 日，八十三歲的高倉健因患癌症逝世。除了廣大影迷向他表達哀悼之外，中國外交部發言人洪磊在例行記者會上也表示：「高倉健先生是中國人民熟悉的日本藝術家，為中日文化交流做出過重要的積極貢獻，我們為他的逝世表示哀悼！」

中國外交部發言人對一個日本演員表示哀悼之意，既體現了對他生前在兩國邦交中的貢獻，又表達了對其人品藝德的肯定，用中國政府的習慣詞彙，可以說高倉健屬「德藝雙馨」的榜樣。我於是這樣理解，中國政府在對待日本的態度上，有著清晰的原則立場，即無論過去和今天，支持軍國主義，否認、美化、淡化日本侵華歷史的右翼勢力，都在堅決的反對之列。但熱愛和平、促進中日兩國友好的人，都是中國人民的朋友，中國政府和人民都是歡迎與肯定的。

張藝謀與高倉健因戲結緣，他曾深情回憶了兩個人的交往細節——在《千里走單騎》拍攝時，本來高倉健那天下午沒有戲，劇組安排他在賓館休息，可他以大家還在工作為由拒絕了，一直堅持在片場，直到當日劇組工作結束、大家才一起下班；劇組因為擔心他長時間被太陽暴曬、改變膚色而影響拍攝效果，於是請工人小徐給他打著遮陽傘，幾天後工作結束時，高倉健執意摘下自己名貴的手錶贈送給了小徐，以此表達他對一個片場工人的感謝。

幾年後，張藝謀接受國家委託，執導北京奧運會開幕式，高倉健得知後，專門委託日本刀匠製作了一把日本武士刀，並專程來北京送給張藝謀，附言寫著：「祈佑奧運會成功！」

張藝謀說，高倉健身上有一種非常古典的美德，即中國傳統文化中「士」的精神與情懷。

高倉健是表演業績輝煌的日本男神，傾慕者無數，但他對感情的認真與執著令人欽佩。儘管年輕時他與歌星妻子離異。但他並未因為離婚而淡化對妻子的感情。妻子英年早逝，高倉健為此終身不娶。他曾參演過致敬亡妻的電影《致親愛的你》。逝世後，他與妻子當年流產而未能成功降生的孩子同葬一處（遺囑如此）。凡此種種，無不彰顯出這個影壇巨星的精神風貌。

還有太多關於高倉健的動人傳說，而這些傳說與杜丘的關係顯得遙遠了，它一點點豐富了高倉健的可親可敬的形象。

離日返國前夕，李偉陪同我到了神奈川縣一個安葬著高倉健的墓園，但墓園管理者依日本祭祀文化傳統，並不隨意告知陌生人墓主的信息，我們因此無法找到高倉健墓碑的具體位置，從而遺憾地告辭。由此我有一個願望，在以後某個時候，某個中日文化交流機構，能夠合作樹立起一座高倉健的塑像，就像日本京都有日本人樹立的魯迅、周恩來塑像一樣！

真正心有大愛的人、熱愛和平的人、友善的人，應該是超越狹隘的民族主義的人，我相信在中國喜歡高倉健、時常追憶高倉健的人，不止我一個。

伊豆半島的舞女

伊豆的舞女，是川端康成筆下的那個人，是山口百惠演過的那個人。她年輕漂亮，善良純潔。因為有人寫了她，令讀者對她心生愛憐；又因為有人把她拍成電影，令她備受人們傾慕。當時光流逝，韶華已過，文章已然成了舊文，電影也只是懷舊的影像時，伊豆的舞女便成了一個傳說，一個幻夢，一個情結……

文學是跨越國界的。產生文學大師的民族是幸運的，而有著長久生命力的文學作品，必將成為民族心靈史的一部分。

我是陝西人，自豪於陝西是個人傑地靈之地。如果把三秦大地以陝北、關中、陝南分為三個各具特色的區域，那麼有幸的是，三地養育了三個傑出的作家——路遙、陳忠實、賈平凹。他們都以自己響當當的作品，構建了那個地方的文學山峰。川端康成屬大和民族的驕傲，他是諾貝爾文學獎獲得者。他的成名小說《伊豆的舞女》，給我們揭開了認識那時的日本、那時的伊豆半島、那時的青年男女的門簾。

小說中的東京青年——「我」在東京有些寂寞，於是去了伊豆半島旅遊，意外的遇見了當地巡迴演出的戲班子，戲班裏的少女薰子令「我」怦然心動，愛意漸生；薰子看「我」的目光、笑意及一絲絲叫人寢食難安的感覺，是那麼純潔美好，她深深地打動、吸引了「我」。幾天之後，「我」不得不與她告別，但「我」怎麼也忘不了她。這一次邂逅，就成了「我」的初戀！

有研究者認為，這篇小說中的「我」其實就是川端康成自己，他把自己二十歲時的旅遊經歷，自己的一次邂逅寫成了小說並一舉成名。有評論家說，這個故事堪為「天下第一初戀」。

我同意這種說法，陳忠實筆下的田小娥，路遙筆下的劉巧珍，無不具有作者的真實情感。或許文藝作品的規律就是如此，只有作者內心喜歡的人、可愛的人，才能通過文字呈現出來。青年川端康成把自己對女性的一切美好想像，全部傾注在了薰子身上。

但小說中的人物畢竟是抽象的，當電影編劇、導演、演員等專業團隊再創作後，電影《伊豆的舞女》便給予了我們更加豐滿與生動的人物形象。日本巨星山口百惠 1959 年 1 月 17 日生於日本東京都澀谷區惠比壽；1972 年，山口百惠在歌唱比賽中，以《迴轉木馬》出道；1974 年，她主演的第一部電影《伊豆的舞女》上映，這是她第一次和三浦友和合作。真正讓中國觀眾熟識與喜歡的，是山口百惠出演的第一部電視劇《血疑》。

在電影《伊豆的舞女》中，一對俊男美女演繹了一段刻骨銘心的初戀故事，儘管浪漫動人，但最後卻無疾而終。相愛的你我，一別天涯，從此不知所蹤，人世蒼茫，眼前的所有歡樂，都因為沒有那個她而失去意義⋯⋯這是失敗的初戀故事給人埋下的憂傷的種子。離別了的薰子讓人憐愛和思念！

電影故事無疑更令人想入非非，它把小說人物變得更具象，薰子就是山口百惠，山口百惠就是薰子。所有難忘初戀的觀眾，可能與電影中的東京青年「我」（三浦友和）一樣，迷上了這個年少的舞女，以至於愛烏及屋，對於東京以南兩百公里的伊豆半島心儀嚮往。

我曾經在日本旅遊時，專門約了朋友，駕車前往故事的發生地 —— 伊豆半島。在那個迷人的極具濱海風光的半島上，我們預訂了民宿客棧，參觀了類似於薰子一家住過的旅店，也看見過載客的渡口，心想當年那一對戀人是不是就是在這個渡口分別的呢？可惜，當電影中的景致出現在眼前時，便沒有了距離感和神秘感了；當相同的景致當中沒有「那個人」的時候，便失去了靈魂，一切想像中的詩意也便了無蹤影。

山口百惠與三浦友和也在戲外重續戲中良緣，他們於 1979 年宣佈戀愛，進而結婚生子。如果把《伊豆的舞女》當作悲劇的話，那麼，兩個主角在生活中的幸福美滿多少消蝕了悲劇的感染力。

作為演員，三浦夫婦和山口百惠兩人也在刻意保留著劇中人物在觀眾心裏的美好形象。當兩人星光正在如日中天之際，毅然選擇息影，以此定格了他們最美的青春年華，最美的青春影像。否則，當觀眾看到年已花甲的山口百惠時，必將會有薰子老去的失落與傷感。

顯然，尋找伊豆舞女只是一種情結，也必然會無功而返，而對每一個人來說，大概都有戀愛情感中的偶像，朦朧的，忽隱忽現地出現在每一個人的意識當中。如果在文學作品中，作者塑造出接近我們心理認同的那個她，無論是小說、戲劇或電影中的人物，那也必將會使讀者（觀眾）喜歡她、關注她、牽掛她。

也許，伊豆舞女作為一個經典的藝術形象，還會吸引一代又一代情竇初開的青年男女的。

致敬川端康成！

致敬山口百惠、三浦友和！

非凡的足跡

我幾次到日本旅遊，發現中國近代史中有不少有名的人物年輕時有著旅居日本、留學日本的經歷，且與日本結卜了不解之緣，以至於許多年後，在日本各地或多或少都有這些名人的遺蹟。而在他們的人生記憶中，也有著關於日本的重要篇章。

這裏按年齡大小為序，列舉下列五人：

公元 1866 年 11 月 12 日（清同治五年），孫中山出生在廣東省香山縣（現中山市）翠亨村；十五年後，即 1881 年 9 月 25 日（清光緒七年），魯迅出生在浙江省紹興府（今紹興市）；六年後，即 1887 年 10 月 31 日（清光緒十三年），蔣介石出生在浙江省奉化；五年後，即 1892 年（清光緒十八年）郭沫若出生於四川樂山；六年後，即 1898 年（清光緒二十四年），周恩來出生於江蘇省淮安市。五個人相繼出生在中國清朝晚期，童年也都程度不同地接受了中國傳統教育，又不約而同地先後選擇旅日或留學日本。

孫中山（三十歲）使用本名孫文時，於 1896 年 9 月（清光緒二十二年）時流亡日本，當時孫中山使用原名孫文，日本友人宮崎、平山為安全起見，在旅館為他辦理登記時，臨時起意、借用旅館旁邊「中山侯爵府」的牌匾名稱，寫上了「中山」二字。

當時孫文覺得，按日本取名慣例，「中山」可以看作複姓姓氏，但還缺少一個名，於是隨手又加了個「樵」字。由此可以說，孫中山雖然這次在日本臨時取了化名「中山樵」，卻也開啟了以「孫中山」之名進行革命活動的序幕。

魯迅（二十一歲）於 1902 年（清光緒二十八年）到日本，先在東京學習日語，後來進入日本仙台醫學專科學校。他本來是學醫的，但一次在學校播放的投影短片上，他看到有中國人被日本人殺頭示眾，而中國人圍觀看熱鬧的情景，為此大為震撼！他於是下定決心，棄醫從文，以改變國人精神為己任。

蔣介石（十九歲）於 1906 年 4 月（清光緒三十二年）登上了去日本的輪船，但由於日本軍校不招收自費生，他不得不於當年返回中國，改而報考保定軍官學校。一年後，即 1908 年春，蔣介石通過考試，終於被保送到了日本振武學校，再次來到日本。

郭沫若（二十二歲）於 1914 年（中華民國三年）到日本，先入東京第一高等學校預科班，次年升入岡山第六高等學校；1918 年，他考入福岡九州帝國大學，專業學醫，業餘攻讀文學。

周恩來（十九歲）於 1917 年 9 月（中華民國六年）到日本，在東京東亞預備學校補習日文。

晚清年間，正是日本明治維新推動國力漸盛之時，1894 年 7 月 24 日（清光緒二十年）爆發的甲午中日戰爭至 1895 年 4 月 17 日結束，中國戰敗。當時清政府內外認為日本之所以勝利是因為普及教育和實行法治。中國歷屆封建王朝，都有唯我獨尊的自我中心意識，長期視偏遠之地為蠻夷之邦。自漢唐始，日本一直視東方大國為師，日文至今仍有許多漢字即為明證。

但甲午戰敗後，挨打了的清朝統治者，在敗於昔日學生之手後，反而有了些許醒悟。光緒皇帝主張變法，於是有了「百日維新」之舉，儘管以慈禧太后為首的守舊勢力絞殺了維新派，但其後的洋務運動，也還是進行了縫縫補補的變革。「師夷制夷」之說興起。在這個大背景之下，選派學子留日，也便是大勢所趨。加之中日作為近鄰，在交通尚不發達的年代，相比歐美，去日本比較方便快捷、費用較低，因而人數漸多。其次是語言文字相通，學起來也相對容易。另外距離日本較近，身負祖國重任的留學生，一旦祖國有事，便可立即返國。

據統計，從 1896 年（清光緒二十二年）開始，清政府首次選派留日生十三名；其後在 1899 年增至二百名；1902 年增至五百名；1903 年增至一千名：1906 年增至八千名。可見，那時赴日留學乃大趨勢，文中所涉諸公，除孫中山以流亡身份而來，其他四人皆是留學，儘管有公派與自費之分。

偉人是從平凡的泥土中走出來的，在孫中山流亡日本期間，他的革命活動與業績已廣為人知，但同時作為一個熱愛生活且思想飛揚的青壯年，他也在日本有過愛情。1895 年，孫中山領導廣州起義事洩失敗，被迫流亡海外；1896 年孫中山赴日，結交在日華僑，籌措革命活動經費。

魯迅通過他那篇著名的散文《藤野先生》，憶述了他所尊敬的日本老師藤野，也讓廣大中國人認識了這位留著山羊鬍子的教授。儘管遇到了這樣的好老師，但魯迅還是離開仙台醫學院到了東京從事文學活動，其間他翻譯了大量的外國文學作品，也形成了自己的世界觀，人生觀。回國後魯迅以其新作《狂人日記》、《孔乙己》成為中國文壇巨匠。

有趣的是，藤野先生在送別魯迅後，卻因自身學歷問題被仙台醫學院辭退，不得不另擇職業。許多年以後，又因魯迅散文作品而名聲大噪。如今，該校還專門設立「藤野紀念獎」，獎勵在該校留學的中國優等生；而魯迅在上海結識了日本友人內山完造，他本是日本醫藥企業駐滬代表，只因熱愛中國而長期僑居，他在上海開辦的「內山書店」是魯迅一生光顧過五百多次的書店，後來魯迅的著作大多數也由內山書店出版發行，內山完造也成為魯迅一生的摯友。

蔣介石在日本度過六年時光，就在他第一次赴日的輪船上，他看見一個中國人隨地吐痰而被日本水手勸阻的情景，此令他認識到中日兩國現代化的差距之大。

蔣介石在日期間結識了孫中山、陳其美、胡漢民、張群、戴季陶、何應欽。從人與人結緣的緣分來說，蔣介石若沒有在日本有幸結識孫中山，則中華民國的歷史可能會重寫。蔣介石是孫中山的學生，1911 年辛亥革命爆發後，蔣介石受陳其美電召，與張群一道離開見習部隊回國，參加了針對滿清王朝的革命事業。

郭沫若赴日之前，已有父母包辦的婚姻，他在日本的八年時間，愛上了日本女子佐藤富子。結婚後，佐藤富子改名郭安娜。兩人生育了五個孩子，但當中國的革命召喚時，郭沫若毅然離開日本回國。1949 年建國後，郭安娜帶著孩子來到中國，可惜此時郭沫若已於 1936 年和于立群結婚且育有六個子女。無奈，郭安娜隨後加入中國籍，定居大連，獨自撫養孩子成人且均有成就——長子郭和夫（中科院化學家）、次子郭博（上海民用設計院總工程師）、三子郭復生（中科院工程師）、長女郭淑瑀（日本國士館文學教授，已歸化日本籍）、四子郭志鴻（中央音樂學院教授）。

對於郭老的婚姻問題，網上也有一些負評，但我認為，用和平年代的價值觀與道德標準，看待大動盪歷史中的人和事，應多一些寬容和理解。

周恩來留學日本期間，加入了由天津南開同學組織的「新中學會」，在入會致辭中他說：「中國之所以衰弱，原因在於當下國人不能圖新，又本能保舊，不善改良；新中學會諸同仁，務求心中有『新』，行動『創新』，中國才有希望」。也許太多的政治活動影響了對學業的時間投入，也許是中國的時政常常令人揪心。周恩來受國內形勢感召，不久就放棄了在日本的留學計劃返回祖國。

對比上述諸公赴日前後的變化，儘管可說的很多，但概括起來，無外乎來日求學，回國做事。當歲月激盪，風雲際會之後，他們都在各自的人生舞台上，大放異彩且彪炳史冊。

日本是一個崇拜英雄的國度，中國偉人在日本的足跡，也被當地人所紀念。在日本神戶，原華裔實業家吳錦堂建有「移情閣別墅」，用以寄託自己不忘故國之情。此前，別墅名叫「松海別莊」，早在 1913 年 3 月 14 日孫中山來神戶時，當地僑界就曾在此歡宴孫中山。1983 年 11 月，日本兵庫縣受贈了這個別墅並改建為「孫中山紀念館」，館中陳列有孫中山在日遺物，成為當地永久保留的文化遺存。

魯迅當年留學日本仙台時，這裏還只是個僅有十余萬人口的小城市，但在仙台東北大學裏，至今還有一個「魯迅紀念館」，豎立著魯迅雕像。1998 年，時任中國國家主席的江澤民訪日時，還到這裏來過。作為仙台東北大學第一位外國留學生，這裏既是魯迅文學生涯的起點，也是該校與中國交流的起點。

蔣介石作為領導中國抗戰並最終贏得勝利的中華民國總統，在他留學之地和見習之所，日本有關方面仍然視他為傑出的領袖人物。原來蔣介石所在的部隊駐地，現在仍然駐有上千人規模的日本自衛隊（軍事組織），這裏保留著一棟明治時期建築，裏邊設有「鄉土紀念館」，展示著有關蔣介石的留學經歷和相關的文史資料。

郭沫若 1927 年在中國參加了北伐，但是作為北伐軍政治宣傳部副主任的郭沫若卻因發表《看今日之蔣介石》而遭蔣介石懸賞通緝。在周恩來的協助下，郭沫若為避難再次來到日本，也因此得以與日本家人團聚。這次他們居住在千葉縣市川市，一住又是數年。建國後，郭沫若還曾利用訪日之機到過市川。現在市川市依然保留了郭沫若的舊居，將之改建為「郭沫若紀念館」，供市民參觀。

周恩來既是抗戰時中共領導人之一，又是新中國的國務院總理，還是二十世紀七十年代推動中日邦交正常化的功臣，在日本享有很高聲譽。他在留日期間曾寫下詩篇。

1978 年，在一批日本友好人士倡導下，京都嵐山公園內豎立了周恩來詩碑。這塊詩碑是一塊整體的馬鞍石，質地堅硬，千年不化，碑高 1.3 米，寬 2.2 米，詩碑正面，能看到原中日友好協會會長廖承志用毛筆書寫、由日本石雕專家雕刻的周恩來青年時期遊覽嵐山的詩作《雨中嵐山》：

雨中二次遊嵐山，
兩岸蒼松，夾著幾株櫻。
到盡處突見一山高，
流出泉水綠如許，
繞石照人。
瀟瀟雨，霧蒙濃，
一線陽光穿雲出，

愈見姣妍。

人間的萬象真理，

愈求愈模糊；

——模糊中偶然見著一點光明，

真愈覺姣妍。

幾天的日本之行結束了，文中諸公的東瀛足跡，令我心生感慨；所謂「雁過留聲，人過留名」，對於歷史偉人而言，他們所到之處，都有飽滿的人生，剛健的行動、偉大的足跡。作為後輩，我們當仰之、思之、學之。

慕尼黑消失的啤酒館

熟悉「二戰」史的人，不會不知道慕尼黑；熟悉慕尼黑歷史的人，不會不知道「二戰」妖風的風源——那個臭名昭著的啤酒館。

前幾年，我與兩個朋友開車從奧地利抵達德國巴伐利亞州首府慕尼黑的時候，是一個彩霞滿天的黃昏。按照網絡預訂，我們入住城郊的一家汽車旅店，隨後想找一個可以喝點酒的去處。酒店服務人員熱情地推薦了一家「歷史十分悠久且名氣很大」的啤酒館，還說這家店的豬手馳名歐洲。

入夜，我們興致勃勃地出門，穿過一條又一條狹窄而古老的街道，又經幾次導航和問路，終於找到一座相對獨立的歐式建築，古樸的磚牆上已有明顯的風化痕跡，石材門洞口也是斑斑駁駁的模樣，地板磚有些凹凸不平，顯然是人走得太多的緣故。

門口外牆高處掛著徽章造型的招牌，招牌中鑲嵌著兩個英文字母「HB」。來來往往的人很多，頗有些劇院入口處的情形。我們匯入人流，沿步行樓梯上了二樓，未料二樓室內十分寬闊且與一個更大的露天平台連通著，縱橫排列著的白色餐桌周圍，熙熙攘攘坐滿了人，真有些人山人海的感覺。

我們站在一旁，一邊等空位，一邊觀看這大快朵頤的景觀。

只見那些桌面上堆著一個個散發香氣的醬紅色豬肘子，與之相匹配的是，圍坐一旁的食客人人都端著大號啤酒杯，男女不分。

我們身旁還有幾個也在等位的阿拉伯模樣的人，可是左等右等不見有服務員過來招呼，反而有後面來的客人卻見縫插針，搶先找到了位置。既然這樣，我們也依樣學樣，見哪桌客人要走，就趕忙過去，在桌子一旁站著等。

服務員腰上別著 POS 機，站在客人身邊就近買單，等客人剛一離座，他就抽出後背上的抹布，只三兩下，就清理完桌面，即時讓我們落座。動作麻利，效率奇高。有個中年女服務生，膀大腰圓，只幾分鐘工夫，一隻胳膊橫著、架著兩個肘子，另一隻手抓著兩扎啤酒，咚咚咚，就放桌子上了。由於動作太大，啤酒沫外溢不少，她接著放一疊紙巾就被另一桌人叫走了。

那晚估計有上千人同時就餐，有樂隊演奏，有手舞足蹈的客人，有在啤酒中加生雞蛋慢飲的情侶，也有滿臉通紅地吆喝著的酒鬼……我可見識了什麼是德國啤酒館！

我用手機翻譯了菜單上的文字，才驚訝地發現，我置身其中的飲酒吃肉之所，叫皇家啤酒館，歷史上茜茜公主、列寧、莫扎特等都曾光顧過這裏。為了保持濃厚的歷史氛圍，現在啤酒館的老闆盡量保持著室內室外過去原有的風貌。

我一邊喝著啤酒，一邊通過手機搜索、查看過去與此相距不遠的另一家啤酒館，即貝克勃勞凱勒啤酒館（二戰後已被拆除）的故事。

1923 年 11 月 8 日晚，巴伐利亞邦長官卡爾、駐巴伐利亞德國國防軍司令洛索和邦警察局長賽塞爾等地方政府要員在貝克勃勞凱勒啤酒館開會，聽眾有數千人，希特勒此刻率領納粹衝鋒隊衝入會場，脅持上述官員，宣佈起義奪權，成立納粹政府；第二天，他又率領其黨徒，衝擊州議會和警察局等要害部門。但行動遭到當時執政的魏瑪共和國軍隊開槍鎮壓，希特勒事後被捕並被判處徒刑五年。

政變雖然失敗了，但希特勒因此名聲大噪，他高喊的「德意志高於一切」、「要建立強大的德意志」等口號，極大地鼓舞了「一戰」失敗了的德國民眾，也受到魏瑪共和國體制內許多勢力的同情與支持。

在獲得輿論廣泛同情、支持的形勢下，希特勒實際服刑僅有九個月時間，且住著擁有明亮窗戶的豪華牢房，享受著會見客人、閱讀寫作和通訊的自由。正是在這般條件下，他寫成《我的奮鬥》一書。該書也成為納粹黨徒的聖經，成為法西斯國策的理論基礎。希特勒坐牢期間也冷靜地總結了暴動失敗的教訓，獲釋後他改變了策略，放棄街頭暴力，改為通過調查研究，巧妙地宣傳鼓動，以開空頭支票的方法爭取民意。於是，在 1932 年 7 月 31 日，德國舉行議會選舉時，希特勒領導的納粹黨獲勝。其後，希特勒巧言令色，又先後取得前王室的支持，威廉二世就給過納粹黨二百萬馬克的援助。

1933 年 1 月 30 日，希特勒如願登上德國總理寶座，魏瑪共和國就此死亡，第三帝國宣告誕生。希特勒由此開始了為期十餘年的獨裁執政，德國逐步走向瘋狂、走向毀滅。而他發動的第二次世界大戰，也給世界人民帶來巨大災難，其罪惡之深重，即使判他一百次絞刑，也難平復熱愛和平的人們的憤恨之情。

也許是二戰題材的書籍和影視作品看多了，我在德國期間，不由自主地尋覓著有關二戰的遺蹟。我們離開慕尼黑後，又來到紐倫堡。紐倫堡是巴伐利亞州繼慕尼黑之後的第二大城市，第二次世界大戰結束後，國際法庭在這裏對納粹戰犯進行了公開審判。因此，紐倫堡也因「紐倫堡大審判」而廣為人知。當然這個城市的工商業也一直走在德國經濟發展前列，誕生了諸如西門子等一批世界級企業。

作為遊客，我們來到紐倫堡，而今天的紐倫堡，比過去更具現代氣息，世界知名品牌的商品在這裏大行其道，當然戰後德國早已唾棄了納粹黨以及民族主義國策，政府立法禁止了一切有關納粹的歷史遺蹟。除此之外，他們也重視文物古蹟的保護，古老的教堂、車站、街道、城牆等都成了遊客打卡的熱點，散發著濃濃的古意。

我拍攝了許多照片，閒了在賓館查看有關紐倫堡的歷史照片，尤其是二戰題材的照片，對比一下，竟發現有許多似曾相識的場景，這讓我一下子感覺二戰的歷史近了許多，而我也有了一些在「現場」的錯覺。

在希特勒春風得意期間，他把紐倫堡作為納粹黨的黨部所在地，每年都會在這裏召開納粹黨全國代表大會，而臭名昭著的《猶太人法案》就是在紐倫堡炮製出籠的。此法案一出，大規模迫害猶太人的行動就拉開了序幕。

1945 年 4 月 30 日，當蘇聯紅軍兵臨城下之時，希特勒為了逃脱世界人民和歷史的審判，匆匆忙忙地與情婦一同自殺了。對於終獲「二戰」勝利的世界人民來説，希特勒得以自殺而逃脱法律的懲處是遺憾的，但「紐倫堡大審判」卻明白無誤地把希魔及其黨羽釘在了歷史的恥辱柱上。

紐倫堡既是納粹黨發展壯大之地，又是納粹黨徒接受審判與埋葬之所，既有戲劇性，又有著強烈的象徵意味。

據載，由於納粹黨的猶太滅絕政策，德國戰前猶太人多達六百多萬人，但戰後僅倖存七萬餘人。我由此聯想到在柬埔寨金邊堆斯陵監獄博物館參觀時的情景。在受害者照片牆的旁邊，導遊緩緩地介紹說，紅色高棉在 1975 年至 1979 年執政時期，通過勞役、酷刑、處決等手段，共屠殺本國國民及部分外僑共計 200 餘萬人，約佔當時柬埔寨人口的四分之一。

說來奇怪，1945 年德國的希特勒自殺時，柬埔寨未來的紅色高棉領袖波爾布特年僅二十歲。1975 年，也就是希特勒人亡政息三十年後，波爾布特卻在種族滅絕政策上借屍還魂。本來，一個歐洲大國，一個東方小國；一個有著普魯士騎士傳統、好戰的民族，一個被譽為東方佛國、建設並保存著「吳哥窟」的民族；一個黃頭髮、藍眼睛、當過畫家的白種人、一個黑頭發、黃皮膚、當過小和尚的黃種人；一個屬二十世紀上半葉，一個屬二十世紀下半葉……

他們本來有太多的不同，但卻有一點出奇的相同：他們都認為本民族優等，而被他們認定的「劣等民族」，就應該殺無赦！區別在於，希特勒要把全世界的猶太人消滅掉，誰阻攔他，他就殺誰；波爾布特的軍事實力有限，於是就窩裏橫，專門對付本國民眾，即由他認定的除了高棉族之外的異族，都是「壞人」，要被消滅！

歷史是公正的，兩個創造歷史的人，將被人們當作二十世紀代表著西方和東方的兩大魔鬼，永遠唾罵下去！

回國後，我在電影頻道看了德國人拍攝的二戰題材的電影《我們的父輩》等，感覺與以往同類題材的電影不同，它不表現戰爭勝敗，而是反思戰爭的成因，表現戰爭中不同的人性。今天，二戰的硝煙雖已淡去，希特勒和波爾布特也早已化為塵土，許多慘絕人寰的往事已成為藝術家們反覆使用的文學素材。但歷史不能被忘記，無論是哪國的歷史，都應該成為人類文明發展的一面面不可或缺的鏡子。

但歷史的輪迴又彷彿一再表明：人類文明在發展中從歷史中吸取教訓的能力是有限的，而貪婪與爭鬥卻有著代代相傳的強大基因。當下的俄烏戰爭和持續了半個多世紀且愈演愈烈的巴以軍事衝突，致使戰爭擴大、「三戰」之聲頻起，等等，讓世界上一切熱愛和平的人們，既憂心忡忡，又無言以對！

溫斯萊特的革命

當年，電影《泰坦尼克號》上映後，英國演員凱特·溫斯萊特和好萊塢演員萊昂納多迅即爆紅，對中國觀眾來說，他們的名字也耳熟能詳。

我閒時在家看電影 DVD，發現電影《革命之路》是溫絲萊特與萊昂納多又一個合作主演的影片。乍看片名，我以為是政治題材的，看過才知道，原來是一個婚姻故事。

好萊塢影片題材十分廣泛，有時為了追求新穎，甚至在科幻、鬼怪、靈異等題材上也下足功夫。婚姻題材雖是傳統的，但故事卻常講常新，也許這是由婚姻的複雜性所決定的。在婚姻當中，每一個成員都在靈與肉的交織當中呈現自己的善惡。人性在聚光燈下可以隱藏起來，但在年復一年、日復一日的雞毛蒜皮面前，卻無法藏身。

也可以說，婚姻是一面人性的鏡子，在這面鏡子跟前，每個人都必將展現自己的真實，真實的人性。顯然，這種展現必定是豐富的、複雜的、有矛盾、有衝突，時而平靜，時而爆發。而所有的文學作品，小說也罷，戲劇也罷，電影也罷，不都需要這些嗎？所謂「自己的生活，別人的故事」吧。於是，中外戲劇、電影及其他藝術形式，反反覆覆講婚姻的故事，而且永不過時。

看《革命之路》，讓我想起《克萊默夫婦》。同樣的題材，不同的夫妻。後者是好萊塢上一代大腕兒出演的，達斯汀·霍夫曼飾丈夫，梅麗爾·斯特里普飾妻子。如果把這兩部影片當作上下集，取名《夫妻關係》也未嘗不可，而要是一次看了這兩部影片，我相信每一對身處婚姻當中的男女都會有更大的啟發。

我是在看電影《泰坦尼克號》時喜歡上溫斯萊特和萊昂納多的。他們倆一開始合作，是蜜月般的談情説愛，最後萊昂納多讓出救生筏、犧牲自己而保全伴侶，譜寫的是一齣令人感動的悲劇。而他倆此次合作，則是萊昂納多阻止溫斯萊特的巴黎之夢從而毀滅妻子，描述的是一個令人哀嘆的悲劇。

《革命之路》的故事發生在1955年，一對夫妻生活在美國的一個小城市。丈夫是一家電腦公司高管，時常忙於工作，妻子是家庭主婦，照顧著兩個可愛的兒女，他們住在丈夫掙錢買的房子裏。這樣的人物設計，這樣的家庭結構，恐怕是五十年代最典型的美國家庭，即使在今天，也沒有多大改變。

如果單從養家餬口，一日三餐，孩子長大，夫妻變老這個簡單模式演繹下去。那就成了大多數市井平民至今都在重複的家庭故事。當然，這也沒有什麼不好，倘若對人生的理解就是如此，覺得養兒育女，春夏秋冬，平凡歲月就是幸福快樂，那也是個人的選擇，無可厚非。問題是人性最本質的特徵是自私，從自私這個原點出發，婚姻中的男女，他（她）要在生活中生發出自己的願望，要實現自己的價值。從而得到滿足感、成就感、榮譽感。如果得不到這些「感覺」。他（她）可能失落、沮喪、自卑、空虛、焦慮，如此一來，快樂與幸福便無從談起。

《革命之路》一開始就是萊昂納多在演出後台找溫斯萊特，而後者因一場失敗的業餘演出而鬱悶。回家路上，夫妻爆發激烈爭吵。從中可知溫斯萊特雖然是個家庭主婦，但她卻是個參加過演員培訓班的人，是一個不甘心當家庭主婦的家庭主婦。當影片中的丈夫，爭吵當中對著妻子在口口聲聲說「你住在我掙錢買來的房子裏」、「我掙錢養家」時，但凡有點自尊心的妻子，都難於安心自處，即便母親的角色十分偉大且神聖，即便操持一家四口的雜務並不比打卡上班輕鬆，而對著「掙錢」的丈夫，妻子在經濟上的不獨立，必然在人格上也難於獨立。

溫斯萊特是個性格演員，她在《朗讀者》中演過納粹集中營的看守，二戰結束後當了柏林電車售票員，後來與一個少年發展了一段刻骨銘心的愛戀故事。她在《革命之路》中，把一個與丈夫抗爭的妻子演活了，演得不像演的，演成了溫斯萊特自己，溫斯萊特就是那個 1955 年的美國婦人。她把所有的人生理想，都濃縮成為舉家遷往巴黎。巴黎有埃菲爾鐵塔，有塞納河，有太多會給人帶來新鮮感的異域風情。當然最重要的差別，在於巴黎可能有溫斯萊特心儀已久的國際機構的工作，而等待丈夫的可能是做一個伴讀學生。

這個計劃剛開始獲得夫妻一致贊同，可當妻子忙著打包行李，向親友道別之際，丈夫的公司老闆卻以升職加薪令萊昂納多打了退堂鼓。

影片中的丈夫除了獲得老闆青睞的同時，還有一段辦公室戀情，當丈夫看似坦誠地向妻子就此道歉之際，未料妻子對此卻並不以為然。她冷靜地問「你為什麼告訴我？」這一問令回心轉意的丈夫錯愕，但卻令妻子這個人物變得更深刻，因為她的理想是去巴黎，巴黎有未來，有希望，愛情建立在通往巴黎的路上，而當丈夫反悔，毀滅她的理想之後，夫妻之間的愛情也自然灰飛煙滅了。而沒有了愛，誰還在意對方在辦公室「幹了些啥」。溫斯萊特隨後與丈夫的朋友出軌，既是在理想破滅之後的自暴自棄，又是對丈夫的報復。

影片以溫斯萊特自行手術做人流從而導致意外死亡作為結尾，給觀眾留下太多的思考空間。

丈夫錯了嗎？好像沒有，他是這個家的頂樑柱，即使不去巴黎，那也有足夠不去的理由。妻子錯了嗎？好像也沒有，她已生育了兩個孩子，她想找一個可以施展才華的地方，擺脫「家庭主婦」這個尷尬角色，似乎也應該受到支持與鼓勵。

我以為，夫妻之間談論對錯，往往把複雜的問題簡單化。因為夫妻之間面對的問題，看上去不過衣食溫飽、雞毛蒜皮，但實際上關乎人生、命運、理想、現實、文化、性格、趣味、愛好、靈與肉、生與死。可以說，人生有多少問題，婚姻就要面對多少問題。

婚姻是由「我們」融合的，不是由簡單的「你」和「我」組成，所有的問題，從我們出發，討論兼顧二人的策略與方案，這其中有共識，有妥協，有兼顧，有犧牲，最後的結果可能就是「兩利」的；而在婚姻關係中，人們往往習慣於「你」怎麼怎麼樣，「我」怎麼怎麼樣，把婚姻中本該共同面對的問題，變成相互對抗的博弈，以至於矛盾相伴，衝突頻頻，而感情也被一次次衝擊，一點點消磨中喪失怠盡。當一床躺兩人，一床存二心時，婚姻就走向了幸福的反面。

倘若巴黎之行如願了呢？溫斯萊特穿上工作服，有了薪水，有了平台，有了社交，她會不會更快樂，更有成就感，她反過來會不會更愛支持她的丈夫與孩子呢？萊昂納多縮短企業高管的人生履歷，在巴黎當當學生，當當家庭婦男，或者應聘到巴黎的同類企業，會不會讓這個破碎的婚姻故事得以反轉？我想會的。

在愛情與婚姻當中，其實不需要海誓山盟，也不需要寸步不離。所需要的，往往是互相理解，相互包容，相互成全，相互欣賞，相互支持！但願天下女子都有「巴黎夢」，但不要破碎在丈夫的升職與高薪跟前。

在我看來，溫斯萊特通過這個影片，給我們的婚姻生活貢獻了一點啟示：即夫妻之間既要各自獨立，又要相互成就。否則，婚姻這一個類似於人生大海中的小船，是很難平穩前行的。

慘死街頭的茜茜公主

德國美女演員羅密·施耐德演過茜茜公主，法國超級帥哥演員阿蘭·德龍演過佐羅。他倆是中國觀眾眼裏的頂級男神和女神，他倆曾經步入婚姻殿堂，曾經讓世界範圍內的癡情男女羨慕。但我今天寫下「茜茜公主」這四個字，筆尖就不由得在三個人物中來回遊走：歷史上真實的茜茜公主，電影銀幕上那個茜茜公主，還有扮演茜茜公主的演員施耐德。

大多數人是通過電影《茜茜公主》，認識了一位迷人的歐洲公主，記住了公主與她的白馬王子的浪漫故事，從而也喜歡上她的扮演者——漂亮迷人的演員施奈德。

我前幾年到歐洲，所選的旅遊路線恰好與茜茜公主的人生之旅出現驚人的巧合，許多文物景點都有對她的介紹。也許電影是最好的旅遊廣告，凡是介紹茜茜公主的地方，都會把電影《茜茜公主》的影像資料剪輯使用。

於是，歷史上的茜茜公主只有偶爾出現在皇宮的油畫上且美化得有些失真，讓人看上去感覺不真實也不生動。但電影中的茜茜公主就不一樣了，她靠著活靈活現的表演，早就迷倒了億萬觀眾，於是施奈德的劇照大量出現在咖啡杯、T 恤衫、陶瓷掛盤等各種旅遊紀念品上，遊客看了覺得親切可愛，也便更樂意掏腰包了。

但在我了解了更多的電影以外的故事之後，我不得不說，電影作為一個有限的故事載體，它是創作人製造的一個或喜或悲的童話，儘管它可能取材於真人真事，但由於創作者在素材取捨、細節呈現上的加工，甚至藝術家的價值觀與個人愛好等多種原因，我們只能把它當作改編之後的故事來看。它成了戲說的歷史，與現實中的人事必然存在巨大的差距。

歷史上的茜茜公主天生就是上帝的寵兒，她在童年的時候，幸福快樂地生活在巴伐利亞王國，當她陪姐姐去維也納拜會年輕帥氣的奧地利王子時，王子沒有相中姐姐，反而非茜茜公主不娶。結果，茜茜在十六歲時便嫁入皇家。結婚後王子繼承王位，公主於是順理成章的成為奧地利皇后，他們在生了兩個女兒後，又生下小王子魯道夫，一家人如此這般地生活在豪華的宮殿裏⋯⋯人生美滿至此，幾乎到了無以復加的地步。電影就是這樣表現的，如果茜茜公主的人生句號可以與電影的劇終同步定格，那麼，用「人生圓滿」來形容茜茜公主，似乎是恰如其分的。

再來說茜茜的扮演者施奈德。作為一個德國演員，她在不滿二十歲時就因出演《茜茜公主》而一炮而紅，成為德國甚至整個歐洲的當紅明星，又因與法國演員阿蘭·德龍合作拍戲而擦出愛的火花，隨後兩人訂婚並定居巴黎。要知道，正當他們甜蜜地熱戀，幸福地同居，戲裏戲外愛得熾熱、甜得浪漫之際，又有多少多情的法國少女為此羨慕嫉妒恨！

生活中的茜茜公主與她的扮演者施耐德有相似的充滿陽光的人生開局。茜茜公主 1837 年 12 月 24 日出生，是巴伐利亞王國維特爾斯巴赫家族成員，被封為伊麗莎白伯爵，表哥是弗朗茨·約瑟夫一世，她與路德維希二世一起長大；她從小居住在遠離宮廷的城堡，喜歡參與鄉村騎馬等各種野外活動。由此造就了她無拘無束的性格。正如電影中描述的那樣，她被多情的王子看中而成為皇后。

遺憾的是，愛情的幸與不幸，從來不是由外人看的，而是由當事者雙方感覺的。中國人有一個恰當的比喻：「婚姻的幸福與否，與穿鞋一樣，合適不合適，只有腳知道！」外人視茜茜的幸福，卻恰恰是主人公的大不幸。茜茜以十六歲之齡嫁入陰森森的奧地利皇宮時，命運等待她的偏偏是一個非常強勢的皇太后索菲。

與平民百姓一樣，茜茜的婚姻本身帶有家長包辦的意味，儘管弗朗茨皇帝與茜茜兩人是相愛的，但在那個時代裏，歐洲皇宮裏的愛情，往往脫離不了具有六百年歷史的哈布斯堡皇族聯姻的背景，而這個聯姻的核心使命便是皇位繼承問題。於是茜茜無拘無束的性格，在面對宮廷規矩時，必然與嚴厲的索菲皇太后產生矛盾並不斷升級，以至於這種矛盾逐步演變成惡劣的婆媳關係和無法改變的主旋律。

茜茜先後生下兩個女兒，但都被太后剝奪了她這個親生母親對女兒的養護權，理由是她的行為不夠養育女兒的資格。這種以對孩子好為名的剝奪，其實是對茜茜母性、人性的粗暴踐踏。單就這一點來說，茜茜多麼羨慕那些可以陪著兒女玩耍的平民百姓呀！當茜茜在能不能生下皇子的問題上尚不明確時，她甚至因為連生兩個女兒而備受婆婆奚落。儘管茜茜後來終於生下了皇子，但這時又因婆媳積怨已久，兩人關係也未能因此緩和。

也許，丈夫弗朗茨是愛她的，但作為皇帝的丈夫，愛情永遠都站在皇權的背後。為了江山永固，為了拓寬帝國疆域，皇帝一生都不曾脫下軍裝，他要始終以偉岸的強者姿態，與歐洲列強們用槍炮下棋，茜茜自然就不可避免地經常被冷落一邊；茜茜也可能是愛著丈夫的，並且還能在政治上助丈夫一臂之力。她是個出色的外交家，正是由於她從中調和，才使得奧地利與匈牙利兩國合併而成為奧匈帝國，從而奠定了丈夫弗朗茨不同凡響的歷史地位。她的丈夫於是從奧地利皇帝升格為奧匈帝國皇帝，她也升格成為奧匈帝國皇后。

那位匈牙利國王之所以甘願稱臣，屈居首相之位，據說，就是出於和茜茜的友誼。野史上也說，那個匈牙利國王是茜茜的情人，但此說也許是愛好八卦者的杜撰，缺乏證據。

在茜茜看來，無論是哪個皇宮，都是古板沉悶的，與她少年時代的青山秀水、馬匹牛羊格格不入，她於是總找機會逃離，偶爾回宮時也只是履行皇后的職責而已。奇怪的是，她每一次回宮都會生病，但只要外出，病又會很快痊癒。有人猜測，這是皇后躲避皇室繁務的計策。

如果說平安就是最大的幸福，那麼茜茜在兒子長大成人之前還算幸福吧，但她的人生第一個大不幸正是由兒子引起。當帝國皇帝夫妻的兒子、皇儲魯道夫與情人意外地以殉情自殺結束生命之後，茜茜皇后的心似乎離皇宮更遠了。這時，當她得知皇帝弗朗茨與別的女人暗結珠胎時，不僅不表示反對，反而內心有一些終於解脫了的輕鬆感。她不願意過皇宮裏的生活，更願意當一個遊客。她對身邊的人說：「再好的地方，如果不讓我離開，則會變成監獄」。

1898 年 9 月 10 日，茜茜旅遊到了瑞士，不料在日內瓦湖邊被二十五歲的意大利泥瓦匠刺殺了。這個無政府主義者刺殺的目標本來另有其人，可當他所選擇的目標沒有出現時，卻恰好遇到了茜茜，而茜茜的皇后身份使她正好成了殺手臨時起意的代替人選。消息傳來，弗朗茨皇帝傷心地語無倫次，他不斷地重複著「她永遠不會知道，我是多麼愛她！」我也想說，茜茜永遠不知道，她在電影中的命運是被多少人羨慕，也不知道，她真實的人生際遇又被多少人同情！

令我感到驚奇的是，電影中茜茜的扮演者施耐德，與茜茜的命運竟有那麼多的相似之處。施耐德出生在一個演員家庭，可惜父母早年離婚，她被母親送去寄宿學校，父親常常不見蹤影。所幸的是，她很早就被母親帶入影視圈，第一部影片就是與親生母親飾演一對劇中母女。她的星途順利，很快就超過母親且在以後許多年裏，不斷獲得這樣那樣的電影獎項。可是遺憾的是，她與阿蘭·德龍令人羨慕的婚約維持了五年便解除了。

1966 年，她改嫁給比自己年長十四歲的導演哈利·邁恩，一年後，兒子大衛出生。1969 年，伴隨著施耐德主演的《游泳池》獲得又一次巨大成功之際，她的丈夫哈利卻每況愈下，陷入酗酒、吸毒之中而無法自拔。1975 年，哈利向施耐德提出離婚，並索要 140 萬馬克，這筆錢對當時的大明星施耐德而言，也構成相當大的經濟壓力。即便拿到了這筆巨款，吸毒成癮的哈利四年後卻在漢堡上吊自殺了。之前，施耐德在辦理完與哈利離婚手續的第二天，再嫁比她小十一歲的男友達尼埃爾。她試圖用快速三嫁來沖淡對第二段婚姻的厭惡感。1977 年盛夏，施耐德與達尼埃爾的女兒薩拉出生。但不久，達尼埃爾卻帶著施耐德與前夫哈利所生的兒子大衛突然離去，雙雙移居美國。

三段婚姻均告失敗，外加母子失和，如此連好萊塢編劇都難以設計的擰巴關係，卻真實地纏繞著施耐德，且令她終生難以擺脱。我母親曾告訴我，在我的老家關中農村，有一句警示人珍惜伴侶的話——「一個人要是想一天忙，就設宴待客；要想一年忙，就打牆蓋房；要想一輩子忙，就換媳婦（丈夫）」。施耐德一生三婚，情感破碎如此，實屬少見。而從她身邊走過的一個個男人，其人品與命運又如此令她不堪回首。

從心理學角度上說，歲月中的小幸福是可以累積成人生的大幸福的。反之，日子裏的小悲劇也能能疊加為人生的大悲劇。

施耐德讓一個個小悲劇壓垮了，她的健康終於出現了問題，原有的財富，也因離一次婚，分走一些錢而幾近枯竭，連自己治病所需的錢都掏不出來。後來在朋友的資助之下做了腎臟手術，可在她身體尚未痊癒時，兒子大衛又在翻越公園鐵欄杆圍牆時不慎失足身亡。

從此，施耐德陷入無盡的痛苦之中而無法自拔，她大量抽煙，飲酒，以此麻醉自己。1982 年 5 月 10 日，施耐德自殺身亡，另一種說法是她因心臟病突發身亡。

與茜茜公主一樣，我想對施耐德說，有多少人因為看了你的電影而無比羨慕你，就有多少人在知道了你的真實故事以後同情你！

施耐德的第一任丈夫、晚年的阿蘭·德龍孤獨地生活在巴黎郊區，平時與他相伴度日的是一條忠犬。他生前在一次接受媒體採訪時說：「多年之後，我才知道我最愛的人是羅密·施耐德」。

茜茜公主與她的扮演者，都漂亮迷人，都曾被優質男人所愛，都有輝煌的事業，都生兒育女。可是，她們的人生悲劇竟然如此雷同：都有無法長久的愛情、都沒有美滿和諧的婚姻（有名無實或離婚再婚）、都中年喪子、都飽受病痛折磨、最後又都死於非命。

這是不是上帝秉持的所謂公平呢？這是不是一齣由兩個漂亮女人所演繹的悲劇呢？

倘若如此，它又給我們什麼樣的啟示呢？

旅遊途中，我買了兩個印有施耐德劇照的咖啡杯，算是對茜茜公主和施耐德的紀念。

血腥的校舍監獄

我是一個「60後」，小學、中學時代正值中國上世紀六七十年代。在我的記憶中，那時中國電視廣播新聞中，出現頻率最多的外國元首的名字是柬埔寨國家元首諾羅敦·西哈努克親王。親王與夫人幾乎與那個時代的中國領導人都有著良好的關係，他們要麼受邀登上天安門城樓，要麼受邀出席國慶招待會。總之，給人一種這樣的印象，親王夫婦與中國的國務活動如影隨形。

在鏡頭前，親王顯得個頭不高，他總是身著西裝，與當時的中國領導人著裝相比，顯得洋氣一些。他微笑不語，還習慣性地雙手合十，顯得謙恭溫和與友善。而王后莫尼克，明顯有著歐洲人的漂亮面容與高挑身材，美麗而端莊，當時為國人所津津樂道。

無疑，親王與夫人豐富了那時的中國新聞畫面，也增加了中國人了解他們、進而了解柬埔寨這個國家的興趣。那時我還年少，仰望和羨慕著親王與夫人，但我那時卻不知道，正是那個時期，親王（國王）與夫人（王后）正在遭受著被親信背叛、推翻，自己不得不流亡異國他鄉的苦難！他們雖然面帶微笑，但心裏卻時時都在滴血。

縱觀七十年代的柬埔寨，其國家權力在三個主要的政治勢力當中互相拉鋸。先是西哈努克國王（柬埔寨王國），再是朗諾總統（高棉共和國），三是波爾布特（民主柬埔寨），最後又回到西哈努克主席（柬埔寨聯合政府）手中。一個國家的政權更迭用文字表達時，可以寥寥數語。但實際發生時卻刀光劍影，人頭滾滾。

在小國政權更迭的背後，又無一例外地閃現著大國的身影。七十年代，正是東西方兩大陣營冷戰正酣的時期。西哈努克親王奉行著獨立自主的外交路線。在此之前，他與他的王國，享受著東方佛國的寧靜。他本來在 1941 年就已繼承王位，但國王對電影藝術的熱愛（執導並主演過電影），超過了對王國的權柄的熱衷。1955 年 3 月，他把王位讓位於父親，十五年後的 1960 年，因父王逝世，他只好復任國王。

1970 年 3 月，西哈努克外出訪問，從巴黎飛往蘇聯。之前，親王拒絕美方試圖讓柬埔寨捲入美越（共）之戰的要求，已嚴重傷了美帝臉面，這次訪問美國的頭號敵人蘇聯，更加顯示出親王對美國霸主的疏離。但親王沒想到，他從五十年代開始，就一直提拔重用的朗諾將軍，早已被愛管閒事的世界警察——美國拉下了水。美國人想，既然你親蘇親中，那我就找一個親美的人取代你！正是借用親王此次外訪的機會，朗諾發動了軍事政變，推翻了西哈努克親王，奪取了柬埔寨國家政權。

朗諾（1913–1985），時任王國政府內閣首相、國防大臣兼王家武裝部隊總司令。他本來是負責保衛王國和國王安全的最高首腦，現在卻悍然叛主。西哈努克躲得了國外的明槍，卻躲不過身邊的暗箭。因此，輸給敵人容易接受，敗於家臣卻徒增他的痛苦與煎熬。

試想一下，當不得不流亡國外的國王面對無法起飛的專機，面對著一大幫留在國內的王室佳眷，面對著忠於國王的子民，那時是何等的心如刀絞！

朗諾顯然是奸臣、是有反骨的人。他之所以出賣國王而投靠美國，當然是出於自己對權力的渴望。他的心裏是沒有柬埔寨人民的，他所能依靠的政治力量，也只能是一心自利的軍事集團。在政變成功後，他改國名為高棉共和國，先是找了一個傀儡總統鄭興，一年後自任總統。

當時，柬埔寨的鄰國越南，有兩個政權，一個是以黎筍為首的越共所領導的越南民主共和國和以吳庭艷為總統的越南共和國。如果從名稱和意識形態的角度劃分，越共與蘇共、中共都屬社會主義陣營。而南越的背後是美國。這樣，同有一個大國盟主，朗諾自然就與吳庭艷坐上一條板凳了。

國際政治同樣沒有永遠的朋友，只有永遠的利益。朗諾總統及他的政府，在短短數年的獨裁統治期間，打擊異己，貪污腐化，販賣毒品，甚至為了經濟利益不惜把武器出售給自己的敵人。如此這般，本來盜竊而來的政權就沒有合法性，又在執政過程中壓榨百姓，使其更加不得人心。於是，以柬埔寨共產黨總書記波爾布特（1925–1998）為首的紅色高棉迅速崛起，並於 1975 年推翻了朗諾政府，成為柬埔寨國家政權的新主人，隨即改國名為民主柬埔寨。

一心復國的西哈努克親王藉機返回柬埔寨，但他萬萬想不到，他的王國送走一匹狼，又迎來一隻虎。波爾布特表面上迎接親王返國，實際上卻逼迫親王退位，並對其一家實施軟禁。

在紅色高棉部隊攻入金邊的時候，市民們本以為一群群身穿黑色衣衫的年輕人是解放他們的救星，誰知他們還來不及喘一口氣，這群救星就變了臉，舉著槍驅趕他們離開金邊。僅僅幾天之後，這些士兵就把二百多萬金邊市民全部趕出城去，讓他們去下鄉種地，發展所謂的現代化農業。但實際上，這些人被累死、病死、處死者不計其數。不久之後，柬埔寨人民才意識到，自己的國家已經進入歷史上最黑暗、最慘無人道的時期。

波爾布特原本是柬埔寨一個寺廟的小和尚，他長相和善，有著迷人的微笑。早年留學法國，後與幾個同學返國。受中、越兩國革命的啟發，創建了柬共。他招募大量貧苦百姓成立柬埔寨遊擊隊、進而組建自己的正規軍。

歷史進程有時靠機緣巧合，朗諾集團竊得了國家權柄，卻竊取不了柬埔寨的民心。當波爾布特率領紅色高棉以反對朗諾、反對美帝為旗幟的時候，自然獲得了一時的民心，也獲得了國際反美同盟的支持，使他能趁勢獲得國家權柄。但紅色高棉政權從 1975 年 4 月到 1979 年 12 月垮台，僅維持了三年零八個月，不能不說是個短命政府。

1979 年 1 月 7 日，原波爾布特手下的一個師長韓桑林率領著他的部隊協同越共軍隊一道攻入金邊、解放金邊，紅色高棉棄城逃跑，遁入山林，從此苟延殘喘。儘管紅色高棉聲稱越軍為外國侵略軍，但柬埔寨人卻視越軍為解放他們的仁義之師。

2019 年 6 月，我與朋友相約出遊，先越南、後柬埔寨。在金邊時，我們分別參觀了兩個紅色高棉執政時期的大屠殺紀念館。一個在金邊市區，叫堆斯陵監獄博物館，是紅色高棉用原來的一所學校校舍改建而成的監獄，曾關押了兩萬多個政治犯。這些所謂的囚犯沒有犯罪證據，只有安卡（紅色高棉對上級組織的通稱）利用刑訊逼供所取得的認罪書。獄方以各種手段折磨、處死了幾乎所有關進此處的囚犯，僥倖活了下來的只有幾人而已。

另一個位於金邊市郊區，是專門屠殺犯人的地方。旁邊有令人毛骨悚然的萬人坑。作為紀念館，現在這裏有一座用無數人頭骨累起來的高塔。透過玻璃牆，可以看到一個個骷髏頭顱……每到此時，遊客們莫不感到窒息與悲傷。心想，藍天白雲下，怎會有如此人間地獄！當年落入安卡手中的人，會是怎樣的喊天天不靈喊地地不應的狀態，也許連喊的氣力也不曾有過！

據記載，紅色高棉在三年零八個月的執政時期，共屠殺了約200 萬國民。他們之所以與自己的人民過不去，是以波爾布特為首的統治集團，腦子裏有一個「幸福」國家的烏托邦。為了他病態的偏執想法，他眼睛看到的處處都是壞，都是該死的階級敵人。

有人把波爾布特們反人類的罪行歸咎於共產黨（柬共）。這個說法，實際上是為紅色高棉開脱，也把複雜的國際政治簡單化了，也把柬埔寨當權者的人性簡單化了。波爾布特聲稱要把柬埔寨建成理想的現代化農業國家，要以農業立國，他們禁止私有制，沒有工業，不准買賣，取消貨幣，實行全民供給制，甚至取消家庭，夫妻要分居。這樣的國策堪稱奇葩，充滿反人道的邪惡本質，必然遭到廣泛反對。那麼好，誰反對誰就是革命的敵人，誰就是罪犯。於是，原朗諾政府中人員、知識分子、僧侶、技術人員、商人、城市居民，甚至包括一切戴眼鏡的人，都在抓捕、審訊、關押、用刑、處決之列。即使紅色高棉組織內部，一旦出現不同聲音，也立即被以「組織染病了」為由予以清理，甚至會被更加嚴酷的懲處與殺戮。紅色高棉還與希特勒有著相同的唯血統論，他們以保持高棉人人種純潔性為由，屠殺越南裔、華裔等國僑民，屠殺柬埔寨其他少數民族。

失民心者失天下。紅色高棉的暴政必然遭到抵制。

韓桑林本是波爾布特的部下，後因反對領導層的國策而與其分道揚鑣，並在越南成立了以其為首的柬埔寨流亡政府。正如資本主義陣營並非鐵板一塊，社會主義陣營同樣有著各自的利益較量。當中蘇反目、中美建交之後，美越因戰爭交惡之際，越南倒向蘇聯懷抱並受其支持，一心想謀求地區霸權。越南的黎筍集團利用紅色高棉因暴政而喪失民心的機會，與韓桑林攜手，摧毀了紅色高棉政權。

越軍入侵柬埔寨因受到國際社會普遍遣責，加上又與中國爆發了我們稱為「自衛反擊戰」的戰爭，兩個戰線難以兼顧之際，越南只好撤軍。從柬埔寨國家政權脱離紅色高棉，而越軍又沒有持續佔領柬埔寨時，現在的王國政府便對越軍入侵之舉，給予了正面肯定，甚至把越軍攻入金邊之日，定為「大屠殺逾越日」，作為全國的法定假日。這是對紅色高棉多大的諷刺啊！

令人遺憾的是，紅色高棉逃入山林後，又重新打起了遊擊戰。儘管有部分領導人先後向後來的王國政府投降。但波爾布特本人一直作為紅色高棉的「一號大哥」，表現出了他的頑固。

1997 年 7 月 22 日，波爾布特得知其副手，即原國防部長宋成已私下答應投降王國政府時，隨即命令其手下殺死了宋成一家八口。此舉引起了紅色高棉餘部官兵的反感並進而解除了波爾布特的領導權，還組成一個紅色高棉法庭，判決其無期徒刑。1998 年 4 月 15 日，波爾布特病死在柬泰邊境安隆汶一處密林營地，終年七十三歲。

柬埔寨有舉世聞名的吳哥窟，至今有八百多年歷史了，這個東方古國亦有佛國之稱，而從小在寺廟裏長大，曾為小和尚的波爾布特，當歷史的波濤把他推向國家主人的位置時，他為什麼要對其子民大加殺戮呢？

許多柬埔寨歷史學家，世界政治史研究者，都在尋找答案。

硝煙遮蔽親友圈

光陰匀速總輪轉，世界風雲多變幻。歷史的年輪來到了2024年的夏天，在人手一個智能手機的時代，我們前無古人地觀看著正在進行的俄烏軍事衝突（亦稱俄烏戰爭）和巴以衝突。我們熱愛和平，無論是中國還是世界。但戰爭的硝煙不以人們的意志而轉移。當眼前的俄烏、巴以衝突的未來走向尚不明朗時，筆者無法，也無能多言。

我只想在第一次世界大戰的浩瀚資料堆中，找出交戰國領導人的親友關係圖表，略述以下：一戰從1914年7月28日開始，到1918年11月11日結束，歷時四年有餘。一戰的簡況是這樣的：1914年6月28日「薩拉熱窩事件」發生——奧匈帝國皇位繼承人，斐迪南大公夫婦在巴爾幹半島的波斯尼亞首府薩拉熱窩進行軍事巡視時，被塞爾維亞民族主義者普林西擊中斃命。7月奧匈帝國對塞爾維亞宣戰，一戰由此爆發。時任奧匈帝國皇帝是弗朗茨·約瑟夫一世。他的統治長達六十八年，在位期間，儘管面臨帝國內部的民族主義興起和多民族的複雜情況，但他努力維持帝國的統一。可一戰結束時，奧匈帝國卻不得不解體。弗朗茨皇帝怎麼也想不到，他向塞爾維亞那麼一個小國宣戰，到頭來卻把自己國家送上了斷頭台。

也許和平年代的人們更關心香艷故事吧，弗朗茨皇帝更為大家所熟知的故事，就是他娶了茜茜公主為妻，而電影《茜茜公主》中的弗朗茨皇帝並不像一個能掀起世界大戰的人。這就是文藝作品與現實人生的距離。

一戰的戰場起初集中在西歐、東歐和巴爾幹半島，而後擴大到土耳其、意大利及亞、非諸多殖民地，但主戰場則始終在歐洲。戰爭伊始，同盟國掌握主動。1914 年雙方在西歐同時展開戰略進攻，但先後受阻。1915 年底雙方速決戰計劃破產，戰爭由運動戰轉入陣地戰。

1916 年後戰爭陷入僵局，同盟國開始喪失主動權。至 1917 年，美國、中國等國參戰，德國在東、西兩線轉入防禦。1918 年，雙方進行戰略決戰，協約國奪取主動權，在各戰場全面反攻。同年 11 月《貢比涅停戰協定》簽訂，戰爭以同盟國失敗而告結束。

一戰是歐洲歷史上破壞性最強的戰爭之一，給人類帶來了深重災難。參戰國家達 33 個，投入軍隊超過 7000 萬人，15 億人被捲入戰爭，850 萬士兵和 1300 萬平民死亡。戰爭造成的經濟損失達 2700 億美元。戰後民族意識迅速形成、民族觀念異常勃發，並形成了以「凡爾賽—華盛頓體系」為標誌的新的國際秩序。

一戰時，最早宣戰的奧匈帝國和其他歐洲主要參戰國家的君主，本來都是哈布斯堡王朝皇族後裔，算得上是至親之人。

從英女王維多利亞的角度說，德皇是她的外孫子，是她大女兒的兒子；英王是她的孫子，是她二兒子的兒子；俄皇是她的外甥女婿，即她三女兒的女婿，而且這兩個人還是姨表兄弟。所以這哥仨是至親之人，他們私下裏的感情也不錯，來往頻密，互相看著對方長大。

如果把時針調到1890年代中期，俄國沙皇二十幾歲，德國皇帝三十幾歲，哥倆的關係非常好；1905年時，德國皇帝還穿著俄軍軍服，俄國沙皇又穿著德軍軍服照相留念，以互著對方軍服的方式表示兩人和兩軍、兩國的親密關係；1910年時，俄皇和德皇還相約同坐馬車兜風逛街，意氣風發，談笑風生的樣子充滿了友好和幸福的感覺。但一戰爆發後，俄國沙皇放下親情友情，他意得志滿，信心爆棚地御駕親征，率領大軍直衝戰火第一線。可惜戰爭的走勢從來不以點燃戰火者的意志所轉移。而且最令沙皇意外的是，戰爭很快反噬俄國經濟，俄國十月革命爆發。

1918年7月，在一個地下室裏，沙皇全家七口悉數被布爾什維克殘忍殺害。當時沙皇尼古拉二世五十歲，他的小兒子十四歲。布爾什維克人之所以對沙皇斬草除根式屠殺，就是想斬斷羅曼諾夫王朝的血脈，讓沙皇復辟的可能性徹底消失。

同一時期，德國皇帝威廉二世也親率德軍參戰，他與沙皇表兄弟一樣，也失察於國內民情。1918年10月30日，德國基爾水兵起義，同年11月9日，威廉二世被迫退位。

好的是德國水兵比布爾什維克人手軟一點，他們讓前德皇流亡荷蘭。後來，《凡爾賽條約》把德皇定為戰犯。但是荷蘭拒絕引渡他回國受審，這樣德皇才有幸逃過一劫。當昔日的德皇在荷蘭過著普通人的生活時，是不是會為熱衷於打仗而懊悔呢？

顯而易見，平民生活太寂寞了。為此，前德皇竟然像中國明朝皇帝朱由校一樣，愛上了木匠活兒。他手工製作的木器，想必是收藏品市場裏的搶手貨。

回頭再說奧匈帝國的皇帝弗朗茨·約瑟夫，1914年，他不顧八十四歲高齡之身，竟然也率奧匈帝國部隊打仗，試圖書寫戰爭史上的傳奇詩篇。可惜，多少凌雲之志，都會在槍炮聲中走歪了樣子。僅僅兩年以後，肺炎就奪走了一生都穿著軍裝的老皇帝的生命。

皇帝去世了，國土亦相繼淪喪，戰後的奧地利國土面積相當於戰前奧匈帝國的百分之十二。高齡皇帝本想藉一戰良機多佔些地盤的，反而事與願違，奧匈帝國覆滅了。

相比而言，英國國王喬治五世的責任是最小的。因為他是立憲制君主，英國國會對國家大事有最後的發言權。他想任性妄為，但手腳並不全由自己指揮。儘管如此，1914 年時，喬治五世還是依樣學樣地率領英國參與到一戰的火拼之中。比較滑稽的是，1915 年 10 月 28 日，喬治國王在視察駐紮在法國的英軍時，他騎的戰馬不幸被戰士們的歡呼聲所驚到了，喬治五世竟然從戰馬上重重摔了下來，龍體從此變成病體。喬治五世從此長期抱病，直到 1936 年去世，他都在為戰馬受驚摔傷而買單，這使他住在王宮的日子，缺少了健康與快樂的享受。

英國雖然是一戰的戰勝國，但卻因為一戰，從此失去了世界的領導地位。美國這個英國的前兒子，從一戰中受益，搖身一變，成了新的世界老大。看看，如果簡單地總結一下一戰參戰大國領導人的結局，是否可以這樣說：奧匈帝國遭到肢解且皇帝病死，俄國沙皇慘遭滅門，德國皇帝被迫流亡，大英帝國國家失勢且英王陷入病痛困擾。

這裏再補充說說眼前的俄烏衝突（亦說俄烏戰爭），背後也有親友關係糾纏其中 —— 俄烏兩國本屬一個民族，蘇聯時期同為一個國家；烏克蘭總統澤連斯基的爺爺名叫謝苗·伊萬諾維奇·澤連斯基（猶太裔），是二戰時期的蘇聯紅軍，參加過抵抗德國納粹軍隊的戰爭，接受過前蘇聯、現俄羅斯的國家榮譽和表彰；烏克蘭武裝部隊現任總司令瑟爾斯基本是俄羅斯人，其母親現在仍然居住在俄羅斯，且喊話給正在指揮對俄作戰的兒子，要珍惜和平……

歷史彷彿一再證明著這樣一個邏輯：戰爭，和平；再戰爭，再和平。週而復始，無窮盡也。

我有時猜想，俄羅斯總統普京和烏克蘭總統澤連斯基的心情會怎麼樣？戰爭會給他們倆背後的國家帶來什麼樣的變化呢？而以色列與巴勒斯坦及阿拉伯世界又將上演什麼樣的「多國演義」？猶太人的「復國」與巴勒斯坦人的「建國」大夢，死結能否解開？

平民百姓如你我，雖然談論戰爭，但在此，我只想高喊：和平萬歲！

偷襲珍珠港

記得以前，我看過電影《偷襲珍珠港》，這令我對於有關美日太平洋戰爭的歷史頗感興趣，同時對於經歷炮火洗禮的珍珠港也平添了幾分好奇。前些年，我藉商務考察之機，得以遊覽夏威夷、參觀珍珠港。

夏威夷群島位於太平洋中部，典型的海洋性氣候造就了這裏豐富的自然資源和無比秀麗的山水風光，位於歐胡島的檀香山市在第二次世界大戰後發展迅速，已經成為國際性旅遊大都市，而地處檀香山市西郊的珍珠港更成為世界各地觀光客前來夏威夷的首選之地。

這天一早，天空飄著霏霏細雨，我們乘車不到一小時，就來到這個水域遼闊、三面環山的美麗海港。眼前綺麗的風光，很容易讓人誤以為這只是一個旅遊度假勝地，而很難想到這裏其實是美利堅合眾國的海軍基地。當然，美國從太平洋的戰略需要出發，認為在遠離國家本土的太平洋上，有這樣一個易於遠程進攻的基地，當是一個理想的選擇。只是他們給它取了一個無比嫵媚的名字——珍珠港，這樣是不是可以淡化一些刀光劍影的寒氣呢？

當然，我們今天來到這裏，珍珠港是一派祥和景象：藍藍的天空下陽光明媚，藍藍的海面上白鷗翱翔。海岸邊醒目的建築是珍珠港戰事展覽館，水上的船型建築物是「亞力山號紀念堂」。展覽館在四周樹木花草的掩映下，顯得分外肅穆，這時的軍人和戰艦已不見蹤影，而不同膚色、不同服飾、不同口音的遊客卻絡繹不絕，其中明顯有眾多的美國人和日本人。

我看著展覽，1941 年 12 月 7 日清晨在這裏發生的大轟炸便猶如電影一般在眼前閃過。

那是一個與以往沒有分別的星期天，美軍太平洋艦隊的戰艦就像度過週末的士兵一樣，懶洋洋地躺在美麗的港灣，然而妄圖稱霸世界的日軍卻沒有那麼清閒，他們已經忙碌了很久，充分地做好了打一場殲滅戰的準備。

早晨六點多鐘，大群戰機便從珍珠港的北方飛來，美軍雷達發現了這一敵情，可惜這些報告被值班軍官誤以為是自己的運輸機而沒有拉響警報器。五十多分鐘後，日軍的戰機烏鴉般佈滿珍珠港上空，雨點般的炸彈便猛烈地傾瀉下來。不到十分鐘，珍珠港頓時變成火海，美國海軍戰艦傾刻燃起大火，數百架來不及起飛的戰機轟隆隆連續爆炸，官兵平民和婦孺屍橫遍野……

我在想，日軍班師回朝之際，那些陶醉於「武運久長」的軍閥們肯定會得意洋洋的。是啊，從純軍事角度看，這次偷襲不失為運武者成功的傑作，只要戰爭存在一天，就會有人想起這次成功的偷襲行動。但是，日本軍閥連帶無數的平民百姓卻為此付出了人類歷史上空前慘重的代價。正如日本艦隊長山本五十六自己所說，此次偷襲實為「喚醒睡獅」之舉。美國由此加入了第二次世界大戰，並發誓戰勝日本及其軸心國。之後美軍拋向長崎和廣島的原子彈，把日本這兩個城市燒成焦土，死傷人數以十萬計……

中國古代兵家有名言「殺敵一千，自損八百」，如果看日本偷襲珍珠港的結果，是不是可以說成「殺敵數千，自損數十萬」呢？因為偷襲與原子彈之間，有著一目了然的邏輯關係。

我來到展覽館特設的小型影院，遊客分批觀看著當年日軍偷襲時的紀錄影片。享受著和平歲月的人們，無不為當年的炮火與屠殺而唏噓、而痛惡。坐在我旁邊的，是一位鬢髮雪白的日本老人，自始至終低首沉默。放映結束時，我發現了兩行掛在他臉上的濁淚。我無法知道他為何垂淚，也許是作為參與者而懺悔，也許是作為旁觀者而悲傷。

從影院出來，我坐船出海，來到「亞力桑納號紀念堂」。這個紀念堂就建立在當年被炸沉的亞利桑納號戰艦的水面，透過海水俯視，仍然可以看見亞利桑納號沉睡海底的可憐模樣，當年與艦同沉的海軍官兵多達 1100 人，相信他們的英魂與艦同在。

遊客們以亞利山號露出水面的已經銹蝕得難以辨認的戰艦煙筒作背景拍照留念。我驚奇地發現，還有美國人和日本人合影的，他們表現得真誠而友好。

從珍珠港歸來途中，我想了很多。不理解當年日本權貴們為什麼那麼崇尚武力，竟那麼愛好戰爭。其實，他們不僅沒有從戰爭中撈到牛奶和麵包，反而把國家和人民推向水深火熱之中。好在戰後日本運武者沒有長久，他們受到國際法庭的審判與絞刑的處罰。戰後的日本政府從皇權的約束中解放出來，放棄了軍國主義，從而迎來和平發展的新時代。顯然，在其後半個多世紀的時間裏，日本已然把一個領土不大的島國建設成為世界經濟強國。如今他們把整個地球作為自己的商品市場，四處出擊，日本貨到處可見，美國也不例外。

在夏威夷，日本人的產業就佔相當大的比重，街道隨處可見日本商品，常見行人閱讀日文報刊。具有諷刺意味的是，美國在珍珠港事件五十週年之際，舉行盛大紀念活動的喜來登大飯店原來是美國人開的，後來也被日本人買了去。

對此，有人沒有好氣地說，這是一種「經濟侵略」。我反而以為，市場經濟是沒有國界的，只要遵循有關法律行事，便是一種公平合理的競爭行為。美國人買廉價而實用的日本車，那是消費者的自由選擇，你能有什麼「脾氣」？至於說貿易也可能引發貿易戰，那就是另外一個「非常規戰爭」的話題了。

由此說來，解決國際政治糾紛以及經濟問題決然不能訴諸武力。令人遺憾的是，任何事物都不以人們的良好願望為轉移，在不同國度，不同政治團體，總會出現一些崇尚武力的「狂人」。縱觀當今世界，不是仍然戰火頻頻，狼煙四起嗎？二戰之後，局部戰爭幾乎從來沒有停止，就在眼前，不也有正在進行的戰爭嗎？

享受著和平陽光的人們，應該感到溫暖與幸福。作為普通老百姓，我們雖然沒有能力平息戰火，但我們有能力、有義務為世界和平播種，為世界人民的友誼之樹澆水施肥。

錯誤的戰爭

「雄赳赳，氣昂昂，跨過鴨綠江。保和平，衛祖國，就是保家鄉。祖國好兒女，齊心團結緊，抗美援朝，打敗美帝野心狼……」

這首名為《志願軍戰歌》的老歌，我無論什麼時候聽、什麼時候唱，都會精神振奮、情緒激昂。我有時想，我、我的家人和所有熱愛祖國的同胞們，之所以愛聽、愛唱這首歌，大概與新中國在成立之初，在抵禦外敵侵略、保衛紅色江山，取得了「抗美援朝」戰爭的偉大勝利有關。

1950 年 10 月，抗美援朝戰爭打響後，毛澤東主席在與民主人士周世釗談話時說，我們急切的需要和平建設，如果要我寫出和平建設的理由，我可以寫出百條千條，但這百條千條的理由不能抵住「六個大字」，就是對於美帝國主義入侵朝鮮「不能置之不理！」

毛澤東指出，美帝的侵略矛頭直指我國的東北。假如他們真的把朝鮮搞垮了，縱使不過鴨綠江，我們的東北也會在他們的威脅中過日子，要進行和平建設就會有困難。所以，我們對朝鮮問題不能置之不理。否則，美帝必然得寸進尺，走日本侵略中國的老路，甚至比日本還凶。他們要把三把尖刀插在中國的身上：從朝鮮一把刀插在我國的頭上，從中國台灣一把刀插在我國的腰上，從越南一把刀插在我國的腳上。天下有變，他們就會從三個方面向我們進攻，那我們就被動了。我們抗美援朝就是不許其如意算盤得逞。打得一拳開，免得百拳來！

時間過去了七十四年，到了 2024 年的今天，美國及其一眾盟友，仍然通過一把把對準中國的尖刀，扼制我國的發展——他們通過美韓軍事同盟，對準我國頭部；通過美日軍事同盟和對台軍售、打中國台灣牌，對準我國的腰部；通過美菲軍事同盟，以及所謂的「南海航行自由」問題，對準我國的腳部……甚至搞什麼「北約」亞太版！拿今天中美關係的現狀，對比毛澤東主席七十四年前的論斷，我們就不能不佩服毛澤東主席的高瞻遠矚，論斷英明。

令人欣慰的是，我國通過「抗美援朝」，把美帝及其聯合國軍失敗的模樣定格在了「板門店」。中國取得了「打得一拳開」的勝利。從此，「抗美援朝」戰爭成為新中國的立威之戰、立國之戰。從那之後，中國才有了幾十年的和平發展時期，才取得了「從站起來，到富起來，再到強起來」的偉大成就。

是戰爭，就有勝利與失敗。當我們自豪於我們的勝利時，美國人也為自己的失敗在反思與總結。他們把中國命名的「抗美援朝戰爭」叫做「朝鮮戰爭」，他們對不願用「失敗」這個令自己顏面掃地的詞來形容這一戰爭的結果。他們用「錯誤」來定義這場讓美軍喪生達五萬餘人的戰爭。

曾任美國參謀長聯席會議主席的布萊德雷在 1955 年美國《時代週刊》雜誌上發表過一篇文章，其中最經典的一句話是：「朝鮮戰爭是在錯誤的地點、錯誤的時間跟錯誤的敵人進行了一場錯誤的戰爭」。這段簡短的文字令人印象深刻，其實美國人對戰爭的反思好像沒有停止過，但他們的反思卻是伴隨著發動或參與一場場新的戰爭而進行的。

2003 年 2 月 5 日，時任美國國務卿鮑威爾在聯合國安理會上，拿出了一瓶裝有白色粉末的試管，並指著這個試管說，這就是伊拉克大規模殺傷性（化學）武器的鐵證。可是在為期七年（2003 年 3 月 20 日至 2011 年 12 月 18 日）的伊拉克戰爭中，美軍在伊拉克挖地三尺，也沒有找到所謂的「大規模殺傷性武器」。鮑威爾手中的白色粉末是什麼呢？他們再也沒有對社會大眾作出負責任的交待。

顯而易見，全世界都知道美國及其盟友英國，在沒有得到聯合國安理會授權的前提下，所發動的伊拉克戰爭本就是非法的。當這場戰爭導致四十多萬伊拉克人死亡，總統薩達姆·侯賽因被美國主導的法庭「絞殺」之後，美國賴以發動戰爭的證據，其實是「有人作偽」或者是「集體撒謊」的產物，美英的霸權主義邏輯與國際信譽由此破產。

當然，強盜從來不在乎弱國、小國對他們的指責、批判或靈魂拷問。但正義的陽光有時候會從門縫照進黑暗的地獄。也許他們胡作非為的久了，上帝看不過眼，就反過來給他們的國內政治添一些麻煩。

大家知道，美國的兩黨政治，雖然是他們所標榜的民主模式，但他們在長期進行的「驢象」打鬥時，習慣於相互攻擊和揭短。在這個互攻與互揭的過程中，當事人一著急，就會在不經意間暴露美國的「國家機密」。

美國前總統特朗普與鮑威爾政見不和，他曾發推特痛斥鮑威爾：「……看看你幹的那些事！你是小布什政府時的國務卿，你在聯合國大會上，晃動著手裏的小瓶子，說這是薩達姆大規模殺傷性武器的證據。你僅憑這一點，就誤導美國發動了伊拉克戰爭！美國（英國）在伊拉克打了那麼多年的仗，都是因為當初你瓶子裏裝的洗衣粉！鮑威爾，你要為這場戰爭負責，是你讓美國陷入了災難！」由此可見，特朗普對伊拉克戰爭作出的結論是「災難」。

在我看來，特朗普的「災難說」是有道理的，但他單說讓鮑威爾為這場戰爭負責卻不盡合理。因為發動伊拉克戰爭的是小布什政府，參與此項決策的人都有責任。當然，鮑威爾用「洗衣粉」誤導天下人，其罪責應該更大。

同樣是對戰爭的反思，美國另一位前總統——卡特卻從統計學的角度，發表了他的令人印象深刻的觀點。

2019 年 6 月 9 日，九十四歲的卡特在聖經學院發表演講：「……中國比美國發展得快的原因挺簡單，就是因為美國老是打仗，而中國卻把錢用在了經濟建設方面；美國建國二百四十年以來，沒有參與戰爭的時間僅有十六年。」

沿著卡特總統這個觀點回頭一看，就讓人很是吃驚，美國人口頭上喊著自由民主人權，但他們所發動的戰爭、美軍入侵過的國家的名字竟然可以列出一長串——1950 年，朝鮮；1954 年，危地馬拉；1958 年，印度尼西亞；1961 年，古巴、越南、剛果；1964 年，老撾、巴西；1965 年，多米尼加；1967 年，希臘；1976 年，阿根廷；1981 年，尼加拉瓜；1984 年，格林納達；1989 年，菲律賓、巴拿馬；1991 年，伊拉克；1995 年，塞族共和國；1998 年，蘇丹；1999 年，南斯拉夫聯盟；2001 年，阿富汗；2002 年，也門：2003 年，伊拉克；2006 年，索馬里；2011 年，利比亞、敘比亞……

現在是 2024 年初秋，尚在進行的俄烏戰爭，烏克蘭背後的主人是美國及北約；而以色列對巴勒斯坦哈馬斯的軍事行動，得到了美國的全方位支持！顯然，美國是一個好戰的國家。而這個「好戰」的國家性格的形成，也非一代兩代人所培養。它可能是通過民族、歷史、政治、資本、軍事技術等多方面相互拉動的結果。當然，美國用他們好戰的國家性格，「打」出了自己的時代，「打」出了世界霸主的地位和「世界警察」的身份。

看看美國今天的軍事實力 —— 在全世界有 800 個軍事基地，僅在 2022 年度，美軍軍費的開支就高達 8700 億美元，佔全世界軍費開支的 39.7%。他們不僅排名世界第一，而且比全世界第二名到第十名國家軍費的總和還多。

一個身懷絕技的武林高手，是熱衷於與人打擂台的，他想通過拳頭，確立自己的江湖地位。美國很像國家中的武林高手，他雖然已經在老大的位子上待了近百年，但他總是焦慮，他害怕別的國家也在健身、在習武，害怕自己的老大地位受到挑戰。

回到文題來説，戰爭是分正義與非正義的，至於美國人的「錯誤説」，那只是個對非正義戰爭的委婉表達罷了。可惡的是，「錯誤」的戰爭造成別國人民的苦難再多，卻無法懲罰美國那些發動「錯誤」戰爭的政客們。

歷史的經驗證明：戰爭的爆發與結束，從來都不以愛好和平的人們的意志所轉移；和平不是用和平手段所能爭取到的。恰恰相反，你要防止別人的拳頭打過來，就只有讓自己的拳頭變得更硬、更有力量。

也就是説，以武才能止戈！

我和曼特先生

曼特瓦里先生是意大利人。由於我不習慣叫那麼長的外國人名，於是就自作主張地改稱他為曼特。他棕髮碧眼，高大威猛，外形看著像意大利足球甲級聯賽上的前鋒或後衛。所不同的是，他的臉上習慣性地掛著微笑，習慣性地穿著正牌西裝，看上去讓人感到他既莊重紳士又和藹可親。

曼特先生是意大利 OOF 公司中國部經理，我是在九十年代初，某年海南椰子節經貿洽談會上認識他的。他們公司當時有意在海南投資辦廠，正在尋找中方合作者。而我們新達公司剛剛在房地產狂潮中取得輝煌業績，也想嘗試在多元化發展方面趟出一條新路子，於是雙方一拍即合，決定約時間舉行雙邊合作洽談會，共同探討聯營辦廠的可能性。

OOF 公司是意大利最大的汽車濾清器生產商，從曼特先生給我的精美畫冊中可以看出，OOF 的生產規模和技術工藝，都居世界領先水平。那一時期，海南特區政府部門也在大力倡導發展汽車工業，而且新組建的汽車製造廠也已批量生產出如馬自達牌汽車系列產品，這令我們對於投資興建與馬自達配套的零配件製造項目倍感興趣。隨後曼特先生到訪我們新達公司，一見面，他就用生硬的中國話説：「你好！你好！」那語調頗為滑稽，逗得在場的人忍不住地笑。

我對於汽車濾清器這一產品的認識十分有限，那天曼特先生介紹了很多，經過翻譯員艱難的翻譯，我大概明白過來了。曼特的大意是，汽車離不了濾清器，中國的汽車市場又很大。OOF公司別的不會做，但生產濾清器卻已有半個多世紀的歷史，而且技術工藝也在不斷研發革新。聽了曼特的介紹，我豎起大拇指，曼特開始一愣，不知何意，翻譯給他說，這是中國人對別人稱讚時用的手勢，曼特這才聳聳肩，笑笑，做出一個幽默的點頭動作。

作為時任新達公司總經理，我十分詳細地給曼特介紹了我們公司的情況，當他得知我方正在籌劃興建40層的星星商業中心時，饒有興致地端詳著我們擺放在會議桌中央的建築模型，末了他也依樣學樣，豎起他的大拇指，大家於是又都笑了。

在晚上的宴會上，我請來了省政府主管工業的副秘書長作陪。副秘書長見多識廣，他去過意大利，與曼特先生一見面，就談笑風生起來，他說了自己的意大利見聞。同時，對於新達公司與OOF公司的合作意向也深表讚賞。

那天，我點了不少名貴菜餚，但曼特先生獨對麻婆豆腐很感興趣，副秘書長於是給他上了一堂關於豆腐的中國飲食課。

曼特先生回國不久，就發來一封邀請函。正好，我覺得有必要實際考察一下OOF公司。心想，總不能聽他們一個中國部經理的花言巧語就做什麼決定吧，那樣顯得我們中國企業家做事也太草率了。當然，我也有點私心，想藉此機會去歐洲大陸開開眼界。於是，我通知秘書從速辦理護照和簽證手續。

次年年初，我帶新達公司貿易部經理江胡（兼做英文翻譯）經香港飛往羅馬。在羅馬觀光兩日後又轉機飛往OOF公司所在的維羅那。曼特先生到機場迎接我們，一見面，他即用歐洲人熱情奔放的方式，分別擁抱了我們。隨後，他親自駕車，送我們一行到入住的酒店。曼特先生沒有急於安排談判工作，而是先帶我們參觀維羅那古城。

在意大利，維羅那屬中小城市，人口不多，現代化的高樓大廈也少，但這裏卻因為誕生了文學名著《羅密歐與朱麗葉》而聞名世界。據説，直至現在，全世界寫給朱麗葉的情書仍然絡繹不絕地寄到維羅那。在羅密歐與朱麗葉幽會的地方，有一尊朱麗葉的全身銅像，只見來自世界各地的遊客依次用手撫摸著朱麗葉的乳房拍照留念。我開始感到奇怪，曼特饒有興趣地介紹説，當地人有一個説法，到維羅那來，用手撫摸一下朱麗葉的乳房，就等於獲得了第二次再到維羅那的通行證。

在隨後幾天的談判中，我的感覺當然要比觀光緊張得多了。談判的對手是 OOF 公司的總經理迪克里尼先生，曼特這時反倒退到二線，當起配角。迪克里尼矮胖身材，膚色呈淺咖啡色，頗有幾分印度人模樣。他那一大堆嘰哩呱啦的意大利語實際上表達的只有一個意思 —— OOF 公司願意與我們合作辦廠，但要求我方投資 2 千萬元人民幣資金，而 OOF 以價值 3 千萬元人民幣的設備入股，且由 OOF 控股。

從迪克里尼的大眼睛裏，我第一次感受到老牌資本家的精明。但我當然對他們的合作條件表示反對，堅持雙方必須同樣以貨幣資金入股，至於所需設備，可以通過國際招標的方式擇優選擇，股份比例按投資大小劃分。談判很快陷入僵局，為了緩和氣氛，曼特先生提出先休會一天，然後再作決定。

晚飯的時候，曼特請我們去一家山頂餐廳，那裏充滿了意大利式的浪漫情調，曼特先生年輕漂亮的夫人也在座。我們談了許多生意以外的話題，曼特讓我們嚐嚐意大利烤雞，雖然我們是地道的中國式口味，早已習慣了中國的燒雞、扒雞、白切雞等，但我們仍然禮貌地誇獎了意式烤雞，說味道獨特，很好吃。

曼特有些討好我們的的意味，說其實他更喜歡中國的麻婆豆腐。在這種情境之中，曼特先生像是朋友，而非生意夥伴。可是吃過飯，每個人上了一杯意大利特濃咖啡之後，曼特卻提出了一個令我們十分意外的請求——他希望我們能暫時答應迪克里尼的要求，與 OOF 先簽訂一個沒有約束力的意向書，也不用付什麼定金之類的費用，等到我們回國以後，過上兩個月時間，再以其他理由中止合作進程就是了。

「這又是為什麼呢？」我不解。

曼特的表情有一些不好意思，清了清嗓子後，十分婉轉地告訴翻譯，說如果我們依他的要求行事，他有可能在近期獲得 OOF 公司董事會的提拔，有可能被任命為公司的副總經理，而且還能得到加薪。

曼特在說這些話的時候，他的金髮夫人坐在一旁十分友好地望著我。也許是吃人的嘴短吧，當對方提出不必我們承擔任何成本，就能送他一個顯得十分重要的禮物，再考慮到雙方達成最後合作協議幾無可能，我想那就答應曼特的請求，送他一個順水人情吧！

於是我沉默了一會兒，裝作十分艱難地點了點頭，說：「好吧，我答應你的要求。」

話一說完，曼特夫人先笑著雙手合十，表現得比曼特還高興。

第二天，我代表新達公司與迪克里尼簽訂了《合作意向書》，OOF 公司年邁的董事長也出席了簽字儀式，末了董事長還在一個典雅的古堡餐廳設宴款待了我們一行。據説，這家餐廳羅馬教皇曾經光顧過多次，我看到牆上也確實掛著教皇身著白袍的大幅照片。

回國後不久，我就收到曼特高升的喜訊。關於合作一事，當然一風吹過。過後幾年間，每遇聖誕節，曼特都會寄給我一張精美的音樂賀卡。

如今，我與曼特早已斷聯。但他與年輕夫人的微笑卻留在了我的腦海中了。我每每想起他們夫婦倆，就自然想到 OOF 公司總經理迪克里尼和那位年邁的董事長。我對曼特的那兩位上司，一直是心存愧疚的。

輯四　史海拾貝

神都大變局

神都，是高光年代的洛陽別稱。正由於如此，我對洛陽一直心嚮往之——洛陽有太多故事。

在常人眼中，如果從地理位置上説，洛陽是位於河南省西部，橫跨黃河中下游南北兩岸，因地處洛河之陽而得名的城市；如果從城市規模和影響力的角度説，洛陽是河南僅次於省會鄭州的第二大城市，洛陽的牡丹花十分出名；如果從歷史的角度上説，洛陽卻是一個獨一無二的存在，且有著許多大放異彩的亮點——它有五千多年文明史、四千多年城市史、一千五百多年建都史，是華夏文明的發祥地之一，是絲綢之路的東方起點，是隋唐大運河的中心；歷史上先後有十三個王朝在此建都，是中國建都最早、歷時最長、朝代最多的城市；「洛陽紙貴」這個成語就是洛陽作為首都時誕生的。從此以後，天下寫文章的人，都以受到「洛陽人」（首都民眾）歡迎與追捧為幸事。當然更重要的一點是洛陽曾為武周王朝的首都；中國歷史上唯一的女皇武則天，在洛陽書寫了她傳奇人生最為重要的篇章。沒有洛陽，就沒有歷史上如此這般的武則天；沒有武則天，也沒有今天如此厚重的洛陽城。

我是西安人，老家位於西安北郊高陵區，具體在渭河北岸、白蟒塬下十里村。如果騎自行車出十里村，沿西（安）韓（城）公路向南，過渭河，經過豁口向東，用上三四個小時，就可抵達「周幽王烽火戲諸侯」的驪山腳下，唐王朝的皇家御苑——華清宮就在此地；從華清宮繼續向東，約十公里，就是世界八大奇蹟之一的兵馬俑博物院。秦始皇用他的陵寢，尤其是地下兵馬，把他統一華夏的偉業和無堅不摧的雄兵，定格在了地下溫泉生生不息的驪山北麓；白居易用「春寒賜浴華清池，溫泉水滑洗凝脂」的詩句，為我們掀開了唐明皇與楊貴妃動人生活的門簾……

與著名的歷史古蹟如此之近，令我不由自主地常常把目光投向遠古，投向大唐。

本來，隋煬帝楊廣是李淵的親表弟，隋煬帝對表哥李淵一直是信任與重用的，他擔任過隋朝滎陽太守等職。但李淵大奸似忠，他當著隋朝的官，卻暗自積蓄反隋的力量，最後在時機成熟時，打出「反昏君不反大隋」的旗號，自山西太原（晉陽）起兵，一路殺向洛陽（隋煬帝已從長安遷都洛陽），滅隋後建立了大唐王朝並定都長安。

我們不難猜測，在隋唐的百姓眼中，李淵打敗了表弟，終結了楊家的大隋江山，使「楊隋」的社稷變姓為「李唐」的王朝。此次改朝換代只是人家表親之間的內鬥戲碼而已，誰成功則擁誰為王就是了。事實證明，李淵及其他的虎狼子孫是遠勝於楊家兒女的。

歷史常常是由贏家執筆編撰的，儘管楊廣被李淵父子誣為昏君，但楊廣有兩個重大舉措卻多為後人稱道：一是遷都洛陽；二是開鑿京杭大運河。

隋唐兩姓江山在表兄弟之間易位之後，生長在距太原八十多公里文水縣城的小姑娘，即十四歲的武則天應召入了大唐後宮，成為唐太宗的才人。太宗在武才人二十五歲時去世，她本應離宮去感業寺以尼姑之身終老。但所幸的是，她在太宗在世時就已經與皇太子李治暗通款曲，李治即位成為唐高宗之後，武則天便被有情人從感業寺召回宮中，成了高宗的昭儀。

武則天當時風華正茂，能讓大唐兩代帝王傾情於己，足以説明武則天的天資多麼聰穎，美貌多麼不凡。封建王朝的歷史，始終擺脱不了後宮干政或太監干政的困擾。作為後宮佳麗，能不能干政，干政的結果如何，往往因人而異。有人因干政而丟了腦袋，有人因干政而鵲巢鳩佔。顯然，武則天屬後者。

唐永徽六年（655 年），武昭儀在與王皇后的宮鬥中大獲全勝，李治「廢王立武」為后。自此，武則天夫貴妻榮，以皇后的身份，開始當起體弱多病的唐高宗的家，也當起唐高宗的國。

不知是李治身體透支嚴重，還是他真的患上了偏頭痛，反正在他眼中，皇后武則天當朝理政，正好替他減輕了身體與精神上的負擔，他是樂享其成的。

到了上元元年（674 年），前後十多年間，武皇后在政治舞台的中心位置察言觀色，審時度勢，一步步把自己從政治菜鳥磨煉打造成殺伐果斷的政壇老司機，後來還被加封為「天后」，與高宗並稱為「二聖」。之所以成「聖」，當然不僅説明她在後宮的表現優異，更重要的是表彰她在王朝中樞不可或缺的重要作用。

也許「後宮佳麗三千人」聽著熱鬧體面，實際上卻有明擺著的折壽之累。皇帝雖然貴為天子，但身子骨與凡人無異，甚至還不比拉洋車的車夫結實呢。唐高宗李治真就沒有長壽，他五十六歲去世後，由其第七子、武則天第三子李顯於弘道元年（683 年）即位，武后臨朝稱制。李顯這年二十七歲。按説，他早已成人，應該能夠駕馭皇帝權位的。但遺憾的是，他在「虎媽」武則天面前，顯得懦弱且聽話。

可憐的李顯在皇位上僅僅待了不足兩個月，便於光宅元年（684 年）被母親武則天給廢了，讓他改當了廬陵王。接下來，武則天又立自己的次子、即李顯的弟弟李旦為帝。武則天仍然臨朝稱制。更過分的是，李旦雖然名義上貴為皇帝，但武則天讓他居於別殿，且不能過問政事，他實際上成為大唐王朝實權派母親暫時使用的一道擺設。顯然，武則天之所以先後立倆兒子為帝，自己卻死死抓住權柄不放，是因為她有竊國的巨大野心的。

天授元年（690 年），武則天大概認為時機成熟了，她不再說什麼「李唐江山千秋萬代」的話了，乾脆於東都洛陽的應天門登基稱帝，自稱「聖神皇帝」，國號也正式由「唐」改為「周」了。洛陽自隋時人稱東都，這時亦改名為神都。我想，在武則天眼裏，李淵可以把活著的表弟楊廣手中的皇位奪過來，她就可以把老公李治手中的皇位接過來；李淵奪過皇位後，能建立他的「李唐王朝」，我武則天接過皇位後，也能建立自己的「武周王朝」。所不同的是，你李淵為了李唐政權的穩定，是不會給表親楊廣家活路的，我武則天則不然，我雖殺人，但我還會保留前朝歸順我武周的官員的。我原來的兩個前朝李姓兒子，我也給他們換換身份就是了。如此說來，我武則天比李淵可是仁慈多了。

自此，武則天在神都洛陽，開啟了她為期十五載的武周王朝的歷史。在此期間，她貶逐老臣，任用酷吏，濫殺無辜，同時舉行殿試，創武舉、自舉、試官等制；經濟上採用取薄賦斂、息干戈、省力役等主張；軍事上收復安西四鎮，平定營州之亂，一度使後突厥歸降；晚年逐漸豪奢專斷，弊政叢生。

神龍元年正月（705 年 2 月），已於聖曆元年（698 年）被召回洛陽變身為武周王朝太子的李顯（廬陵王），突然率領宰相張柬之、鸞台侍郎崔玄暐、左御林將軍敬輝、右御林將軍桓彥範、司刑少卿袁恕己、右御林將軍李多祚、左御林將軍李興宗及士兵數百之眾，呼呼啦啦地闖入武則天的寢宮長生殿，稱武皇的男寵——麟台監張易之、司僕卿張昌宗謀反，禁軍領命後已經將其誅殺。

武則天為之驚恐了一下，旋即又鎮靜下來。她很快明白，真正謀反的人是太子李顯及其同夥，且他已經組織好難以撼動的太子黨隊伍。武則天感覺很不舒服，就像當年李淵面對李世民逼宮時的心情一樣。但她亦如李淵一般，想到既然大勢已去，就不如順水推舟好了。於是在第二天，她就依兒子之意，下詔命太子李顯監國；第三天，下詔禪讓皇帝位；第四天，李顯正式即位。二月初四（705 年 3 月 3 日），李顯皇帝下詔——復國號為唐。

武則天心心念念的大周王朝隨即終結。

一段改朝換代的歷史，幾百個字就能說完。但在故事發生的關鍵時刻，卻充滿了緊張刺激感。我們不妨回到李顯給母親攤牌的那個晚上——武則天半躺在床上，兒子率領一眾同黨，不顧起碼的宮廷禮儀，甚至不在乎嚇死年過八十的老娘，呼啦呼啦地就圍住了女皇睡覺的地方。

武則天當然見過大風大浪，她調整了一下心情後，便想先探一探究竟。這時，大臣們首先發難了。開口說話的是跟武則天年齡相當，身體卻遠勝於她的宰相張柬之。他開宗明義地說：「張易之、張昌宗兄弟已經被我們殺了！」

武則天一愣，很想龍顏大怒，但她轉念一想，此一時非彼一時，便故作鎮靜地抬頭，面無表情地看著一反常態的張宰相。

張柬之馬上補充一句：「我們是奉太子之命行事的。」顯然，張柬之想表明，他們的行動是有合法依據的。

武則天掃視一眾文臣武將。她明白，這些人全都是為兒子李顯站台助威的，也必然聽命於張柬之的號令。她不由得慨嘆，這些人，與大周皇太子李顯一樣，表面上歸順我大周女皇，其心裏還流動著李唐血脈。此刻，他們已不可能聽我的號令了，我的時代似乎已經完結了。這一時刻，她大概覺得生為女人，在血緣上的劣勢是難以扭轉的。

張柬之見武則天在氣勢上已經輸了大半，接著又說：「您是皇上，我們為什麼沒有事先跟您說呢？就怕有人走漏風聲，所以我們就只好先斬後奏了。」此時，張柬之彷彿有意挑明，自己和武則天分屬對立的兩個陣營。

武則天心裏翻江倒海，但當下沒有作出還擊的表示，張柬之最後還說：「這事我們已經幹了，您如果認為不應該，那您看怎麼治我們的罪吧！」

張柬之說話口氣一直夾雜著一絲緊張，這可能是長期以來君臣之間養成的習慣，但他今天柔中帶剛的話語卻透著一絲寒意，武則天心裏產生了前所未有的恐懼。

武則天有意避開張柬之的眼睛，而把目光轉向了太子李顯。這個一向聽話的、已經五十歲的兒子，是大周王朝的太子，他的葫蘆裏賣著什麼藥呢？作為母親，她早就把兒子李顯肆意地把玩於手掌中了，她想不到他今天竟然支棱起來了，她用強有力的口吻質問道：「這件事，是你帶人幹的嗎？」

李顯本來是不敢挑戰女皇的，但他被張柬之一幫人鼓動著就敢了，這會兒是被支持者簇擁著來到女皇面前的。多年來，他已經被女皇帝整治得沒有半點血性了。母親自帶威嚴的質問，嚇得他頭冒虛汗，無言以對。

武則天還沒有等來李顯的回話，就轉身對眾人說：「現在你們把想殺的兩個人也都殺了，那我這兒就沒事兒了，你們可以隨太子回去了！」武則天話畢，就靜靜地看著這一群人，示意大家與李顯一起退下、離開。

這個瞬間，顯示出武則天老辣的應變能力。她當然知道擒賊先擒王的道理。她想，既然你們口口聲聲說聽命於太子，那麼好，我現在不跟你們講，只要李顯被我勸退，你們只是殺了我的倆男寵，那又是個多大的事呢！

李顯聽了這一席話，立馬又條件反射般地回到老實孩子的狀態。他想，對呀，事都辦完了，確實該走了，我媽讓我們走，那我們就散了吧。李顯在一片靜默中左右看了看，真就打算「收兵回營」了。

這時，在場的大臣也有點緊張起來，心想，我們跟你李顯走了，要是等武則天緩過神來，以我們謀反論處，那麼大家的下場會怎麼樣呢？以武則天的性格論，她最恨反叛她的人，她可能對所有參與謀反的人抄家滅口。如果不一步到位地把皇位從武周拿過來交還李唐，那麼大家就只有下地獄這一條路可走。

關鍵時刻，李顯等來了一位神助攻，另一位主謀桓彥範有備而來，他走上前一步，站定，堅定地說：「陛下，先皇把太子託付給您，您看看太子年已半百，您也不能讓他一直待在東宮，這不太浪費太子青春麼！我們最後一個要求，陛下您當立即把皇位傳給太子，讓他繼位！」

武則天耐著性子聽完，心想，你一個御林軍將領，過去沒有少優待你，你不思報恩，今天卻當起反叛先鋒！那之前在朕面前恭恭敬敬的笑臉，怎麼就全變了！都像吃了豹子膽似的。武則天掩飾不住自己的憤懣，眼露凶光，但她頓感無助且無奈，於是只能壓住怒火，控制情緒。她當然知道，這個「讓位」要求，才是這夥人的真正目的。

武則天心有不甘地在來者中搜索察看，想找找反戈相向的人。她不想再看桓彥範，而把目光盯到旁邊的李湛臉上，問：「你也是參與殺二張的人吧？我待你父子怎麼樣呢？你也這麼做，你對得起朕嗎？」

李湛自知他們父子深受大周浩盪皇恩，一時心生愧疚之情，不知道如何應答是好。

武則天見此招見效，又追問太子宰相崔玄暐，說：「其他人都是經過推薦來到王朝中樞的，而你是朕親手提拔的，你怎麼也跟他們來這兒了？」

崔玄暐似乎早就做好了充足的心理準備，他坦然答道：「陛下，我這麼做正是報答您對我的恩情啊！」

這個話其實是崔宰相的狡辯詞，意思是你讓我給太子當宰相，那麼我現在忠心輔佐太子，我聽命太子之命參與「清君側」、誅殺反賊，會有什麼錯誤呢？

聽到這裏，武則天已經知道，這些人已經投靠新主矣。她通過與幾個臣子的對話，其實也只是一個徒勞的嘗試——她先避開咄咄逼人的張柬之，直逼軟弱聽話的兒子李顯。她想，如果我能夠拉過來李顯，而周圍的大臣再附和李顯，那麼這個事也許還有迴旋餘地。等她找到機會收拾殘局過後，她便仍然能夠抓住重整朝綱的一線希望。可她沒有想到桓彥範的這一席話，竟把稍微猶豫了一下的李顯又給拉過去了。眼見此計不成，迫不得已之間，武則天回頭想瓦解李湛和崔玄暐，沒想到李湛沉默，崔玄暐態度堅定非常。

至此，武則天陷入絕望之中，她長嘆一聲後，便把眼睛合上，一言不發地躺下休息了。這個行為的潛台詞是「我沒有啥說的了，你們看著辦吧！」

李顯想必會說：「母親大人，您好好休息，我安排了可以信賴的衛兵在守護您的安全，我明天再來看望您，給母親請安！」

武則天聽兒子第一次稱她為母親，知道這是太子明確他已剝奪我皇位的委婉表達。太子說他明天再來看我是假，逼我認輸，且要我簽署讓位文件才是真。

「唉！我已經八十二歲了，身體的病痛此起彼伏，我不與兒子爭了，時間在他那一邊喲！」武則天在心裏無言地嘆息。

李顯與張柬之們閃去一邊商量了一番就走了，但他留下了控制現場的兵將；武則天睡了，但只是裝睡。她的無語等同於默認：太子的神龍政變成功了！

應該說，這是武則天皇帝一生中遇到的最大，也是最後的危機，她在面對此一突變的危局時，展現了大政治家超強的心理素質和隨機應變的過人能力。雖然她的被動操作，不能扭轉自己失敗的大局，但她把皇位輸給了兒子，卻沒有輸掉母親應有的尊嚴。

至此，武則天以十分戲劇化的方式退出了歷史舞台。也可以說，她的政治生命已經沒有了呼吸。她雖然還活著，但她的身份已經還原為一個女人的本來面目，她成了二度登基的李唐王朝的皇帝母親。母子二人的角色調換了一個個兒。在李顯半百歲的生命裏，他的一切都由母親武則天左右，而到了神龍年的這一天，武則天的一切，改由李顯安排了。神龍政變看似突然，但其實是頂層政治棋局的重要步驟而已，它可能在多年以前就為某些神秘人物所佈局。

時間倒退五年，武則天最信任的大臣狄仁傑那時已經去世。神龍政變看似與狄仁傑沒有半毛錢關係，但從天時地利人和等因素分析，狄仁傑卻可能是政變的始作俑者。如果讓時間倒退十五年，即武則天在她六十七歲時從兒子手中搶過來皇位，成為中國歷史上唯一的女皇帝，把大唐改成了大周時，那些李唐忠臣們雖然表面上不敢反對，但內心深處當然是很不服氣的。

武則天知道公婆這邊的人有一百個不樂意，於是她把武氏一族悉數拽入政壇，讓其個個入朝為官，李唐王室成員則盡可能地被放逐殺害，很多忠於李唐的大臣也被廢黜株連。但狄仁傑卻是個例外。他本來作為李唐的鐵杆支持者，但後來卻對武則天的改朝換代欣然接受，甘願服從武則天的領導，甚至還深受武則天器重，最後竟然登上了宰相高位。

狄仁傑其實是深謀遠慮的，他雖然在「武曌登基」後順應著武則天，但這何嘗不是韜光養晦呢？他只是在「大周的逆流」裏求得生存安身且搶佔有利位子，暗地裏等待合適的時機，讓皇位有機會重新回到李唐手中。

武則天在相當長的時間裏，的確想讓武家後人延續武周王朝的統治，甚至一度打算立侄子武承嗣為太子，但狄仁傑卻及時勸阻道：「陛下，這樣不妥！」

「何以見得？愛卿詳說！」武則天笑問。

狄仁傑一臉誠懇地反問道：「陛下您覺得是兒子親還是侄子親？」

未等武則天回答，狄仁傑繼續說道：「兒子當了皇帝，陛下可以千秋萬代配享太廟。但有史以來，從未聽說過侄子當皇帝，且在姑姑百年後仍能祭祀姑姑的……」

不知道武則天最後是否真的被狄仁傑勸服了，反正後來武則天還是把大周王朝的太子之位交給了自己的兒子，即前唐中宗、廬陵王李顯。李顯拿到太子之位後，讓身在周而心在唐的人看到了復辟的希望。為了使這個希望得到組織保證，狄仁傑去世前，藉機為武則天推薦了十多個隱性的「李唐線上」的大臣，且紛紛被安排到武周朝廷的重要崗位。當神龍政變開始後，這些人便悉數成為逼宮隊伍的骨幹分子。

也許有人說，既然武則天已經立了李顯為太子，皇位早晚都是李顯的，作為兒子，他又何必發動政變從母親手中奪權呢？此說顯然太過膚淺了。細細分析一下就不難發現，武則天想傳的皇位，與李顯搶奪的皇位是有著一定的差別的。為什麼？因為等待中的太子之位不穩，甚至是岌岌可危的。則天女皇想立想廢，全然在於轉念之間。何況即使太子之位穩定，將來順利繼承大周江山，那麼李顯就滿意嗎？他會不會有一種屈辱之感——昔日李唐天子，今日大周皇帝？在講究「名正才能言順」的封建社會，李顯大概率心有不甘，他以大周太子暫作過度，復位李唐皇位應是他的終極理想。

說到此，就不得不說武則天為了兩個男寵張易之、張昌宗而殺人的故事。實話說，張氏兄弟的確是中國歷史上著名的美男子。他倆有個名氣比他們更大的外甥女，即白居易《長恨歌》中描寫的，那個與唐玄宗愛得死去活來的貴妃楊玉環。如果美麗的長相確是由基因所決定，那麼由楊貴妃倒推她的舅舅張易之、張昌宗的長相，定是不會差的。

據說，張氏兄弟本是武皇女兒太平公主享用的男寵，由於俊美得出奇，女兒便像貴重禮物一般，將哥倆轉而孝敬給了母親。令人意外的是，年老的武皇，卻把兩個面首看得比自己的親孫子和親外孫還重要。她授權讓張易之、張昌宗可以自由出入於她的寢宮，還經常與他倆飲酒作樂，甚至肆無忌憚地諷刺挖苦朝廷的公卿大臣。

太子李顯的長子李重潤，也就是武則天的親孫子，因為看不慣宮中這等不顧臉面的狀態，便和自己的妹妹李仙蕙和妹夫武延基吐槽說：「聽說世上有不務正業的兒子，可沒聽說過還有花天酒地的奶奶，這人可丟大了！」

如此「非議聖上」的話，不知怎麼被張易之探知到了。很快，他添鹽加醋地報告給了武則天。武皇為此震怒，下令把孫子卲王李重潤、孫女永泰郡主李仙蕙及其丈夫武延基全部杖斃。

李顯心想，我的兒子、女兒和女婿因非議自己母親的私生活，母親就痛下殺手，我作為父親，卻無力保護他們。李顯的心情有多麼痛苦、多麼憤怒？他不僅發現了孫子孫女在武皇眼裏不值一文，他這個太子，承擔「養不教父之過」責任的人，在武皇眼裏又值幾斤幾兩呢？

李顯也許自此便下定了政變的決心。他不是等不及了，而是不敢等了。當太子固然是好事，但好事往往多磨。多磨是需要時間的，時間一長，必夜長夢多。本來就膽小怕事的李顯，怎麼能忍受在只講政治，不講兒孫親情的武皇跟前提心吊膽的過日子呢？由此可知，李顯有了政變奪權之心，潛伏在武周朝廷的李唐臣子們便有了旗幟與靈魂，行動的正當性便大大提高了，而且還激盪著恢復李唐政權正統的正義感和英雄氣。

有人可能納悶了，說李顯奪權可以理解，但武則天既然為武家創下了輝煌家業，那麼神龍政變發生時，時任宰相的武三思等一干武姓人馬幹嘛呢？他們在這個事關武氏家族未來的關健時刻怎麼無所作為呢？這個問題的答案可能很多，但其中有一點，武家人與李顯卻意外地保持著高度的一致性。

上面說了，武則天因為聽信男寵讒言，杖斃了孫子、孫女和孫女婿共三人。而孫女婿武延基正是李顯為討好武則天而撮合的李武兩姓聯姻的政治姻親。武延基的父親正是武則天曾經想立為太子的侄兒、前武周派骨幹武承嗣。也就是說，武延基既是武則天的孫女婿，也是他的親侄孫。武承嗣因為爭當太子不成而鬱鬱成疾，最後不治而亡。現在其女又隨夫一起遭遇武則天虐殺。想想看，他們家族連人的生命都丟進了武則天的政治羅盤中了，內心裏怎麼能不反對武皇呢？「武」在大周時固然是大姓，但正因為姓大人多，那麼在對待武則天的態度上，就更難團結一致，更難成為鐵板一塊了。

況且，政變開始時的目標是「清君側」，是衝著張氏兄弟的腦袋去的，武承嗣一系人馬有理由認為這是復仇，當然不會阻攔，甚至還會出手相助呢。

再說，按照武則天的傳位規劃，太子李顯將來繼承的大統，是武周王朝的第二任皇帝。他這個皇帝的身邊，不是姓武的子弟，就是李武兩姓結合生育的後代，武周王朝中的李顯皇帝，與他之前登基當過的唐中宗李顯皇帝差不多，實際上就是個傀儡皇帝。也許在虎媽武則天眼裏，這個連自己媳婦韋氏都降不住的兒子，最適合當傀儡皇帝了。

可李顯傻人有傻福，他身邊的李唐臣子非要幫助他搶回他們所理解的皇位，即讓武周的開國皇帝先放下權柄，由李顯撿起來後，即時把你武氏竊取的，本由唐高宗李治留下來的江山社稷收歸李家。我李顯繼承的可是經過母親「二傳手」般轉交於我的國家。

事後，李顯對武則天執兒子禮，再也沒有把她當成仰視的對象，當成拿捏自己命運的國君。不僅如此，他還採取了一系列與其母背道而馳的國策，解放了長期被打壓外放的李唐派老幹部，恢復了他們的名譽和地位，清剿屠殺了一眾武周派分子，還都長安⋯⋯總之一句話，李顯及其後來李氏王朝的繼承人，一步步回到了大唐王朝原來的軌道上了。武則天如果早知如此，她大概不會徒勞地折騰出這麼一齣「朝中有朝」的大戲。

失去自由的武則天，在上陽宮度過了不到一年的落魄日子就去世了，她的兒孫把她與唐高宗李治合葬於陝西乾陵。她生前那麼喜歡洛陽，但失去權力的女皇，只能把洛陽留在她的舊夢之中。據說，洛陽龍門石窟的大佛，其面孔便是仿照武則天真容而做的。此說如果屬實，也算是對這位華夏奇女子的獨特紀念吧！

武則天知道，任何偉人都得經受時間歲月的考驗。她死前立遺囑說，可在她的陵前立一塊無字碑，她的歷史功過，盡可任由後人評說，或唱讚歌，或誦咒語，她都長眠不知了。

故事講到這裏，我想起偉人說的一句話：「人民，只有人民，才是創造世界歷史的動力」。我贊同此說，但我想補充一點：大凡創造歷史的人民，都是機緣巧合地來到一個非凡的平台，又遇到了捨我其誰的機會，他（她）以特殊的人民之一，發揮他（她）個人超凡的才能，這樣創造歷史才能成為現實。武則天當屬這種特殊的人民之一，她成為了一個中國帝王群像中獨特的雕像，她也一直鼓舞著中國女性在獨立自主與平等權利的道路上前進。

近年來，洛陽市在挖掘發展隋唐文化遺產的過程中，復建了武則天當年登基時所用的應天門等宮廷建築，為洛陽市民和外來遊客增加了一個新的有意思去處。我想，武則天的洛陽傳奇，一定會為這座古城的未來，發揮著日益重要的推動作用。

李顯皇帝之死

我在看影視劇的時候，對皇帝是有幾分羨慕的。他們既有君臨天下的威風，也有「後宮佳麗三千人」的福分。儘管我知道自己做夢都當不了皇帝，但羨慕皇帝之心久了，我就買來關於皇帝的書來讀。可這類書看多了，我發現影視劇中的皇帝大多不真實，真實的皇帝過的日子往往不如老百姓平安，不像老百姓輕鬆，也無法享受老百姓常有的嚴父慈母的關懷和兒女情長的溫暖。他們更多經歷圍繞著皇權而進行的爭鬥、傷害、背叛、殺戮，不一而足。

且看看唐中宗李顯一家人的故事。

「人的命，天注定」。這句自古有之的名言顯然是唯心論的表達，但作為李唐王朝的合法繼承人李顯，他的命的確由天注定了。他在歷史上被人戲稱為「八味（位）帝皇丸」。也就是說，他曾祖父李淵（唐高祖）、祖父李世民（唐太宗）、父親李治（唐高宗）、母親武則天（武周皇帝）、自己李顯（唐中宗）、弟弟李旦（唐睿宗）、兒子李重茂（唐少帝）、侄子李隆基（唐玄宗）都是皇帝，共八位。

由此可見，李顯先生祖祖輩輩就是當皇帝的，本有君臨天下、妻妾成群的命。但是詩有上下闕，文有上下篇，人也有順境逆境反轉時。

唐中宗李顯以其風華正茂的二十七歲之齡即位。不難想像，他作為當時世界一流大國的領袖，在當時世界一流繁華的城市長安，是何等的威風八面，何等的意氣風發。但天翻地覆的巨變來自於母與子之間的喁喁細語。

我猜測過這對母子之間會發生的對話——

武則天：「顯兒，你的性格太過懦弱，你連那個姓韋的媳婦都降不住，她事事壓你一頭，我看你這個皇帝還是不當了好！」

唐中宗：「好吧！太后您説了算。讓我繼位是您安排的，您當然有權改變主意，您讓我幹啥我幹啥！」

李顯之所以這麼聽話，與他的兩個同父異母兄弟，即大哥李弘、二哥李賢的遭遇有關。兩位哥哥都因反對母親武后專權而被貶被殺，他怎麼能不吃哥哥「一塹」，長自己「一智」呢？當聽話成為生存的唯一途徑，誰又敢說「不」呢？

武則天就是這麼話軟事硬，她讓兒子李顯僅僅過了五十五天的皇帝癮，就把唐中宗的歷史凍結在了長安城的皇宮裏了。

李顯繼承的是父親傳下來的皇位，卻被母親武則天趕下台了。倘若李治在天有靈，會不會氣得發瘋？也許武則天自有説服過世老公的理由——「我改由咱們倆另一個兒子李旦繼位，這不仍然延續著您的李唐江山麼？」

李治大概率因江山仍然姓李而仍舊安睡乾陵，李唐百姓當然不會理睬人家李家的家事。

李顯被廢後降為廬陵王。可別因為廬陵名字好聽，當王比為平民好而忘了「人往高處走」的道理。倘若我當廬陵王，我當然喜不自勝。但唐中宗皇帝當廬陵王，是從山頂滑落至山溝的，他的落差感是顯而易見的。況且，他還有著一個家族記憶——唐太宗正是為了爭奪皇位，而殺了兄弟李建成、李元吉。現在，他弟弟李旦成了皇帝，他是前任。弟弟會不會防範著他這個哥哥？他會不會遭遇與李建成一樣的命運？

「老公，咱們可得好好在外地呆著，遠離朝廷，遠離政治，咱們把身體養好，照顧兒女健康成長最要緊。老太太（武則天）咱們鬥不過但咱躲得過……」韋夫人會不會勸解李顯這麼說，我想她會的。她因丈夫被廢，也丟了「韋皇后」的身份，如今成為「廬陵王夫人」，她心裏也有落差，當然也滿腹牢騷。可人在屋簷下，不得不低頭。在李顯離開長安的歲月裏，韋夫人正是按照我上述猜測的話做的。他們一家人真就老老實實當著一個小地方的分封王，一日三餐，養兒育女。

李顯頭頂著「廬陵王」的頭銜長達十餘年，但實際上，他卻一天都沒有在廬陵（江西吉安）呆過。

唐時，廬陵，即江南西道吉州府廬陵縣，還是個南蠻煙瘴之地。從長安到廬陵有一千二百多公里的路程，靠馬車步行，這對於剛從龍椅上下來的李顯而言，不可謂不殘酷。李顯從小身居宮中，嬌生慣養，身體肥胖又缺少運動，且經常生病。他經受不起千里迢迢的顛簸之苦，前往廬陵的路上不停地哀嘆哭叫。押送他們的監護官，如約把李顯一家在路上的情況及時向武則天飛鴿傳書。當走到山南東道房州（湖北）境內的時候，李顯患了重病。這時，他想起了之前被流放到山南西道巴州的二哥李賢。李賢就是到達貶謫地不久，就鬱鬱而終。李顯一看江西廬陵距離長安比二哥貶謫地更為偏遠，一時悲痛欲絕，哀嘆著想要一死了之。

平凡人家有言，「妻賢旺三代」。但皇家的情況怎樣呢？也許皇家的妻，由於免不了有宮鬥的戰場，所以單用是否賢惠來衡量，顯然是把複雜的宮廷生活簡單化了。還在李顯過五十五天皇帝癮期間，眼見朝堂上幾乎全部都是太后武則天的親信，自己沒有可靠的助手，甚至連天子登基時應該由國家重臣進行的封官儀式，武則天也親自一手操辦了，心中積鬱一口悶氣。

為了扭轉這一局面，使自己在朝堂上有更多的話語權，李顯便想封賞自己的岳父韋玄貞為宰相。當然，這一封賞舉措也是「賢內助」韋皇后極力鼓吹的意思。

按說，兒子有幹一番事業的宏願，這在一般母親眼中，一定是樂見其成的。但在武則天看來，這是兒子心存異心，另搞一套的表現。則天太后一派的中樞大員紛紛勸中宗皇帝，不可封賞韋玄貞。誰知忠言逆耳，這話把皇帝惹毛了，於是他吼道：「即便朕要將天下江山給了老丈人又如何！又何必在意區區一個宰相呢？」

顯而易見，李顯皇帝是個魯莽的政治菜鳥，你的皇帝位本就是個傀儡，你何以任性地口出狂言。當武則天聽了部下的彙報，自然知道了這個人事問題其實不簡單。因為知子莫如母，何況是武則天這等絕頂聰明的母親。她認為兒子喝了婆娘的迷魂湯，一旦韋皇后之父韋玄貞當了宰相，日後慢慢削弱我武氏派的朝中力量，等韋氏他日坐大，韋皇后取我武則天而代之，那就不再是兒媳婦的想法這麼簡單了，而是要送我武氏一族的命運抵達終點站了！

要問五十五天皇帝位何以如此之短，唐中宗封賞岳父當宰相大概是其主要原因。

公元 684 年，武則天另立幼子李旦為帝，即唐睿宗。但實際上她仍是王朝話事人，是手握皇帝性命的主宰者。

李旦肯定吸取了哥哥李顯的教訓，不敢有違母命，甚至為了討好母親，還取母姓，把自己另一個名字「李輪」改為「武輪」。儘管他對李唐王朝忠心耿耿，對母親武則天沒有二心，但保不齊母親別懷心思。於是，他在位六年後即禪位於母親，武則天悍然終結了李唐王朝，自己在東都洛陽（後改神都）稱帝，開創了大周王朝十五年的歷史。

我們回到李顯前往廬陵的路上。這時的韋皇后雖然變身為李夫人，但她對於丈夫因封賞自己父親而遭貶謫還是心存感激的。當丈夫在逆境中心灰意冷，懷疑「紅旗打不久」時，她卻以心懷野心的女人才有的果敢與忍耐精神，讓丈夫振作起來。還以越王勾踐「臥薪嚐膽」的故事啟發他。

有名的「妻管嚴」李顯還真的有了醍醐灌頂般的頓悟，他不再要死要活了，而是放下身段，當場跪倒在押送官面前，乞求他們滯留在湖北房州暫且養病。押送官起初猶豫，韋氏則說廬陵王好歹也是武則天的親兒子，你們要是讓他拖著重病前行，如果死在路上，你們的腦袋可能就保不住了。押送官聽了，覺得也有道理，就馬上上報太后定奪，武則天收到押送官的書信時，正值身在江南的人將徐敬業扛起了「擁唐反武」的旗號舉兵造反，武則天擔心李顯落入徐敬業之手而對她不利，便想還不如改讓兒子待在離洛陽較近之地。於是她便批示同意李顯長居房州了。廬陵王實際上沒去過廬陵，歷史有時候就這麼幽默。

李顯和韋夫人在房州一呆就是十餘年，期間還生下一個女兒李裹兒，即安樂公主。

事實證明，李顯在離開京都長安的日子裏，與其說是流放，還不如說是公子哥經歷了「上山下鄉」運動的鍛煉，或者說，他們一家完成了政治家們不斷修練心性的韜光養晦之旅。在他們遠離帝都期間，帝都的政治大戲一場接一場。武則天雖然牢牢把控著大周朝政，但她在立儲的問題上反覆權衡，最後又回心轉意，召回了廬陵王李顯，且復立其為大周太子，使其再次有幸成為皇位的法定繼承人。

神龍元年，李顯在宰相張柬之、崔玄暐等的輔佐下，發動政變，逼武則天退位，「大周王朝」隨之終結。李顯隨之第二次登基，復國號大唐。故事發展到此，唐中宗李顯的人生算是走上巔峰了。歷史上復位做皇帝的人不多，做強大王朝如大唐皇帝的人就更稀缺了。

實話説，唐中宗在收回李唐江山、復位當皇帝的五年時間裏，還是有些成就感與幸福感的。在《全唐詩》中，收錄有他的九首作品。儘管世人一説起唐詩，自然會想起李白與杜甫這兩個如雷貫耳的名字，但也許正由於唐朝皇帝多是詩歌愛好者之故，上行下效，唐詩才得以成為那時的國家級文化工程，創造了一個至今也無法超越的文學高峰。

李顯的詩作，雖少了些李杜的才情，但也的確展現了帝王的思想情感。其中一首《幸秦始皇陵》寫道 ——

眷言君失德，驪邑想秦餘。
政煩方改篆，愚俗乃焚書。
阿房久已滅，閣道遂成墟。
欲厭東南氣，翻傷掩鮑車。

驪邑，指今西安市臨潼區；改篆，指秦始皇統一六國文字，改大篆為小篆；焚書，指焚書坑儒；阿房，指阿房宮；閣道，就是閣樓之間連接的通道；欲厭，《晉書》曰：「秦時望氣者云：『五百年後，金陵有天子氣』，故始皇東巡狩以厭之，改其地曰秣陵， 塹北山以絕其勢。」

李顯通過描寫失德的君主所引發的政治混亂、文化毀壞以及眼前所見的廢墟等形象，表現了作者對秦王朝興衰的思考。此詩作於李顯五十五歲時，亦即「韋后之亂」爆發前夕。

李顯詩中的秦始皇，是一個在位暴斃的君主，而當朝皇帝講述前朝君主的死亡故事，心裏是明顯存在著一些優越感的。李顯絕對沒有想到，他在詩説秦始皇死亡故事不久，他也死了。只是他的死比秦始皇更慘，他像武大郎一樣被自己的身邊親人毒死了——大唐景龍四年（公元 710 年）六月十五日，首都長安發生了一樁離奇命案——唐中宗李顯成為命案的受害人，而凶手竟然是他的妻子和女兒。

這樣的大案，其醞釀過程也非一朝一夕。就在李顯復位唐中宗、回到長安政治舞台中心的幾年裏，韋后早已照葫蘆畫瓢般依武則天先例，與李顯共理朝政了。而李顯似乎也遺傳了其父怕老婆的基因，對韋后插手朝政亦是樂見其成。他甚至通過讓權於韋后的方式，來彌補這個跟隨自己在房州吃過苦的夫人呢！

可是人性的弱點在於，李顯的放任，令韋后日益放肆起來。當她與武三思私通時，李顯睜一隻眼閉一隻眼；當武三思死後，她又找了兩個情人，一個是御廚，一個是御醫。

唐中宗讓韋后反覆給自己戴綠帽子，開始時，他還想忍，可他抵不住不斷有賢臣冒死相諫，他於是改變了對韋后的態度。女人的感覺往往更靈敏，韋后察覺到李顯的微妙變化時，她本有兩個選擇，一是改邪歸正；二是搬走這個絆腳石，像武則天那樣，徹底放飛自我。韋后選擇了後者。

韋后一旦下定了決心，便計劃先下手為強，她擇機和兩個情人以及女兒安樂公主實施起他們的罪惡計劃。這天晚上，李顯在吃完老婆和女兒給他準備的一碗湯餅之後，就突感心如刀絞，痛苦難耐。貼身太監趕緊傳太醫前來診治，可太醫到時，李顯已氣絕身亡了。太醫一眼看出李顯的死因符合中毒而死的症狀，但在韋后的冷眼示意之下，只能對外説皇上是急病而逝。這起案件在

《新唐書》、《舊唐書》、《資治通鑒》都有明確記載。

李顯暴亡後，手握朝廷全權的韋后為暫時安撫天下，同時也想麻痺李氏皇族，便很快擁立李顯幼子，即只有十六歲的溫王李重茂為帝（史稱唐少帝、唐殤帝），改元唐隆。韋后隨之以少帝嫡母的身份升格為皇太后，且她亦仿照當年武則天模式，臨朝稱制。早在擁立少帝之前，韋后已經任用韋氏子弟，統領著首都長安的衛戍部隊……

五年前，李顯皇帝好不容易通過神龍政變，才從母親武則天手中奪回來的江山，這時大有再次落入自己老婆韋氏一族手中之勢。李唐皇族看在眼裏，急在心頭。可是同為皇太后，韋太后徒有武則天之野心，卻少有武則天之智慧。韋太后的一通操作，史稱「韋后之亂」，早就被李顯的侄兒、臨淄王李隆基注意到了。正所謂，螳螂捕蟬，黃雀在後。

對韋太后言聽計從的唐少帝在龍椅上只坐了十七天，李隆基便聯合其姑太平公主，在禁軍諸將葛福順、陳玄禮等人輔佐之下，一舉誅殺了韋太后和安樂公主及一干韋氏同黨，還清剿了武氏在朝中的遺存勢力，歷史上有名的唐隆政變至此大功告成。李隆基廢了唐少帝，奉其父相王李旦復位，是為唐睿宗。自此，唐朝帝位轉往李旦一系，直至唐亡。

前文說到「八味帝皇丸」的時候，我們不得不嘆服李顯的命壯與命貴。簡單地說，人家李顯是皇帝堆裏生長起來的皇帝。但我們耐著性子，看完他們一家人的結局，又不得不說，這哥們一家人都不得好死。被殺，好像是他們每一個人的宿命。

前文已述，李顯是被妻女在「韋氏之亂」時毒殺的，終年五十五歲；

李顯夫人韋氏和女兒安樂公主隨後也在「唐隆政變」時，

為李隆基和太平公主所殺。韋后終年四十五歲，安樂終年二十五歲；

李顯的長子李重福（生母不詳），在叔父唐睿宗李旦即位後，在洛陽造反，結果兵敗投河自盡，終年三十一歲；

李顯次子李重潤，生母是韋后。他因非議男寵張易之、張昌宗兄弟與奶奶武則天的私生活而被武則天杖殺，終年十九歲；

李顯三子李重俊（生母不詳），他於公元 707 年發動政變殺死了武三思，但未能除掉韋后。後來在逃出長安時，被自己親信殺害，時年十六歲；

李顯四子李重茂（生母不詳），唐中宗暴亡時，韋后扶持十六歲的李重茂為帝。十七天後被李隆基廢掉，後因受其兄李重福的牽連，李重茂被貶涼州後死去，死因不詳，終年二十歲；

李顯長女李仙蕙（生母不詳），因涉兄長李重潤和丈夫武延基非議武則天案，驚懼難產而死，年僅十七歲。

看看，李顯一家，均死於刀光劍影之中，長壽的不到一個甲子，短命的只有十幾歲。而給他這個一家之主下毒的人，比潘金蓮還惡毒，潘金蓮只是個枕邊人，但韋后是與他同甘共苦的患難夫妻，其幫手還是自己一直嬌寵的女兒安樂公主……人生之悲之憤之哀，到了李顯這裏，怕是到了極致了。

我在想，倘若人有來生，死後都有另外投胎的機會，李顯會不會長嘆一聲——「朕不投帝王家！朕不投帝王家！朕不投帝王家！」

他大概很是羡慕那些與他同齡的老百姓，他們可以享受在兒孫滿堂的大圓桌子旁，吹滅蠟燭後滿心歡喜地吃生日蛋糕的情景呢！

三讓帝位說李旦

唐中期時，李顯與李旦這對親兄弟開啟了皇位幾度易位的「二人轉」表演。這齣戲的導演先是母親武則天，後由李顯、李旦兄弟倆互導，最終由李旦之子李隆基完成末尾一場。

李顯、李旦兄弟沒有同年生，最後卻同歲死，他倆都沒有活過五十五歲。雖然都貴為真天子，但老天爺卻不習慣於護佑天子長壽。王朝歷歷近三百年江山，皇帝共有二十一位，每一位皇帝的身後都有或長或短的傳奇故事，李旦當然也不例外。

旦，早晨也。作為唐高宗李治的第八子、李治與皇后武則天的第三子，他的名字一定是由高人深思熟慮的結果。一天之計在於晨，早晨乃一天精華也。李晨，李旦，皆好名也，吉祥之氣呼之欲出。

從兄弟間的長幼次序來說，李旦本來與皇位是存在著一定距離的。李治最早立庶長子李忠（生母為宮人劉氏，後過繼給王皇后）為太子。但王皇后與武媚娘爭寵失敗，導致李治「廢王立武」。於是，武則天在坐上皇后大位以後，便以幫助體弱多病的李治處理政務為由，與高宗「共理朝政」，以至於後來成為權力比肩的「二聖」。用今天的話來說，就是朝廷裏有兩個一把手。當李治的身體狀況頻出時，他對政務便日益意興闌珊了，甚至把當國家領導的熱情與興趣當成了負擔。於是，皇權一大半轉移到了武則天手中。

武則天是個信奉「有權就用」哲學的人，她很快採取措施，為親生兒子的前途著手佈局。於是，太子李忠因養母失勢而被廢；唐顯慶元年（656 年），武則天鼓搗著李治改立兩人第一個兒子、年僅四歲的李弘為太子；可惜十九年後，即上元二年（675 年），二十四歲的年輕太子李弘卻死了；當年六月，李治第六子，武則天次子、二十二歲的李賢被立為太子；不料五年後，即唐調露二年（680 年），李賢又被廢；李治和武則天又改封二十五歲的李顯為皇太子。

看了這三立太子的經歷，就不難發現，李治與武則天在找接班人的問題上，也還是有許多猶豫不決和迫不得已的意味的。

公元 683 年，唐永淳二年，唐高宗李治病逝。這位生前多病，五十五歲就走到人生終點的皇帝，算得上歷史上寵妻的榜樣角色。臨終前，他為自己身後政局作了這樣的安排：讓宰相裴炎輔佐新皇，同時授予妻子武則天仲裁國家大事的權力，即「軍國大事有不決者，由天后處分。」如此一來，武則天便成為國家最高領導人，大唐王唐自此由武姓皇后主宰。

在這樣的形勢下，雖然二十八歲的太子李顯登基成為新皇。但他顯然幼稚得可笑，他一登上皇位，便擅自封賞自己的岳丈，此舉極大地觸怒了母親武則天。於是，李顯僅僅當了五十五天皇帝，便被武則天廢為廬陵王。接著，武則天另立自己的小兒子、二十二歲的李旦繼承皇位，即唐睿宗。

李旦大概從哥哥李顯先做太子又做皇帝，旋即又被廢的過程，深刻地認識到，他們哥倆有幸生於帝王家，卻不幸與「虎媽」為伴。別人說「伴君如伴虎」，他們兩兄弟則是伴娘如伴虎。

當哥哥悲憤而無耐地走下帝位，離開京都，遠赴外地當他的廬陵王時，李旦沒有取兄而代之、榮登九五至尊的成就感，反而加深了他對母親武則天的恐懼感。

雖然貴為皇帝，但唐睿宗李旦連上朝問政的權力也沒有。他只能居住別殿，任由武則天以太后的身份掌權話事。顯然，李旦只是個有名無實的傀儡皇帝。

武則天也將李旦妃子，即她的兒媳劉氏立為皇后，將李旦之子，即她的孫子立為皇太子。但李旦清楚，這一切都是母親做的花樣文章。說穿了，就是李旦一家三口都在為母親實際掌權打著掩護。他們一家三口，只是母親在政治棋盤中的棋子而已，否則，一個封建帝國，沒有皇帝皇后和太子，便成了無君之國，其統治必將不穩。而武則天以皇太后名義公開掌權，並不符合國家法度。於是，假藉兒子之名當政，便是武則天相當長時間裏的權宜之計。

唐載初二年（691 年），高僧法明等人撰寫《大雲經》四卷，稱武則天太后實是彌勒佛化身下凡，應做天下主人。法明顯然是摸清了武則天心思的，他以泱泱四卷經書為武氏造勢，而武則天亦下令頒行天下，命兩京諸州各置大雲寺一所，藏《大雲經》，命僧人講解，並將佛教的地位提高在道教之上。明眼人一看，便知這其中的乾坤，實際是政教雙方的交易。我為你以經文鼓吹，你讓我升為國家第一教，堪為兩全其美矣。

有了充足的理論準備之後，大批「浮上水」官員緊隨其後。當年九月，御史傅遊藝率關中百姓九百多人上表，上請改國號為周，賜皇帝姓武。接著，百官及帝室宗戚、百姓、四夷酋長、沙門、道士共六萬餘人，亦上表請改國號。這等「民心所向」的大環境下，不喊「改唐換周」口號的人，便難以安睡了，於是紛紛

「擁武自立」而自保。武則天做了幾番「一再婉拒」的假戲之後，便於天賜元年九月九日，毅然改唐為周，廢除李旦帝位而改為武周皇嗣，武則天自己當了皇帝，同時改元天授，尊號聖神皇帝。

可以設想，唐睿宗李旦在自己任內丟了皇帝位不說，還連李唐江山都消失於自己之手，這恐怕是任何天地男兒都無法接受的。但李旦表面上卻沒有半點意見，他甘心讓位於母親。也許他不是甘心，而是不敢不甘心。當「甘心讓位」能讓自己少了喪命的風險時，誰能不識時務呢？況且在李旦看來，他的皇位本來就是紙糊的，不值錢，母親要拿走，拿去就是。誰會在意那個假名假號呢？

也許是兒子識相，也許是武則天沒有更合適的人選，也許她想用皇嗣安慰兒子。當李旦被母親立為皇太子時，他當然又「欣然」接受了；當大周王朝開國皇帝武則天賜他與母同姓時，李旦馬上乖乖地以「武輪」之名面對他之前的百官與臣民了。

百姓人家的孩子隨父姓，鮮有隨母姓的人。除非男人當了上門女婿，人家女方有言在先，招婿就是要續女方家的香火。否則，隨意改姓，往往被視為大逆不道之舉。可是李旦改名改的很簡單。他是母親生的，母親讓他怎樣他就怎樣，他早就以母親為中心，構築自己沒有主見但卻平安無事的人生。

人們常說，滄海橫流方能顯英雄本色。但我們看歷朝歷代，生在帝王家，有時平庸代表平安，聽話代表審時度勢。李旦以武輪之名，平安轉身，算是「留得青山在」，他用青春年少來與母親熬時間，掩以待變。

我相信武輪這個名字會令李旦尷尬的，但他也能想到辦法，那就是待在家裏修身養性，避免見人也就沒有了尷尬。

當母親武則天在神都洛陽開啟武周王朝十五年的統治之後，

江山社稷當然就姓武了，武氏當然成為第一皇族。武皇亦如所有帝王一樣，也為皇位的繼承問題煞費苦心。儘管一開始她立李旦為皇嗣，但這只是權宜之計，當她對大周王朝的未來煞費苦心時，她便不得不在由武氏還是李氏繼位的問題上反覆地「攤煎餅」。她想過在她娘家侄子中挑選能人，比如武承嗣。

武承嗣（649–698），字奉先，山西文水縣人，唐朝外戚大臣。光宅元年（684年），武承嗣被授禮部尚書。垂拱元年（685年），升為宰相。他在武則天授意下，大肆誅殺李唐皇室及大臣中的不附者，還建立武氏七廟。

武則天還就立武承嗣為太子事，私下徵求過狄仁傑等名臣的意見。狄仁傑說：「天下人無不祭祀父母的，鮮見有人捨父母而祭祀姑母的。」這話刺痛了武則天的神經，她在關鍵時刻回心轉意，覺得還是在兒子當中尋找太子人選為好。一來符合兒子將來祭祀父母的文化傳統，二來兒子將來執政名正言順，可利天下太平。但選擇哪個兒子呢？按照李旦長期身居皇儲之位而言，當選李旦。

這時的李旦，似乎已被政治的輪盤磨光了棱角，他一門心思地躲避災禍，只想保證安寧。當可能再被立為太子的風聲四起，他便稱病不朝，並一再說李顯更宜當太子。聖曆元年（698年），武則天終於召李顯回京，並在聖曆二年（699年）復立其為太子。

武則天做夢都想不到，五年後，即神龍元年（705年），李顯在一眾李唐舊臣支持下，發動「神龍政變」，自己被兒子趕下台並被軟禁於宮。

李顯想不到，自己登上皇位、恢復李唐國號之後，在接下來的政治決鬥中，卻慘死於自己的妻女之手。

公元710年，李顯的皇后韋氏試圖效仿武則天掌權，建立韋氏天下，便聯合其女安樂公主，秘密毒殺了李顯（史稱韋后之亂），之後擁立其子李重茂繼位。這時的李旦，在出席哥哥李顯的葬禮時，想必會對自己當初的讓位之舉感到有幾分慶幸的，也深深體會到，「皇位有風險，角逐須謹慎」，他李旦不想冒死相爭。但生於帝王家，有時候單有不當皇帝的願望還不行，有時候登上皇位是皇子的使命，也是他的宿命，即便是你明知這個皇位坐不穩，或者只是一個過渡、一個招牌。

自從皇權回到李唐手中之後，李唐子孫和繼承了武則天衣鉢的李唐巾幗們，也都有在爭奪皇位的擂台上一展身手的心思。韋氏母女的能力支撐不了野心，她倆倒行逆施，天怒人怨。迫使李旦的三子李隆基聯合其姑太平公主，一舉誅殺了韋氏一黨，李重茂旋即被廢。

歷史人物的有趣之處在於，父與子有時沒有性格傳承的必然性。李旦軟弱，但其子李隆基少年剛毅。他打敗政敵後，把皇上的帽子戴在了父親頭上。

也許母親不在了，哥哥不在了，老婆和女兒也不在了，令這時的李旦沒有壓力了，且因為有兒子撐腰，李旦這時不再謙讓了，他重新登基當上皇帝，是為唐睿宗。

景雲三年（712 年）七月，李旦皇帝忽然下旨，立兒子李隆基為帝，自稱「太上皇」。大唐王朝的第六任帝王，在位不過三年，便第三次主動禪讓帝位。比幾年前的哥哥李顯，李旦以讓位之法保全了自己，也給兒子鋪平了執政道路。後人在稱讚李隆基的「開元盛勢」時，從未忘記老父李旦給他的優質遺產。

遺憾的是，李旦躲過了政治謀殺，卻躲不過老天爺給他生命設定的限制，五十五歲時，他一病絕命，成為李顯之後，又一位先皇帝。

李隆基何以弒三子

張三想殺李四，若是對李四沒有置於死地而後快的仇恨，怕是很難下這等決心的。

唐玄宗李隆基在白居易的長詩《長恨歌》中，被塑造成多情君王的形象。但這在他的三個兒子眼中，卻只是一個笑話——他們認為白居易用生花妙筆欺騙了天下人，因為父親李隆基之狠毒，早已超過了人倫底線，他甚至沒有基本人性。他們說：「虎毒尚且不食子呢！可我爹為何要一天之內殺了我們哥仨？」

我為此好奇——李隆基與自己三個親生的兒子到底有什麼血海深仇？

公元736年，即大唐開元二十四年十一月，首席宰相張九齡被罷相，改由李林甫繼位，大唐政治由此進入李林甫時代且延綿十六年之久。中唐以來，就流行著一個說法：張九齡罷相乃大唐由盛轉衰的轉折點，此亦是安史之亂的禍根所在。

本來，首席宰相易人，只是國家管理機構頂層人事變動問題，本不涉及皇帝家務事。但政治這玩意兒的神奇之處在於，涉及皇權歸屬問題時，早就混淆了公私界限。在皇帝、太子、首相及後宮佳麗之間，一旦涉及皇權或準皇權，便沒有人在意這是國家的事兒還是私人的事兒。大家在意的是皇位歸誰，或者可能歸誰，誰是接近繼位的人。

早在開元三年時，唐玄宗就冊立了第一個太子，即次子李瑛。李瑛本來有一個哥哥，按長幼順序論，太子之位應該是他哥哥的。但玄宗認為長子長相普通，而且臉上留有小時候被貓抓傷的明顯疤痕，有損朝廷形象，不宜當太子。從這一點說，李瑛應該感謝那隻不知所蹤的貓。是牠把太子之位拉到了他的屁股底下。

李瑛十分珍惜這個「貓給的機會」，他在太子之位上穩穩地坐了二十年時間。李瑛大概清楚地知道，他們家族之前幾代的太子，一直都在危機四伏的狀態——那麼多太子和王爺、皇帝、皇子、公主、後宮嬪妃甚至宮女太監，直接或間接地參與皇位爭奪，最後都落得個身敗名裂、甚至死無全屍的下場。

當然，李瑛太子也清楚，他父親李隆基算是比較幸運的一個。他以皇子身份，聯合姑姑太平公主發動政變，誅殺了他的嬸嬸韋皇后和堂姐安樂公主一黨，為父親李旦奪回了皇位。

如今，曾經成功地發動過政變的父親，從他爺爺李旦手上接過了皇帝位後，一直防範別人對他如法炮製。我李瑛唯有謹小慎微、夾著尾巴做人才是安全之策，我不能得罪老爹呀！否則，他老人家一變臉，我的太子之位是可能隨時丟掉的。但人性的弱點在誰的身上都存在，李瑛謹慎得太久了，就開始懈怠了，開始不那麼謹慎了。他不願意當一個孤寡太子，他要培植太子黨團隊，為將來接班做些組織準備。

這時，年輕的李瑛心想，我當了二十年太子，我爹老了，我順利接班，當是天經地義的事情，只要我守住不「搶班奪權」的底線就行了。可他不知道，他爹李隆基想的可不那麼簡單，他首先想的是確保沒有人威脅他的位子，即使有一丁點可能性都不能容忍。於是，李瑛的太子黨團隊一天天壯大了，太子被廢之日也一天天臨近了。

開元二十四年，太子李瑛周圍已經形成了一個能夠抗衡玄宗皇帝的政治集團，此令玄宗越來越不易安睡了。為此，他著手對太子的人馬採取政治壓制手段。李瑛明面上不敢違背聖意，但他對父皇的做法不以為然，父子倆由此產生的心理隔閡越來越大，矛盾也越來越多。

正當玄宗猶豫著要不要換太子時，李隆基比較寵愛的武惠妃成為壓垮李瑛的最後一根稻草。武惠妃是武則天的侄孫女，玄宗皇帝當時對她十分寵愛。武惠妃想藉皇帝寵愛而追求進步——為玄宗生個兒子。可惜有錢難買心裏想，武惠妃懷孕三次，生了三次，但三個孩子都沒有活下來。好不容易生下第四個兒子李瑁時，她擔心再次夭折，便借用民間習俗，把兒子交給李隆基的哥哥——寧王來代養。

此法還真見有效，李瑁在伯父家長到七歲，即開元十三年時，武惠妃就把李瑁接回宮裏，玄宗皇帝也很快封兒子李瑁為壽王。

人的慾望如同摻了酵母粉的麵團，它會在人的心裏發酵和膨脹。武惠妃初級慾望是受玄宗寵幸而懷孕；中級慾望是生個皇子，從而鞏固自己的宮中的地位；高級慾望是妃子轉正當皇后，然後策劃兒子當太子；終極目的是太子按班，自己當皇太后。如果有天時地利人和之神助，她當一當姑奶奶武則天第二，也不是不可能……

可是即使武惠妃有姑奶奶的野心與才能，李隆基卻沒有爺爺高宗李治當年的麻木。李隆基早就研究透了爺爺李治的經驗教訓。他可不願意在弄丟李唐皇權的水坑裏再次跌倒，他發現了可愛的武惠妃的野心，但他防著她的心。當然，想防與防不住，那是後話。

壽王李瑁並沒有太多故事，但是他以前的媳婦名氣很大，名叫楊玉環。這時的楊玉環見了唐玄宗，按民間稱謂叫「家公」或者叫「孩子他爺爺」。誰知風流過人的李隆基，偏就看中了兒媳婦，一時喜歡得不得了。李瑁也識趣，馬上撕了兩個人的「結婚證」，任由獲得自由身的媳婦楊玉環嫁給父親，升級成為了自己的後媽。按說，在這個風月故事中，玄宗欠兒子壽王一個人情。而武惠妃卻想藉此機會，為兒子謀求太子之位而來一番操作。

開元十四年，武惠妃的枕邊風見了小小一效，玄宗真真假假地向大臣提出了要立武惠妃為皇后的動議，讓大家「民主討論一下」，不料此議立即遭到一眾大臣的反對。大臣們說，現在大唐有太子李瑛，而武惠妃也生有皇子李瑁，要是立了武惠妃當皇后，那麼她就可能產生改立太子之念。而一旦打破二十年來李瑛當太子的穩定政局，大唐江山必然迎來風雲激盪的不利局面。

也許玄宗心裏是認可大臣們的意見的，他與武惠妃恩愛時，可能會搪塞地說：「朕有心立愛妃為后，可是拗不過一眾大臣！」如此，玄宗就既賣了人情面子，也不得罪現任太子和大臣的裏子。可是，遺傳了姑奶奶姓格的武惠妃，卻不接受這等忽悠。她非常生氣，決心為兒子豁出去了。

眼睛盯著皇位快要「眼出血」的太子李瑛，正處年輕張揚、血氣方剛之齡，他把父皇李隆基「立武為后」的動議，與父皇對太子系的政治打壓聯繫起來看，便心生不滿，私下裏就經常和自己關係好的弟弟談論、抱怨父皇。可是李瑛想不到，武惠妃這期間正在上天入地地尋找廢掉他的機會呢！他的不恭言論，為他招來了滅頂之災。

當然，中國歷史上的皇位爭奪大戲，從來都不缺大臣和「九門提督」的參與。正在這個時候，一直想取首席宰相張九齡而代之的李林甫上場了。他找到了武惠妃，告訴她自己願意幫助壽王李瑁。

武惠妃有了李林甫團隊的支持，加之她的女兒咸宜公主也長大了，且嫁給了楊洄。這楊洄家族人才濟濟，武則天的母親以及美名照耀古今的楊玉環，都出自這個楊氏家族。本來，武惠妃對於前兒媳轉身成為玄宗新歡而心生嫉妒，但女婿出自楊門，立馬讓她與楊貴妃成為親戚。插一句，中國古代皇室為血緣純正，近親結婚的現象真是不少！

李林甫遂與武惠妃及楊氏家族暗暗合力，把槍口對準了太子李瑛。

棋盤上的棋子是一步一步走的，但下棋的人在心裏是有聯動性的。咸宜公主首先暗中把矛頭對準了同父異母的哥哥、太子李瑛。同時，武惠妃這邊在玄宗面前加緊吹著枕邊風。而老謀深算的李林甫在朝堂上安排策應，還暗地裏安排尚沒有暴露政治立場的楊洄混到太子李瑛身邊。很快，太子在私底下抱怨父皇的話，通過楊洄、武惠妃就傳到了玄宗耳中。當然，這些話在楊洄嘴裏只是一根鴨毛，到了武惠妃說的時候，可就成了比鴨子還大的鵝了。

男人聽女人的枕邊話，雖然軟軟的，但卻像針刺一樣，很容易入耳走心。這些話玄宗只聽了一半，就暴跳如雷。他認為太子犯上作亂，居然敢對自己不滿，看我怎麼收拾你！

武惠妃線上諸人，這時都有計謀得逞之快，不由自主地心裏發笑。

第二天到朝堂之上時，玄宗憤而宣佈要廢掉太子，不明就裏的首席宰相張九齡立即反對：「歷朝歷代換太子都沒有什麼好結果！」

張九齡早有賢相之名，玄宗一時反駁不了宰相的意見。於是，他掃視群臣，希望得到支持，而平時與張九齡似有「瑜亮情結」的右相李林甫，竟然擺出一副心不在焉的樣子。

朝會畢，李林甫卻有意無意地在玄宗寵信的太監面前淡淡地說：「換不換太子，那是皇上的家事。哪還需要問外人？外人哪會有皇上考慮得周全、長遠！」

這話當然會讓玄宗聽到的。他於是覺得「有道理呀！我讓哪個兒子接班，你張九齡管得著嗎？」

玄宗有了這個想法後，還沒有下定最後決心。誰知這時沉不住氣的武惠妃，居然匆匆忙忙地跑去找張九齡，要張九齡幫她，還應允以後會厚待張九齡。

可憐的武惠妃怎麼知道，張九齡不同於李林甫。第二天，張九齡直接面見唐玄宗，說武惠妃讓我幫忙立她的兒子當太子！唐玄宗這時才突然回過神了：武惠妃這樣大膽狂妄之舉，怎麼那麼像當年的那個弒夫（李顯）的韋后呢？ 他牢記著自己的姑姑武則天，韋皇后和太平公主，都是通過勾結大臣，才使我李唐皇權落入外戚之手的。

「我須防著她！」玄宗想。

開元二十四年某月，武惠妃又支使女婿楊洄，在岳丈玄宗面前打小報告，說太子李瑛和他的兩個弟弟 —— 鄂王李瑤、光王李琚一起圖謀不軌。這一次玄宗皇帝又一次發怒，廢掉太子的決心更大了。

說來也巧了，武惠妃打小報告確實帶有私心，但太子的不軌行為也確實屬實。他沒有吸取之前可能被廢的教訓，還是經常搞動作，發牢騷、講父皇壞話……這讓楊洄真有「求雨得雨」之感，他又抓住太子把柄，並一一轉達給玄宗。

玄宗知道，真要廢太子，就得先廢宰相張九齡。經過一番操作，「張官李代」，李林甫如願以償地當上大唐首席宰相。

玄宗這時再就廢太子一事問李林甫，李林甫知道自己扳倒張九齡，早已得罪了李瑛太子。他當然不希望視自己為敵之人仍坐太子位，但他巧妙地回答玄宗：「聖上想廢掉太子，自是深思熟慮之斷，但這是聖上家事。聖上決定，奴才執行就是了！」

老李狐狸的意思十分明顯，廢太子、換太子是你的決定，我李林甫不犯張九齡錯誤！

我私下臆想，倘若玄宗徵求李宰相意見，說：「朕計劃禪讓帝位予太子，愛卿意下若何？」保命要緊的李林甫將會換一個角度，介入李家事務。其實，李唐王朝，李唐家事，都是王朝公事。大臣言政，均是話術也！

玄宗最終決定：廢除李瑛的太子之位，貶為庶人。而同時被懲處的還有玄宗另外兩個兒子——鄂王李瑤、光王李琚。他倆亦被廢為庶人。

李瑛被廢後，玄宗思前想後，總覺得父親得罪了兒子，父子也就結了冤仇。而在李唐一族的血液中，只有權力，沒有親情。已為仇敵的父與子，當下，我掌皇權，我佔博弈的勝方。但從身體年齡上說，他們哥仨卻有「留得青山在，不怕沒柴燒」的優勢。

玄宗一定心想，我奶奶武則天當政時，廢過她的幾個兒子的太子位，但人家後來等到了翻身機會，我伯父李顯不就是發動神龍政變才一報前仇的嗎？我奶奶一世英名，最終被兒子幽禁於上陽宮，孤寂病亡……我可不想步奶奶後塵呀！

可憐的李瑛哥仨，當了半個月的庶民，父親李隆基的賜死詔書就到了！也許他們死前會流淚悲嘆：「我為何生於帝王家！」

武惠妃瘋了！她在瘋之前，大概明白一點：姑奶奶武則天只有一個，歷史不容許第二個人成功模仿她！

開元二十五年，武惠妃的兒子李瑁仍與太子無緣，但那慘死的哥仨常在夢中與她捉迷藏，一會兒把她拖入水中，一會兒掐住她的咽喉。李瑛兄弟死後一年，武惠妃也一命嗚呼。通靈人士傳言，她見到李瑛哥仨一身白衣，綁縛著武惠妃一道去了地府陰曹……

玄宗有時候又想起自己是個父親，也夢到兒子們小時候叫「父皇父皇」的樣子，這個時候，玄宗彷彿意識到，沒有武惠妃的陰謀陷害，他們父子不至於此！

對武惠妃的真面目有了認識之後，玄宗沒有辦法與死者較勁。但朝堂上有武惠妃餘黨——壽王李瑁、宰相李林甫等。玄宗知道，李林甫和李瑁的關密十分密切，他們等我主動鑽入他們設的圈套——按繼位順序、立李瑁為太子。我有那麼傻嗎？如果李瑁當了太子，那麼他們兩個人一旦勾結起來，我的皇帝位何談穩固。

公元 738 年，玄宗繞開李瑁，改立忠王李亨為太子。但玄宗人算不如天算，他防範住了李瑁，卻讓李亨撿了皇位的漏。

當「漁陽鼙鼓動地來，驚破霓裳羽衣曲」的「安史之亂」爆發，唐玄宗不得不帶人逃入巴蜀保命時，太子李亨便順勢奪取皇位，他在長安自行宣佈繼承皇位。當玄宗還都長安，唐肅宗就把父親的職務改成了太上皇。

這對父子同視皇位為寶貝，肅宗見住在興慶宮的太上皇忍不住與朝廷舊部眉來眼去，便心生不快。於是，在一怒之下，就下令辭退了父親身邊一千多位侍從，讓其父遷居西內神龍殿。玄宗為此大受刺激，自知不為其子肅宗信任，於是便老老實實地去體味與奶奶武則天一樣的幽禁歲月，直至不久之後病世。

「在天願為比翼鳥，在地願為連理枝……」楊貴妃在馬嵬坡自縊時，可能也會後悔此生與李隆基相遇的，她大概也不願與這位一生以風流聞名於世的君王同眠。

玄宗回馬楊妃死

駕車從西安鐘樓出發，出西稍門，朝著到興平市的方向，用導航、行駛六十六公里，就能到達楊貴妃自縊而死的地方——馬嵬坡。

天寶十四年（755 年）十一月，安祿山、史思明以誅滅奸相楊國忠為藉口，在范陽悍然起兵。隨後洛陽失陷，潼關失守，首都長安一度危在旦夕。

唐玄宗李隆基當時心裏充滿了矛盾。他表面上做出御駕親征的樣子，還親自調兵遣將，安排城防佈署。但實際上呢？他趁著夜色朦朧，帶著愛妃楊玉環和妻哥、宰相楊國忠等近身寵臣，在禁軍護送下，悄悄離開長安。他們計劃越過秦嶺，逃往四川，然後以古「蜀道」之難之險，擋住安史叛軍的追擊。

禁軍官兵眼見皇帝是個怕死鬼，丟下他的子民惶惶然逃命，心裏就有一百個不樂意。到了馬嵬坡時，禁軍積鬱在心的情緒就翻上了桌面——官兵們的家人都還在長安，而出逃行動如此倉促，糧草裝備也不充足，前途何在？大家當下又被疲憊和飢餓困擾著，一時情緒失控，於是「六軍不發無奈何」，集體撂挑子了……

禁軍將領陳玄禮平時對楊氏兄妹的專權不滿，於是，經他一番操作，「六軍」的怒火便集中噴向奸相楊國忠，楊國忠父子還沒有弄清楚咋回事，就死在亂刀之下。玄宗皇帝聽報後心想，你們說楊國忠是「奸臣」，那你們殺就殺了吧，那現在殺完了，咱們就起程上路吧？

可陳玄禮這時卻心神難安。他想，楊國忠雖死，但他妹妹楊玉環還在你玄宗皇帝帳中。我現在因為殺了她的胞哥而與你的寵妃成為勁敵了，她一旦緩過神來，必然為其兄報仇。那時，我的腦袋自然難保矣！

「陛下：禁軍官兵認為賊本尚在，要求聖上賜死紅顏禍水楊玉環！」陳玄禮一定要借禁軍官兵的刀，除掉玄宗身邊的「賊本」楊玉環。

身處逃亡中的唐玄宗，一心想著自己保命，其他事沒有什麼不可以的。既然你們想多殺一個人，何況一個女人！那就殺吧！反正我一個當皇帝的，最不缺的就是女人！於是，唐玄宗壓抑住自己心裏的無奈，匆匆與楊貴妃訣別。

楊貴妃做夢也想不到，一出事，丈夫就只顧保命，默認手下殺了我哥不說，現在又要我自盡！不難想像，楊玉環是帶著對唐玄宗多麼絕望的心情自縊於馬嵬坡下那一處簡陋的佛堂的。

也許楊貴妃的美可以橫冠古今，她的名氣太大了，因為她死於馬嵬坡而使這個默默無聞的關中地名從此名聲遠播，成為歷代文人雅士紛至沓來、尋古覓蹤、興賦題詩的熱點之處。

自古以來，文學作品多是反映現實生活的，而安史之亂期間的「馬嵬坡之變」，更是充滿了戲劇性的現實生活。楊妃一死，其後歷歷千餘年，寫「馬嵬故事」的詩文就沒有中斷過。僅從中唐至晚唐止，就有二十餘位知名詩人寫了五十餘首吟詠馬嵬坡的詩歌。

唐僖宗廣明元年（880年），鄭畋在任鳳翔隴右節度使時，寫下《馬嵬坡》一詩——

玄宗回馬楊妃死，
雲雨難忘日月新。
終是聖明天子事，
景陽宮井又何人。

鄭畋的烏紗帽是唐玄宗的子孫給的。所以，他的這首詠史詩，通過對比唐玄宗和南朝陳後主的故事，表達了對唐玄宗的懷念與體諒。説實話，如果從詩歌的意境來看「馬嵬坡之變」，就不難發現，詩中的唐玄宗是高大聖明的。他在叛軍進攻時可以「撤退」，在打敗叛軍後可以「回馬」，這樣的決策，「終是聖明天子事」。

但我説，唐玄宗事實上沒有如此從容不迫，反而是狼狽不堪的。當年的情勢不容他「指點江山」。因為在他逃離長安後，太子李亨就自行宣佈登基稱帝了，玄宗是事後被迫承認傳位的。而且在他「回馬」長安後，職位就變成了閒居養老的太上皇了。詩中人物與實際生活中人物一對比，就讓我懷疑鄭畋更像是有意寫著讓老領導或老領導家人高興的應時之作。

相比之下，早在「馬嵬坡之變」過去五十年時，即唐憲宗元和元年（806年）十二月，白居易就先於鄭畋寫下長詩《長恨歌》。當時白居易三十五歲，任職周至縣尉。周至與馬嵬坡的距離，騎馬僅需半日可達。

某日，白居易與友人同遊仙遊寺，聊到前朝唐玄宗與楊貴妃的故事，無不感慨興嘆。友人説：「世上罕見之事如馬嵬坡之變，如果沒有人將其寫成詩文傳播，時間一久也就灰飛煙滅了。

樂天（白居易）擅長作詩，何不寫詩傳於後代？」白居易聽了，覺得言之有理，於是欣然領命，不久《長恨歌》重磅聞世。

如果單從選材、立意、結構謀篇到遣詞造句，白居易的「詩魔」能力，在這首詩中表現得可謂淋漓盡致。說它「前無古人，後無來者」也當之無愧。正因如此，千百年來，人們讀唐詩不能不讀白居易，讀白詩不能不讀《長恨歌》。

從文學欣賞的角度上說，我自認為自己是白居易的忠實粉絲，我也一直喜歡這首從小會背、至今不忘的《長恨歌》。但我們如果從這首敘事詩的內容看主人公唐玄宗和楊貴妃，或者從詩歌表現的愛情故事來評價這對皇家夫妻，則我們可能會被詩歌本身帶偏，模糊了是非曲直，誤讀了李隆基與楊玉環真實的感情狀態。

唐玄宗在位四十五年，前期有開創「開元盛世」之功，後期有釀成「安史之亂」之過。《長恨歌》沒有多寫唐玄宗的政績，而是重點寫「漁陽鼙鼓動地來」的安史之亂，寫在「馬嵬坡之變」中玄宗皇帝與楊貴妃的生離死別，寫他們愛情的美好及陰陽相隔後的綿綿深情。但了解歷史中的玄宗後，便覺得白居易在《長恨歌》中的愛情描寫只是文學加工，實際上是寫了一種「偽愛情」。

「後宮佳麗三千人，三千寵愛在一身」。我過去讀到這兩句，很是佩服唐玄宗的專情呢！但實際並非如此，歷史上有兩個皇帝的後宮女人數量是數一數二的：一是晉朝的司馬炎；二是唐朝的李隆基。司馬炎由於後宮美女多得自己難以挑選，就發明了一個十分奇葩的方式——每天乘坐著由三隻羊拉著的小車，在後宮閒逛，小羊駐足在哪一位嬪妃的門前，司馬炎當晚就臨幸哪個嬪妃，史稱「羊車望幸」。

唐玄宗一生育有子女五十九個，其中兒子三十人，女兒二十九人。為歷史上子女數量第六多的帝王。他平時入夜就寢時，會用六種方法選擇女人：擲骰子、蝶幸法、流螢得幸法、香囊中幸法和風流箭中法。看看，如此好色的唐玄宗，竟讓我們誤以為他會讓楊貴妃「三千寵愛在一身」。

我們揣摩一下，偶沾雨露的楊玉環，一定會為玄宗的「專情說」而不以為然的。

當然，楊玉環本就是封建社會的犧牲品。在「普天之下莫非王土」的觀念下，任何美麗的女人都應該是皇帝的枕邊人。楊玉環本來已經嫁給玄宗的兒子李瑁了，誰知玄宗看中兒媳婦了。於是，楊玉環先給父親李隆基當兒媳，後給兒子李瑁當後媽。顯而易見，玄宗皇帝把楊玉環當作百花中的一朵花了，楊玉環就有天大的膽，也不敢不讓皇帝採。說好聽點，就是楊貴妃不敢不愛唐玄宗。

但我想說，愛情如果夾雜權力的脅迫，還平等嗎？還是真愛嗎？放下這些不說，看看玄宗皇帝在「馬嵬坡之變」時的表現，楊玉環也定傷透了心。

有人說，男人的魅力不在於有多帥，而在於遇到關健時刻，他會站著說：「別怕，有我在！」這種擔當精神與保護能力，或者同生共死的勇氣，才是男性之美，才能獲得女人的愛戀與尊重。可是李隆基在「六軍」面前嚇破了膽，他通過賜死自己的愛妃而保住了性命，從此苟且地活著。

白居易詩中寫了唐玄宗的不得已，卻沒有流露出楊貴妃對生命的留戀和對她奉獻過青春的男人的失望之情。這大概算是白居易脫離生活實際的文法吧。

詩中還寫了玄宗在失去楊貴妃後的痛苦和對昔日愛妃的深情懷念。這一點倒是有李隆基的許多行為佐證的。但我以為，歷史上唐玄宗「回馬長安」後，就已經成為退休老幹部了，他時常組織老部下搞聯誼活動，熱鬧得連兒子唐肅宗李亨都看不過眼了。最後，兒子就命人誘騙著玄宗離開興慶宮，而把他安排到方便幽禁的地方去了。

李隆基在之前熱鬧的聚會時，確實表現出對楊貴妃的思念。但實際上，他思念的還有張貴妃王貴妃，還思念皇上的龍椅和一言九鼎的光輝歲月呢！

還有一種可能，唐玄宗之所以表現得對楊貴妃如此深情，實際上是他的人性回歸或者良心發現。他愧對這個女人，唯有如此，方能完成些許靈魂的救贖。

「在天願作比翼鳥，在地願為連理枝」。白居易也為這一對生死離別的夫妻，安排了天堂裏的團聚。但我想，楊玉環大概是不會接受的。

我仍會喜歡唐詩、喜歡《長恨歌》，但對我這個「一世夫妻一世人」的平凡百姓而言，我會把唐玄宗楊貴妃的愛情故事，與詩歌作品分別開來看，我既不會為他們的深情感動，也不會為他們的悲劇嘆息。

踩著唐人的腳印

我在上學前，知道自己是陝西省高陵縣轄下一個名叫十里村的張姓人家的孩了；上學後，我慢慢知道高陵縣是省會城市西安的郊縣。2015 年，西安市調整城市規劃，把相鄰的幾個郊縣併入西安城區，於是北郊的高陵縣成為高陵區，東郊的臨潼縣成為臨潼區。但是現在呢？我早已長大成人，似乎讀過不到萬卷的書，行過超過萬里的路，驀然發現，我從一出生，就在唐人的地盤；我一學會站立，就踩到了唐人的腳印。

我過去簡寫自己的籍貫，只寫六個字：陝西省高陵縣。我用手機查詢高陵縣的資料，有如下內容：「高陵縣，公元前 350 年，秦孝公十二年首次置縣，名為高陵。素有關中平原白菜心之美譽。新石器時代，就有先民在此繁衍生息。到了周、秦、漢、唐，高陵又是京畿之地。」

可見，高陵縣置縣時間比唐早了三個朝代，唐定都長安（今西安）時，高陵乃京畿要地。縣城所在地鹿苑鎮在百度上的文字介紹也是：位於西安市北部，渭河兩岸，在西安城北二十公里，是縣政府駐地，全縣政治、文化、經濟和交通中心。因漢代高陵縣境內有陽陵鹿苑，唐代高陵縣改名鹿苑縣。後世各朝仍有名稱和區域調整變化，至 1959 年，高陵縣與三原縣合併，高陵縣降級為高陵公社，其間鹿苑鎮改為鹿苑鄉。1961 年恢復設立高陵縣及鹿苑鎮。撤縣設區後，鹿苑鎮保留至今。由此可以說，我的出生地是唐長安城北的鹿苑縣所在地，是 1960 年時的西安城北的高陵公社，我過了週歲生日後，高陵又恢復使用原名了。

我十二歲時，就讀於高陵縣第一中學，簡稱「高陵一中」。高陵一中的學生食堂北側，有一個相當於幾個足球場大的操場，操場西段南側孤零零地聳立著一座土色磚塔。據說是唐代留下來的。我們高陵縣境內只有這一座塔，所以父老鄉親們都稱它為「高陵塔」。

作為距西安不遠的郊區縣，我們高陵人進過西安城的人和沒有進過西安城的人，都看過或聽過西安城裏的大雁塔、小雁塔，而且人家省城裏的塔的照片或圖畫還出現在煙盒、火柴盒、餅乾盒上，不像高陵塔那樣，一年四季孤零零地站在我們學校的操場，彷彿只有白雲和燕雀願意與它親近……

此時期的我，既自卑於自己是一個沒有西安市城鎮戶口的「農村娃」，又替高陵塔自卑，自卑於它選擇在鹿苑（高陵）縣打樁生根，並歷千年而不移半步。

上個世紀的六七十年代，在相當長的時期內，人們受「破四舊」（舊思想、舊文化、舊風俗、舊習慣）、「立四新」（新思想、新文化、新風俗、新習慣）的影響，誤以為舊的東西就是要破的東西、不好的東西。唐代的高陵塔，也曾是一些人想破的東西，只是他們用鐵鍬、钁頭在塔根部留下幾道凹痕外，沒有拆毀古塔的工具和辦法，於是便放棄了，高陵塔因此逃過一劫。

在這樣的政治氛圍中，我的老師在教我們寫諸如「批林批孔」文章時，總是避開涉及高陵塔的隻言片語。

很多年過去，我的同鄉髮小、中學同學李治中在大學畢業後步入仕途，擔任高陵縣（區）建設局長後，主持修建了以高陵塔為核心景觀的昭慧廣場。我在回鄉探親時，李局長陪同我參觀了他的「政績工程」。這時，高陵塔已與高陵一中南北生了界牆，塔的北側又向北擴大了許多倍，形成了一個偌大的現代化廣場，廣場東西兩側，有設計美觀、建造高檔的配套商業設施。

我們參觀的重點，是既熟悉又陌生的高陵塔。在塔下一側新建的圍牆上，有介紹「歷史文化建築」的木牌，刻有文字：昭慧塔，又名高陵塔。建於唐大中年間（847-860），因地處涇陽、咸陽、渭陽交界處，又稱三陽寺，塔又名三陽寺塔。塔高五十三米，為密簷式磚塔，共十三級，頂為圓形寶瓶式。該塔兼具樓閣式和密簷式磚塔的雙重特徵，底層至八層單壁中空形似樓閣，九層至十三層高、寬銳減，層簷密疊，始有磚砌塔出現，形如圓錐及至塔頂，顯示出了獨特的創意。2006 年 5 月 25 日，昭慧塔被中華人民共和國國務院公佈為第六批全國重點文物保護單位。

唐大中年代生成的文物，到 2006 年才被「公佈」為「文物保護單位」，說明在未公佈的漫長時期中，高陵塔的質量夠好，它能抵禦歲月的日曬雨淋。也說明我們高陵一代又一代的父老鄉親們，是有保護文物的自覺性和有效性的。

不過我回憶往事，想起高陵一中的圖書館就在昭慧塔南側偏東位置處。在圖書館暫停開放的那些年，我曾通過學校教工子弟、同學宋忠毛，私下找到圖書館負責人王杰老師，借閱過《唐詩三百首》等書。我那時想不到，當我在學校操場朗讀唐詩的時候，唐磚唐瓦唐塔以及唐人的在天之靈都聽見了。我在想，我該是唐人能夠想像到的他們的後人罷！

上文說過，高陵縣曾被合併到三原縣，可見兩個縣有多近。我的姑媽就是由高陵縣嫁到三原縣的。

姑媽家的西隔壁是「東里堡小學」所在地。我有一年暑假時，住在姑媽家，我常見小學校門房大伯一個人坐在門口喝茶看報，便與他閒聊過幾次，就此相互熟悉了。後來他帶我進到學校院內玩耍。在學校院外時，我只能看見高高厚厚的圍牆和牆內參天的大樹，入得院內時，方見校舍房屋雕樑畫棟，很像地主財東家的深宅大院。

從姑媽的口中，我才知道「東里堡小學」是借用了原來「楊虎城花園」的房子改造的。在楊虎城受讓這處深宅大院之前，權屬是劉姓人家，宅院名為「劉氏半耕園」。由此上溯至唐時，最早的主人是唐衛國公李靖。

前幾年我去東里堡故地重遊，果然已沒有了「東里堡小學」的丁點蹤跡。那個造型高大而別致的門樓一側牆壁上，鑲嵌著「歷史文化建築」的介紹牌——「李靖故居，位於三原縣城北四公里處的魯橋鎮東里堡，始建於唐貞觀年間，是唐代衛國公李靖的故居。這座具有一千三百多年歷史的花園式建築，當時稱李氏園，也稱唐園，俗稱東里花園。」

我怎麼也想不到，我小時候走親戚，竟然懵懵懂懂地踏足於唐朝衛國公李靖的府邸。

我入伍後，部隊駐紮在湖南邵陽。邵陽是民國時的愛國將領蔡鍔的故鄉。某日，我與幾位戰友參觀蔡鍔故居。蔡將軍逝世時，他的紅顏知己，即曾經助他逃出袁世凱魔掌，使他得以返回雲南發動護國運動的小鳳仙，泣寫的輓聯是——「早知李靖是英雄，誰知周郎竟短命」。

小鳳仙借古喻今，説蔡將軍與三國時的周瑜和唐朝時的李靖一樣，都是蓋世英雄。

單説李靖，他就是其故居所在地——三原縣人。李靖半生征戰，為唐王朝立下赫赫戰功。史家有言：「古代稱為名將者，英、衛（李靖）二公為最……」李靖著有《六軍鏡》、《衛公兵法》等多部兵書，現在雖已失傳，但他的治軍思想與作戰經驗，極大地豐富了中國古代的軍事思想和兵法理論。唐太宗李世民與他論談兵事的《唐太宗李衛公問對》析理透闢，對後世影響甚大。

我算不算無意中與李靖神交一回呢？

如果說我的學校和姑媽家隔壁的兩處唐人古蹟是大家陌生的地方，那麼震驚中外的「西安事變」發生地，唐玄宗與楊貴妃「春寒賜浴」必至的華清宮，卻是無人不曉之地。我在小時候，父親每年臘月間都會擇日騎自行車向南，出高陵縣界，進入鄰縣臨潼，然後直奔驪山腳下的華清池而去。為的是春節前洗一次溫泉澡。

華清池的名字來自唐時皇家別苑「華清宮」。因為歲月風霜，江山變異。華清宮到了上世紀六七十年代，宮與牆了無蹤影，只是地下滾燙的溫泉水依然淙淙如舊。於是，自然界的亘古奇觀，把唐人沐浴的生活習慣傳遞到我們身上。

當年我與父親赤身泡在華清池溫暖的泉水中，聽當過兵的父親講述與華清池僅有幾百米遠的「五間亭」（西安事變時蔣介石居住處）和不遠處的「捉蔣亭」（現已更名為「兵諫亭」）的故事。我當時有些吃驚——西安事變的大事件竟然發生在這個澡堂子外邊。

當華清宮升級為5A級文化旅遊景區時，我才真切地知道了它的巨大的歷史文化價值。白居易的《長恨歌》，使我們可以聯想到皇家別苑牆紅瓦新的當年，聯想到「回眸一笑百媚生，六宮粉黛無顏色」的美人，當然也能領會「春寒賜浴華清池，溫泉水滑洗凝脂，侍兒扶起嬌無力，始是新承恩澤時」的愛情生活畫面。

如果說，我們今天能夠票選唐時宮廷生活最誘人的故事，恐怕榜首非唐明皇與楊貴妃莫屬了。看看，我洗個澡，竟然能與楊貴妃扯上關係。

今天，我們高陵縣早已是高陵區了，當年和我一塊種地的髮小夥伴都換領了西安市的戶口本。身份證上的地址也由過去的某鄉某村變成現在的某街道某社區了。我現在再簡寫籍貫，可以理直氣壯地寫成「西安市高陵區」了。

當然，更重要的是，陝西省西安市旅遊地圖上，把上述唐代文物遺址，與西安市中心城區的大雁塔、小雁塔、鐘樓、鼓樓、城牆、碑林等，以同等方式予以標註清楚了。如此，我可以擴大行動半徑，西安城內以及陝西省，甚至全中國境內所有唐代的文物古蹟，都應是我的身臨其境之處所，並可以隨心所欲地發思古之幽情。

話說到這裏，我必須承認，唐人真正的腳印是找不到的了，但他們的精神足跡，卻遍佈華夏，甚至瀰漫在九州四方的空氣之中。從這個意義上說，唐人未死，有唐詩為證。哪一個中國人沒有讀過唐詩呢？沒有在唐詩的滋養中成長呢？

仰望蘇東坡

在唐詩宋詞的背後，往往有一些動人的故事，故事中當然常常閃現著作者的身影。我由於喜歡唐詩宋詞，所以看多了便喜歡並崇拜起作者來。先是李白，他的浪漫與才情曾令我十分仰慕，也令我暗地裏想模仿他；後來杜詩看多了，又被杜甫憂國憂民之心所感動，覺得杜甫更深刻一些；而現在，我已完全拜倒在一個偉岸的身影面前——蘇東坡。

我在海南工作過，海口有一個號稱「瓊崖勝境」的五公祠，我不止一次地參觀過。海南曾是中原王朝流放失寵官員的不毛之地。僅唐宋兩朝就有五位，分別是唐宰相李德裕、宋宰相李綱、趙鼎以及宋朝大學士李光和胡銓。五公祠的右側，另有一個蘇公祠，是專門紀念同樣被貶謫到海南的蘇東坡的。

在這個園林式的庭院中，祠堂是保存完好的中式建築，寬敞明亮，蘇軾的全身雕像立於正中，兩側有廊柱，懸掛著朱為潮1915年所撰，朱德委員長的書法（海南建省前後）楹聯（現為蘇公祠重修後書法家麥華三手跡）——

此地能開眼界 何人可配眉山

作為蘇軾的同鄉，朱委員長用這十二個字，既頌揚了蘇軾，又讚美了四川眉山，可謂一幅妙聯。這也令我回想起自己曾經到眉山、參觀「三蘇祠」的情景。

蘇軾無疑是個神童，當神童有幸遇著大文學家父親蘇洵的栽培，再遇著大文學家弟弟蘇轍的相伴，那麼蘇軾大放異彩也就是順理成章的了。

一門父子三詞客 千古文章四大家

這是三蘇祠懸掛已久的楹聯。中國上下幾千年，除了曹氏父子（曹操及其子曹植、曹丕）外，也就蘇氏三父子，配享此一殊榮。

單說蘇軾（1037–1101），他在二十四歲時中進士，宋神宗時曾在鳳翔、杭州、徐州等地為官。元豐三年，即公元1080年，他因「烏台詩案」被貶為黃州團練副使；宋哲宗即位後，獲得重用，曾任翰林學士、禮部尚書等並出使杭州、揚州等地。但好景不長，蘇軾晚年又因新舊黨爭而再度被貶，先惠州再儋州。最後在宋徽宗時期再獲大赦。可惜在北返開封、途經黃州時不幸病逝。

由此可見，作為北宋朝廷的中管幹部，蘇軾一生的仕途不順，可謂三起三落，結局定格在「落」字上，最後雖有曙光閃現，但遺憾的是他尚未與落實老幹部政策的宋徽宗握手道謝，便撒手西去。

蘇軾在文學上、書法繪畫上的貢獻，無需作者浪費筆墨，我在這裏單要説的是，如果要尋覓詩詞背後的作者形象、人格、性格的話，那麼，我便忍不住抄幾句《赤壁懷古》——

大江東去，浪淘盡，千古風流人物。故壘西邊，人道是，三國周郎赤壁。亂石穿空，驚濤拍岸，捲起千堆雪。江山如畫，一時多少豪傑。

遙想公瑾當年，小喬初嫁了，雄姿英發。羽扇綸巾，談笑間，檣櫓灰飛煙滅。故國神遊，多情應笑我，早生華髮。人生如夢，一尊還酹江月。

如果把蘇軾看成一個官，那麼他的官運實在是太差了，不能不讓人同情和憐憫。但可貴的是，蘇軾不僅僅是一個走在起伏不定的官道上的人，他還有另一條路可走，那就是文藝家的路。看看《赤壁懷古》，其文學手法暫且不表，單就作者看待歷史成敗之曠達，看待歲月星河之蒼茫，你就不難想像，蘇軾會是怎樣舉重若輕地對待自己的福兮禍兮的。

以蘇軾的性格，他當然是不會被人生的挫折擊垮的。在被貶惠州期間，當朝的政敵本是要給他難堪，給他點罪受的，可他以自己的詩作表達了自己的心情——

白頭蕭散滿霜風，
小閣藤床寄病容。
報道先生春睡美，
道人輕打五更鐘。

作為一個外放降級使用的小官，在荒蠻的惠州生活，他沒有失意落魄的悲嘆，反而有如此歲月靜好的輕鬆，呼吸清爽，高枕無憂。這無疑使朝廷當權者十分不快。據説，正是由於這首詩惹禍，蘇軾再一次被貶，而且這一次貶謫之地比惠州更加荒蠻，須跨過瓊州海峽，前去孤懸海外的海南儋州。

可是政敵低估了蘇軾，他有一顆超強的心臟，他仍然不被打倒，他在海南開學堂授大課，竟使海南歷史上第一次有了舉人，第一次有了進士，後世有此記載「瓊州人文之盛，始於蘇東坡」。

更有意思的是，蘇軾不拿自己當傳統意義上的文人，他在一首首浩然蕩氣的詩詞中，常常有出世以後的萬千境界，但在現實生活中，他卻常常在以入世甚深的狀態下生活。他的朋友圈沒有籬笆，他既是坐堂老師，也是打井師傅（有浮粟泉為證）、還是燉肉廚師。君不見，在中國人的餐桌上，用大文豪的名字命名的傳統名菜——「東坡肉」延綿千年，至今有著超高的名氣，試問誰能找出第二例？

顯然，東坡先生有著旺盛的生命力，有著豐富的生活情趣，有著井噴一般的創作慾望和才能——

> 明月幾時有？把酒問青天，不知天上宮闕，今夕是何年？

時至今日，人們都把蘇軾在一千多年前寫的這首《水調歌頭》當做詠明月、道人情的巔峰之作，說它空前絕後，誰能提出異議呢？

古代文人有著多情傲物的傳統，也許是萬般皆下品，唯有讀書高的價值觀使然。有才而多情的文人雅士，行為放蕩狷狂者不在少數。也許在男尊女卑的封建社會，這已見怪不怪，因此縱有千般才情，落筆於女子時，目光往往朝向煙花巷，流傳下來許許多多的詠妓詩便是明證。

但蘇軾卻顯得另類，他把深情而淒美的詞句給了亡妻——

> 十年生死兩茫茫。不思量，自難忘，千里孤墳，無處話淒涼。縱使相逢應不識。塵滿面，鬢如霜。

夜來幽夢忽還鄉。小軒窗，正梳妝。相顧無言，惟有淚千行。料得年年腸斷處：明月夜，短松岡。

在我看來，這首《江城子》如果不是世上寫給妻子最為深情的詩詞的話，那也應該是排在前三位的佳作。在這首詞的背後，昂立著一位深情的正人君子。

我的筆弱，道不盡蘇軾的為人為文（包括他的書法與繪畫），我也看不完天地南北、國內國外的蘇公祠。但是作為蘇軾的粉絲，我已在內心深處為他建立了一座無形的蘇公祠，我為這座蘇公祠撰寫的楹聯如下——

坎坷人生有如地獄跋涉 樂觀天下好像天堂舞蹈

橫批：蘇軾永生

我以為我從蘇軾那裏獲得了一把觀察世相的鑰匙。人生無論從商也罷，從政也好，圖名圖利圖東圖西，其實都是一個求生的手段，真正的人生目的，往往在於超越物質世界之外，在於內心的充實與快樂，而能否達到這個目的，往往不取決於外在的條件，而在於有一個什麼樣的心態和一個什麼樣的方法。

蘇軾堪為楷模！

我看故宮幾十年

我小時候看課本上有天安門的圖畫，再看報紙上有毛主席登上天安門城樓的照片，便以為那個造型古典而雄偉的城樓是北京的中心。我們村大人小孩做夢都嚮往天安門呢。我當兵後，二十歲時從湖南的基層連隊調到北京。有天我與幾個戰友相約，到天安門廣場參觀。

我們先在金水橋南、即天安門城樓正立面中間位置站定，依次照一張穿著綠軍裝、戴著領章帽徽的照片。那張照片自然就成為我們有生以來最為寶貴的影像。之所以有這樣的感覺，皆因我們身後那個天安門。

那天照完相，我們按大多數遊客的參觀流程，買了故宮（原名紫禁城）博物院的門票，自午門進入，從南向北，沿著中軸線，依次參觀長相與顏色相似、高低與大小各異的宮殿。

這是我首次踏入故宮，我們與人頭攢動的遊客擠擠搡搡，無論多麼稀罕的景物，也只能瞄上一眼就走。要麼搶佔最佳的取景點，照上幾張「到此一遊」的相片，有時想驅趕誤入鏡頭裏的遊客，剛用好言勸開一個，另外又有人撞入。事後看看搶拍的照片，誤入鏡頭者比比皆是。

等走到北邊的御花園時，故宮的幾大殿也就基本上參觀完了。反正是走馬觀花，要是細看，可能要看多久就能多久。此時此刻，我才恍然大悟，原來天安門僅僅是故宮建築群的南城門門樓而已。由此向南，穿過天安門廣場，還有與之呼應的正陽門、大前門。

當時，我心裏有一份實實在在的慶幸感，沒有想到此生竟然看了如此恢宏的皇宮，還看了皇上吃飯和睡覺的地方。

之後幾年之間，外地戰友來京、老家親戚來京，參觀故宮便成了我首要的接待項目。而作為東道主，我便自動當起了導遊，這就迫使我不得不翻閱資料，盡量多地掌握一點故宮的文史知識。

說故宮，就得從它的建設者說起。

大明王朝建立之初，那時的王朝首都在南京，北京還叫北平。燕王朱棣那時是受父皇朱元璋之託，住在北平，當著以鎮守王朝北部疆域為己任的封疆大吏。誰知當父皇讓其孫子朱允炆繼承王位之後，燕王之心便漸漸失衡，而新皇朱允炆又對強勢的叔父心存忌憚，決心「削藩」。叔侄暗鬥幾個來回之後，朱棣悍然發動「靖難之役」，一舉打敗了朱允炆，奪過了皇帝寶座。老百姓夾在這對叔侄之間，只好誰勝就當誰的臣民。當然也有對朱允炆誓死盡忠的人，就像名臣方孝孺那樣。但朱棣對他們不是株連十族，便是發配充軍，終以鐵血手段打下來皆呼萬歲的局面。

明朝開國皇帝朱元璋出生於安徽，起兵於江南。江山統一之後在選擇京都之地時，他在南京和安徽兩地猶豫過一番，最後欽定南京。朱棣身上流淌著與父親朱元璋一樣的血液，但經歷的不同，讓他與父親有著不一樣的感情與價值觀。

朱棣是在北平養兵蓄銳的，「靖難之役」開始後他的軍隊是從塘沽口乘船南下，直破南京的。於是，燕王朱棣成了「萬歲」，成了明成祖，燕王自此認定北平才是他的龍興之地，他自然要遷都北平的，遂把北平改成北京。

國都從南京遷北京，不僅是換一個城市，更重要的是朱家換了當家人。顯然，南京是過去式，北京是進行時。朕在北京，北京自然就是正統，就連那個天佑吾勝的渡口所在地，也吉祥有餘。它不是一般的渡口，而是朕的渡口，也就是「天子的渡口」，那朕就給它御賜個新名吧 —— 天津。

在北京坐天下，原來的燕王府便不能再住，得有一個像樣的皇宮吧，那個歷史時期中國土地上的頂級建築師們就被人引薦到朱棣跟前。作為故宮規劃與建設的拍板決策人，歷史是應該為永樂皇帝朱棣記頭功的。儘管故宮在永樂十八年建成，其後又經歷洪熙、宣德、正統三朝續建，用時二十年，但朱棣敲定的藍圖沒有改變。

李自成率領大順軍自陝西攻入北京，終結了明王朝。他順勢在故宮登基，當了大順皇帝。可惜沒過幾天，因被李自成部下奪走其美妾陳圓圓的明將吳三桂怒髮衝冠為紅顏，悍然降清且引清軍入關，北京城破之後，遂把短命的大順皇帝李自成從故宮趕進湖北九嶷山，朱明王朝的皇宮，從而完整地落入愛新覺羅氏的手中。

清王朝此後延綿 276 年從未想過另建皇宮，恐怕皆因紫禁城這座宅院從風水、規模、位置、安全與審美等方方面面都無可挑剔之故。儘管他們增建、擴建、改建的工程也時斷時續，「樣式雷」家族的一代代建築設計大師，也完好地保持並發展了紫禁城最初的設計理論。單從古代建築的保護角度來説，清朝皇帝與「樣式雷」家族其功大矣！

可是歷史的舞台從來都是你方唱罷我登場的，到了 1924 年

10 月 23 日，馮玉祥發動北京政變，把清朝末代皇帝，亦即遜帝溥儀趕出故宮。其後雖然也曾有過張勛復辟、袁世凱稱帝等鬧劇上演，但故宮畢竟完成了從封建王朝私產到中國國家資產的革命性轉移。

日本侵華時期佔領了北京，他們搜刮了不少故宮寶物，但卻沒有放火燒掉這處雄偉的建築群。這不是他們仁慈，而是他們另有所圖——他們扶持漢奸政府，試圖佔領整個中國。如果他們的野心得逞，故宮雖完好，權屬卻一定被日本人收入囊中。

顯然，相關故宮的歷史故事如汪洋大海，作為陪同友人參觀的業餘「導遊」，我只是喜歡在參觀故宮時，在不同的景點跟前，講一點應景的野史傳聞而已。比如，李自成一坐上太和殿上的龍椅，就感覺到頭暈眼花，據説他沒有當皇帝的命；或者説康熙皇帝在「正大光明」匾下藏的傳位詔書，詔書本來寫著「傳位十四子」的，結果被四阿哥雍正與他舅舅隆科多密謀，把詔書改成了「傳位於四子」，從而使雍正坐上了皇位；又或者到了御花園東側的那口水井旁，我説當年八國聯軍逼近北京，慈禧太后準備逃往西安前夕，便差自己的貼身太監，把反對自己的兒媳，即光緒皇帝寵愛的珍妃，扔進這口井裏溺殺了，此後這口井就有了「珍妃井」這個名字……

我往往説得煞有介事，好在客人大多也沒有較真，於是説者痛快，聽者好奇，也就各自滿意罷了。可是當我轉業離開北京，失去「北京東道主」這個身份時，故宮之於我的意義，竟然也隨之改變了。

我先成了西安人，而後又成了深圳人。在長達十多年的時間裏，我進出北京無數次。這時，我的身份轉換成了我之前的接待對象——來北京的遊客。

這期間，我卻不願再本著「到此一遊」的心態進入故宮，也對站在古建築前照相失去了興趣，反而由於去過故宮，而對於有關故宮的書籍和影片更感興趣。又由於看了這類書籍與影片，對故宮的一切生發出探尋一番的動機，彷彿從遊客的角色，變成了研究者或探寶者的角色了。

上世紀末，當命運之神又把我變成北京人，讓故宮成為我出門上街常常不期而遇的所在時，我不由得成了這個皇城裏的常客。我習慣了一個人偷閒溜達到故宮裏，隨意走，隨便看，隨心想。

我想這故宮雖說是皇帝的宮殿，可它卻給許多皇帝帶來了災難。明崇禎皇帝朱由檢被大順軍逼著逃出故宮，在景山的樹枝上上吊自殺了；清雍正帝死在故宮，但怎麼死的卻成了自古至今的謎案⋯⋯不難想像，皇上有皇上不能承受之重之累之無奈，難怪有的皇上哀嘆:「朕為何要生於帝王家！」

我想這故宮雖不是你我這等平民的不動產，卻是你我這等平民可以隨便出入的場所。如果拋開在不動產方面企圖擁有故宮的吃天貪念，故宮於皇帝和你我而言，便同屬人生百年行走之驛站，只是在此驛站逗留的時間長短不同而已，只是存在在逗留期間的心累與不累的差別。顯而易見，皇帝是累的，他有天下社稷之政務，還有後宮纏鬥之糾紛，而平民如我者卻只有一顆悠閒樂遊之心。

我有時想，如果可以自由選擇，恐怕願做皇帝者沒有願做平民者多。除非他有經天緯地之才，有信心「hold 得住」成堆的糟心事。反正我是沒有那個信心的，我甘心成為普通的熱愛故宮的人。

我經常性地、不定時地去故宮，隨心所欲地去故宮，如入無人之境地去故宮。我看陽光普照的故宮，也看雷雨交加的故宮；看鴿哨繞樑的故宮，也看白雪覆蓋的故宮；我看故事如煙的故宮，也看藏書藏畫的故宮；我在故宮飲毛尖龍井，也在故宮品美式拿鐵；我在古磚古石上與人擦肩而過，也獨自在紅牆黃瓦的角落發思古之幽情……

故宮消耗了我許多時間，猛回頭，我看故宮竟有四十餘年了。我都看出些什麼名堂呢？

我看到了曾經作為國家政權中樞的故宮。作為封建王朝，它曾經是中國革命的對象，是我們先輩們犧牲生命所要推翻的「大山」(即三座大山——帝國主義、封建主義和官僚資本主義)。

但是，如果把時間比作河流，把明清兩朝比作分屬兩個時段的歷史巨輪，那麼就應該實事求是地說，朱氏家族與愛新覺羅家族卻也先後在五百多年的漫長歷程中，完成了他們各自的歷史使命。用毛澤東同志「一分為二」的觀點來看，他們當然也是有功有過的。孰功孰過，自有後人評說。但評說歷史，首先得尊重歷史，了解歷史，評說的出發點也應該著眼於從歷史的經驗教訓，從中汲取有用的東西。

我看到了作為建築藝術珍品的故宮。故宮既是中國古代建築大師在世界建築史上的偉大創造，又是中國勞動人民生產智慧的結晶。我們因為有了故宮，再看英國的白金漢宮和美國的白宮時，心裏才不會妄自菲薄，也不會崇洋媚外，更不會厚今薄古；當 2008 年北京奧運會開幕式上出現大腳印時，你會發現，故宮彷彿是北京這座皇冠之城上最耀眼的明珠。

我看到了藏寶無數的故宮。紫禁城改名為故宮，過去的皇宮變身成為後來的博物院。既然是博物院，那當然就應該有「物」。儘管故宮曾經在昔日兵荒馬亂的年代，被列強、被小偷、被家賊、被國民黨在敗退台灣時，盜走了難計其數的文物珍品，以至於在台灣，還建有另外一個「故宮博物院」。但是今天，故宮回到中國人民手中，人民政府又以各種各樣的手段，令故宮文物回流。當你參觀故宮的各種珍寶展、書畫展、文物展等展覽時，你怎麼能不驚嘆於中國人的勤勞與智慧，又怎麼能不為中國傳統文化之深邃與繁榮而自豪。

我看到了世界人民紛紛前來打卡遊覽的故宮。國家強則文化盛。當改革開放把中國發展帶上高速路，中國已然成為世界第二大經濟體時，作為國家級文物保護單位，作為世界留存至今的最大的皇宮，故宮成為當今世界每天接待國內外遊客最多的博物院。它既弘揚了中國傳統文化，又創造了豐厚的經濟收益。

我看著故宮，故宮也滋養著我。我因為故宮而對北京、對中國深感自豪；我也因為故宮，而更愛北京、更愛我們偉大的祖國！

我常在故宮的角樓咖啡館，給朋友們賣弄些故宮掌故，說實話，我在這方面是有一點虛榮心的。

紫禁城中珍妃井

在我看來，北京有兩個知名的叫「井」卻已不是井的地方，一是王府井，二是珍妃井。

前者是明代在紫禁城東華門外的一口甜水井，井的周邊建有十幾座王府，而那口井在為各個王府供應生活用水。久而久之，人們便稱那井是「人家王府的井」或「王府井」了。再往後，朝代更替，城市變遷，人們慢慢地就把那口水井和那些王府所佔之地看成一個區域。那個區域什麼名兒呢？叫王府井。這麼一看，王府井大街、王府井地區、王府井商圈的名稱，好像都是被井水「沖灌」出來的呢。

後者原名叫八寶琉璃井，位於紫禁城內寧壽宮北端的貞順門裏。此井是宮內一口普通水井，後因慈禧太后在此井溺殺了珍妃，後人便改叫它珍妃井。

中國許多地名或建築物名，其來由多與這倆「井」大同小異，不過在我看來，用珍妃為一口井命名，卻有那麼一點偷懶之嫌，似乎也失敬於苦命的珍妃。你想一想，既然為王府供水或者王府家門口的水井，叫王府井，那麼八寶琉璃井，既不是珍妃家的井，也不是供珍妃使用的井，為什麼叫珍妃井呢？不就是因為慈禧太后溺殺珍妃於此井嗎？既然如此，那也應該叫它「珍妃蒙難井」才合適呀。也許有人會説，「珍妃蒙難井」簡稱一下，不就成為「珍妃井」了嗎？這樣説當然也可以，但我卻認為，這麼一統稱，就在一定程度上減弱了慈禧太后殺害珍妃的直觀印象，好在珍妃井一旁的牆壁上掛著的導示牌上有文字説明：

> 清光緒二十六年（1900 年）八國聯軍攻打京城，慈禧太后與光緒皇帝倉惶西逃。臨行之前，慈禧太后將幽禁在景祺閣北小院的珍妃召至頤和軒，命太監崔玉貴等人將她推入貞順門內井中溺死。現井眼上放置井口石，兩側鑿小洞，用以穿入鐵棍上鎖。

顯而易見，溺死珍妃的是太監崔玉貴等人，但凶案主使者是慈禧太后。人們在重溫這個慘烈的故事時，多數是同情珍妃而憎恨慈禧的。既然如此，我建議故宮博物院應在「珍妃井」的導示牌上增加「蒙難」二字。

如果想參觀珍妃井，可從午門進入故宮，然後避開中線，經過東六宮，再按導示牌指引的方向，就能看到珍妃井。

這口被人忘記真名的井，相比故宮其他宮殿，其實沒有多少觀賞價值，但卻因為有了珍妃慘死的故事，令不少遊客好奇。要知道，明清兩朝，倘若皇上殺人，按照慣例，常常是「推出午門斬首」，正常情況下，皇上是不會使用宮裏的水井來殺人的，這樣的成本太大了。你想，殺一個人，廢一口井，那紫禁城有多少井才夠呀！況且，在皇宮裏到處殺人，那皇宮豈不成了凶宮？那吉祥如意的風水能不受損嗎？顯然，溺殺珍妃是個例外。慈禧雖不是皇上，但卻勝似皇上。她殺的人，不是別人，而是當朝皇上的寵妃。

這個故事要是用老百姓的家庭關係來表述，便是姨媽（慈禧）殺了外甥（光緒）的小媳婦（珍妃），姨媽替外甥的大媳婦（隆裕），即自己的娘家侄女出一口惡氣。

顯然，在慈禧、光緒、隆裕這三個人的身上，同樣流淌著葉赫那拉氏的血液。相比而言，只有珍妃從血緣上說，與慈禧稍稍遠了一點點。這樣的關係，釀就這樣的故事，很容易叫人心生疑惑——既然是一家人，怎麼就鬧到你死我活的地步呢？細細琢磨故事背後的因由，是十分耐人尋味的，我們不妨了解一下四個主角的來歷吧。

一說慈禧（1836–1908），葉赫那拉氏，滿洲鑲藍旗人，清咸豐帝之妃，同治、光緒兩朝實際最高統治者。1851 年被選入宮，因得咸豐皇帝寵幸而進封懿嬪，後晉升為妃。咸豐帝病死後，那拉氏的兒子載淳繼承皇位，是為同治皇帝；

二說皇帝光緒（1871–1908），清德宗愛新覺羅・載湉，清朝第十一位皇帝。父親醇親王奕譞，生母葉赫那拉・婉貞為慈禧親妹。在位三十四年，年號「光緒」。光緒十五年，載湉親政，此後雖名義上歸政於光緒帝，實際上大權仍掌握在慈禧太后手中；

三說皇后隆裕（1868–1913），葉赫那拉氏，滿洲鑲黃旗人，名靜芬。慈禧之弟副都統葉赫那拉・桂祥之女。光緒十四年被慈禧太后欽點成婚，次年立為皇后；

四說珍妃（1876–1900），他他拉氏，滿洲鑲紅旗人，清德宗光緒皇帝的寵妃。光緒十四年（1888 年）十月初五，慈禧太后為光緒帝選定皇后的同時，封禮部左侍郎長敘的兩個女兒為瑾嬪、珍嬪。光緒二十年（1894 年），兩人同時晉封為妃。

這樣親上加親的四個人，只因為在皇宮裏過日子，日子就不是平民百姓的那些衣食住行了，而成為保衛皇權的權力遊戲了。這個遊戲大有江山社稷，小有夫妻關係，當然也包括誰活誰死。

為了奪得皇權，以垂簾聽政的方式獨步天下，慈禧早年也是費了一番功夫的。

咸豐十一年（1861 年）八月，咸豐皇帝駕崩於承德避暑山莊（享年三十一歲），遺命時年五歲的長子愛新覺羅·載淳繼位。因當時皇帝年幼，咸豐帝臨終之前指定八位朝廷重臣為輔政大臣，時稱「顧命八大臣」，即怡親王載垣、鄭親王端華、肅順、景壽、穆蔭、匡源、杜翰、焦祐瀛。同時為了防止八大臣勢力過大而威脅皇權，又授予皇后慈安「御賞」印章，授予皇子載淳「同道堂」印章（由懿貴妃，即慈禧掌管），詔以二璽代替朱筆，輔政大臣所擬上諭，必須加蓋這兩方印章才能生效，以對八大臣手中的權勢形成牽制。但兩宮皇太后（慈安和慈禧）在數月之後聯合恭親王奕訢發動政變，剷除了顧命八大臣。

慈禧很快擁立年幼的兒子登基，年號開始叫祺祥，後改為同治。慈禧垂簾聽政的開掛歲月正式開啟。

等兒子同治長大後，慈禧為兒子娶了五個女人，但母強子弱的程度超乎別人想像。同治皇帝名義上年滿十八歲親政，但十九歲就駕崩了。史料說，同治帝與一寵妃懷有一個遺腹子。正常情況下，這是皇帝唯一的孤血，其珍貴程度不言而喻。作為親奶奶，慈禧也必定會倍加珍惜才對。可慈禧是政治家，她不會用老百姓的思維想問題。由於懷有同治骨血的妃子，正好又是慈禧的政敵——顧命八大臣之端華的親孫女。於是她便想，倘若這個孫子成為皇子、皇帝，那麼皇權就有跌入仇家端華一脈的風險，他們要是清算我慈禧怎麼辦呢？想到這裏，慈禧僅用了幾個月的時間，就把這個妃子連同未及出生的親孫子，一起從肉體上消滅了。

失去容易掌控的同治皇帝，垂簾聽政就失去了法理上的正當性。慈禧太后於是又想到了一個補救措施，她擁立外甥載湉登基，做了光緒皇帝。

可是世上有錢難買心裏想。即便是慈禧老佛爺，現實也常常啪啪地打她的臉。當外甥光緒長大成人，他就慢慢有了自己的主張、自己的情感傾向，於是外甥皇帝與姨媽太后之間，無論在生活還是政治上都背道而馳起來。

先說生活。慈禧為光緒選皇后時，全然不在意近親結婚有什麼遺傳基因上的不良後果，她更看重的是親上加親。她的計劃是，光緒與隆裕生了龍子，將來繼承大統，她豈不是可以令葉赫那拉氏的血統，繼續控制愛新覺羅氏的江山。說到此，我相信慈禧定會以漢朝的呂氏、唐朝的武氏作為榜樣的。外戚干政，不通過血緣佔據皇室正統是不行的。呂雉當劉邦皇后，才得以書寫大漢王朝的呂氏春秋；武則天當李治皇后，才能有機會在李唐王朝的基礎上，再建立一個武周王朝。

慈禧在這一點上沒有可能另闢蹊徑，但在光緒這邊來說，卻有一點別的「想法」。他也許想，姨媽讓我當皇帝，可以；讓我娶表姐為妻，也可以；但姨媽讓我把愛情分配一部分給表姐，我卻辦不到。因為世界上唯有愛與不愛，是不由理性決定的。我光緒愛誰不愛誰，也不由我決定呀！那可是情份緣份說了算的呀！

隆裕容貌平常，性格古板，時不時還把夫妻生活上的不如意向姑姑慈禧打點小報告，這讓光緒感覺皇后更像是太后安排在自己身邊的監考老師一樣。

光緒愛不上隆裕，讓一心期望隆裕生子造王的慈禧，無法實現其安排大清接班人們戰略意圖，其姨甥不合的種子就此埋下了。

老百姓有時候不愛也能生子，因為在一夫一妻制的法治環境下，家裏只有那個她，是沒有選擇權的。何況在百姓眼中，生存與傳宗接代有時候比愛情重要。但光緒不一樣，他有合法的選擇權。説到此，我想慈禧也有些聰明反被聰明誤。她給光緒選了后，又選了妃，那光緒愛上妃而冷落后，你能怪誰呢？

人性如此，誰有選擇權而偏偏又不用選擇權呢？你想吃一顆棗，而面前就只放了一顆棗時，你可能抓起來就吃了；那要是你想吃一顆棗，而面前又擺了三五顆棗，你大概就會不由自主地要選一顆看著順眼的棗了。想必光緒就是在猶豫過一段時間後，感情上漸漸傾向於珍妃了，寵幸起珍妃了，進而迷戀上珍妃。珍妃無意間成為破壞慈禧和隆裕計劃的人。

光緒為什麼忤逆慈禧呢？因為珍妃年輕貌美，性情活潑，不被虛套束縛，喜愛時裝。她入宮時，照相技術已經傳入中國，但在當時，相機被認為是污巧之物，會取人魂魄，致使損壽。許多后妃唯恐避之不及。而珍妃卻不排斥，她成為清宮后妃中最早的照相者。她的熱情與嬌媚，給鬱鬱寡歡的光緒皇帝帶來慰藉。光緒在珍妃的溫柔鄉裏，得到了所有關於愛情的想像。

與所有的宮鬥劇一樣，光緒對珍妃每增加一份愛，慈禧和隆裕對珍妃就會增加一份嫉恨。珍妃厄運的種子自此入土下地。女人的嫉妒之心，具有毀滅一切的力量。

再説政治。

儘管光緒在生活上不能令慈禧滿意，但慈禧在名義上還是讓光緒親政了。如果光緒懂得韜光養晦，在強勢的姨媽身邊，走一條臥薪嚐膽之路，也許命運能夠得以改寫。但事實證明，光緒雖然年輕氣盛，卻是個十足的政治菜鳥。

光緒二十四年（1898 年），年輕的皇帝在康有為、梁啟超等維新派人士的支持下力主變法維新（即戊戌變法）。在光緒看來，由朕自上而下發動的變法運動，運籌帷幄，決勝千里，既能挽救大清江山，又能擊垮太后一黨。屆時，朕就成為真正的天子，朕就有機會創造出一個「光緒盛世」。

誰知薑還是老的辣，慈禧在榮祿、袁世凱等老臣支持與配合之下，挫敗了光緒包括採取武力措施針對慈禧的的陰謀，變法維新以「百日」告終。變法失敗後，康有為、梁啟超逃亡，譚嗣同等人被砍頭，光緒皇帝自此被幽禁於瀛台。而一貫支持光緒的珍妃，也被慈禧另外囚禁。皇家情侶從此同居皇宮卻難以相見。

電影《大太監李蓮英》中有一個片段是這樣的，光緒皇帝在瀛台，以行賄太監的方式，哭著哀求：「李安達（李蓮英），求求你，讓朕去看看珍妃，只看一眼就回，求你幫幫朕……」

本來掌握天下生殺大權的皇上，這時卻卑微至此，看到這裏，觀眾知道，光緒這哪兒還是皇帝！他早已成為囚犯，是無法與愛人相見的囚犯！

戊戌之後，大清王朝更快地進入風雨飄搖的歷史時期，1900年，當八國聯軍打進北京城前夕，慈禧決定逃往西安，她留下李鴻章等人與洋人議和。她想，我既然要走，也一定要帶著造反皇帝一起走，否則，留下他在京城，難說逃亡中的康梁們會不會乘機重聚，再度聯手生事？

慈禧不會給光緒這個機會的。可是帶上他，再帶上侄女皇后可以，至於處處看著不順眼的珍妃，那就算了。少了她在眼前晃，也就少了一份厭煩。珍妃的死期就這樣突然降臨了，慈禧以「洋人入城，免受污辱」為由，溺死了珍妃。

還是上述電影——珍妃被崔玉貴橫抱著走向井邊時，一邊喊著我沒有罪，一邊哭求著太監，但很快，咕咚一聲悶響，一個年輕女人便消失於那口水井中。觀眾看到此，無不為珍妃的慘死而震驚、而感慨、而同情。

更有甚者，珍妃死後，竟然就在井水中浸泡了一年多的時間，當慈禧、光緒在北京外患暫除，姨甥一行從西安還都之後，才命人將珍妃的屍體從八寶琉璃井中打撈出來，並追封為貞貴妃。在追封珍妃為貞貴妃的諭旨中，有如下文字：「上年京師之變，倉猝之中，貞妃扈從不及，即於宮中殉難，洵屬書烈可嘉，恩著追贈貴妃位號，以是褒恤」。

將「珍」寫成「貞」，大概有以示崇敬之意，慈禧也許想以此掩蓋殺害珍妃的真相。但這樣做並不能獲得內心的安寧。據說慈禧有段時間夜夜被噩夢纏繞，而找她糾纏的人便是已成凶死鬼的珍妃。為此，慈禧找來陰陽先生，採取在珍妃井口安放井口石，穿孔上鎖的辦法，來封鎖井裏的女鬼……

珍妃初葬於北京西直門外恩濟莊。1915 年，她的靈柩移至清西陵梁格莊行宮，後葬於崇妃園陵。

今天，我們如果單單拿珍妃之死來評價慈禧的話，很容易失之片面的。

在慈禧執掌國家最高權力近半個世紀的歷史中，她有功也有過。別的不說，單說她重用漢臣如曾國藩、左宗棠、李鴻章等，消滅太平天國、平息捻軍起義和回民叛亂，收復新疆，開啟同治中興時代等，就是可圈可點的政績。用辯證唯物主義史觀來看，把慈禧說成一無是處肯定是不恰當的。

當然，慈禧治下的清末，國力日漸衰退。她盲目自大，採取閉關鎖國之策，四處樹敵且又屢戰屢敗，簽訂了一系列喪權辱國的條約，使中國淪為半封建半殖民地的任宰羔羊。慈禧對此是難辭其咎的。

珍妃死後，皇后隆裕的肚子仍然沒有變化。這時的慈禧反而不再關心侄女的生育問題了。因為成為囚犯的光緒，已經沒有資格生養皇子了。慈禧有了另外一套接班人計劃。

1900 年 11 月 15 日，慈禧的大限將至。「人之將死其言也善」不適用於慈禧，她思維清晰地做了兩個決定，其一是讓光緒先她一天病逝；其二是擁立三歲的溥儀繼承皇位（宣統）。在慈禧看來，我死之前，已先溺死珍妃，今再「病」死光緒，我留下侄女隆裕，今又立一個不知對錯的新皇帝，他將來長大豈不感激我？我大可以瞑目長眠了。

前些年，我國有關部門運用現代技術檢測，發現光緒並非死於疾病，而是死於砒霜中毒。這毒是誰下的呢？肯定不是慈禧下的，但多半是慈禧授意他人下的。

由此可見，曾有名句「你讓我一時不痛快，我讓你一世不痛快」的慈禧太后，在戊戌變法之後，就失去了讓光緒和珍妃繼續活下去的意願。

光緒三十八歲死，珍妃二十四歲死，都是英年早逝，都是非正常死亡。究其原因，恐怕就一條 —— 誰讓他（她）當皇帝皇妃呢？我曾經在一篇文章中調侃地說：「問天下男人，願做皇帝者幾何？」我自己的回答是不多，反正我不想；我今天在此另加一問：「問天下女人，願做皇妃者幾何？」我無法代天下女人回答，但我猜測，清朝的末代皇后婉容是後悔嫁入皇家的。據史料記載，婉容曾經常性地責怪父親：「你不就是因為想當皇帝的老丈人，才葬送女兒的自由與幸福麼？我恨死你了！」

我還猜測，英國王妃戴安娜也後悔過嫁入皇宮的，她曾在接受電視採訪時談及與查爾斯王子的婚姻：「我們的婚姻中有三個人，太擁擠了！」

婉容活到了三十九歲，她表面上的皇后身份持續了二十多年。相比而言，珍妃僅僅過了十二年皇妃（嬪）的日子。一口井，要了一位美麗女子的命，而這位女子的命，又映照出晚清慘烈的政治格鬥大劇。

1912 年 2 月 12 日，這位寄託過慈禧無限理想的隆裕太后頒佈退位詔書，宣告 267 年的清朝統治從此終結。想必慈禧長眠地下亦難安寧矣！

1920 年，即慈禧死後二十年，鎮守清東陵地區的軍閥孫殿英帶兵挖掘了她和乾隆的陵墓且暴屍荒野。這是不是天道輪迴呢？孫殿英雖然以盜寶為目的，卻意外地幫助可憐的光緒和珍妃復了仇。當然，這於這對苦命情侶怕是沒有什麼意義了。

淒淒的婉容

在北京帽兒胡同，有一處豪華的中式庭院式建築——清末承恩公郭布羅·榮源之榮府。末代皇后婉容於 1906 年 11 月 15 日出生在此並在這裏長到六歲。

1911 年 10 月 10 日辛亥革命爆發；1912 年元旦，中華民國宣告成立，清王朝宣告滅亡。在《清帝退位詔書》頒佈後，作為前清官員，榮源覺得居住在北京多有不適，於是在 1913 年攜全家移居天津。少女婉容的足跡於是便有機會遍佈海河兩岸。她恰好在應該入學的時候，來到這個中西文化交匯的港口城市且穩穩當當地生活了八年，她進入美國教會學校，與不少洋娃娃交往，還聘請外教學習英文。當十六歲的婉容因為長成了大美人而被遜帝溥儀看中，才又返回北京。

可以說，天津對婉容成長的助力超過了北京，她這時不僅學會了英語，學會了琴棋書畫，還學會了唱歌跳舞。也許可以說，婉容之所以被挑選、被冊封為皇后，就是因為她在天津給自己美麗的儀表注入了豐富且令人刮目相看的內在素質。

我多次參觀故宮，這個在中外歷史上名聲響亮的皇宮（紫禁城）曾是皇后婉容被冊封、被迎娶的地方；作為清朝末代皇后，婉容在這個神秘的皇城中僅僅生活了兩年。

馮玉祥在1924年11月5日發動了北京政變，溥儀便不得不逃離紫禁城，他從此連名義上的皇帝也當不下去了。儘管後來張勛搞過一個「復辟」的鬧劇，但溥儀作為清朝皇帝的生涯，隨著馮將軍的政變就結束了。

1925年2月，溥儀攜皇后婉容及妃子文繡等避居天津張園，五年後，又遷居張園附近的靜園，直到1931年春，在日本關東軍要員土肥原賢二的鼓動之下奔赴長春為止。溥儀為借力日本實現復興大清的美夢，於1932年3月1日就任偽滿州國皇帝，取年號康德；而婉容隨之又變身成為康德皇后。康德皇帝皇后的「執政生涯」僅有十餘年時間。

溥儀在他所著《我的前半生》中，道盡了這對帝后的悲慘命運，叫人不由得掬一把同情淚。那一個又一個意外事件，一個又一個被剝奪、被欺侮的遭遇，令置身其中的年輕帝后誠惶誠恐，彷彿永無寧日。

作為遊客，我幾乎走遍了婉容一生曾經生活過的幾個故地，而在我看來，婉容不僅僅是溥儀筆下的婉容，婉容是更立體的，而立體的婉容卻更加悲慘，更加叫人同情和憐憫。

舊中國是一個男權社會，從這個角度來說，婉容一生有兩個身份，一是正白旗郭布羅・榮源的女兒；二是皇帝溥儀的皇后。如此顯赫的身份地位，按說她的人生應當是極盡榮華富貴的。但實際上，在大動盪歷史背景下，承恩公也罷，溥儀皇帝也罷，其自身的命運都無奈地被社會洪流所裹挾，他們身邊的女人也只能隨波逐流。

婉容出生時也許是幸福的，而嫁做皇后卻可能是婉容一切不幸的開始。換句話說，父親榮源可以全心全意安排女兒的生活，也有能力保障女兒的快樂。但遺憾的是，皇帝卻只能期待他的皇后挑起皇后的歷史重任，而皇后是否快樂幸福，他則無心多顧了。

婉容出生時，大清王朝已經像個病入膏肓的老人了。中華民國成立時，婉容六歲。由此可以說，婉容一家是伴隨著中華民國前進的車輪聲，躲進天津外國租界的。

六歲的婉容這時絕對感受不到政治動盪的疼痛，她甚至還會覺得到了海河邊上，住在洋人來來往往的租界比北京更為有趣，這裏更能滿足她的好奇心，她在這裏學知識，開眼界，個性也得以張揚，她甚至還給自己取了一個與英國女王一樣的名字——伊麗莎白。

王慶祥先生在《婉容傳》中寫道：「婉容出身人家閨秀，是旗人中聞名遐邇的美人，她杏眼玉肌，黑髮如雲，亭亭玉立，姿色迷人。據當時能夠接近婉容的人說，她不但相貌姣好，而且姿態不凡，舉止端莊，談吐儒雅，琴棋書畫，樣樣精通，實在是一位百裏挑一的有教養的才女。」婉容正是憑己美容，於 1922 年 3 月 10 日，被遜帝溥儀傳旨，「立婉容為皇后，封文繡為妃」。

婉容一家把溥儀上述聖旨當成了家族榮耀，其父因此當上國丈且在北京的「小朝廷」和偽滿長期做官。年方十六的婉容，想必是高高興興地嫁入紫禁城的，她像任何一個少女一樣，穿上皇后華服，對未來的生活充滿了期待。她肯定有著「母儀天下」、「統領後宮」的美夢。

可惜的是，婉容雖然嫁入了皇宮，但中華民國總統卻早在他們大婚前十年就已經拿走了國家權柄。此時的溥儀皇帝及他的小朝廷只是依賴於中華民國賜予的所謂《清廷優待條款》苟延殘喘，是在「關著故宮大門做著院子裏的皇帝」。皇帝名不副實，皇后也就徒有一個空架子了。從 1922 年 12 月 1 日宣統皇帝迎娶婉容，到 1924 年 10 月末被驅逐，這對舉行過盛大婚禮的帝后夫妻，不得不終止在皇城裏短短兩年的夫妻生活。

早在溥儀（1906–1967）兩歲多時，就被垂死之前的慈禧太后指定為接班人。1908 年 11 月 14 日光緒帝去世，溥儀繼位。從此，這個正尿褲子的孩子變成了大清朝的宣統皇帝。溥儀雖然從幼兒時起，就擁有皇帝之尊，可問題是，他只能是一個小木偶，攝政者說啥是啥。但溥儀也有著與平民孩子一樣的眼睛和心思，他想玩泥巴，想抓蛐蛐，想無拘無束地去跑去鬧……可他這些想法是不可能實現的，他要做皇家機器的一部分，大人們要按照皇帝的標準打造這個孩子，在他身邊二十四小時都有人包圍著，約束著。

被人約束，就可能被人施愛或者被人施害。弱小的皇帝到底遇到了些什麼人呢？經驗告訴我們，哪裏的人都有好壞，溥儀身邊的人也莫不如是。史料載，溥儀小時候，被太監宮女所玩弄，以至於成年後喪失了男性功能。據說，溥儀大婚之夜，在揭開婉容蓋頭後就跑到別的屋子玩兒去了，留下新娘子獨守洞房。有人就此認定帝后沒有愛情。我倒認為，這個情節可以說明十四五歲的溥儀還少不更事，加之他在太監宮女堆裏長大，早已對異性失去了好奇心。

夫妻生活不僅限於床際，除此之外，帝后新婚後的生活還是有亮色的。資料顯示，他們在紫禁城裏打網球、照相、賞月弄花，吟詩作畫，甚至為了方便在宮中騎單車，溥儀還下令拆掉了各個宮殿的門檻，以方便倆人騎車進出且不用下車。

溥儀還有權得到更多女人，他在大婚的同時也納了妃子文繡。但自一開始，溥儀就始終把婉容當成正宮娘娘，婉容定期收到的銀兩也數倍於文繡。因此，在紫禁城的日子裏，婉容連後宮內鬥也不曾有過。

溥儀皇帝在不得不逃離紫禁城時，為什麼會選擇天津呢，我堅信其中有婉容的原因。本來，離開天津回京嫁人，就是婉容命運中的意外章節。現在既然紫禁城已無法立足，那麼婉容便自然懷念起她生活過且喜歡的天津了，儘管這當中也有許多政治上的權衡與算計，但一定存在個人情感因素。

之前已避居天津的清朝遺老中，自然不乏「忠臣」，張園、靜園的主人熱情地迎接了遜帝溥儀一行，而溥儀攜帶的為數巨量的宮廷文物、珠寶，也夠他們花上三生三世。

如果說男女有別，帝后有別的話，溥儀來天津有太多的無奈與失落感。心裏念念不忘的是「大清江山在我溥儀手上去失，我如何面對列祖列宗！我怎能配做努爾哈赤的子孫！」溥儀顯然沒有李煜的詩詞才華，否則會不會寫一首宣統版的《虞美人》? 但婉容彷彿更容易接受命運的改變，她回到了熟悉的租界。兩年多時間，海河的風物人情變化不大，不同往日的是，她的身份——那個無拘無束的少女婉容，被眼前這個雍容華貴的皇后所取代。

在歷代皇帝中，溥儀也許還是個心疼老婆的人，只要在條件允許時，他會滿足婉容的需要，打牌、跳舞、喝茶，交際、吸大煙，甚至他還以繼續慢待文繡的方式討好婉容。

隱居天津的七年光陰，算得上這對帝后從雲端跌落人間的日子。也許正由於此，他們也才過上了人間的快樂的生活。從這一時期兩個人留下來的照片可知，夫妻倆無論西服革履配精緻旗袍，還是悠閒衣衫配花衣花帽，或在花園小憩，或在球場揮拍，或迎送來賓，或宴會杯盞交錯，都還洋溢著富足生活帶來的淡靜和從容。

當然平靜的外表之下，還是暗流湧動的。廢帝溥儀心有不甘，他尋找興風作浪的機會，而婉容主導不了男人的方向，她只能在花錢與打擊文繡（兩人到天津後，慢慢地因嫉妒而漸生嫌隙）的過程中尋找她的存在感。

日本人早就盯上溥儀了，為了實現滅我中華的罪惡目的，他們要先行割據東北，於是成立了偽滿洲國。會說漢語的土肥原賢二用他那三寸不爛之舌，說服溥儀做了傀儡皇帝，從宣統變成了康德；婉容也從宣統皇后變成了康德皇后。

從 1932 年 3 月 9 日到 1945 年 5 月 18 日，偽滿洲國其興也速其衰也速。如果說溥儀第一次、第二次退位，退的都是大清國皇帝之位，退位之後，他還是大清遜帝或是中華民國的子民，那麼第三次退位，退的卻是偽滿洲國的位，而且隨即淪為蘇聯紅軍的囚犯，後又淪為中華民國以及中華人民共和國的囚犯，最後被中華人民共和國特赦。

在偽滿，嫁雞隨雞的婉容更像是被迫的「東山再起」，如果說命運「天降大任」於溥儀，讓他登上宣統皇帝寶座，婉容因命運眷顧成了正宮娘娘。那麼，他們這時還是內心充滿感激的；可離開天津去長春，當什麼康德皇帝皇后，便有些讓日本人用槍押上御駕的味道。人在溺亡之前，即使身邊有一塊木板，一根稻草，也會抓住不放的。溥儀也許就是把日本人當成了這根稻草。

十餘年後的 1945 年，隨著日本戰敗投降，偽滿洲國成為一堆骯髒的垃圾，溥儀彷彿才醒悟過來。在之後的「東京審判」中，溥儀作為證人，親口指證日本戰犯在偽滿洲時期的作為，充滿了昔日傀儡皇帝對日本主子的憤怒。

如果把陰森森的紫禁城比作禁錮自由的狼窩，那麼位於長春的偽滿皇宮則更像是虎穴。婉容在紫禁城也許也受過委屈，但那是來自她熱愛自由的個性與宮廷禮節上的衝突，而到了偽滿皇宮，她的身邊卻多了一個神秘且讓人害怕的角色——日本特務。

日本人在主導康德皇帝皇后「執政」行為的同時，還「關心」帝后的私生活，包括他們的信仰。他們計劃給溥儀物色一個日本女子為妃，希望康德皇帝的繼承人有二分之一的日本血統；他們安排溥儀赴日拜會天皇，且強迫他迎奉日本國教為偽滿宗教⋯⋯凡此種種，溥儀除了隱忍之外已無反抗之力。而婉容則受傷更甚，當「七年之癢」早已過去，有了些老夫老妻感覺時，溥儀雖然婉拒了找日本妃子的「好意」，但還是另外打起別的女人的主意。如此，婉容受困於「鳥籠」不說，還備受冷落與煎熬。她只有用不斷加大劑量的大煙土來麻醉自己。

當「大難臨頭」，溥儀即將逃往日本時，他曾專門見過重病中的婉容，還親口對這位皇后説「你注定是我的陪葬品」。在隨溥儀逃亡的名單上，不可能有婉容的名字，他留下上面這一句話時，既有給兩人關係畫上句號的意思，還有一個潛台詞：「你不能是別人的女人！你也不能當別人的母親！」而這時的婉容，早已對溥儀絕望，她也幻想著盡快走下「偽滿洲號」將沉的船。

史料載，婉容曾避過溥儀，聯繫過民國要員顧維鈞，只是當時情況太過複雜和緊急、顧未答應「挽救」她而已。無奈，婉容只好自求天佑，當她被俘、被當成漢奸而押上卡車遊街示眾時，她瘋著笑著，她以年輕而傷殘的軀體，替康德皇帝攬下所有的羞辱！

後來她被關進延吉的一所監獄，面對青燈冷月，她恐怕無數次懷念少時在榮源府，在張、靜兩園的生活。婉容最後半瘋半癲地反覆咒罵自己的父親榮源，説他因為想當國丈，才把女兒嫁給一個廢帝、一個廢男人。

在外人看來，美麗的婉容在四十歲那年的冬夜告別人世是可憐的，叫人無比惋惜。但同為囚犯卻關在別處的丈夫、那個兩次令她當了皇后的男人卻對她沒有憐惜之情，不僅如此，還對她懷有深深的怨恨。是的，溥儀大概率無法與婉容過正常的夫妻生活，這一點，與溥儀離婚的妃子文繡和他最後一任平民妻子李淑賢在回憶錄中都有記述，可以佐證。

即便如此，皇帝溥儀也容不得婉容與「下人」私通，更不能忍受婉容生下「孽種」！從道德層面看，溥儀認為他在這一點上絕對掌握了主動權，也認為自己有權捍衛皇帝和男人的尊嚴。

也許人都有尋找心理平衡的需要，先受清朝權奸袁世凱戲耍，再受民國軍閥欺負，三受日本人綁架，這時的溥儀，有一萬個理由要在對付「姦夫淫婦」上發洩自己的憤怒與不平。他下令處死了那個給他戴綠帽子的男人，下令燒死了婉容生下的那個僅僅存活了幾個小時的嬰兒……

一個連自己親生孩子性命都守不住的女人，還能有生的信心嗎？丈夫把她打入冷宮，那個給予她一絲溫暖與希望的男人——李忠再難相見，他是在勞役還是死於非命？問號永遠掛在可憐女人的心頭。而那個無辜的孩子，也已化作一縷青煙……婉容只能在流乾眼淚的深夜，駕鶴西去。

我無法認同婉容是在「養漢偷情」的說辭，我更願意把她看作是「危樓」下的逃生者。婉容與李忠，會不會是一對年輕男女對悲慘命運的反抗。她本是有血有肉的人，她想獲得愛，想當母親，也許還有以此報復丈夫無情冷落她的想法。遺憾的是，正由於她是皇后，她遭到溥儀反報復的程度才更甚，才更令她難以承受。

榮源家的格格，嬌嬌而生，慘慘而死，叫人怎能不掬一把同情之淚。

津門慶王府

一部清末外交史，也是一部弱國屈辱史，大清帝國雖大，但卻似病榻上的巨人，被列強任意欺負宰割。清廷為使皇權苟延殘喘，與有槍炮在手的列強簽訂了一系列不平等條約，單就天津來說，到二十世紀初，竟有美英法德意俄日和比利時、奧匈帝國等九個國家在城市中心區域設有租界，一時之間，天津成了洋人的天津。在中國的國度裏，在自己的土地上，中國人的安危，卻要依仗外國人的保護，這是多大的諷刺啊！

也許在國家多難之秋，身處國家政治中心的北京，有太多紛擾。於是，那些晚清和民國時期的失意政客和富商巨賈便把離北京最近的天津租界，當成了自己安享富貴的避風港。這些人先後建造了各式各樣的建築2000多所，而體現歐洲建築風格的花園式洋房更成一時流行的風尚。現在，天津市政府已將其中423所建築列為歷史風貌建築。單純從建築角度來說，人們來此觀賞，也許會有一種置身「萬國建築博覽會」的感覺。但從政治歷史層面看，這些建築，卻是中國屈辱歷史的清楚見證。

歷史上許多劣跡斑斑的所謂名流都在此居住過：末代皇帝溥儀、末代慶親王載振、大太監小德張（張祥齋）；北洋五位大總統袁世凱、徐世昌、黎元洪、馮國璋、曹錕，還有百餘位總長、督軍和省市長要員；美國前總統胡佛、五星上將馬歇爾等人也在此留有舊居。由此可以說，這些名人遺蹟包括建築、家具、文物藏品和軼事趣聞已然成為中國近現代百年歷史風雲中有形和無形的見證物，是我們知史鑒今不可多得的文化遺存。

我每次到天津，要有空閒，必到「小洋樓」風景區閒逛半日。我以為建築在歲月當中，好像也有生命，也有命運的起伏，有時風光，有時頹廢，有時喜結良緣，有時遇人不淑，有時春花秋月，有時雨雪交加，而每一座建築的背後，都有一個獨一無二的人文故事，今天來説説先為小德張的張府，後為慶親王的王府的故事。

慶親王愛新覺羅·載振（1876–1947）是乾隆皇帝玄孫、世襲罔替的鐵帽子王。其父奕劻（第三代慶親王），曾與李鴻章一起負責與外敵議和，最後簽訂了歷史上有名的《辛丑條約》。在國人眼中，奕劻和李鴻章皆屬歷史罪人。但在從西安逃難回北京的慈禧眼中，奕劻與李鴻章是有功的，否則，慈禧老佛爺怕是永遠有家難回了。

載振顯然受到其父蔭庇，順利成為第四代慶親王。本來，世襲罔替王歷來是由皇帝冊封的，可是大清王朝氣數已盡之時，載振親王卻是由時任中華民國大總統黎元洪通過發佈命令獲封的：「清宗室慶親王奕劻因病出缺，所遺之爵，本大總統依待遇清皇族條件第一項，以伊長子載振承襲罔替。」

辛亥革命本是以推翻清朝統治，建立民國為目的革命。這時中華民國總統卻為清朝世襲制度背書，既侮辱了清室臉面，又踐踏了民國尊嚴，真是可笑可憐可悲。這時的載振，也許對這頂民國給的親王帽子沒有什麼良好感覺了。他沒有扶大廈於傾倒之志，只有把王爺的日子過好的目的。好在他家代代相傳的、有花不完的金銀財寶。再說，慶親王從政雖已失去平台，但從商則既有本錢，又有人脈。於是，京津兩地來錢的生意，慶親王可沒有少插手。

可是說來有趣，王爺雖然營商有方，但在天津租界裏購地建房的動作上，他卻輸給了同朝太監小德張。小德張曾在慈禧、隆裕太后身邊做事，積攢了不少金銀，當慈禧隆裕相繼去世後，他見清朝即將被民國取代，於是便回天津老家（原籍靜海）養老來了。

小德張在天津居住生活達四十四年，他留存於世的，除了野史中一串串陳年故事之外，便是建造在英租界的幾處房子。早在小德張在隆裕身邊當總務太監時，他就為隆裕主持修建過豪華的宮殿，此舉既得到了太后的喜歡，也彰顯了小德彰的建築才幹，甚至有人說，他是宮廷裏的大建築師。算一算，小德張在天津先後建了三處宅院，第一幢現已被拆除，第二幢已改為現在的幼兒園，第三處便是現在五大道的遊覽熱點——慶王府。

遊客參觀慶王府，只有細看介紹文字，才會知道慶王府與小德張的淵源。

原來，小德張到天津不久，先在博羅斯道買下一所被稱作「英國馬號」的樓房；到了 1917 年，小德張就在今重慶道 55 號買了六畝地（即慶王府現址）。他把自己關在屋裏，花了一個月的時間親手繪製出一組建築圖紙，然後找來租界裏最好的建築公司，開始建設這一座豪宅。工程完成後，他為自己嘔心瀝血建造的大宅取名「張府」。1923 年某日，小德張特意選擇在他母親七十九歲生日的那天舉行喬遷儀式，取雙喜臨門之意。

那天張府張燈結綵，鑼鼓喧天，跟小德張有交情的遺老遺少、下野軍閥、名伶雅士紛紛前來道賀，重量級貴賓有慶親王載振、載濤、馬福祥、馬鴻逵、傅作義等。那天還有京劇名角前來獻唱，著名書法家現場揮毫，獻贈對聯曰：

堆秀飛霞尤盡畫師神妙　流丹疊翠費煞匠子靈心

張府自此門庭若市，儼然成為津門一景，誰有機會都想一睹風采。來賓一進入大門，但見院子正中間聳立著一幢磚木混合的二層大樓，外牆水刷石牆面配以琉璃欄杆，門窗玻璃上雕琢著中國傳統的花鳥。進到樓內，迎面是歐洲古典風格的天井式大廳，天花板上吊下的兩盞源自德國的葡萄造型吊燈更為搶眼，大廳四周擺放著御賜匾額、紫檀條案、雕花圍屏、嵌著貝螺的八仙桌椅和日本七寶燒大瓶。樓頂上還有一個露天平台，可以俯瞰院中的花園和假山。

張府是小德張甚為得意的建築作品，來賓們的讚賞既滿足了他的虛榮心，也肯定了他在建築領域的卓越才能，而後者也許更能令他自豪，更能沖淡他作為「公公」的不堪歷史。但是小德張萬萬沒有想到，他邀請的第一個貴客、有著與紫禁城主人一樣血統的人——載振，不僅欣賞他的府邸，而且喜歡，喜歡到不拿回家就無法成眠的程度。慶親王載振不久就託人捎話，說他的家眷也來了天津，找了幾處房子都不滿意，唯有張公公現在住的張府才能勉強住！聽了來人滿臉堆笑地說完，小德張一時如五雷轟頂。好在他見過大世面，很快便鎮靜下來說：「親王看中我蓋的房子，那是奴才的福氣！」

過不幾天，小德張很快給慶親王騰房，前後算算，他的「張府」大匾在牆上僅僅掛了兩三年光景。慶親王於是高高興興喬遷新居，外牆原「張府」牌子換成了「慶王府」的匾額，楠木燙金大字，盡顯奢華尊貴之氣。

慶親王也許為了心安理得，也許覺得大清江山已然成了明日黃花，即使小德張過去只是一個太監，那也不能把事做得太絕，況且自己手上又多有銀兩。於是，他把自己在英租界都柏林道（今鄭州道）的八畝空地、老城廂北馬路的四座門臉房轉讓給小德張，另外再付給小德張二十七萬銀圓。這樣一來，王爺的巧取豪奪就變成了兩廂情願的「公平交易」。

「親王大人給了我又一次建築實踐的機會！」小德張笑著給慶親王圓場子，心想，既然我不敢也不能拒絕親王，那麼我何不就當送個人情呢？何況，這個人情送出去，我小德張在津門豈不又多了一張罩著的傘？

小德張只好再作盤算，他在如今的河北路 237 號又蓋了一幢小洋樓。這處中西合璧的新宅落成後，小德張站在院子裏哈哈大笑三聲後說「我終於可以在這幢房子裏養老了，管他什麼皇親國戚，誰買我也不賣」！可以想像，當年轉手「張府」時，無論表面上表現出多麼樂意與慶親王「交易」，實際上又有多少委屈和不情願。當他又費盡心機地建了新的張府，且把原來的匾額重新懸掛上牆時，他有多麼高興喜悦！他一定會有重新撿回「張公公」臉面的成就感、自豪感。

據説，小德張新府建築面積實際上超過了已更名的慶王府。他用他的辦法，暗地裏贏得了心理上的勝利。如果用擬人化的比喻來説，慶王府名叫張府時，就像是小德張家的寶貝女兒，而「嫁」作慶王府之後，她便成了慶親王家的人了，生兒育女，開花結果，那都是人家慶親王的事了。

從慶王府掛牌，到 1947 年載振去世（終年七十一歲），慶親王在慶王府生活了約二十年。事實證明，第四代慶親王是有商業頭腦的，他固然像許多八旗子弟一樣，聽戲、遛鳥、吸大煙、逛窰子，但他賺錢的機會一個也不會放過，他與人合資興建「勸業場」、交通飯店、渤海大樓，成為那時及以後相當長一段時間天津商業的標誌。

解放後，慶王府收歸國有，先後由中蘇友好協會、天津市對外友協、天津外經貿委、商務委、天津市外辦等機構使用。2011年5月，天津市以「保護優先，合理使用」為原則，將其列為歷史文化風貌建築，在騰退修復後對遊人開放。

慶王府曾是津門第一府，它是許多「紅」事的奢華場所，但它也先後經過兩個「白」事。當年還是張府時，小德張的母親在張府喬遷之喜過後不到一年，就在張府駕鶴歸西。孝心過人的小德張為此痛不欲生，他用風光大葬送走了自己的母親。

慶王府主樓大門外有十七級台階，出殯的棺槨要由多人抬槓，用一個小時的緩慢動作來彰顯對逝者的敬重，每一個轎夫在那一小時賺得的賞銀一年也花不完。而在多年以後，慶親王也以類似的葬禮告別人世。

每一個人都希望自己的血脈能子子孫孫，源遠流長，也希望自己的門樓屋舍固若金湯，世代相傳。可是你看看杭州的胡雪岩故居，看看山西的喬家大院等等，哪一個不是留石頭瓦片易，興子孫三代難？

經過一個世紀的風水輪流，慶王府作為天津市重點文物保護單位，未來當會受到妥善的保護，而小德張和慶親王的故事也將隨著這一處建築，繼續流傳下去。

我在慶王府庭院中的咖啡椅上坐過幾次，有一回思緒亂飛，還作詞一首：

古城裏的古建築，

牆體門窗都那麼陳舊，
舊時代的老王府，
磚石雕刻是那麼講究。
啊……
王府把來過的日月送走，
卻把自己的故事，
一點一滴交給了百度，
哪來的新女郎？
用手機把自己和王府，
裝進了鏡頭。
王府把來過的風雨送走，
卻把主人的財富，
一分一文都沒有存留。
哪來的新女郎，
你愛牆內的王府，
還是牆外的自由？

忠王李秀成

我到過幾次蘇州，每次都要參觀太平天國將領、中國近代軍事家、政治家李秀成的王府。因為李秀成曾被太平天國首領洪秀全封為忠王，故名「忠王府」。忠王府位於蘇州市東北街，與拙政園相鄰，是太平天國存世最完整的建築物，也是中國歷史上最完整的農民起義軍王府。1961 年，被國務院列為全國重點文物保護單位。

李秀成（1823–1864），曾用名李以文、李壽成，生於廣西梧州市藤縣大黎里新旺村。父親李世高，母親陸氏，弟李明成（後封揚王），堂弟李世賢（後封侍王），兒子李容發。李秀成八歲時，曾被舅父帶入私塾讀書，兩年後因家貧輟學，以打童工為生。

廣西是太平天國運動的發源地，「拜上帝會」又是太平天國運動早期的組織形式。或者可以這樣說，太平軍是以拜上帝會的信徒為其骨幹隊伍的。李秀成全家都是拜上帝會的信徒。

1851 年，拜上帝會創始人、自命為「上帝第二子」、耶穌之弟的洪秀全和楊秀清、蕭朝貴、馮雲山、韋昌輝、石達開組成的領導集團經過多年籌備後，在廣西金田村發動起義，建國號「太平天國」。起義軍定名太平軍，封五軍主將，即東王楊秀清、南王馮雲山、西王蕭朝貴、北王韋昌輝、翼王石達開。同時頒佈簡明軍律 —— 太平軍將士蓄髮易服，頭裹紅巾。太平天國運動自此轟轟烈烈展開，延綿十四載。

1851 年 8 月，太平軍進攻永安路過大黎時，已經二十八歲的李秀成為了解決家庭溫保而加入了太平軍，成為西王蕭朝貴的部下。

太平天國初期發展順利，金田起義後，一路北上，攻城略地，連戰連捷，僅用兩年時間就攻克並定都天（南）京，正式建立起與清政府對峙的地方政權。李秀成憑藉優秀的軍事才能，屢建戰功，在定都天京後，便升任右四軍帥、後四監軍。接著，李秀成又參加了鎮江解圍之戰、擊破江北、江南大營之戰，後榮升地官副丞相。李秀成因為太平天國在中國南方勢如破竹，他又軍功赫赫，一時光宗耀祖，風光無限。但當太平天國運動因為領導集團發生重大內亂，使他的前途不可避免地出現重大逆轉。

公元 1856 年（清咸豐六年，太平天國丙辰六年）太平天國領導集團發生分裂 ——「天京事變」。不少歷史學家認為，太平天國在取得中國南方控制權之後，匆忙定都天京，顯示了領導集團缺少「繼續革命」的戰略意識，為清政府集聚力量，實施武力圍剿贏得了時間與機會，也埋下了太平天國運動最終失敗的禍根。加上定都之後，高層享樂主義盛行，爭權奪利日烈。重大分裂竟然發生在天王與五王之間 —— 東王楊秀清掌握著軍政實權，其驕傲專橫的作風引起了洪秀全、韋昌輝、石達開、秦日綱等人的嚴重不滿。

1856 年秋，在清（湘）軍江南大營被打垮之後，楊秀清竟然逼迫天王洪秀全，親自到他的東王府封其為「萬歲」。洪秀全大怒於心，於是密令韋昌輝和石達開回京對楊秀清實施清算。韋昌輝接令後率兵回京，迅速包圍了東王府，誅殺了楊秀清及其眷屬，接著在天京城內製造了驚心動魄的大屠殺。由於韋昌輝大開殺戒，破壞了之前與石達開的約定，實行恐怖統治，甚至把清算的人選擴大到石達開一族，石達開不得不逃往安慶。

韋昌輝的屠殺和暴虐統治激起了天京將士的憤怒，石達開反過來要求洪秀全懲辦韋昌輝。為平民憤，並留住石達開，洪秀全遂於 11 月初設計處死了韋昌輝及其心腹二百多人。

當年 11 月底，石達開復回天京，洪秀全命他掌管京都政務。但經過了高層人物的血腥權爭之後，洪秀全已經喪失自信，對異姓王皆存疑忌，於是他加封自己的血親兄弟為王，以此牽制石達開。

1857 年 6 月，石達開徒有一腔抱負卻壯志難酬，長嘆一聲之後率部出走，太平天國再一次嚴重分裂。1863 年 5 月，石達開部被清軍包圍，並被全殲於貴州大渡河。

天京事變之後，洪秀全意識到大廈將傾，他想通過重新封王的方式，從太平軍中下級軍官中提拔人才。於是在 1859 年秋，李秀成被封忠王。

封王，本是太平天國的幹部政策，起初只有「首義五王」，即東西南北翼王。物以稀為貴，五王的含金量最高。但太平天國敗象顯露之後，就開始胡亂封王。據記載，最多時洪秀全封的王竟多達兩千人以上。當軍中王多兵少時，戰力就斷崖式下跌起來。

當然有個別優秀者如李秀成、陳玉成等。李秀成的封號最為特別，當洪秀全遭遇太多王的背叛時，他太渴望忠心了。於是他希望李秀成是真正有忠心的，於是就封他忠王了，取其「萬古忠義」之意。一開始，李秀成的確忠心義膽，他窮盡心力，想為太平天國力挽狂瀾。

當時清（湘）軍趁天京事變之亂，加大了軍事進攻的力度，李秀成奉命馳援桐城，於皖北招收了張樂行等部捻軍；咸豐十年（1860 年），李秀成以「圍魏救趙」之法，出奇兵攻佔杭州，旋棄浙江而馳赴金陵，破了清（湘）軍江南大營，並乘勝直下常州、蘇州等地，開闢了蘇南根據地。是年，李秀成部第一次攻佔上海嘉定、青浦等地，重創了「洋槍隊」；第二次進攻上海時，不僅擊敗清軍中的「常勝軍」，還擊斃了法國海軍提督卜羅德，然後奉天王詔，回援天京。

可惜，李秀成即便是下山猛虎，也難敵清（湘）軍群狼撕咬。同治三年（1864 年 7 月 9 日），天京陷落。

半年前，洪秀全病死在天京城中。之後，李秀成成為太平天國的實際領導人。天京陷落前夕，李秀成本計劃攜幼天王洪天貴福逃出天京的，不料事敗被俘。

本來，按照正常程序，李秀成被俘後應該被解赴京城，並在北京午門前舉行獻俘儀式。但曾國藩卻在南京把李秀成處死了。曾國藩向來處事謹慎，這時為何要處死李秀成？事後朝廷為何也沒有追究他的責任呢？

收復南（天）京後，曾國藩面臨最棘手的問題有兩個：一是如何上報洪秀全死亡之事及幼天王的去向；二是如何處置李秀成。

第一件事曾國藩處理得很妥當，避免了朝廷對曾國藩、曾國荃兄弟的猜疑。第二件事則讓他頗費周折，主意難定。經過幾番思索，曾國藩又找來幕僚商量，說他打算將李秀成就地正法。幕僚也認為李秀成絕不能押解京城受審，應該在聖旨到來之前快刀斬亂麻。曾國藩於是下定處死李秀成的決心，但他覺得李秀成年輕有為，其實是個人才，所以對他產生了些許憐憫之心。為此，曾國藩親自探望囚禁中的李秀成，與他進行了一次重要談話。

曾國藩當面對李秀成說，對你的處理要等候朝廷的指示，不是我能決定的。過了一天，曾國藩派人通知李秀成：「你國法難逃，曾大帥因不能為你開脫罪責而難過！」李秀成聽了十分感動，說：「中堂厚德，銘刻不忘，今世已誤，來生願圖報！」

顯然，曾國藩用謊言使李秀成不僅不恨囚禁他的敵軍首領，反而心存感激。

也許，李秀成的態度只是換來了一個少一點痛苦的死法——曾國藩取消了對李秀成淩遲處死的極刑，改為斬首並將他的首級傳示各省，後來還用棺材裝殮了他的屍體。

曾國藩的做法明顯是一齣假仁義的戲碼。他迫不及待地處死李秀成，其原因就是怕李秀成到京後，會說出一些對曾國藩、曾國荃兄弟不利的話，從而遭到朝廷的猜忌。

李秀成掌握哪些令曾氏兄弟害怕的事證呢？一是「聖庫」問題。攻陷天京後，曾國荃縱兵搶劫，李秀成對此知之甚詳；二是曾氏兄弟歷次奏報戰績，這些戰績水分巨大；三是天京城破之後，清（湘）軍只顧搶掠，對太平軍毫無防範，致使幼天王洪天貴福輕易逃脫。以上事實若被朝廷察明，定對曾氏兄弟包括整個清（湘）軍的聲譽造成巨大損害，亦為朝廷在「狡兔死」之後，拿他們兄弟當「走狗」來「烹」埋下隱患。

老奸巨猾的曾國藩認為，與其自留隱患，不如將李秀成就地正法為好。

為了避免因擅殺李秀成而引起朝廷的猜疑，曾國藩向朝廷上了一道摺子——「臣竊以為聖朝天威，滅此小丑，除僭號之洪秀全外，其餘皆可不必獻俘，陳玉成、石達開即有成例可援。且自來元惡解京，必須誘以甘言，許以不死。李秀成自知萬無可赦，在途或不食而死，或竄奪而逃，翻恐逃顯戮而貽巨患。臣與弟國荃熟商，意見相同，輒於七月初六日將李秀成淩遲處死。」

曾國藩用這些冠冕堂皇的理由，說他這樣做是有先例可循，而且是為了不把難題拋給朝廷。因為如果要保證把李秀成順利押解到京，勢必要事先答應他不死的條件，而根據李秀成犯下的罪行，朝廷又不能不處死他，所以與其給朝廷出難題，還不如就地正法為好。

當然朝廷不答應李秀成活命的條件也不是不行，但將面臨兩個後果，要麼就是李秀成絕食而亡，要不就是李秀成絕望而逃。不管如何，都不如就地正法更為妥當。

要說李秀成絕食而亡尚能說得過去，說他絕望而逃則十分牽強。曾國藩後來也意識到這一點，於是在奏摺的夾片中，又附上了一段話：「臣在皖時，聲明該酋應如何處理，到營察酌具奏。到後知其被縛時，民人助之，殺傷親兵某某，又已入囚籠，而偽松王陳得風尚為跪拜。臣以其人心未去，黨羽尚堅，故決計就地正法。」奏摺上達之後，曾國藩又讓幕僚趙烈文整理出李秀成的供詞，即後人所稱《李秀成自述》。這份供詞多達五六萬字，敘述了咸豐四年以後太平天國軍中的事情。

曾國藩對這份供詞很重視，經過自己嚴格審查整理後，才報送軍機處。朝廷收到曾國藩精心籌劃的奏摺和上述供詞後，自然也沒話說。畢竟曾氏兄弟是鎮壓太平天國運動的功臣，犯不著為這枝節瑣事為難於功臣。

李秀成之死，標誌著太平天國運動徹底以失敗而告結束。

縱觀李秀成的一生，從他二十八歲加入太平天國，到他在四十二歲時為太平天國壯烈犧牲，前後十餘年間，他的成長進步，他的高光時刻，他的歷史價值，無不是拜太平天國所賜。因此可以說，李秀成生為太平天國人，死為太平天國魂。

研究中國近代史，太平天國是一個不能繞過去的重要部分。在評價李秀成時，官方的口徑可以在「忠王府」的展覽文字中找到 ——

> 太平天國時期，忠王李秀成戰功赫赫，其事蹟被列入中國軍事博物館古代戰爭史冊。作為太平天國後期的全軍統帥，李秀成在反封建反侵略的戰場上，亦多謀善斷，叱咤風雲，屢破強敵，給中外反動勢力以有力的打擊，為太平天國譜寫了壯麗詩篇。

上述文字顯見是以正面評價太平天國運動為邏輯的。以此為前提，就不能不對李秀成被俘後的表現表示失望了。李秀成本是為解決溫飽問題而加入太平軍的，他的人生理想恐怕尚局限在物質利益的層面，他對洪秀全的忠，可能更多的是出於現實政治的需要，而非精神層次的信仰與堅守。

說到此，我們就不得不對洪秀全的信仰問題提出質疑 —— 他創立的拜上帝會，本身是一個迷信組織。儘管他們在運動初期，頒佈了《天朝田畝制度》，提出了「凡天下田，天下人同耕」的理想，旨在實現「有田同耕，有飯同食，有衣同穿，有錢同使」的平等分配原則。這一制度在很大程度上滿足了廣大農民的經濟需求，促進了部分地區的農業繁榮，贏得了一段時期內的群眾支持。但太平天國政權高層腐敗的亂象，逐漸失去了軍心與民心。別的不說，單就洪秀全後宮的妃子，就多達 1168 人。其中包括 1 個王后、24 個王妃；王后娘娘的團隊還包含 16 個級別，共 208 人，另有每個王妃的團隊包含 7 個級別共 40 人。

當信奉上帝會的信徒，或者說太平天國的子民在看到洪秀全時，可能覺得他不像上帝的次子、不像耶穌之弟，而更像清朝某位昏庸的皇帝。有道是「僕人眼中無偉人」，住在天京城裏的各大王們，最先看扁了洪天王，他在病逝前立兒子洪天貴福為幼天王，彰顯了他「家天下」的人生理想與政治局限性。

有洪秀全這樣的「上樑」，「下樑」不歪就沒有道理。從這個意義上說，「天京事變」的惡果，本就是洪秀全播種的。

俗話說，獨木難撐。從洪秀全及其領導班子成員，即首義五王之死，就不難發現太平天國的悲劇結局——東王楊秀清，在天京事變中被殺；西王蕭朝貴，在長沙戰死；南王馮雲山，陣亡；北王韋昌輝，天京事變後被洪秀全處死；翼王石達開，天京事變後不久帶兵出走，後兵敗被殺。

當李秀成在太平天國失敗前半年奉詔入京，成為太平天國後期實際話事人的時候，他不會看不到眼前這是個什麼樣的爛攤子。他可能明知不可為，而又不能不為也。當他兵敗被俘時，他沒有視死如歸的信仰於勇氣。他甚至接受了曾國藩的勸降之說，且親書供狀數萬言，述及太平天國的歷史及其得失。更有甚者，他還提出「收齊章程」，為清（湘）軍招降太平軍餘部出謀劃策，史學界據此而認定李秀成晚節未保。洪秀全天上有知，恐怕想收回他賜予李秀成的「忠王」封號的。

歷史人物在波瀾壯闊的歷史面前，其運勢上升之際，總有大興土木之念。李秀成於清咸豐十年四月（1860年6月）率太平軍攻克蘇州以後，隨即於同年十月起，就在吳姓拙政園基地範圍內，改建忠王府，並將其東潘姓、其西汪姓宅第等一併收入，擴展為王府之地，形成一片包括官署、庭舍、園池「綿亘里許」的建築群。

誰知李秀成其興也勃焉，其亡也忽焉。

同治二年冬（1863 年 12 月），蘇州失守，忠王府裝修工程尚未完工，太平軍被迫退出蘇州時，李鴻章順勢把忠王府改為江蘇巡撫行轅。同治十一年（1872 年），又改為八旗會館。1938 年，日偽據為江蘇省維新政府駐所。1946 年，國立社會教育學院借作校舍。1951 年，劃歸蘇南區文物管理委員會。1960 年，改為蘇州博物館館址。

後人在想，當年李秀成為何將王府選址在此呢？猜測有幾點：一是地理位置優勢：蘇州位於江南地區，是清政府的賦稅重地，經濟發達，資源豐富。李秀成佔領蘇州後，可以將這裏作為支撐點，進一步控制江南地區；二是戰略意義：蘇州具有重要的戰略價值，位於太平天國與清朝之間的交通要道。李秀成通過控制蘇州，可以更好地防禦天京，同時也有利於對外擴張；三是可藉拙政園之便：李秀成利用拙政園這一著名的園林作為王府基礎，不僅因為其美景，還因為拙政園的規模和地理位置適合作為王府。他在原有的基礎上進行了改造和擴建；四是經濟和軍事考慮：蘇州的經濟實力對於太平天國來説是一個重要的資源。李秀成通過控制蘇州，可以獲得更多的物資和人力支持，這對於太平天國的軍事行動和經濟發展都有著重要的意義。

我在忠王府徘徊徜徉，五一長假如織的人流打不斷我的思緒。我想這蘇州歷史的夜空，宛如一個無限大的舞台，唐伯虎用多情的畫筆，為這個舞台畫上了不朽的背景畫板；華彥君（阿炳）把《二泉映月》當作人生旅途上的伴奏音樂，為你方唱罷我登場的舞台平添了幾許悠遠而悲傷的氛圍，而李秀成們，一身戎裝，在蘇州、在江南、在中國演繹出壯懷激烈的大戲，為我們撫今追昔，發思古之幽情提供了鮮活而悲壯的內容！

胡雪岩的桃花劫

「塵緣如夢，幾番起伏總不平，到如今都成煙雲，情也成空，宛如揮手袖底風，幽幽一縷香，飄在深深舊夢中⋯⋯」

在影視劇插曲作品中，來自連續劇《八月桂花香》中的《塵緣》（娃娃作詞，徐日勤作曲，羅文演唱）是我極其喜歡的經典佳作。這首歌不光是詞好、曲好、唱得好，更重要的是，歌詞在傷感浪漫的旋律伴奏下，敘述的聚散無常、人情冷暖與胡雪岩的故事高度契合，由此我更同情憐憫胡雪岩。我每次到杭州，總是忍不住要去「胡雪岩故居」，是參觀，也是憑弔。

胡雪岩故居原名是端友別墅。最早的主人是商人宋端甫，故那時人稱宋莊；宋端甫把宋莊賣給汾陽籍人士郭氏後，郭就將其改名為汾陽別墅，人稱郭莊了；胡雪岩暴富後，又從郭氏手中買下此宅，於是再更名為端友別墅。之後，胡雪岩在別墅西側修建了配套的私家花園，取名芝園。今天人們說的胡雪岩故居，是由端友別墅和芝園組成。

故居位於杭州市河坊街、大井巷歷史文化保護區東部的元寶街，始建（翻建郭莊、新建芝園）於 1872 年，當時正值胡雪岩事業的顛峰時期。該項工程歷時三年，於 1875 年竣工。落成的建築是一座富有中國傳統建築特色又兼具西方建築風格的美輪美奐的宅第。整個建築南北長東西寬，佔地面積 10.8 畝，建築 5815 平方米。無論是從建築還是從室內家具的陳設、用料之考究來看，都堪稱清末巨商第一豪宅。

世人說起胡雪岩，大多關注他的這麼幾個身份：清代首富巨賈、紅頂商人、左宗棠的好友等等。而當涉及胡雪岩的妻妾及家庭生活，更多的人則會說：「那時的社會允許三妻四妾，他沒有違法，因此也就見慣不怪了。」

道理是這麼個道理。不過在我看來，無論古人、今人，還是將來人，其人性的慾望可能沒有什麼不同，其男性的身體與心力，也斷無天上地下之差別。由此可見，單就女人而言，多一人則必多一事，多一事則必多一憂。

中國人大都認同胡雪岩是一位成功的商人，同時也是一個情場高手。他在商業上的巨大成功這裏暫且不再重複講述。單說他在情場上的長袖善舞，及人不能及的故事。

胡雪岩一生娶了十二房妻妾。為此，他購置豪宅、擴建花園，最後建成冠蓋江南的巨商大宅 —— 端友別墅。別墅的設計共有十六個分隔貫通的院落，主樓為高聳的「百獅樓」。此樓用一百個紫檀木雕成一百個獅子，並用黃金製作眼睛，光彩四射，華麗無比；主樓除五開間正廳三進之外，還有紅木廳、楠木廳、荷花池、牡丹台，以及專設唱戲的影憐院、煙室煙榻等，遠觀宏大，細節精巧。園內假山，用的是西湖第一名山飛來峰的小影，光堆砌假山就花費八萬兩銀子；園內「御風」一樓，登樓遠望，南望鳳凰山，東眺錢塘江，杭州城高高低低盡收眼底。如此豪奢的大宅，不是皇宮而勝似皇宮。

於是，在那個年代，但凡與胡雪岩能搭上一點關係的達官貴人，每來杭州，都不願住旅館與官邸，反而以住在胡氏大宅為幸事。沒有多久，端友別墅就贏得了「江南第一院」之美譽。

用現代人的眼光來看胡氏大宅，胡雪岩是有一些「忘本」的作派的。因為他在暴富之前，也曾經是一個普通的打工仔。他的打工仔角色，那時叫店舖夥計。他當時一年的收入才八兩銀子。但他發達之後、在建胡氏大宅時卻耗銀兩百萬兩，堪稱典型的暴發戶、敗家子的行為。

當然，男人辛苦掙錢，許多時候是以「養家餬口」為己任的。胡雪岩被別人稱其為胡夥計時，大概率想的是先吃飽穿暖，然後娶妻生子、購房置業。但他的財運如錢塘江水，潮湧不斷，令他在財富超常規積累的同時，對妻妻妾妾的想法也一步步攀升，到了幾乎與皇帝看齊的地步。

作為一個安家之所，胡雪岩對端友別墅的改建擴建所制定的規劃原則，顯然是以如何安置他的妻妾為出發點的。房屋建成後，他的十二房妻妾分樓而住，母親和正房太太住在正廳百獅樓的二樓；最為受寵的羅四太太住在「楠木廳」，排序為二的太太住在「紅木廳」，其他的姨太太住在另外兩棟樓。各房的臥室裝修都是中西合璧，極盡奢華。

妻妾多了，就出現「組織管理」問題。為此，胡雪岩在每個太太的臥室裏安裝了電話，以方便聯繫。他還自創「美人棋」——每個丫鬟都穿著印有象棋文字標識的衣服，比如「將」、「士」、「相」、「車」、「馬」、「炮」等等。胡雪岩邀友人來家裏作客、下「人棋」時，會讓「丫鬟棋子」聽命對弈雙方的口令，然後定向走到固定的位置，並擺動身體，做出舞蹈動作。如此別開生面的「人棋」遊戲，連清朝宰相文煜受邀造訪過後，也大加讚嘆。只是在文氏的讚嘆當中，有多少欽佩之情，多少嘲諷之意，就只有天知道了。

大概男人對女人的情感，是隨著年齡的長幼和財富的多寡而改變的，胡雪岩也不例外。他的結髮妻子陸氏，是他當小夥計時迎娶的。兩人生了兩個女兒。陸氏伴隨胡雪岩從貧窮到富貴，可謂患難夫妻。後來胡雪岩開始納妾，第一位姨太太陽琪，是胡雪岩生意上的幫手，但可惜陽琪紅顏薄命，早早就去世了。

縱觀胡雪岩所娶的姨太太，雖來路不同，長相各異，但有一個共同點，那就是平民落難女子居多，鮮有達官貴人家的女子。她們中有採蠶女、菜農女、螺螄女等等，甚至還有出自煙花巷的失足女人。但這些女子共同的特點是外貌姣好，顯示胡雪岩是個顏值控。

既然出身平民，沒有後台背景，胡雪岩的妻妾便多是性格溫順，習慣服從的女人家。這樣，老爺胡雪岩與妻妾間的相處就顯得相對和睦，鮮有宮鬥故事發生。當外人稱讚胡雪岩管理「後宮」有方時，我卻以平常人之心，度「胡富豪」之腹，揣摩著他可能有著「偏愛」與「不能不愛」的矛盾。

白居易在《長恨歌》中，把男人在情感中的自然屬性揭示得淋漓盡致：「後宮佳麗三千人，三千寵愛在一身」。儘管詩中所指的是唐玄宗獨寵楊貴妃，但何嘗不是說男人「偏食」的共同特點。當人在一夫一妻的家庭中生活時，甚少有愛誰的選擇題，但屋子裏有十多個女人時，這男主人一定會出現我選誰、選哪幾個、先誰後誰、哪一個更稱吾心的問題。這些問題在胡雪岩出生之前，哪朝哪代的皇帝都遇到過。古今中外的皇帝，在享受太多艷福的同時，也讓艷福掏空了他們的身體。於是，他們的平均壽命遠遠短於老百姓。這恐怕就是老天爺降予人間有關福禍平衡的辯證法。

胡雪岩六十二歲時病故，想必他在養生方面花費的心思，少於用於妻妾方面的功夫的。據説，為防後院起火，胡雪岩對於妻妾們出手闊綽，而且「一碗水端平」，讓她們吃好的，穿好的，用好的，並且將這些物質待遇延及妻妾的家屬們。只可惜人的慾望是沒有止境的，當餓著肚子時，固然要先吃飽了再説，但吃飽之後呢？肯定會有這樣那樣的問題，尤其是同一個身份，獲得的愛有差別時，心理失衡便是大概率的事。儘管胡雪岩盡心盡力，想做到讓妻妾們雨露均沾，但如此本末倒置之舉，會令人愉快享受呢，還是不勝其累呢？

再好吃的東西，超過胃口容量的塞填，味覺感受也會適得其反的。

也許，胡雪岩來不及觀看自己後宮戲的下半場。喬遷端友別墅僅僅八年後，胡雪岩的命運便發生了大逆轉。

一直以來，胡雪岩都是晚清名臣左宗棠的朋友和經濟後盾。當左宗棠在和政敵李鴻章的政爭中落入泥潭而不能自保時，胡雪岩便成為李鴻章收拾的對象，而胡雪岩妻妾們的好日子也隨之到了盡頭。

李鴻章獲得了慈禧太后的信任與支持，命令各省解往上海的協餉停止支付、各大洋行不得給胡雪岩的銀號拆借資金時，胡雪岩只得孤注一擲，將自己錢莊的資金兜底墊付，但擠兑隨之而來且難以停止，胡雪岩綿延三十多年積累的財富高塔，傾刻間成為火中蠟燭，一夜之間淚盡煙滅。

李鴻章還向慈禧告狀，説當年胡雪岩幫助左宗棠收復新疆時，曾向洋人貸款，期間收了洋人的巨額回扣。慈禧太后於是下令，將胡雪岩革職抄家，僅給他留下杭州城胡氏老宅和藥莊。遭遇滅頂之災的胡雪岩，匆匆給每位姨太太發了遣散費，演繹出「夫妻本是同林鳥，大難臨頭各自飛」的傳統戲碼。此舉多為後人稱道，因為胡氏大船翻沉之前，他讓妻妾與僕人下船逃生，展現出他的善良與擔當精神。

但回頭再説胡雪岩對待女人的態度，其實是缺乏人格尊重的，他與封建社會許許多多達官貴人的心態如出一轍。據説，胡雪岩遇到面貌姣好但又落難的女子，每每不計金錢，慷慨解救。然後又將她們贈送給達官貴人做妾，以此為自己的人脈關係長遠佈局。

在胡雪岩的人生中，第一個政壇靠山名叫王有齡。他之所以有這個靠山，就在於胡雪岩慧眼識珠，他以金錢和女人投資王有齡，最後取得了超預期的收益 —— 王有齡當年還是落魄書生時，胡雪岩便以小夥計的身份，拆借了錢莊五百兩銀子，用來幫助王有齡買官補缺。王有齡後來青雲直上，但他始終記著胡雪岩雪中送炭之恩。胡雪岩正是在王有齡的幫助下，撈到了從商以來的第一桶金。期間，胡雪岩給王有齡找了個妻子，此女姓梁，雲南大理人，既有花容月貌，又飽讀詩書。她的父親本來官居滇南藩台，但後來涉案犯事而被發配邊疆，梁氏不幸被人販子賣到妓院。胡雪岩遇見後，立即將梁贖出身來，並許配給尚未婚配的王有齡。王官人對這樁婚姻非常滿意，自然對胡雪岩更加信任親近了。

王有齡後來官至浙江巡撫，不幸的是，太平天國運動中，王有齡因守城（杭州）失敗而自殺殉國。王有齡去世後，夫人梁氏孤苦無依，胡雪岩又將梁氏推薦給接任浙江巡撫的左宗棠為書侍，左宗棠西征新疆期間，梁氏為左大人紅袖添香，侍奉左右。

胡雪岩最為後人感嘆唏噓的是，他為了生意，竟然把自己剛娶回家的小妾巧珠贈予他人。巧珠是上海松江漕幫尤老太太的乾女兒，聰明靈巧，外出時被船霸抓作人質，幸得胡雪岩搭救，隨後彼此相識相愛，結為連理。不久，欽差大臣何桂清因故遇到巧珠，竟然一見鍾情。胡雪岩知道後，不僅不惱，反而寫了休書，欣然將巧珠轉贈何桂清為妾。

這個故事可作正反兩種解讀，正面説，胡雪岩高風亮節，很是識大體、顧大局、重情義；反面説，胡雪岩壓根兒就不愛、也不尊重巧珠。他把美女當作珠寶，可以贈予官家，用以巴結權貴，此乃寡廉鮮恥、重利輕義之舉矣！

世上有「無限」一詞，但它不適用於感情。胡雪岩妻妾眾多，但他獲得真情的、且能對他不離不棄的，只有「羅四太太」。羅四出身貧寒，小時候靠在河邊撈螺螄養家，由此得名「螺螄女」。嫁予胡雪岩後，胡母為她取「螺螄」諧音而改名羅四。羅四本是胡雪岩青梅竹馬的初戀女友，雖然一身鄉野之氣，但美麗、聰明、能幹，敢作敢為。

胡雪岩成年後，奉母命娶了一位不喜歡的姑娘為妻。羅四無奈，只好含恨離去，後被迫靠賣身為生。胡雪岩發達後，越來越想念羅四。有一次，他在一家小酒館裏吃螺螄，猛然吃出了熟悉的羅四手工才有的味道，於是跑到後廚一看，見操持廚房者果然是自己朝思暮想的羅四。隨後，胡雪岩如願把羅四收作了自己的二姨太。

胡雪岩被革職抄家後，其他妻妾分得了僅剩的一點錢財，便紛紛離去，唯有羅四陪同胡雪岩，從大宅搬到了窮巷陋室，胡雪岩病逝不久，羅四也不思茶飯，很快就殉情而去。

史料載，胡雪岩在臨終前給子孫留下三句遺言：一是要子孫遠離「白虎」；二是要子孫不得從政；三是要胡家後人不得與李姓子女通婚。

這裏的「白虎」，指的是白銀，亦指生意。胡雪岩不想讓子孫後代經商，這是因為自己經商受傷至重；再是仕途險惡，他的兩位官場至交 —— 左宗棠、王有齡均未善終；三是李鴻章害他深重，他恨烏及屋，不得不留下如此無奈的遺言，以此排解心中的憤恨之情。

胡雪岩臨終前並沒有關於自己妻妾生活的隻言片語，但我卻想說，如果細數他一生所受之劫，應該說生意失敗等於是財劫，而官場遭受迫害則為官劫。我想是不是還應該補充一條，即他還受有一劫 —— 桃花劫。只是前兩劫為明，桃花劫為暗。

「漫漫長路，起伏不能由我……」胡雪岩命運遭遇浩劫前有多少「揮斥方遒」之威風，告別人世前就有多少「不能由我」的悲哀！

薄塵難埋袁項城

項城市，河南省周口市轄下縣級市，位於河南省東南部，居黃河沖積平原南部，淮河主要支流沙潁河中游。中華民國歷史上與國父孫中山名字聯繫最多的歷史名人袁世凱故鄉即在項城市。

「歷史像個任人打扮的小姑娘」這句話是被人寫進文章裏、印在書本上的，且作者還是著作等身的大家。我是認同此說的，但我有時候在想，為什麼會有此說？此說的邏輯何在？這個說法揭示了歷史的真相嗎？面對歷史，我們該在此說面前止步呢，還是掀開歷史的門簾，看一看歷史的究竟？

分析這句話的意思發現，歷史這個「小姑娘」總是會有人「打扮」的。張三給「小姑娘」穿上紅色連衣裙，「小姑娘」便以紅衣少女的形象示人；李四給「小姑娘」穿上白色連衣裙，則「小姑娘」又成為白衣少女。這種打扮歷史「小姑娘」的人大約分為兩種，其一為官家，他們打扮「小姑娘」的工具便是正史。參與其中的人，多是領取工資的史學家及其修史管理部門的領導幹部；其二是民間，他們打扮「小姑娘」的工具則是野史。參與其中的人，多是對歷史八卦感興趣的各路百姓，他們可能是寫書的、說書的，也可能是茶館掌櫃、青樓女子，還有可能是你掉了牙的姥姥或者住你隔壁的盲眼光棍……

歷史就是在眾説紛紜中失去了本來面目，又在眾説紛紜中轉化為花果山上的孫猴子而分身有術。於是，常常一個事件多種説法；一個人物，説他是君子也説他是小人，説他偉大也説他渺小。這讓後人常感矛盾，真有些丈二和尚摸不著頭腦的感覺。

當然，官家修史或民間聊天説故事，這修史或説話的人，其思路肯定是受自己的主觀意志支配的。他的立場、動機、利益、個人好惡將使他的表達有了傾向性，有了取捨，有了褒貶，歷史的真實由此便以文字與口頭的形式完成再造。

中華民國首任大總統袁世凱，當然也是被後人打扮的「小姑娘」，我只是好奇，想看看別人是怎樣打扮他的。

官媒對袁世凱（1859–1916）有如下介紹：「中國近代史上著名的政治、軍事人物，北洋軍閥領袖。字慰亭（又作慰廷），號容庵、洗心亭主人，漢族，河南項城人，故人稱『袁項城』」。

袁世凱早年發跡於朝鮮半島，歸國後在天津小站訓練新軍。清末新政期間積極推動近代化改革。辛亥革命期間逼清帝愛新覺羅·溥儀退位，成為中華民國臨時大總統。1913 年鎮壓二次革命，同年當選為首任中華民國大總統，1914 年頒佈《中華民國約法》，1915 年 12 月宣佈自稱皇帝，改國號為「中華帝國」，建元洪憲，史稱「洪憲帝制」。此舉遭到各方反對，引發護國運動，袁世凱不得不在做了 83 天皇帝之後宣佈取消帝制。1916 年 6 月 6 日因尿毒症不治而亡，歸葬於河南安陽。

袁世凱的榮辱功過各有評説，有人説他是「獨夫民賊」、「竊國大盜」，也有人認為他對中國的近代化做出貢獻，是「改革派人物中的第一人」。總之，袁世凱是中國近代史上最具爭議的人物之一。

看了上述文字，我們便對袁世凱有了一個大概了解。從中也能看出文字撰寫者用了一分為二的觀點，對袁世凱的功過都做了表述。對他沒有全盤肯定，也沒有全盤否定。這當然是辯證唯物主義史觀的具體體現。但我覺得，類似於「獨夫民賊」、「竊國大盜」的結論，有些過於簡單粗暴，也容易使後人把歷史人物概念化、標籤化，最後導致我們誤讀歷史，歪曲歷史。

在歲月面前，每個人都有不同的人生階段，袁世凱也不例外。他做清朝的官，從小官到大官，最後成了終結清朝的官 —— 他脱下了清朝的頂戴花翎，穿上了中華民國大總統的官服。從默默無聞的清朝小吏，到足以撼動社稷的國家武裝首領，袁世凱多數時候是被老佛爺慈禧太后攥在手心裏的。

太后執掌大清王朝國柄將近半個世紀，「戊戌變法」是清末皇權爭鬥高潮迭起的大戲。主角是（姨）母子倆 —— 慈禧皇太后與光緒皇帝。袁世凱在宮鬥劇的關鍵節點上，一「告」功成。

本來，那時尚且屬文淵閣大學士，署理直隸總督兼北洋大臣榮祿部下的袁世凱，與大權在握的慈禧太后是搭不上話的。但維新黨（保皇黨）人想拉攏袁世凱入夥，「一起幹掉」慈禧太后。袁世凱審時度勢，沒有跟一幫愣頭青犯上作亂，反而向榮祿告密，最後導致政變失敗，光緒皇帝被慈禧太后軟禁，「戊戌六君子」譚嗣同、康廣仁、林旭、楊深秀、楊鋭、劉光第被殺，康有為、梁啟超被迫逃亡海外……

對「戊戌變法」的主流評價，是把慈禧太后當作保守勢力、反動勢力看待的，而把光緒皇帝及其黨羽看作革命派、看作先進思想的代表，由此也對變法失敗了的光緒皇帝遭遇軟禁，且早於慈禧一天「病亡」的命運掬一把同情之淚。這樣的歷史觀，導致評價袁世凱時就陷入片面化和感性化的窘境當中。如果拋開慈禧與光緒的兩極立場，想像著夾在（姨）母子之間，后黨與帝黨之間的袁世凱，在當時到底該如何自處。

時年三十九歲的袁世凱，已受清朝俸祿多年，且已因在朝鮮公務和小站練兵（建立北洋新軍）而成為朝廷重臣。他在仕途跋涉的歲月，正值慈禧太后垂簾聽政的時期。不難想像，袁世凱仕途之順遂，是以其對朝廷的忠心為前提的。那麼他的忠心，最後必然會落實到朝廷一把手慈禧太后的身上。反觀剛剛親政一年多的光緒皇帝，他對袁世凱不可能有栽培提攜之功，且光緒皇帝在政治謀略和行事手段上顯得十分稚嫩，這讓深諳韜光養晦之道的袁世凱，很難為其鋌而走險。

我們不妨揣摩一下，當光緒皇帝以獨寵珍妃而冷落隆裕（慈禧娘家侄女）導致家庭婆媳失和時，當戊戌變法令朝廷與社會陷入混亂時，袁世凱有什麼理由趟這一潭混水？

是的，袁世凱對維新派表示過同情與支持，也從來沒有過對皇帝的不恭言行。但這種種，僅是一個臣子該有的正常態度。清朝皇族，名字都比漢人長。在葉赫那拉．慈禧和愛新覺羅．載湉的眼中，漢人僅是家臣與奴才。袁世凱心明如鏡，我為什麼要參與你們的家庭矛盾，當我不得不選邊站的時候，我也得分清大小，我看你光緒一個毛頭小子定不是老謀深算的慈禧太后的對手，我也沒有得到光緒皇帝的密詔與授意，你們要我發動兵變，對慈禧下手，這真是皇上您的旨意嗎？這會不會是譚嗣同大人和你們維新黨人設的局？即便確是皇帝御旨，那麼政變事成之後，我會不會成為你們兔死狗烹的揹鍋俠？我照你們的安排計劃行事，是有掉腦袋的風險呀！我若投入這樣大的本錢，能有什麼回報呢？想必一定不會讓我當皇上，充其量再給我一頂大一點的官帽子。可是歷朝歷代，無不說明官帽子越大，危險性也越大。伴君如伴虎我聽多了，我知道年羹堯是怎麼被皇帝重用又怎麼被皇帝賜死的。再說了，忠君愛民、有恩當報，這不是老祖宗的教誨嗎？我忠於太后，亦報太后之恩錯了嗎？我把你們的陰謀稟報上級領導，既是臣下本分，又是回報領導知遇之恩，這樣做沒毛病吧？

袁世凱比我聰明，他一定會想到這些問題。想清楚以後，袁世凱決定把寶押在慈禧太后一邊，他決定告密。這一行動無疑是向太后一黨呈遞投名狀。

戊戌之前，慈禧太后曾發動過兩次政變——她曾聯手恭親王奕訢，通過「辛酉政變」，肅清了「顧命八大臣」；後來她又發動「甲申易樞政變」，罷了恭親王奕訢的官。到了戊戌年，她沒有想到自己一手扶持的外甥皇帝光緒，在親政僅有一年時間後，竟然打算發動針對她的政變。

慈禧有名言「誰讓我一時不痛快，我就讓他一世不痛快」，她要讓年輕的光緒和他器重的秀才們「造反不成」，還要讓他們「一世不痛快」，慈禧說得到也做得到。

有太多人把「戊戌變法」的失敗，歸咎為袁世凱的「告密」。我覺得此一說法是失之片面的。太后與光緒在各個方面的實力對比都相差懸殊，袁世凱的告密只是太后勝算的因素之一。

至於「戊戌變法」的失敗，對社會發展產生的作用，史家多持負面評價。其實在事變之後，慈禧太后並沒有完全放棄維新派的主張，她重用漢臣，大力支持、推動「洋務運動」與清末新政就是實例。由此可見，慈禧與光緒的矛盾，權力之爭才是核心，政見分歧只是其表矣。

電影《安重根擊斃伊藤博文》想必不少朋友都看過，相關歷史也為大家所熟悉。但很少有人知道伊藤博文在問鼎日本首相大位之前，還曾被光緒皇帝召見，且有聘任伊藤博文為其政策顧問的計劃。

慈禧太后曾經藉助義和團運動與外國人叫板，光緒帝卻不僅重用一幫秀才，還與外國人勾勾搭搭，這讓慈禧太后不能不忐忑不安。由此可以說，「戊戌變法」的悲劇結局，其實不是帝黨因為在某個點上的計劃失策，而是來自帝黨在一個系統上的敗因。

當然，袁世凱及時向上級領導報告「政變的緊急事項」，且該報告有助於慈禧太后及時作出防範並挫敗帝黨的陰謀。事後太后回報袁世凱的，則是更大的官帽子，他從工部侍郎、小站練兵主持升任山東巡撫。

倘若摘掉有色眼鏡來看這個故事，我們是不是應該實事求是地說，戊戌變法時的袁世凱，只是盡到了臣子的本分而已。

行文至此，我的思緒飛到了前蘇聯。1991 年 8 月 19 日，蘇聯副總統亞納耶夫帶頭，成立了「緊急狀態委員會」。該委員會藉總統戈爾巴喬夫外出度假之機發動政變，解除了戈氏的總統職務。誰知這個委員會缺少雷霆手段，除了軟禁戈爾巴喬夫之外，沒有控制大局的有效手段，致使民選的加盟共和國 —— 俄羅斯總統葉利欽得以用捍衛民主的名義，挫敗了亞納耶夫領導的政變。

後來的結果是戈爾巴喬夫自動下台，葉利欽與其他加盟共和國領導人一起肢解了前蘇聯。

史家在幾十年後，重新解讀前蘇聯「8 · 19」政變時，對「緊急狀態委員會」的評價發生了顛覆式的變化。簡單地説，該委員會認為戈爾巴喬夫的政策會導致蘇聯的聯盟解體，他們以「維護蘇聯國家地位」的願望為出發點，發動政變。如果政變大功告成，戈爾巴喬夫「自毀長城」的行為被叫停，則蘇聯可能就不會崩潰、分裂。

可惜這個行動失敗了，蘇聯也消亡了。如今大多數研究者認為，戈爾巴喬夫與葉利欽等人，應該為蘇聯解體承擔歷史責任。但在當年，他們卻站在法律和道義的制高點上，審判了「緊急狀態委員會」的所有成員並定了他們的所謂「叛國罪」。

對比著看，就其針對國家最高掌權人的政變而言，上述兩個故事是有幾分相似的。假設一下，如果「戊戌變法」時袁世凱支持帝黨、毅然「出兵勤王」，力保光緒的計劃成功，帝黨得以對慈禧太后複製武周時期的「神龍政變」、政變者像對待武則天一樣處置了慈禧太后，那麼歷史的走向又將呈現出什麼樣的面貌呢。

當然，歷史不好假設，但我們也不必要用假設的結果、用簡單的是非觀苛責故事中的當事人，或者簡單地貼標籤、戴帽子。

如果說袁世凱與慈禧太后是「以下仰上」的君臣關係，那麼到了大清王朝氣數將盡、辛亥革命風雲突起之際，袁世凱與孫中山就成為既合作又鬥爭的對弈關係了。

大家知道，在中國近代史上，孫中山與袁世凱是終結滿族政權、建立中華民國的「雙子塔」式的人物，他們兩人的關係始終聯動著民國初期的時局變化。

1912 年初的中國，並存著南北兩個政權中心——北京的滿清政府和南京的民國臨時政府。這兩個政府，一個是已經統治中國數百年的大清帝國，一個是高喊「驅除韃虜」的口號，以推翻滿清王朝為己任的中華民國。按照歷史慣例，兩個政權的矛盾不可調和，不在戰場上拚出個輸贏不足以結束這場衝突對抗。

但這個時候，歷史卻選擇了袁世凱。他儘管作為清朝漢臣（此時已官至內閣總理大臣），也一直被愛新覺羅氏皇族統治者控制著重用，但當辛亥革命的浩盪潮流成為不可阻擋之勢時，他卻在表面上應付著只有三四歲的宣統皇帝及其父親攝政王載灃等人，實際上一心想終結大清王朝。

對於滿清王朝而言，他們把以漢民族為主的武裝起義看成性質一樣的挑戰。前有「消滅清妖」的太平天國運動，後有「驅除韃虜」的辛亥革命。前者靠著漢臣曾國藩訓練湘軍，成功地剿滅了太平天國；後者重用漢臣袁世凱及其「小站練兵」而成的北洋新軍，想複製消滅太平軍的歷史。如果單就軍事實力而言，北洋新軍遠比湘軍強大許多倍。但區別是人的思想，曾國藩本有終結清朝的政治與軍事實力，卻無當亂臣賊子之心，他自豪於當一個清朝的中興名臣，這是他的政治操守，道德自律決定了的。

令攝政王載灃及清朝皇族失望的是，袁世凱不想當曾國藩第二，他近距離地觀察了清王朝的腐敗與無能，他不想為這個即將傾塌的帝國陪葬。於是，他在埋葬清朝這個關健點上，與孫中山為首的南京臨時政府達成默契。於是，袁世凱巧妙地藉民國的軍事壓力，完成了讓清朝皇帝「遜位」的歷史使命。

袁世凱本是清廷用來消滅辛亥革命力量的軍事首領，但他反而告訴清廷，辛亥革命之目的，在於推翻滿清政權，終結帝制。如果不與其議和，清朝皇帝的命運，就可能像俄國沙皇全家一樣遭到革命者的屠戮。清廷皇族一想，還是保命要緊，於是交出政權。

袁世凱輕輕鬆鬆地用中華民國頒佈《清室優待條款》為條件，換來了隆裕太后宣佈《大清宣統皇帝退位詔書》。

後世史家對袁世凱通過優待清室條款，來保留滿清小朝廷還有許許多多詬病。但這些人卻忽視了，正是袁世凱的這一超級操作，彰顯了他的智慧與權謀，才促使辛亥革命以最小的犧牲成本，實現了孫中山先生心心念念的「驅除達虜」的目標。

顯然，這是袁世凱彪炳史冊的歷史貢獻，這個貢獻對於中華民族的偉大意義，可以通過重溫孫中山先生於 1894 年《檀香山興中會章程》來加深理解 ——「方今強鄰環列，虎視鷹瞵，久垂涎於中華五金之富、物產之饒，蠶食鯨吞，已效尤於接踵；瓜分豆剖，實堪慮於目前。」1897 年 8 月，孫中山在與日本友人交談時，甚至不惜從種族主義立場出發闡述在國家衰亡和民族危機的雙重壓力下，聯合有識之士起而反清的必要性：「清虜執政於茲三百年矣，以愚弄漢人為治世第一義，吸漢人之膏血，錮漢人之手足，為滿奴升遷調補之符。認賊作父之既久，舉世皆忘其本來，經政府多方面摧殘籠絡，致民間無一毫之反動力，以釀成今日之衰敗。沃野好山，任人割取，靈苗智種，任人踐踏，此所以陷於悲境而無如何也。方今世界文明日益增進，國皆自主，人盡獨立，獨我漢種每況愈下，瀕於死亡。於斯時也，苟非涼血部之動物，安忍坐圈此三等奴隸之獄以與終古？是以小子不自量力，欲乘變亂推翻逆朝，力圖自主。徒以時機未至，橫遭蹉跌，以至於是。」

由此可見，孫中山的革命目的，就是推翻滿清王朝。在他眼裏，中國的一切問題，其根子就是清朝的反動統治。所以當宣統皇帝退位，中華民國一統江山之時，孫中山信守了對袁世凱作出的承諾 —— 即他立即辭去了中華民國臨時大總統職位，由袁世凱正式就任中華民國首任大總統。

對這一歷史進程，存在著正負兩極評價，即正面肯定孫中山，反面批判袁世凱並給他戴上了「竊國大盜」的帽子。可我在想，國家權柄在歷史演變過程中，哪一次更替，不是在刀光劍影中完成，哪一次不是老百姓血流成河，哪一次不是由強者爭強得勝，由失敗者俯首稱臣而告結束？對政治舞台上的博弈，用太多的道德標準進行評價，更像是弱者的哀嘆而已，要不毛澤東同志怎麼會總結出「槍杆子出政權」的真理。

當然，我們必須肯定地説，孫中山讓出大總統位，表現出偉人的博大胸懷與高風亮節。但也不能否認，就當時的政治形勢而言，以北洋新軍為核心的國家武裝力量，非袁氏而不能調遣，非袁氏而不能安撫其軍心。孫中山當時僅有大總統之名，卻少大總統之實。尤其是缺少聽命於己的軍隊。由此可見，孫中山的「讓位」之舉，也有情勢所迫的因素。

毛澤東同志比一般人更加熟悉歷史，他看到了袁世凱手裏的槍多，孫中山手中的槍少，所以袁世凱把自己的頭像順利鑄成了中華民國的銀元。儘管這些銀元現在不流通了，但在收藏品市場，它仍然價值連城。

中華民國的百姓使用「袁大頭」與尊袁氏為大總統一樣心悦誠服。這時的袁世凱，其個人威望如日中天。有人甚至把他譽為中國的「華盛頓」。

可惜的是，任何一個偉人都有其個人認知的局限性，袁世凱的局限性在於，他彷彿認為自己能當大總統，也就能當大皇帝。我袁某人的頭顱上方，既沒有了什麼葉赫那拉氏、愛新覺羅氏，又沒有了南方革命黨領袖孫中山，那麼泱泱神州，除了項城袁氏，哪裏還有對手？

有道是「上帝讓其滅亡，必先令其瘋狂」。袁世凱的瘋狂之舉，就是登基做了「洪憲皇帝」，他想以此創立「中華帝國」，他來做中華帝國的開國皇帝並讓袁氏一族複製李唐、趙宋、朱明歷史。

可是今非昔比，袁世凱此舉，除了令袁氏族人開心一時，天下人卻聞之皆怒。

在這個時候，就又到了驗證「水能載舟，亦能覆舟」這一真理的時候了。

孫中山忍無可忍，發出《討袁檄文》，批駁其竊取辛亥革命果實，開歷史倒車的醜惡嘴臉。袁世凱這時才發現，偉大的革命先行者孫中山先生，不僅反對滿清王朝，同時也反對一切封建專制王朝。想當皇帝的人，無論是愛新覺羅家族還是袁世凱家族，均在他反對之列。他創立與奉行的「三民主義」（民生、民權、民主）與封建主義水火不容，不共戴天。於是，孫中山發動了討伐袁世凱的第二次革命。儘管孫中山動員的討袁軍實力有限，且在袁世凱領導下的北洋新軍面前，二次革命僅僅數月之後就失敗了，但被袁皇帝倒行逆施傷害的人，不僅有孫中山一眾革命黨人，還有袁世凱一手訓練出來的北洋新軍的一干將士們。

別的不說，單說他的老部下段祺瑞。段氏追隨袁世凱成為北洋首領，他支持老首長東伐西討當上大總統，且他認可「世界潮流浩浩蕩蕩，順之者昌，逆之者亡」（孫中山語），中華民國之國體，是以終結「家天下」為核心的。老首長袁世凱這時卻偏偏逆潮流而動，通過「中華民國」實現權力過度，把愛新覺羅氏的天下變成袁氏天下。我段某人原來是國家軍事首領，現在卻要我變成袁氏家奴。過去你袁大哥領導我，今後你兒子是皇太子，你孫子是皇太孫，我成了袁家三代小臣。不僅如此，歷朝歷代都是「一朝天子一朝臣」，我咋就能當兩朝之下臣，我就是支持你，也保不住你用「杯酒釋兵權」把我掃地出門。

想必段祺瑞想的比這些還多，他於是拒絕接受洪憲皇帝袁世凱冊封他為親王的「好意」，他守住了一介武夫為民國立命的底線。

事實證明，袁世凱也算是個十分可愛的、知錯就改的人。他在當了 83 天皇帝之後，就在眾人的聲討之中宣佈退位了。

有史料記載，袁世凱大公子袁克定因為想當太子，就安排手下偷偷印刷了許多假報紙，報紙上刊登了許多《勸進書》。這讓看到報紙的袁世凱誤以為，我袁某人當皇帝竟然有「天下歸心」的洶湧民意。怎麼辦呢？那我就聽大家的規勸，勉強為之地登基當一回皇帝吧！

當袁世凱灰溜溜地發佈退位詔書後不久，就惡氣攻心，罹患重病。臨終時，他甚是無奈且悲傷地哀嘆：「克定誤吾矣！」

我看到這些文字，並不會因此減弱對袁世凱「開歷史倒車」的批判，反而對他被兒子誤導而感到悲哀。可又一想，天下靠近皇權的父子關係早已扭曲變化了。為了皇權，父親早已不是一般的父親，兒子也不是平常人家的兒子。在他們之間，什麼古怪的故事都可能發生。

袁世凱享年僅五十五歲，他對疾病與治療的認知也有著明顯的局限性。正因如此，一代梟雄才早早地從人生的舞台上謝幕了。

世人習慣於戴著對與錯的「眼鏡」看待歷史和歷史人物，但我卻覺得，少一些對與錯的評判，多一些分析與研究，我們可能從中獲得的啟發與借鑒意義會更多一些。

「人民，只有人民，才是創造世界歷史的動力」(毛澤東語)，孫中山是廣東出來的人民，袁世凱是河南出來的人民，毛澤東是湖南出來的人民，他們個個都是歷史節點上不可或缺的巨人。

如果我是河南人，我一定會以河南出了一個袁世凱而驕傲。他是人文歷史的夜空中，一顆明亮的星星！

瀟湘激盪英雄氣

一首名為《詠情》的古詩，本有八句，但是現在廣為流傳且常為人引用的卻只有一句——「自古英雄出少年」。

以這句古詩為鏡，來看中國近代歷史上那些出自湖南且在湖湘文化熏陶之下湧現出來的英雄們，倒也是蠻貼切的。

但我還想說，認可這句古詩道出的哲思是對的，但還有必要深究詩句背後的邏輯關係。因為少年英雄往往不是自學成才的，他們不會在野蠻生長中隨隨便便的就由少年「出」成了英雄。看看他們的傳記，幾乎沒有例外的都曾經歷了「少年求學、成年建功」的艱苦歷程。而在這個漫長的歷程中，尤其是少年求學時期，每個人的背後，往往閃現著一個個良師的偉岸身影。

在這些師徒傳道授業的故事當中，同時也一遍又一遍地應驗著一句古語：「名師出高徒」也！而那些身在湖南的名師，往往又與湖湘文化傳統有著千絲萬縷的關係，也多與湘江之畔的嶽麓書院有關。

在書院主體建築的大門兩側掛著一幅頗有年頭的木刻古聯：「惟楚有材，於斯為盛」，這八個大字是近代歷史上湖南人才輩出的真實寫照。

我們知道，湖湘文化源遠流長，而出生於湖南衡陽的王船山

（1619-1692）是湖湘文化的精神源頭之一，且他又把湖湘文化發展到了一個高山仰止的新階段。他「經世致用」的入世觀，先後影響了一代代出自湖南的雄傑，如魏源、曾國藩、左宗棠、譚嗣同、毛澤東、劉少奇等等。

王船山逝世一百多年後，出生於湖南瀏陽的譚嗣同（1865-1898）儘管不是王船山親自教出來的學生，但彷彿隔代繼承了王船山的精神。從譚嗣同著作《仁學》當中，我們便不難看到，他的學術思想在很大程度上繼承和發揚了船山精神。

當然，我們今天提起譚嗣同的名字，人們對他更多的印象是——清末著名改革家，因「戊戌變法」而慷慨就義的英雄猛士。不可否認，「戊戌變法」是譚嗣同短暫人生的壯麗篇章。他捨身取義的壯舉感動且啟發了千千萬萬個中國人，他留下的遺言，至今讀來仍有如雷貫耳之感——

各國變法，無不從流血而成，今中國未聞有因變法而流血者，此國之所以不昌也，有之，請自嗣同始！

變法事敗之初，譚嗣同本來是有機會與同黨康有為、梁啟超一樣逃生的，但他卻拒絕了，他決意慷慨赴死；在獄中，他曾寫下這樣的詩句——

望門投止思張儉，
忍死須臾待杜根。
我自橫刀向天笑，
去留肝膽兩崑崙。

在菜市口問斬時，他面無懼色，大義凜然地高聲朗讀自己的絕命詩——

有心殺賊，無力回天。

死得其所，快哉快哉！

譚嗣同以他三十三歲的青春之齡慷慨就義，成為中國歷史上一座不朽的豐碑。

作為華光閃爍的英雄人物，許多影視劇都在濃墨重彩地表現譚嗣同變法維新的故事，而對他作為《仁學》的作者，對他作為長沙時務學堂的創辦人和老師的功績，卻在無意之間被英雄故事所遮蓋。其實，譚嗣同的後一個身份以及由這個身份所做出的貢獻，對歷史的影響更巨大、更深遠、更應該大書特書。

譚嗣同在湖南辦學時期，就教出了兩個優秀的學生 —— 其一是楊昌濟，其二是蔡鍔。而楊、蔡兩人其後又教出了另外兩個更為優秀的學生 —— 毛澤東、朱德。後兩者更成為了新中國的開國領袖。同樣出生於湖南瀏陽的楊昌濟（1871–1920）是譚嗣同的同鄉，他在十二歲時進入長沙時務學堂；而出生於湖南邵陽的蔡鍔（1882–1916），其後也成為譚嗣同的學生。

對於譚嗣同如何教育學生的故事，史料不多，但楊昌濟遺稿有下文：「余研究學理十有餘年，殊難極其廣大，及讀譚瀏陽《仁學》，乃有豁然貫通之象，心力邁進，一向無前，我心隨之，猝增力千萬倍。」寥寥數語，足見譚嗣同對楊昌濟影響之深之廣。

楊昌濟以謙恭的學生姿態，心悦誠服地追隨譚嗣同等人，倡導維新，積極投身於拯救國民的活動之中。後來，在楊昌濟執教於湖南第一師範學校時，課堂上來了一位生於湖南韶山沖的少年 —— 毛澤東（1893–1976）。

縱觀毛澤東的一生，尤其是青年時代，長沙是他人生不可或缺的重要舞台。如果說少年時代在韶山私塾的學習只是給他打下良好的學習基礎，那麼長沙時期則是他樹立改變中國這一偉大理想的發源地，而此時被毛澤東視為啟蒙老師的楊昌濟，無疑給了他及時雨般的教導。

1918 年夏，楊昌濟被聘為北京大學教授、全家離開長沙而遷居北京。不久之後，毛澤東也因赴法勤工儉學事宜到了北京。這位日後入主中南海的偉人在第一次踏足北京城時尚且沒有足夠的支付旅館的費用，他只好與同伴蔡和森一同借住在老師楊昌濟家。此時的楊家位於景山東街一條小胡同中，與中南海只有幾步之遙。

毛澤東此行確實完成了眼前的心願，即送走了幾個赴法留學的朋友，同時也為自己留在國內進行革命活動作出了決定性的規劃。更可喜的是，此行也成就了毛澤東與楊開慧的愛情。

楊昌濟的女兒楊開慧，早在毛澤東剛剛考進湖南第一師範學校時，就對眼前這位來自鄉村的高個青年有了良好的印象。而在此時的毛澤東眼裏，楊老師的千金怎麼轉眼之間就長成亭亭玉立的大姑娘了呢。楊昌濟夫婦在女兒熱情地幫毛澤東縫補衣服的細節中，發現了學生與女兒之間的秘密。他們沒有猶豫，滿懷喜悅地促成了他們的戀情。

毛澤東的家國情懷與雄才大略不必贅言，我在此只想說，青年毛澤東亦有浪漫情懷且盡顯超凡脫俗的高級感。

> 堆來枕上愁何狀，江海翻波浪。夜長天色總難明，寂寞披衣起坐數寒星。
>
> 曉來百念皆灰燼，剩有離人影。一勾殘月向西流，對此不拋眼淚也無由。

這是戀愛期間毛澤東寫給楊開慧的《虞美人》。試問一下，哪個享受愛情的女子，不想成為詩中的那個她呢？

毛澤東先是楊昌濟學生，這時又升格成了楊昌濟的「乘龍快婿」。作為北大教授的楊昌濟，這時更加關心起毛澤東的工作來。於是，他推薦毛澤東進入北大圖書館當了管理員，同時又引薦毛澤東認識了同為北大教授的李大釗、陳獨秀等人。毛澤東由此有機會成為以李大釗為首的中國共產黨的創始人之一，其後順利的參加了中共一大。由此可以說，楊昌濟無論在政治上還是生活上，都是青年毛澤東的「神功大助手」。

後來，毛澤東與楊開慧回長沙結婚成家，再其後幾年間，楊開慧先後生下三個兒子。不幸的是，毛澤東的革命活動給這個幸福的小家庭帶來了滅頂之災，楊開慧被湖南軍閥何健逮捕關押並在誘降不成時殺害了。

當時，何健提出，只要楊開慧同意公開與毛澤東離婚，便可免於一死，可是忠於愛情、忠於革命的楊開慧寧死不屈。她以大無畏精神，捍衛了夫妻的尊嚴，捍衛了革命者的尊嚴！由此不難看出，楊開慧無疑是巾幗英雄，值得萬民景仰！

再說譚嗣同的另一個學生蔡鍔。蔡鍔十三歲時就讀於長沙時務學堂，十七歲時又在譚嗣同的幫助下赴日本留學，學成後回國參軍，就此開啟了他雖然短暫，但也屢創輝煌的軍旅生涯。

概括地說，蔡鍔一生做了兩件大事：一是響應辛亥革命，在雲南領導了推翻清朝統治的新軍起義；二是為反對袁世凱稱帝，發動了維護民主共和的護國軍起義。也許「英雄美人」的故事更易在平民市井中流傳，當歷史煙雲過去，今天人們提起蔡鍔將軍，便每每易與當年掩護他逃出袁世凱魔掌的小鳳仙聯繫在一起。

我曾經參觀過蔡鍔故居，看到將軍於三十四歲病逝時，小鳳仙所寫的輓聯：

早知李靖是英雄 誰知周郎竟短命

讀來既讓人對蔡鍔的英年早逝而深表惋惜，又叫人對出身書香門第、因命運捉弄而淪落青樓的小鳳仙心生敬意。

蔡鍔在雲南任職都督期間，可謂是名副其實的「雲南王」，他創辦了雲南陸軍講武堂，而當時的青年朱德慕名從四川來到雲南，考進講武堂軍官班，成為一名丙級學員。那時，蔡鍔的協統司令部設在講武堂內，他經常辦公到深夜。朱德有一天傍晚私自拜訪蔡鍔，未料卻被蔡鍔的警衛人員誤以為是刺客，蔡鍔弄清原委後，便請朱德到辦公室座談，朱德談了他的學習體會以及對時事的看法，由此得到了蔡鍔的賞識。此後，蔡鍔重點關注朱德，且在朱德學習畢業後便安排他進自己的部隊。從士兵、班長、排長一路升遷，直到成為滇軍的一方領導骨幹。

1927 年 8 月 1 日，朱德與同為滇軍出身的朱培德一道，與周恩來、賀龍、葉挺、劉伯承等共產黨人秘密發動了「南昌起義」。「南昌起義」是在共產黨人領導下的武裝暴動，是打向國民黨反動派的第一槍，起義部隊也因此變身成為中國工農紅軍。說朱德是「紅軍之父」正緣於此。中國人民解放軍「八一」建軍節正是以「南昌起義」的日期確定的。

由此可見，沒有蔡鍔當年作為伯樂，培養、重用朱德，那麼朱德元帥早期的軍事生涯可能就得改寫了。當然，朱德元帥是四川人，但他卻有幸在求學和從戎初期，遇到了識他賞他、提攜他的湖南人蔡鍔。

毛澤東同志曾經說過，「槍杆子裏面出政權！」沒錯，正是有了中國工農紅軍，中國革命才最終取得勝利。

我在想，在幾十年革命生涯當中，作為肩並肩的戰友，毛澤東與朱德一定會在閒暇時，聊過他們各自的老師，也會驚奇地發現，他們兩個人的老師的老師竟然是同一個人——譚嗣同。

顯然，本文涉及到的幾個歷史人物，在群星般的湖南英雄譜當中僅屬一小部分而已。

晚清著名國士、湖南人楊度的詩作《湖南少年歌》中有名句——

若要中華國果亡，
除非湖南人盡死。

這句詩明顯有輕視他域、獨尊湖湘的意味，但人們在讀過中國近代史之後，卻不得不對湖南人豎起大拇指！

江城幸有黃鶴樓

相傳很久很久以前，一個湖北鄉下的廚哥到武漢城（古稱江城）中開了一個酒館。剛開業時生意十分冷清，於是廚哥懷疑自己酒館的位置風水不好，心情鬱悶。某一個風雨交加的傍晚，有位鶴髮童顏但又身無分文的道士來到酒館，廚哥見此人氣度不凡，心生敬意，於是免費拿出了自己上好的酒菜招待了道士。道士被廚哥的慷慨所感動，就說：「老闆，你既然這樣待我，那我就給你畫幅鶴吧！」

說完，道士就用橘子皮在酒館牆上畫了一隻黃鶴。從此之後，到酒館來的客人只要一拍手，牆上的黃鶴就會翩翩起舞，那牆一下子就好像成為一堵古代的「電視牆」。顧客一傳十、十傳百，酒館的生意從此興隆，財源滾滾。

三年後，道士回來了，廚哥感念道士的畫鶴之功，硬要把自己賺的錢分一半給道士，道士卻笑著謝絕，只是說：「我是來接我的黃鶴的！」說完，道士拿起一根竹笛，吹奏一曲，那鶴就走下牆壁，道士順勢坐上鶴的脊背，鶴托著人，飛向天去。它在長江上空飛舞一圈之後，依依不捨地朝西飛走了。

鶴雖然被道士接走了，但鶴的傳說卻留下來了。這傳說讓廚哥的酒館一直穩坐「江城第一」的交椅。廚哥為了紀念自己的「鶴緣記」，後來就在酒館旁邊的空地上，修建了一座樓，取名「黃鶴樓」。顯然，這是關於黃鶴樓的神話傳說。類似的傳說還有，如《南齊書 · 州郡誌》說，有個叫子安的仙人，曾騎黃鵠（即鶴）經過黃鵠磯……

黃鶴樓舊址就在湖北省武昌市區之西長江岸邊的黃鵠（鶴）磯上，即今武漢長江大橋南端西側位置；《太平寰宇記》也說，曾有騎鶴仙人費文禕（又名費禕），每乘黃鶴到黃鵠磯某樓休息，該樓因之得名黃鶴樓。

黃鶴樓的概況如下：黃鶴樓，位於湖北省武漢市武昌區，地處蛇山之巔，瀕臨萬里長江，為武漢市地標建築；始建於公元 223 年，即三國吳黃武二年，歷代屢加重修，現存建築以清代「同治樓」為原型設計，重建於公元 1985 年。

顯而易見，原建於三國時期的黃鶴樓，早已被歲月的風雨沖刷消毀了。我們今天看到的是遷址改建的黃鶴樓。好在這個樓早已融合了物質和精神的雙重意義。

我是小時候從課本上認識黃鶴樓的，記得語文老師在一個赤日炎炎的午後，給同學們講《黃鶴樓》——

昔人已乘黃鶴去，此地空餘黃鶴樓。
黃鶴一去不復返，白雲千載空悠悠。
晴川歷歷漢陽樹，芳草萋萋鸚鵡洲。
日暮鄉關何處是，煙波江上使人愁。

我由此知道這首詩為唐代詩人崔顥（約 704–754）所作，他是汴州（河南開封）人。崔顥在遊覽江南，行至江城，登臨黃鶴樓時，寫下了這首與樓同名的詩。

我當時由於年少，覺得武漢對西安來說已經是遙遠的外省了，而崔顥也是十分古的古人，我又對詩中詞句理解膚淺，任憑老師怎麼賣力地講，我也聽得吃力，甚至還不停地打著盹兒。當我長大後，且在湖南當了兵，武漢成為我回家探親時的必經之地時，我因學過《黃鶴樓》，便覺得武漢唯黃鶴樓最親。於是，參觀黃鶴樓便成為我首次武漢遊的第一個項目。我此後多次到武漢，也多次登上黃鶴樓。當我身臨其境，再回味崔顥的《黃鶴樓》，便覺得它意蘊幽深，且有詩雖老卻意常新之效，不由得對大詩人崔顥心生崇敬之感。

黃鶴樓默默然屹立於長江之濱，它好像是用五百年的悠悠歲月在等待著崔顥。而崔顥似乎命中注定要與此樓結緣。當他登樓，環顧四方，頓時就詩興勃發，於是便藉用神話傳説，以生花妙筆對黃鶴樓作了無人能及的描繪，表達了他對時光流逝、物是人非的無限感慨。後人在黃鶴樓上朗誦《黃鶴樓》，無不覺得詩的意境美妙，情感動人，遣詞造句猶如神來之筆。

《全唐詩》共有 48900 餘首詩，崔顥的《黃鶴樓》被譽為「唐人七律之冠」，可見其藝術地位已經絕頂。

以今天的眼光看，《黃鶴樓》是黃鶴樓一千三百年來最佳的推廣文。黃鶴樓之所以被稱為「天下絕景」、「武漢十景」之首、「天下江山第一樓」，且成為今天遊客遊覽武漢時的打卡熱點，崔顥是功不可沒的。

中國歷代文人墨客，一直都有登高望遠、賦詩唱和的傳統。許多歷史悠久的亭台樓閣，因為有了與之關聯的名篇佳作，而成為歷史夜空中相互映照的文、物雙星。看看岳陽樓和《岳陽樓記》、滕王閣和《滕王閣序》，便知此説不虛。

黃鶴樓除了崔顥所作的《黃鶴樓》外，崔顥的「詩弟」、被譽為大唐詩仙的李白，同樣屢屢登臨黃鶴樓，而且他來此，似乎有意無意地與崔顥打起了「詩擂台」。

李白（701–762），字太白。傳說李白某日與友人同遊黃鶴樓。他本來在暢飲後，習慣性地意氣與詩興同發，可正當他要高誦低吟時，卻在不經意間瞥見了牆上掛著的崔顥的詩刻木匾。於是，太白先生饒有興味地默唸一遍後，笑道：「眼前有景道不得，崔顥題詩在上頭」。說完，他旋即轉身下樓、怏怏離去。同行的朋友無奈，連連嘆道：「可惜也、可惜也！」

這句「道不得」的話，雖然流傳了上千年，但它是不是出自李白之口卻無實據。因為以李白的性格論，他的胸中一旦有詩，那一定是要吟誦的、是「不吐不快」的。所謂的「道不得」是攔不住太白先生的。他後來不僅寫過黃鶴樓，而且還寫了不止一首。「道不得」如果真是李白原話，那也可能是他對「詩兄」崔顥表達的讚譽或者是「兄友弟恭」般的客套話。

公元730年，即唐開元十八年，李白得知自己仰慕的另一位「詩兄」孟浩然（689–740）要去廣陵（揚州）出遊，便特意邀約「浩然兄」在黃鶴樓酒聚話別。當他送孟浩然到達江邊碼頭時，心潮澎湃，隨即寫就《黃鶴樓送孟浩然之廣陵》——

> 故人西辭黃鶴樓，煙花三月下揚州。
>
> 孤帆遠影碧空盡，唯見長江天際流。

李白這時將近而立之年，孟浩然也剛到「四十一枝花」之齡。大唐延綿至開元年間，正值盛世。想必李白與孟浩然當時的心情與江城三月天的季節一樣，「春江水暖鴨先知」。他們書生意氣，揮斥方遒。兩人攜手登上黃鶴樓，極目遠眺，心就隨長江奔流遠去，壯闊的自然美景與自己的雄心壯志便融為一體。

武漢到楊州，在一千三百年前算是個遙遠的距離，當孟浩然遠去的帆船消失在江霧之中時，那天際而來的江水，似友誼之長遠，如未來之廣闊。「故人西辭」與「孤帆遠影」，是一幅何等動人的畫卷啊！但詩人這時沒有分別的傷感，只有憧憬未來的豪邁。

史料可考，李白是在崔顥的《黃鶴樓》問世七年之後，才寫下這首「黃鶴樓」詩的。雖然李白早就知道崔顥的大作譽滿盛唐，但他偏要在「關公門前耍大刀」。這個性格「很李白」，有才就是任性！

對比著崔、李上述兩首傑作可知，崔顥詩重在寫黃鶴樓本身，而李白詩則側重描繪送別好友的情景。應該説，詩的長短不同，意境有異，各自都精彩啊！

我喜歡崔顥《黃鶴樓》幾乎完美的詩句，也十分敬佩李白的才情。他們站在黃鶴樓上，為我們描繪出在沒有影像技術的年代裏，黃鶴樓所處的人間仙境和給人無限遐想的萬千氣象。

崔、李二人都是借景抒懷，且所借之景都是黃鶴樓，但詩人的人生境遇、年齡、愛憎不同，所抒之懷自然就不一樣了。

李白年輕，他把自己對未來的希望與江山無限的美景以及與友作別的深情融入筆端，給讀者一種瀟灑的「李白式贈別」的情感體驗。如果説崔顥是以「日暮鄉關何處是？煙波江上使人愁」這等稍顯悲觀的情緒收尾的話，那麼李白卻讓他的詩定格在「孤帆遠影碧空盡，唯見長江天際流」的豪情上。儘管這十四個字，道的是詩人眼觀的長江及江岸景觀，但在詩人的主觀世界裏，何嘗不是「天高任鳥飛」般的自由與灑脱呢？

可惜，現實世界比詩人描繪的世界殘酷得多。李白與孟浩然在黃鶴樓一別十九年後的公元 759 年，即唐乾元二年，李白已然像是換了一個人。他這時已悄然走到人生暮年，只是他自己還不知道，他的壽命僅僅剩下短短的三年時光。這一次，他是因流放夜郎（貴州）遇赦東歸而途經武漢，受朋友史郎中之邀而再登黃鶴樓的。他這回寫下了《黃鶴樓聞笛》——

> 一為遷客去長沙，西望長安不見家。
>
> 黃鶴樓中聽玉笛，江城五月落梅花。

顯然，李白在經歷了人生挫折之後，是有些心灰意懶的。在黃鶴樓上，聽聞悠悠的笛聲，詩人怎能不感慨萬千呢？他可能嘆息難料的世事，或者難以接受自己坎坷的命運。他遠謫貴州，西望長安，在雲遮霧斷中彷彿感到了孤獨與疲憊。《梅花落》悠悠的聲調，聽來令人思鄉，淒涼之感也襲上心頭。

由此可見，年少的李白與年老的李白，心境已大不同。他相隔近二十年，兩次登臨黃鶴樓，留下兩首「黃鶴樓詩」，令後人加深了對詩仙的了解，也使黃鶴樓的文化內涵更加豐富。

黃鶴樓依舊，但前來登樓賦詩的人，卻似長江之水，代代相湧而至。

南宋時，抗金名將岳飛亦曾多次登上黃鶴樓，寫下了《滿江紅．登黃鶴樓有感》——

> 遙望中原，荒煙外，許多城郭，想當年，花遮柳護，鳳樓龍閣。萬歲山前珠翠繞，蓬壺殿裏笙歌作。到而今，鐵騎滿郊畿，風塵惡。
>
> 兵安在？膏鋒鍔。民安在？填溝壑。嘆江山如故，千村寥落。何日請纓提銳旅，一鞭直渡清河洛。卻歸來，再續漢陽遊，騎黃鶴。

岳飛的這首《滿江紅．登黃鶴樓有感》與他的名篇《滿江紅．寫懷》一樣，充滿了愛國主義情懷和為國犧牲的英雄氣概。該詞的上闕描寫錦繡河山在敵人的鐵蹄之下橫遭踐踏的悲慘景象，從今昔對比中表達了對國土淪喪的悲憤之情；下闕寫廣大軍民為抗擊金兵付出慘重代價，慷慨激昂地道出了「還我河山」的雄心壯志。岳飛的「黃鶴樓詞」，從「想當年」、「到而今」、「何日」，再說到「卻歸來」……以時間為序，結構嚴謹，層次分明，堪為豪放派詩詞的又一佳作。

詩言志。如果說詩人崔顥與李白的「志」更多的是思鄉之情與江湖義氣的話，那麼統領過百萬精兵的岳飛，則表現出金戈鐵馬的精神與捨身取義的氣概。那麼，在 1949 年建立中華人民共和國的領袖毛澤東筆下，黃鶴樓又是怎樣一番景象呢？

茫茫九派流中國，沉沉一線穿南北。煙雨莽蒼蒼，龜蛇鎖大江。

黃鶴知何去？剩有遊人處。把酒酹滔滔，心潮逐浪高。

這首題為《菩薩蠻．黃鶴樓》的詞，是毛澤東同志三十四歲時的作品。這一年，毛澤東另有影響深遠的著作是《湖南農民運動考察報告》。

「中國出了個毛澤東」，毛澤東更是在繼承了唐詩宋詞的優良傳統之後，把中國格律詩詞推向了至今少人能及的高度。但在公元 1927 年這個年份，毛澤東尚且身在執政黨 —— 中國國民黨之外。他以在野黨 —— 中國共產黨創始人之一的身份，尋找著「救中國」道路。

可是令人憤怒的是，蔣介石於這一年 4 月 12 日發動了震驚中外的反革命政變（史稱「四一二」反革命政變），大肆搜捕共產黨人，中共建黨領袖李大釗壯烈犧牲。

當年的毛澤東，面對處於低潮時期的中國革命形勢，心情沉重但卻意志堅定。他的詞表達了對於時代的抱負和期待、表達了對革命前途的憂慮和對未來的信心。全詞亦是借景抒情，融哲理於自然的描述之中，把江山風景與政治鬥爭和革命激情相交融，思想深邃而曠達，體現了作者一以貫之的革命樂觀主義精神。

也許正是由於有了這種精神，當年 8 月 1 日，「南昌起義」爆發，中國工農紅軍由此誕生，中國共產黨人從此有了自己的武裝。二十二年後，這支部隊在毛澤東的領導下，打下來一個紅彤彤的新中國。

一首首詩，都有一個個「出生地」。如果把黃鶴樓比作一棵參天大樹，則同地而生的「黃鶴樓詩」就好像大樹上的葉子，繁多而紋絡不同。它們早已成為一個有機的整體。如果沒有詩，則這個樓便顯得貧寂而孤單；如果只有一首詩，又好像「一樹只一葉」般的太不協調。令人欣喜的是，「黃鶴樓詩」茂盛如春笋，高潔似青松。它不僅美觀壯麗，還意蘊深厚，餘味無窮。由此可以說，「黃鶴樓詩」雖然很多，但沒有一首是多餘的。

文末，我也忍不住作打油詩——

江城幸有黃鶴樓，幾人題詩在上頭？
誰能乘得黃鶴去，長江滾滾歌未休。

蔣氏父子的背影

我有關注台灣的習慣，也對蔣介石父子的歷史頗有興趣。

自從蔣經國於 1988 年去世（享年七十八歲）以後，台灣有關蔣氏父子的新聞便以逐年遞減的態勢，令蔣介石、蔣經國越來越快地走進歷史的塵埃中。如果在政治傳承上要講「種瓜得瓜」的因果關係的話，那麼是否可以這樣說，由於當年「兩蔣」的「誤判」令「台獨」孽根暗生，才有今日台灣被「台獨」搞亂之惡果。遠的不說，單說致使國民黨喪失執政權的李登輝，就是蔣經國悉心栽培的接班人。

不過我猜想，當年老多病的蔣經國以欣賞的目光看待所謂的國民黨本省精英李登輝時，他怎麼也不會想到，這位後來擔任國民黨主席、台灣「總統」的人，在他死後，卻成為「一邊一國」論的炮製者、成為受民進黨愛戴的「台獨」教父、成為身穿和服的日本人「岩里正男」。

大家知道，李登輝先是以蔣經國副手，即中華民國「副總統」身份，在蔣經國任內病逝後繼任「總統」大位的，而後又以勝選連任。

如果把蔣介石，蔣經國從大陸到台灣先後執政比喻為王朝，即過去通常所說的「蔣家王朝」的話，那麼應該說，隨著蔣經國的逝世，這個王朝也就人亡政息了。

我到台灣旅遊，總是不由自主地把蔣氏執政時期的文化遺存當作參觀的首選目標，如台北的中正紀念堂、士林官邸、圓山大飯店等等。不久前又專程驅車去了一趟桃園縣大溪鎮的慈湖。這裏是蔣介石父子的陵寢。據說，當年蔣介石在大溪遊覽，發現慈湖這個地方很像他在浙江奉化老家溪口的山水風貌，於是下令修建用於避暑小住的行宮，而為了紀念母親，又特意廢棄了原有的地名，取了「慈湖」這個新名字，還在入口牌樓上親筆題寫了匾額——

中華民國五十一年十月三十一日紀念

慈湖

中正題

現在這個木製的牌匾就懸掛在陵園門口上方。黑底金字，「慈湖」居中，顯得十分大方、莊重。

在我所見到過的蔣介石墨跡中，幾乎千篇一律寫的都是楷書。他一生的政治對手——毛澤東與他則正好相反，毛的書法無一例外的都是草書。一楷一草，彷彿也反映出兩位政治家的不同性格。

在中國近代史中，如果選擇兩個最有影響的人物，無疑要數毛澤東、蔣介石了。國共兩黨在大陸的此消彼長、對抗、合作、再對抗直至最後的大決戰，勝負有目共睹，分析其中原因，也是五花八門，莫衷一是。

毛澤東說，槍杆子裏面出政權。從勝敗結果來說，此話可謂真理矣。但分析為什麼毛澤東的槍杆子打敗了蔣介石的槍杆子？也許回答這個問題很難，話題太大不說，且仁者見仁，智者見智。

我是軍人出身，讀過幾本兵書，拋開軍事上的戰略戰術不說，單就毛、蔣兩人的用人——尤其是在軍中的用人之道，也就是說組建什麼樣的部隊，槍杆子交給誰的問題，就有著本質上的差別。在我看來，就是毛、蔣兩人建造軍隊所用的精神基因不同。毛澤東是以一介書生的身份組織發動並領導了秋收起義，而參加起義的成員，絕大多數是種田的「泥腿子」，是一群追隨毛澤東，求翻身、要解放的農民。而蔣介石的起點，先是報考軍校，留學東洋，回國後做了孫中山的身邊人，又被孫中山委任為黃埔軍校校長。其後，他以黃埔學生為骨幹，組建了自己的部隊且一直以這支部隊為嫡系。國共兩支部隊最初的人員來自不同階層，依靠的群眾基礎也各有倚重。

當然，二十世紀上半葉國際共產主義運動，尤其是蘇俄革命的成功，在大環境上為毛澤東營造了有利的「大氣候」。毛澤東的革命學說，核心是窮人鬧革命，加上以「打土豪，分田地」為主的土地革命政策，則更廣泛地贏得了人心。而在那個歷史時期，中國有太多農民，太多窮人。土改贏得了農民階層，也就必然贏得了人民群眾中的絕大多數。

而蔣介石所代表的階層正好相反，當少數地主、資本家，也就是富人階層要與造反的農民對抗時，從人數方面說，強弱就不難分辨了。所謂「水能載舟，亦能覆舟」，贏得民心的毛澤東，最後贏得勝利也就有其必然性了。

如果說國民黨在 1949 年敗退台灣，標誌著中國共產黨取得大陸政權，建立中華人民共和國，那麼毛、蔣兩人的軍事對抗也由過去的見山奪山，見城攻城式的軍事對抗，變成了隔海對峙了。而後期的對抗主要是政治、宣傳、文化領域的鬥爭，除了五十年代初有過小規模的金門渡海作戰、五十年代末的隔海炮戰之外，硝煙便慢慢散去。

從蔣介石的日記中，還有五六十年代台灣的政教宣傳活動可以看出，蔣介石對於失去大陸江山，蝸居台灣是心有不甘的。這也不難理解，想想 1945 年抗戰勝利後蔣氏享譽的盛望，想想長達二十餘年的大國執政生涯，老蔣總統是如何也不會甘心蝸居海島的。

可惜「青山遮不住，畢竟東流去」。時光到了七十年代，眼看「反攻大陸」日漸成為一個空洞的口號，老蔣總統慢慢接受了中華民國偏安台灣的現實，念及歲月不饒人，他便著意栽培兒子蔣經國接班。

一生獨裁的蔣中正先生，當然習慣傳統中國皇權承繼的模式，順利傳位於子。而蔣二代執政，更加印證了「蔣家王朝」的標籤並無失真。不過話說回來，儘管蔣經國的權力來自父子相傳，但「蔣二代」（台灣人習慣稱其小蔣）蔣經國先生倒是個比較開明的君主。他解除禁嚴，開放黨禁、報禁，開放老兵前往大陸探親以及在台灣實施一系列民生工程，無一不受到兩岸民眾廣泛的讚譽。而蔣經國步入晚年後，沒有再設法複製其父模式，沒有試圖在蔣氏後裔中尋找接班人。是否可以這樣說，蔣經國既是蔣家王朝的繼承人，又是蔣家王朝的終結者？

現在，「兩蔣」的陵寢安臥於青山綠水之間，成為後人憑弔的場所，也成了遊客，尤其是大陸遊客十分感興趣的參觀熱點。

我到達慈湖的時間，正好趕上好的看點——陵園衛兵換崗。只見幾個身著一身白色禮賓制服的衛兵，一招一式，嚴肅認真，伴隨著一聲聲口令，回盪在細雨霏霏的山谷，頗有些蒼涼悽楚之感。我在老蔣總統的靈柩前三鞠躬，是為對中華民國總統——中國近代史上的著名領袖表達一份憑弔之意。

出了陵寢，我們一行又來到了山坡上的蔣介石紀念雕像園。放眼望去，有無數尊大小不一、顏色不同、材質各異的蔣介石雕像，或立或坐，連成一片，蔚為壯觀。

設計者也費了些心思，他們把不同的蔣介石擺放成不同的狀態，有些像開會，有些像會見，有些像巡視⋯⋯遠望觀之，恍然間彷彿人強馬壯，賓客雲集，可近前一看，完全是自己和自己的影子對話，或者像是自己站在鏡子前，對鏡無語。其間也夾雜個別蔣經國像。而在此處看見父子相對，更顯得形單影隻，也許這就是藝術反映現實的生動寫照。

蔣氏父子先後影響中國大陸而後又影響台灣大半個世紀，最後也必將受到無情歲月的沖刷，其權力隨風飄逝，昔日的輝煌也已灰飛煙滅，最後也只有在一處偏遠的山坡上，悽然相向，默默無語。導遊說蔣經國陵園在附近另一個地方，但大同小異，由於時間倉促，我沒有再去。

今日之台灣，民進黨當局執意去蔣化，去中國化，向「台獨」的死胡同狂奔。而中國大陸，則在共產黨領導下，突飛猛進地發展，已然成為世界第二大經濟體。作為與蔣同一時代的領袖毛澤東，他所留給國人的精神遺產，日益彰顯出作為新中國奠基人的雄才偉略與遠見卓識。

毫無疑問，「兩蔣」作為中國的歷史名人，仍將被人們談論下去，只是作為曾經處於「王朝」頂端的父子倆，早已成為一個歷史的背影，漸漸遠去。

驪山之上兵諫亭

世界上也許有無數個兵諫故事，但名叫「兵諫亭」的建築可能只有一個，它位於中國陝西省西安市臨潼區驪山腳下的華清宮（亦稱華清池）旅遊風景區的山坡上。

1936 年 12 月 12 日晨 4 點左右，東北軍秘密包圍了華清池並迅速解除了華清池園區內外警衛人員武裝，衝入華清池內的五間廳。期間東北軍官兵與守衛官兵之間交火，有少量傷亡。下榻於五間廳的蔣介石委員長聽聞槍聲，迅速翻牆逃跑，遁入半山腰的一個僅能容納一個人的山縫裏。捉蔣官兵於是搜山，天露微曦時，士兵們就找到了驚魂未定的蔣委員長。震驚中外的「西安事變」就此爆發。

細數改變中國近現代歷史走向的大事件，「西安事變」當在前三之列。當然，事變亦深深地改變了當事人的命運。

蔣介石雖然暫時保住了國民政府主席、國軍總司令等一大堆頭銜，但其治國理政的方針多少都有些身不由己了。1949 年他丟掉大陸政權時，會找出很多這樣那樣的原因，但許多時候他都把自己的失敗與西安事變的影響掛起鈎來；少帥張學良因此遭蔣氏關押長達半個多世紀，他可能無數次地對事變進行復盤，也從未預料到事變造就了自己如此獨特而悲慘的命運；西北軍統帥楊虎城則在關押十餘年後，被蔣家特務暗殺於重慶歌樂山白公館。對於這個結局，楊虎城可能早有預料，但奈何他報國心切，以至於輕易為蔣所騙。

1946年，時任西北軍政一把手的胡宗南，在蔣介石校長曾經藏身的山縫前，籌資修建了一座石亭，取名「正氣亭」；正氣亭的周圍石壁上，還刻有不少蔣氏門生題寫的頌蔣詩文。1949年大陸解放後，人民群眾出於對蔣家王朝的痛恨，把「正氣亭」改名為「捉蔣亭」；到了1986年，大陸已進入改革開放的新時期，這時再看台灣，再看蔣介石的歷史，人們自然多了一些客觀公正的眼光，也多了一些對歷史人物的客觀認識與尊重。於是「捉蔣亭」又更名為「兵諫亭」。

對於生長於距離「兵諫亭」僅有幾十里路的鄉村的我而言，「兵諫亭」是一個常看常新的存在。

小時候，我們村的鄉親們每年正月都會去華清池洗澡。華清池原來是唐明皇和楊貴妃沐浴的地方。許多人讀了白居易的《長恨歌》，可能對唐明皇與楊貴妃的浪漫生活，產生些許充滿香艷的想像。

當然，在我們洗澡搓背的那個時候，華清池早已成了大眾浴室了。我們洗完澡，還常常會在華清池園區閒逛，有時會拾級而上，看看位於山腰處的「五間亭」。所謂五間亭，其實是華清池園區內的一個古樸的三合院，主建築有五間房，故而得名。

從五間亭拾級上山，費一番周折後，就到達蔣氏曾經的藏身處，時值七十年代初，兵諫亭那時還叫捉蔣亭。我那時覺得，爬山累得滿頭大汗，看一石亭一石縫，實在沒有意思，可等我年過半百之後，探究西安事變的興趣便越來越濃了。我有時站在兵諫亭的高台上，看眼前蒼涼的驪山，看遠處美麗的渭河和河岸上富饒的關中平原，歷史已成為躺在記憶中的塵埃，無論過去多麼風雲激盪，生死交織，現在都已是雲淡風輕、閒話一篇。

我去過蔣介石的老家浙江奉化溪口古鎮，他在那裏度過了自己的少年時代，那裏有他的蔣氏宗祠，有父輩的鹽商店面，有母親的墳墓，也有原配毛氏的受難處……

在成為中華民國總統之後，蔣介石在首都南京的鍾山上，為自己建設了總統官邸，而江西廬山的「美廬」別墅，也是蔣氏夫婦的鍾愛之地；即使在抗戰時期的陪都重慶，蔣氏夫婦也是居住在重慶嘉陵江南岸的山裏（現在的重慶黃山抗戰遺址博物館）。蔣氏政權敗退台灣後，又在台北草山建了官邸，只是為避「落草為寇」之嫌，蔣介石把草山改名為陽明山了。蔣去世後的長眠之地，位於中台灣的桃園慈湖，也是由於其山形地貌太像溪口而為蔣生前親自圈定。

蔣介石鍾愛山，無論生死。

1936 年 12 月的西安之行，蔣本來是親赴西北督戰——剿共的，可他卻意外地受制於自己愛山的癖好，選驪山而居，以至於釀成被捉的劫難。當然，西安事變與蔣所居之地關係不大，但就蔣介石一生迷信風水的性格來說，他肯定私下裏無數次想過——既然張、楊剿共不力，又都不屬自己的嫡系，那麼自己怎麼就沒有防範他倆的犯上作亂呢？

有文字記載，曾有風水大師根據陰陽八卦與掌相命理，送過蔣八字忠告「勝不離川，敗不離灣」，蔣先未遵其行，抗戰勝利後就因急忙「離川」而還都南京。「勝而離川」是不是導致蔣家王朝傾覆的玄學因素不得而知，但蔣確實是在敗退大陸後，老老實實地守在了台灣，也因此使自己得以百年歸終。

蔣的西安之行不知有沒有顧忌過華清池的風水。

要知道，同是一首《長恨歌》，白居易的筆觸從香艷的閨閣一下子就轉折到了刀光劍影的故事中，「漁陽鼙鼓動地來，驚破霓裳羽衣曲」，李隆基、楊玉環的美夢從此破碎，唐王朝的盛世江山因安祿山、史思明的造反而由盛轉衰。

在大陸史家的眼裏，西安事變既有其偶然性，也有其必然性。必然性就在於蔣氏推行的「攘外必先安內」的政策已喪失民心、軍心。張、楊兵諫，反映出國軍內部已矛盾重重，而對外敵當前還一味剿共的蔣委員長實行兵諫，其實是國軍內部進步勢力被迫無奈的義舉。而在過去的南京政府和之後的台灣史家眼裏，張、楊所發動的事變，就是徹頭徹尾的犯上作亂。之所以對張學良進行審判並長期關押，對楊虎城的關押與屠殺，就是基於這一邏輯的。

回過頭看，作為抗戰中的中國最高領導人，蔣介石也算是完成了他的使命，他所作的抗戰宣言——《廬山講話》與二戰時期丘吉爾的著名演講有著異曲同工之妙；國軍在正面戰場打了不少勝仗最後接受了日軍的投降；蔣去埃及開羅出席了二戰勝利的四巨頭（斯大林、羅斯福、丘吉爾、蔣介石）會議並簽署了《開羅宣言》。是否可以這樣說，正是因為西安事變，才促成了國共合作，才得以打敗日寇。從這個意義上說，西安事變似乎在客觀上成就了蔣作為世界反法西斯同盟中國戰區領袖的偉業。

張學良在西安事變中的表現，太符合他年輕氣盛、思慮不周但決斷有餘的性格了。本來作為大帥張作霖的接班人，他在大帥死於日本人的陰謀之後，匆忙接班，在東北政權過渡、穩定地方局勢方面也倒展現出一些過人的魄力，但他為了立威，暗殺父輩功臣楊宇霆、常蔭槐之舉，多少顯得有些魯莽與嗜血。而在東北易幟這件大事上，蔣介石差遣他的心腹謀士張群成功地當了說客。

張學良與蔣介石「蜜月」時期，就任南京國民政府陸海空軍的副司令，司令當然是蔣介石了。但私下裏，蔣介石和夫人宋美齡送張學良副司令的外號為「小傢伙」。那時，蔣總司令、張副總司令意氣風發，親密無間。而作為兩個巨頭的夫人，宋美齡和于鳳至也交往深厚，親如姐妹。

本來日本人殺了父親，又佔領東北，令張學良背負著不抵抗將軍的罵名，再被蔣調往西北剿共，少帥為此心裏老大不痛快，可偏偏張學良又碰上打仗卻又打不過的紅軍，還遇到自己崇敬有加的中共領導人周恩來。張學良公開承認周恩來對他的影響，也承認過與紅軍打假仗的經歷——不得不打時，就協商放空炮，私下裏還送紅軍短缺的武器和藥品。張學良之所以接受東北易幟，想必受到過張群的影響；之所以發動西安事變，想必也受到過周恩來的影響。

年輕衝動，想必是人之常情。相比而言，楊虎城要沉穩老練得多。張、楊聯手舉事，他們兵諫目標一致，但當「捉蔣」之後，兩人便矛盾立現。南京政府派系林立，武力討伐張、楊的聲音很響，延安中共中央派周恩來親赴西安，東北軍、西北軍各有主張，如何讓「兵諫」事件畫上句號，各執一詞，後來雖然就國共合作、聯合抗日達成一致，但在如何放蔣的問題上，張、楊的分歧嚴重。楊虎城曾嚴厲警告過張，說不明不白地放了蔣，將來「蔣會要了我們的腦袋！」可謂一語成讖。

遺憾的是，張學良沒有被楊勸服，當他與舊相識宋美齡見面，一邊喝著咖啡，一邊悠然地會談後，他便決定無條件放蔣。也許他心裏知道，自己的決定無疑是出賣「戰友」楊虎城的，於是他便瞞著周恩來、楊虎城，親自陪同蔣介石上了離開西安的飛機。臨行，還草草寫了一個手諭，把東北軍的指揮權交予楊虎城。

本文無意貶低作為民族英雄的張學良，只想對他在事變中的性格因素進行探討。

我相信在回南京的飛機上，蔣介石是百感交集的，他會感激夫人宋美齡的勇敢相救，或許也會對黃浦時期的老部下 —— 周恩來（反對殺蔣）有些許感激之情，而對張學良則充滿矛盾。「小傢伙」的魯莽令他大失臉面，而「小傢伙」負荊請罪式的護送，又令他徒增一絲安慰。之後在南京對張學良的審判以及關押他一輩子，既平衡了自己的心理，也是為了以儆效尤。

要說蔣委員長恨意難解的人，那就是楊虎城了。本來作為地方雜牌軍，楊虎城主場剿共不力，使蔣不得不親赴西北督戰，楊卻以他深沉的城府，拉「小傢伙」入夥，對自己實行所謂的兵諫；在自己失去自由後，楊先是主張殺蔣，後又提出有條件放蔣，此令蔣記恨在心，難以釋懷。當事變已過，蔣先剝奪楊的兵權，差遣楊出國考察，待條件成熟時，又騙楊回國，對其先關後殺。

「小傢伙」的壽命遠超蔣氏，而蔣令楊虎城一家早早慘死，很能說明蔣氏的愛與恨。

作為西安事變的發動者，也可能還是事變主謀的那個人，楊虎城沒有派兵前往捉蔣（他與張學良的分工是，西北軍負責控制西安城內的黨國要員），也沒有能力決定如何放蔣。從蔣被士兵揹下驪山的那一刻起，他便被動地一步一步走向人生的終點。

儘管他凡事深思熟慮，但他怎麼也想不到，少帥何以要讓這樣大的事「虎頭蛇尾」，想不到蔣氏何以置私怨在公義之上，最後要讓一心抗日的他死於特務的屠刀之下……

張學良在不同時期對於自己發動西安事變的起因和評價說法不一，即大陸關押初期、台灣幽禁期間以及恢復自由身之後都有過表述，當然，少帥在身陷囹圄時所寫的《懺悔錄》主要是向總統蔣介石或兄長介石兄交差的，難免有些違心話，而在蔣已過世，自己又離開台灣後所說的話似乎更為可信一些。即便如此，少帥也還是充滿了矛盾心理。蔣介石去世，張學良送輓聯：「關懷之殷，宛如骨肉；政見之事，猶如仇讎」。

由此可見，張學良對蔣介石一生都懷有複雜而矛盾的心理。

當張學良離台赴美後，中共中央統戰部曾安排東北軍舊部將領呂正操拜會張學良，希望張回大陸、回東北故地重遊。但此一美意從未得到張的正面回應。

我以為，從張學良圍繞西安事變或早或晚的言論來看，他不回大陸可能既有政治原因又有個人信仰因素。他既然對蔣介石愛恨交加，又怎能隨隨便便到視蔣為反動派頭子的大陸呢？如此，豈不在蔣大哥面前背信棄義嗎？將來九泉之下，兄弟如何相見？況且蔣夫人宋美齡還有一雙注視著他的眼睛，他不可能不顧及宋美齡的感受。宋不回大陸，他亦不可能回大陸。再者，對於皈依基督的張學良而言，他已遠離政治，甚至他親口說過：「我張某人的有效生命在三十六歲（即發動西安事變那年）就結束了！」因此，他回大陸，不可能不涉及政治，而政治對於年近百歲的基督徒而言，已經沒有意義。

張學良是在美國歸終的，最後選擇在異國他鄉安葬。我們應該理解這位世紀老人的選擇。

相比長壽的張學良，西安事變的另一個主角楊虎城則沒有機會在事後發表對事變的評說。《楊虎城大傳》的作者，也是楊虎城之孫的楊瀚寫道，他曾去夏威夷拜見過張學良，但張聽到他是楊虎城之孫時，並未表現出對兵諫戰友後人的親切之感，反而有一絲驚覺與冷漠。

回到 1936 年 12 月，張、楊是在激烈的爭吵之後各奔東西的，張學良背著楊急匆匆陪蔣登機，甚至擔心楊虎城帶領西北軍單獨行動，從而使他的護蔣計劃失敗。張學良從捉蔣到護蔣，其政治立場已經發生 180 度的轉變，而楊虎城則仍初衷不改，此令張、楊必然分裂，且在那種緊急時刻，雙方又沒有時間和機會深入溝通，所以可以肯定地說，張學良陪蔣登上飛機的那一刻，也是他與楊虎城分道揚鑣之時。

後世史家，也許主觀上不願看到兩位西安事變的歷史功臣分裂，但從個人性格和事件結局來說，張、楊的分裂可能更符合事變的結局和人物性格的真實。有資料顯示，蔣在世時，張學良曾經去總統官邸中的基督堂與蔣氏夫婦同做禮拜，蔣、張也曾單獨會面。如果說蔣對張學良沒有一定的原諒與釋懷，這種情況是不會出現的。

我曾先後參觀過台北的少帥禪園（山景別墅）和重慶的白公館（監獄），張學良在少帥禪園與趙四小姐安度晚年時，可曾知道楊虎城及其妻兒已早早慘死。

史書上習慣把西安事變的發動者說成是張、楊。此說主要是因為張在國軍的地位高於楊，東北軍實力大於楊，還有就是少帥的身世背景，社會知名度高於楊，華清池捉蔣也是由張的部下所完成。此說當然也有道理，但在蔣介石眼裏，主角非楊虎城莫屬。因為沒有張學良，可能仍會發生西安事變，而沒有楊虎城，那麼可能就不會有西安事變。蔣正是出於這種「厚此薄彼」的認定，才有了張、楊的不同命運。

楊瀚研究各種史料之後，認為從思想醞釀到計劃實施，楊虎城才是西安事變的主角。許多西安事變的研究者也認同這個分析。我補充一點，楊虎城夫人謝葆真本身是共產黨員，楊虎城身邊一直活躍著中共地下黨要員王炳南的身影，這些人事背景因素，促使楊虎城對和平解決西安事變的方針，基本上與中共中央保持了一致性。

從這一點來說，我們在評價楊虎城的歷史功績時，太應該對他和他的家人（包括秘書一家）為西安事變獻出生命的英雄事蹟多一點肯定，多一點懷念，多一點敬仰。

華清池作為國家 5A 級旅遊風景區，過去現在和將來，總會有源源不斷的參觀者。而作為遊客的網紅打卡地，兵諫亭照例會引來更多的目光，它身後的故事，亦將被人談論下去。

白公館的哀思

「山城盡飄麻辣味，重慶無處不火鍋」。2024 年 5 月 12 日，我在給遠方自居「吃貨」的朋友報告我的行程時，寫了上述關於吃喝的對聯。儘管吃喝是世俗生活最基本的要務，扯不上高雅，但今天重慶生活所展現出的富有熱鬧，幸福祥和之氣，卻是令人滿足與欣喜的。應該說這就是民生，就是「以人為本」的中國共產黨人孜孜以求的執政目標之一。

但我們在享受今天幸福生活的同時，卻不應忘記：為了中國人民的獨立自主和繁榮富強，無數革命先烈為此拋頭顱、灑熱血，書寫了壯懷激烈的英雄傳奇。

如果我們把時針倒撥到上世紀的 1949 年，那時的重慶，作為國民黨反動政府的陪都，因為陷入人民戰爭的汪洋大海之中而風雨飄搖。蔣介石集團在逃往台灣前夕，在重慶大肆屠殺共產黨人和其他政治犯……位於重慶市沙坪壩區歌樂山就有兩個臭名昭著的秘密監獄：被稱為「活棺材」的白公館、渣滓洞。

我此次重慶之行的目的只有一個——前往白公館，憑弔楊虎城將軍。

我自以為，我與楊將軍是有一點點「特殊」關係的。少年時，有一天我偶然從村裏一位鄰居大哥手裏獲得了一本沒有封皮且少了前幾頁的書。我於是就從某一頁第一行第一個字開始看，未料想一看就停不下來。幾天時間裏，我著了魔似地手不離書，連吃飯時也盯著書本不放，睡覺也延至半夜。母親不解地嘆道：「啥書把你迷成這個樣子……咦？咋還流眼淚了？」

是的，我當時的確落淚了，而且不止一回。後來我知道了，那本小說叫《紅岩》，書中有好幾個故事情節都令人緊張難過，痛苦落淚，比如彭詠梧被殺示眾、江姐被捕受刑、楊虎城、小蘿蔔頭遭遇特務殺害時。

後來，我去過離我家幾十里之外的三原縣姑媽家走親戚，姑媽家的西隔壁是「東里堡小學」所在地。暑假時，我進學校院內玩耍，發現院內的房屋與我姑媽家村子裏各家各戶的房子都不一樣。姑媽笑著介紹說：「百姓家的矮門樓小房子，咋敢和楊虎城花園比……」

從姑媽口中，我才知道小學校是借用「楊虎城花園」改造的。姑媽還說，楊虎城的媽媽在東里堡的人緣很好，村裏老人生病沒有錢治，楊媽媽還會送藥給他們。此說令我覺得楊將軍與我更近了一步。

如果說我少年時對楊虎城的印象有些零碎和模糊，那麼當我長大當兵、到了部隊，看了幾次電影《烈火中永生》（根據《紅岩》改編）後，我對《紅岩》中的英雄們便建立起了更加立體、更加生動、更加感人的形象。儘管電影中沒有楊虎城的形象，但我會把電影與小説結合起來看。《紅岩》中的人物儘管可能都有生活原型，但作者羅廣斌、楊益言不可能不對原型人物進行文學加工。但是顯而易見，楊虎城將軍是該書中少有的真實人物之一。作者不僅對他沒有進行多少文學加工，而且受小說主題和篇幅所限，他們沒有機會對楊虎城將軍的事蹟進行充足的描寫。

我自覺在情感上靠近楊將軍，可能還有彼此同為關中人的因素，我算得上是他的小老鄉。甚至我的小名與他的小名，都帶有關中人的取名習俗——楊虎城在家排名第九，故小名「九娃」；我在家排名第五，我爺爺自話自說：「我的這個孫子叫他五全好呢，還是全娃好？全娃吧！」於是，九娃，全娃，單看這倆名字，是不是很像關中某個農村裏的「男勞力」。陝西人小名習慣用「娃」，與香港人小名習慣用「仔」一樣，比如周潤發小名「發仔」，周星馳小名「星仔」。

說這些並非我有意向楊將軍「套瓷」，我只想真實地說說鄉黨眼中的楊虎城將軍。

我姑媽多年前已經去世。前幾年我去東里堡故地重遊，這時的「東里堡小學」竟然變成了「李靖故居」。史料載，楊虎城主政陝西期間，將清末時已經更名為「劉氏半耕園」的李靖故居受讓過來，安排其母在這裏居住，前後斷斷續續住了將近二十年。這處名稱多變的宅院在這一時期叫「楊虎城花園」。

我記憶中的「東里堡小學」這時沒有一點痕跡了，但建築物修舊如舊，管理部門彷彿在用心向李靖故居的原貌靠近，但室內陳列的東西，想必難以尋覓唐代的文物了。我看到有一間會客室，置放著周恩來與楊虎城、張學良會談的紀念雕塑。我查詢史料，未發現楊虎城在自家花園接待過周恩來、張學良。我於是猜想，可能故居的管理部門在用西安事變主角的雕塑，來豐富故居的內涵，又或者是以此來填補對「楊虎城花園」那一段歷史的記憶。

眾所周知，張學良、楊虎城於 1936 年 12 月 12 日發動的「西安事變」，推動國共兩黨組成了中國抗日統一戰線，為取得抗戰全面勝利奠定了堅實的基礎。張、楊兩將軍功在當代，利在千秋。

也許西安事變的影響太過巨大，以至於世人談起張學良、楊虎城，把所有的注意力集中在了那個前後用時十五天的事變上。

其實，在陝西人，尤其在我的父輩、祖輩的言傳當中，楊虎城還有一個身份 —— 陝西省政府主席。從 1930 年到 1933 年，楊虎城是我們陝西省的最高領導人。那一時期，正處於中國軍閥割據、混戰不斷、兵荒馬亂、民不聊生的歷史階段。楊虎城審時度勢，提出了「救濟災荒；肅清土匪；澄清吏治；振興教育；整頓交通；興辦水利；免除苛捐雜稅；完善地方自治」的八大施政方針，使陝西經濟得到了有效的恢復與發展。西北軍的發展壯大因此也有了社會與經濟基礎。

在楊虎城將軍罹難七十六年後的今天，我再次來到重慶歌樂山，來到白公館，嚴肅而恭敬地把事先準備好的白色鮮花輕輕放在楊虎城將軍與夫人謝葆真的雕像前，然後深鞠三個躬。我在心中還默唸道：「楊將軍，您的鄉黨前來看望您了！」

我受到身邊環境的影響，在拜祭楊虎城將軍後，久久不願離去，在白公館上上下下，裏裏外外地參觀，思緒也隨之進入歷史的風煙之中。

當年，在轟轟烈烈的「西安事變」落下帷幕之後，張學良在南京接受了所謂的軍事法庭審判 ——「十年有期徒刑」，隨即又獲得蔣介石虛假特赦。這看似「優待」張學良的官樣文章，最後演變成對張學良將軍長達五十年的幽禁。蔣介石一手「處置」張學良，另一手實施對楊虎城的迫害陰謀。

在張學良失去自由的同時，楊虎城也失去了他的地位。1937 年 1 月，國民黨南京政府下達了對楊虎城「撤職留任」的文書。從後續的結果來看，「撤職」是真，「留任」只是權謀之計。同年 6 月，楊虎城被迫出國考察，名義上是讓他宣傳抗日主張，實際上是為了改編西北軍掃除障礙。

1937 年「盧溝橋事變」爆發後，滿腔抗日激情的楊虎城無比焦慮地向蔣介石拍發電報，要求回國抗日。蔣介石一開始拒絕了楊虎城的請求，但經過一陣密謀之後，又忽然態度大變，著令宋子文、戴笠等人，以同意楊虎城回國抗戰為由，對楊上演「請君入瓮」的戲碼。

從小入行伍，習慣了與士兵打成一片的楊虎城，一聽可以回國，可以回到他的西北軍中，並帶領雄師與日本鬼子決一高下時，立刻興奮不已，不覺蔣氏有詐，便急匆匆踏上歸途。行前，身邊幕僚規勸他要提防蔣的報復，認為他回國後的前途凶多吉少。但楊虎城此時早已不顧個人安危，奔赴抗日前線是他唯一能夠聽進耳朵的話。可惜，楊虎城上當了，宋子文騙他到南昌，說蔣介石邀他共商抗戰大計。可當楊虎城抵達南昌時，卻沒有蔣介石的人影，有的卻是抓捕他的戴笠和手下的特務。

從此，國民黨特務囚禁了楊虎城且多次遷移囚禁地點——在貴州息烽的玄天洞囚禁了八年；1946 年，轉移囚禁至重慶渣滓洞的中美合作所楊家山；1949 年 2 月，又移囚至貴陽黔靈山麒麟洞。

「洞中才數月，世上已千年」。楊虎城無論被囚於何處，特務們總是有意安排他入住暗無天日的陋室或是寒冷潮濕的洞穴之中，以此折磨將軍之心昭然若揭。

一位昔日執掌千軍萬馬的將軍統帥，現在整日面對蚊蟲叮咬與餓鼠探望，身心之苦，早已到了無以復加的程度。

漫漫十二年的牢獄之災中，楊將軍的小女兒在獄中出生，妻子謝葆真隨後在獄中先病後死，這迫使他早已不再奢望重獲自由，甚至連負責看守他的獄警都幾乎忘記他這個「活死人」。但將軍的意志沒有垮，當日本投降的喜訊被好心的雜役告訴他時，楊虎城露出了少有的喜悅之情，他用形容枯槁的身體，努力地說了兩句話：「抗戰勝利了！日本鬼子滾出中國了！」

張學良、楊虎城將軍的遭遇，一直受到中國各界正義人士的同情和關注。1946 年，在國共兩黨組織召開的「重慶政治協商會議」上，毛澤東就曾明確提出釋放張學良、楊虎城，但被蔣介石否決；1949 年蔣介石名義上「引退」後，代總統李宗仁下令釋放張學良、楊虎城。但受到蔣介石暗中阻撓，李宗仁的命令形同廢紙。

1949 年下半年，「蔣家王朝」在大陸的統治開始進入倒計時，蔣介石同時上演了「上帝要讓其滅亡，必先令其瘋狂」的大戲。特務們接令後對渣滓洞、白公館監獄中的政治犯舉起了殺人滅口的屠刀。當時兩個監獄約有三百多名「囚犯」，大屠殺之後，僅有一成多的倖存者。

之前，關於楊虎城是否與張學良一樣轉移到台灣囚禁的問題，因戴笠飛機失事被摔死而接班的特務頭子毛人鳳專門請示過蔣介石。

蔣介石當時思忖片刻，答道：「今天之失敗，是由於過去殺人太少，把這些反對我們的人保留下來，對我們太不利，留著他做什麼？早就該殺了！」

毛人鳳點頭領命後，蔣介石又特別交代：「一定要將楊帶回重慶秘密解決。」

9 月 6 日清晨，特務們把當時囚在貴陽黔靈山的楊虎城一家及秘書宋綺雲等一行六人，用汽車運抵重慶。進城前又換了車，把他們送到歌樂山白公館背後松林坡上的戴公祠。楊虎城等人很快又被押到戴公祠外一百米處的平房裏（原特務值班室），提前埋伏在門後的王少山突然手持匕首衝了上來。他趁楊虎城等人沒有注意，先從背後將匕首捅進了楊虎城兒子楊拯中身上致命處。楊拯中慘叫一聲，倒地而亡。

楊虎城早就無力阻攔，他弱弱地回頭一看，躲在另一側的熊祥，這時猛地將匕首捅進了楊虎城的胸口，將軍隨之癱倒在血泊之中！

緊接著，特務們又撲向了站在一旁的宋綺雲及其妻子徐林俠。在徐林俠受傷倒地的一瞬間，她哀求劊子手放過宋振中以及楊虎城的女兒楊拯貴。「他倆還只是個孩子呀！」徐林俠試圖喚起特務們的一絲良知。

可是特務們心裏裝著上峰「斬草除根」的命令，站在一旁的特務楊欽典和安文芳分別撲向了宋振中和楊拯貴。只見楊欽典用一雙有力的大手掐住宋振中的脖子，直到宋振中慢慢倒在地上，楊欽典這才鬆開雙手。未料倒地不起的宋振中仍然沒有斷氣，他還在輕輕地呻吟著。此刻，殺死宋綺雲的特務楊進興走了過來。他二話不說，拿起刺刀猛地刺向宋振中的脊背。這樣，一生關在囚牢中的、有史以來年齡最小的政治犯，僅有八歲的孩子，那個在銀幕上令全體中國人民同情和愛憐的「小蘿蔔頭」就徹底斷了氣息……

我看到白公館造型別致，外表刷成米黃色的門樓上方，有書法名家遒勁有力的大字「香山別墅」，大門左右還鑲嵌著很有些年代感的石雕門聯：「洛社風光閒處適，巴江雲樹望中收」。我心中疑惑，想知道白公館的前世今生。上網一查才知道，它原本是四川軍閥白駒的郊外別墅，因白駒自詡為白居易（號香山居士）的後代，便附庸風雅地用詩人的字號為自己的安樂窩命名了。

白駒，四川廣安縣白市鎮人，1890 年生，曾在國民黨中央軍官學校進修，後投入軍閥楊森麾下，後官至四川陸軍第二軍第十二師師長。

1927 年 5 月，白駒改任國民革命軍第二十軍第一師師長。這時的楊森兵多器利，雄心勃勃，大有一統四川捨我其誰之氣概。白駒因此水漲船高，也成為楊森陣營重要將領。白駒曾駐軍大竹縣城，他巧立名目，提前預徵了當地幾十年的税收。此舉為其後來在老家白市鎮修建白公館、將軍府、白家祠堂和重慶歌樂山香山別墅提供了充足的資金。由此可見，白公館的原始主人並非善類，他的私宅更像是貪官贓款的實物再現。

抗戰爆發後，重慶成為陪都。戴笠為軍統特務機關找地方，遍尋城外偏僻幽靜之所。也許是臭味相投之故，香山別墅進入戴老闆視線。白駒自知戴笠的地位遠高於楊森，他藉機可以抱住官場更粗的大腿，於是連忙獻上自己還來不及安居的安樂窩給戴老闆。如此一來，這所出自一幫奸佞之人的山間房舍，繼續書寫著前後主人的為人所不齒的陰曹地府般的故事。

如今作為愛國主義教育基地的「白公館」參觀點，還包括戴笠在任時在白公館背後松林坡處增建的另一個別墅。據說，這個別墅是戴笠為拍蔣介石馬屁而為蔣氏所建，但蔣委員長沒有相中，戴笠就留下自用了。戴死後，他手下的特務們將此改為祭祀戴笠的祠堂，從此別墅人稱「戴公祠」。

從白公館右側一條溪流上面的石拱橋走過，不足 250 米就可到達戴公祠。即使是今天的參觀者，如果站在香山別墅的門前，也很難想像在風光秀美的歌樂山山腰處，在被古木參天包圍的地方，在溪水潺潺相伴的怡情佳苑，會被國民黨特務糟蹋成「活棺材」。但歷史是公正的，蔣介石對失去江山的思考，顯然是想從別人身上找過錯，讓別人擔責任。他的性格彷彿與明朝的亡國之君類似——崇禎帝朱由檢殉國前，口頭上反覆唸叨著一句話是：「文武官個個可殺！」

朱由檢怎麼不想想，他是怎麼把大明王朝的幹部隊伍帶領成這樣。蔣介石也沒有想到，他的由美式武器武裝起來的百萬大軍，在小米加步槍的人民解放軍面前，怎麼會變成連吃敗仗的逃跑軍呢？

其實，在蔣介石敗守台灣後，多少也弄明白了他弄丟江山的一些因由，此謂「水可載舟亦可覆舟」的道理，天下人都知，蔣介石怎會不知，只是性格決定命運，他一生小肚雞腸，睚眦必報。抗戰艱難時期，他若還楊虎城自由，令其率領西北軍殺敵立功，可能中國人的犧牲會明顯減少一些；日本投降後，他若起用張學良接收並管理東北，可能歷史故事會是另一個版本。

當歲月帶走英雄與鬼魅，後人對其評說功過時，我心裏感到一絲絲慰藉，在仰望楊虎城時，心裏還有股股暖流。

楊虎城將軍是二十世紀一百位對中華民族做出重大貢獻的英雄人物之一，他的歷史功勛將永遠銘記在中國人民的心中。而蔣介石像所有亡國之君那樣，被人唾棄與非議。他早在 1975 年就已去世，但至今也無法入土為安。我在想，這是不是老天爺對蔣委員長的懲罰呢？

白公館後面的松林坡山道旁，楊虎城將軍以青銅之身，端坐於天地之間，他目光如炬，注視前方，而夫人謝葆真則幸福地立於丈夫身旁。我仰望著將軍，久久不想離去，我分明知道，楊虎城將軍早已永生！他的英魂將與江山同在，與日月同輝！

長城內外是故鄉

上世紀八十年代初，香港電視劇《霍元甲》風靡全球，劇中插曲《萬里長城永不倒》既讓霍元甲揚我中華國威的精神震撼人心，又讓中華兒女對長城精神有了更深刻的理解。我常常想，面對長城這座歷史悠久的偉大建築，人們在仰望觀賞時，常常會為之驚嘆，進而心生敬佩之情，中國人還會以「這是我們祖先的創造」而驕傲。

修築長城的歷史可上溯到西周末期。發生在首都鎬京（今西安）的典故「烽火戲諸侯」就源於此。春秋戰國時期，列國爭霸，互相防守，長城修築迎來第一個高潮，但此時修築的長城長度較短。秦統一六國後，連接和修繕戰國長城，由此形成萬里長城，而明朝是最後一個大修長城的朝代。

我出生在關中平原，渭河北岸。少時放羊，抬眼可見不遠處的驪山，山頂就有當年周幽王戲諸侯的烽火台遺址。我在想，如果上溯我的祖先至西周末年時，說不定他們看到過烽火台上的烽火。他們是否知道，那是周幽王為博褒姒一笑的兒戲之舉。

烽火台本是西周時國家級的軍事設施。當首都鎬京有事，可點火為號，召喚勤王之師。可當諸侯們帶兵來到驪山腳下時，卻發現並無敵情，實際是昏君在戲耍他們呢！於是，「狼來了的故事」有了新版本，諸侯們從此不再相信烽火了。而當西戎大軍真的兵臨城下，幽王這時卻已無法號令諸侯。於是鎬京城破，幽王被殺。

自西周開始，長城延續不斷地修築了兩千多年，始有如今的規模。而八達嶺長城則以其地理位置的優越和保護的完好程度，成為全國長城的「形象代言牆」。當然，任何人面對長城時，都經過從無知到有知的過程。我是從父親的煙盒和母親的餅乾桶包裝紙，以及上學後的課本上認識八達嶺長城的。

1984 年 9 月 1 日，鄧小平同志「愛我中華，修我長城」題詞發表後，八達嶺長城進一步得到修復。當時我在北京某部擔任新聞幹事。一天，我與四位戰友相約登長城。「不到長城非好漢！」這是我們來到長城，在登頂前看到的廣告板。四個年輕軍人是絕對不好意思中途退縮的，我們便相約：「看誰最快抵達長城最高處！」

戰友們穿插而行，時而避讓小孩，時而攙扶老者，等到了長城最高處，大家早晚相差僅不足一分鐘。但最後一位還是十分自覺：「我輸了！」輸了比賽的戰友請大家吃冰棍。我們邊吃冰棍，邊驚嘆於長城的奇絕宏偉。返回途中，我想到了毛澤東主席的詩句：「望長城內外，惟餘莽莽」還有「不到長城非好漢，屈指行程二萬」。由此可見，毛主席寫長城，不僅寫景觀，更重要的是寫精神。

不用多說，長城早已成為中華魂的象徵，它是中國古代勞動人民血汗和智慧的結晶，是統一多民族國家的紐帶，它是體現中國人民向心力、凝聚力的精神圖騰。

多少年來，長城還作為商業品牌，進入到社會生活的方方面面。長城更是文學、影視、攝影、繪畫、雕刻、剪紙等方面的永恒主題。尤其在音樂作品當中，以長城為內容的歌曲，早已根植於中國人的靈魂裏。許多歌曲給我留下了深刻的印象：《長城謠》中，「萬里長城萬里長，長城外面是故鄉」，讓我們深切意識到，家是國，國也是家，長城內外就是我們共同的家鄉；張明敏在演唱《我的中國心》時，那句「長江長城，黃山黃河，在我心中重千斤……」激發了我們強烈的愛國情懷；而粵語歌曲中，「萬里長城永不倒，千里黃河水滔滔。江山秀麗疊彩峰嶺，問我國家哪像染病？」讓我們在為打敗東洋鬼子、為中國人揚威的霍元甲叫好的同時，激情滿懷，血脈賁張。

不過我想回答「問我國家哪像染病」的問題：《馬關條約》簽訂時，説明我們國家那時染了「割地賠款」的軟骨病；英法聯軍火燒圓明園，説明我們國家那時染了「禦敵失敗」的弱軍之病。好在中華民族從不諱疾忌醫，一大批心中有長城的仁人志士，經過艱苦卓絕的奮鬥，早就治好了我們身上的種種疾病。

從烽火台到萬里長城，從飛機到航母導彈，中國的國防建設與時俱進。我相信，在英雄豪傑心裏，長城是永駐的；在堅信「天下興亡，匹夫有責」的我們心裏，長城也將永遠屹立！

（原載《北京晚報》2024 年 4 月 16 日）

古人寫就《愛蓮説》

中國有多少荷花，有多少城市把荷花定名為市花？有多少個荷花節？我看到歌曲《荷花謠》頻頻出現在有荷花的地方，或者是晚會上專業歌手登台高歌，或者是百姓遊人低吟淺唱，讓我心生些許滿足與驕傲，我不由得想起了創作這首歌的經過。

我在中學時期，就十分偏愛兩篇課文，一是古文名篇《愛蓮説》——

> 水陸草木之花，可愛者甚蕃。晉陶淵明獨愛菊。自李唐來，世人甚愛牡丹。
>
> 予獨愛蓮之出淤泥而不染，濯清漣而不妖，中通外直，不蔓不枝，香遠益清，亭亭淨植，可遠觀而不可褻玩焉。
>
> 予謂菊，花之隱逸者也；牡丹，花之富貴者也，蓮，花之君子者也。
>
> 噫！菊之愛，陶後鮮有聞。蓮之愛，同予者何人？牡丹之愛，宜乎眾矣！

另一篇是近代散文大家朱自清的《荷塘月色》。

託物言志，是中國文學古老的傳統，寫荷寫蓮者何止成千上萬。我作此文，全文引用了周敦頤的傳世之作，在朱自清的上文中，也引用了兩則古人的詩作。

其一，梁元帝的《採蓮賦》：

> 於是妖童媛女，蕩舟心許，鷁首徐回，兼傳羽杯。棹將移而藻掛，船欲動而萍開。爾其纖腰束素，遷延顧步。夏始春餘，葉嫩花初。恐沾裳而淺笑，畏傾船而斂裾。

其二，《西洲曲》：

> 採蓮南塘秋，蓮花過人頭。
> 低頭弄蓮子，蓮子清如水。

從經典文章中不難看出，這些不同時代詠蓮（荷）的文字，背後都站著一位愛蓮賞荷之人。

在中國文化傳統當中，愛花，早已超越因「美」而愛的層次，而成為一種價值傾向，一種精神歸依，一種人生選擇，一種處世態度。周敦頤以三花對比的手法，來說菊花、牡丹與蓮的分別，也道出了他「愛蓮」的因由。陶淵明用「採菊東籬下，悠然見南山」表明了他的隱逸和與世無爭、樂自逍遙的人生態度。可見，不同的花有不同的知音。

今天中國人的家中牆壁上，要是掛幅牡丹花的，常見旁邊有題字「花開富貴」，這恐怕顯示了主人對榮華富貴的神往；要是掛一幅青竹圖，則可能書寫「何須在意桌上肉，且喜陋室有青竹」，以此彰顯主人對氣節與清雅的喜好；還有人掛梅花圖，這表明主人可能要的是「傲骨迎風」的精神。

我去過位於湖南的周敦頤的故居參觀，也去過朱自清筆下夢幻般美妙的北大荷塘，還去過大江南北許多有蓮花裝點的菩提聖地。終於有一日，我提起筆來，想寫出自己心中的荷花：「菊花呀嬌，牡丹花好，我愛荷花品格高，古人寫就《愛蓮説》，而今我唱《荷花謠》。」

我視周敦頤為一座高山，我無法在字詞意象上超過這座高山，我只是用白話文和容易配曲的句式，來翻譯周老先生的古文：「聽那蛙聲陣陣月亮笑，水上綠傘景色好，看那風吹雨打任飄搖，泰然花開花亦俏」。

我同樣沒有朱自清先生談景抒懷的才情，我只好藉他的意境，用歌的形式，傳揚朱先生發現的那荷、那蓮的美。

於是，歌曲第二段便有這樣的句子：「説你水中芙蓉亦妖嬈，鞠躬盡瘁不驕傲，唱你出淤泥而不染，一身清白品行好」。

我是在北京九號溫泉荷花池旁邊寫完這首歌的，隨手發給住在九號溫泉附近的著名作曲家孟文豪先生，過了一段時間，我一忙，竟然把這個事忘了。

一天，我突然收到文豪發來的歌曲小樣，是他錄唱的。之前給他發過好幾首詞作，沒想到他反倒先為後發的《荷花謠》譜了曲。

文豪出生於江蘇常熟，那裏是中國地地道道的江南水鄉。也許他粗獷的外形掩遮不了一顆江南心。他説過他自己就是在荷塘邊長大的，也抑制不住對荷花的愛。我想，也許正是這種深植於心的愛，讓他用音樂家的曲調表達出了這一深情。

「玖月奇蹟」的王小瑋聽了《荷花謠》小樣，十分喜歡，而文豪先生也認可小瑋的嗓音條件。於是，女聲版的《荷花謠》很快就錄製完成了。我聽了小瑋唱的小樣，感覺效果超過了預期，之後經過一個多月的反覆打磨，最後終於定稿。全網上線後，一時好評如潮。幾年來，單是各種央視晚會，王小瑋就有六七次以不同服飾的造型，在她的那個白色雙排鍵琴旁，演唱了這首歌。

說到此，我便想，梁元帝、周敦頤、朱自清、孟文豪、王小瑋和我，這些不同時代的男女，都可以歸類為愛蓮人，無論是用文字、用旋律、還是用聲音，我們無一例外地表達了對荷花以及其身上彰顯出的「一身清白」的崇高品質的熱愛與崇敬。我在想，在中國「反腐敗永遠在路上」的今天，我們歌唱「出淤泥而不染」精神，算是正當其時罷！

人們往往在夢中能見平日裏見不到的人，我期待某日在我的夢中，梁元帝和周敦頤坐在我家庭院的藤椅上，朱自清站在院中的海棠樹下，孟文豪抱著他心愛的吉他邊走邊彈，王小瑋一襲白色衣裙隨風飄動，她操控著她熟悉的電子琴，悠然地展開青春而動聽的歌喉……院子中央水池裏的荷花怒放，月光包圍了現場所有的人！

（原載《北京晚報》2024 年 4 月 5 日）

少林尚武育男兒

「少林，少林，有多少英雄豪傑都來把你敬仰；少林，少林，有多少神奇故事到處把你傳揚……」這首電影《少林寺》主題曲，在上世紀八十年代隨著電影熱映而風靡一時，主演李連杰也憑此踏上從影之路，由原來名不見經傳的功夫小子逐漸成長為國際巨星。

我因看電影而嚮往少林寺，但直至四十多年後的今天，才得以從鄭州乘網約車前往位於鄭州西南約八十公里的登封市，遊覽仰慕已久的少林寺。

我原來是小看這個與成語「登峰造極」前兩個字同音的字命名的小縣（1995 年撤縣設市）的。我誤以為大名鼎鼎的少林寺，陰差陽錯地選址建在了默默無聞的登封縣而已。殊不知「登封」這個地名大有來頭，其名稱演變也有不俗的故事 —— 中國有五嶽，分別是北嶽恒山、南嶽衡山、東嶽泰山、西嶽華山、中嶽嵩山。中嶽嵩山正是位於登封境內。嵩山又處「天下之中」，是歷代帝王所青睞的名山、神山，於是御駕涉足此地者眾多。

公元前 110 年，漢武帝曾封禪於嵩山，詔令嵩山腳下的三百戶人家成立了崇高縣。還頒法令優待轄區內的百姓不交賦稅，而專門祭祀嵩山神靈。古代的「崇」和「嵩」兩字通用，「崇高」

就是「嵩高」之意。

隋朝時，這裏設有嵩陽和陽城兩個縣。至唐時，女皇武則天多次來嵩山封禪。天冊萬歲元年（公元695年），武則天在嵩山的峻極峰修築一座登封壇，進行祭祀活動。第二年，武則天又來到登封，在嵩山的登封壇上，奉中嶽嵩山為天下五嶽之首，並在嵩山封禪、封嶽神（故有中嶽廟）。隨後，武則天下詔，改年號為「萬歲登封」。並把當時的嵩陽縣改為登封縣，把陽城縣改為告成縣，以示女皇「登嵩封嶽大功告成」之意。登封之名由此誕生！

儘管嵩山風景名勝眾多，可我受時間所限，只是重點參觀了少林寺。說實話，我在許多地方都參觀過寺廟，如果單從佛教建築角度上說，對比地理位置和建築規模，少林寺的優勢並不明顯。但它更像一個獨一無二的傳奇英雄，其特點是明顯的且是無與倫比的。

我對少林寺這個名稱感到好奇，導遊回答說：「這是由於少林寺的位置之故。因為中嶽嵩山分為兩個主山脈，一個叫少室山，一個叫太室山。少林寺建在少室山的山腰處，且坐落在山陰的密林之中，所以得名少林寺。」

在莊重典雅的古建大門樓正中上方，至今掛著黑底燙金的木刻匾額上，有遒勁有力的寺名大字「少林寺」。這三個字是康熙皇帝題寫的。電影《少林寺》也用了這個字作為它的字幕，而在其他書籍及印刷品上，也多藉用康熙的墨寶，它儼然成為少林寺的專用標識了。

進入現代商業社會以後，少林寺有幸藉助於電影藝術的傳播渠道，使「少林寺」的名聲一飛衝天，譽滿全球。「少林寺」由原來的寺院名稱，幻化成標誌性文化符號，在影視藝術、武術、宗教、旅遊等各個領域均大放異彩，以至於成為登封、鄭州、河南、中國及華人世界的令人驕傲的文化名片。當然，作為名勝古蹟，少林寺的價值，首先在於它存世的年代。查「少林寺」的履歷，我感到十分驚訝。

少林寺興建於北魏太和十九年（495 年），與當時的都城洛陽隔山相望。起初，孝文帝為了安置他所敬仰的印度高僧跋陀，在嵩山少室山北麓敕建少林寺。跋陀門下出兩位高僧，其一為慧光，為律學巨匠；其二為僧稠，被譽為「蔥嶺以東，禪學之最」之人。永平元年（508 年），印度高僧勒拿摩提和菩提流支先後來到少林寺，開闢譯場。慧光和他的弟子弘揚《四分律》，開風氣之先，成果纍纍。

唐長安四年（704 年），義淨自印度取經回國，至少林寺結戒壇，盡源於少林寺悠久的律學傳統。隋文帝崇佛，於開皇年間（581–600）詔賜少林寺土地一百頃。

從上述經歷看，少林寺至此算是單純的宗教場所，且屢屢受到各朝皇室大力支持。但到了隋大業十四年（618 年），少林寺被迫跳出佛界外，參與到當時社會的武裝鬥爭之中。當時，隋末濫政，群雄並起，天下大亂，擁有龐大寺產的少林寺，成為山賊官兵覬覦攻擊的目標，「僧徒屢拒之，塔院竟被焚」。為了保護寺院財產，少林寺僧人組織起武裝力量與山賊官兵作戰，少林武僧作為少林寺的武裝力量就此形成。

唐武德四年（621 年），秦王李世民討伐王世充。王世充的侄子王仁則所守的轘州城，地形險要，是扼守十八盤的戰略要地。李世民攻打轘州城久攻不下。少林寺和尚曇宗、志操、惠瑒等十三人，裏應外合，擒拿了王仁則。為表彰少林寺眾僧的戰功，李世民登基之後，「嘉其義烈，頻降璽書宣慰。賜地寺頃，水碾一具」（見《少林寺碑》）。同時，對十三位立功和尚（俗稱十三棍僧）各有嘉獎，曇宗被封為大將軍僧。此戰給少林武僧以顯武的機會，大唐皇帝的頒降宣慰和封賜，也使少林寺從此聲名日隆。顯然，在唐太宗眼中，少林寺已然不僅僅是宗教機構了，而且還是忠於自己的編外武裝了。

電影《少林寺》僅僅把講經佈道當作過場戲，而把眾僧習武、用武、懲惡揚善，尤其是「十三棍僧救唐王」當成故事核心。由於電影早已跨越國界，少林寺遂成中外人士眼中公認的天下名寺和少林武術的發源地。

歲月悠悠，唐太宗的盛世也只是一個轉瞬即逝的時間段。當天下、江山都要接受炮火與命運的考驗時，少林寺當然也時而歲月靜好，時而風雨飄搖。

辛亥革命後，中國軍閥混戰，地方土匪橫行。少林寺雖是佛門之地，但是亦受戰亂侵擾，少林寺主持出於安全考慮，成立了「少林寺保衛團」，還購置了必要的槍支彈藥。這樣一來，少林寺跟土匪多次交鋒，均取得了勝利，一時間名聲大噪。當佛心染上了世塵，便為後來捲入軍閥鬥爭埋下了禍患。

1928 年，蔣介石的部下樊鍾秀與馮玉祥的部下石友三打仗。樊鍾秀部奪佔了河南的鞏縣及偃師縣，但不久被石友三部奪回。樊鍾秀不得不南撤，轉攻登封縣城，當時他的司令部就設在少林寺內。樊鍾秀從小在少林寺長大，和寺裏的住持、和尚來往密切。石友三率部向南追擊，兵至轘轅關（十八盤）時，樊鍾秀緊急求助少林寺，僧眾平時受樊鍾秀的接濟，紛紛攜槍參加戰鬥，但最終因寡不敵眾，樊鍾秀帶著部隊及二百多僧眾撤離少林寺。

石友三追至少林寺，對少林寺僧眾幫助樊鍾秀一事惱怒至極，遂下令縱火三日，少林寺天王殿、大雄寶殿、緊那羅殿、六祖殿、閻王殿、龍王殿、鐘鼓樓、香積廚、庫房、東西禪堂、御座房等建築處盡毀於大火。好在少林寺後來依靠信眾捐款和地方政府合力重修，才得以重放華彩。看到這一處史料，難免對軍閥石友三心生憤恨之情。但天道有輪迴，石友三的惡，不久就得到了「惡報」。

1940 年 11 月，日本侵華期間，已經在蔣介石、馮玉祥、張學良之間反覆背叛，且被扣上「反叛將軍」之稱的石友三竟然想投靠日本人，而他的手下兼結拜兄弟、新八軍軍長高樹勛卻是個愛國將領，他對石友三來了個「以其人之道，還治其人之身」，趁其不備，反捕了石友三，且將其活埋在了黃河邊的泥土之中。此舉雖是高樹勛將軍為民除害，但仍有相信佛法的人說，石友三下令放火少林寺時，就已鎖定了自己慘死的結局。

說到此，我便覺得，自古以來，少林寺與每一個百姓之家一樣，盛世有太平，亂世則受傷。

不過，凡事都要一分為二地看，無論是古時候的「十三棍僧救唐王」，還是民國時期樊鍾秀引兵少林寺。反過來說，少林寺每一次入世弄武之舉，反而一再強化了他尚武習武擁武的特點。不然習武的寺院那麼多，怎麼少林寺的武藝卻能夠自成一派，且拳譜成為習武之人的稀罕教材。

顯然，作為寺院，少林寺的香火是旺盛的。而作為尚武的少林寺，早已成為廣大武術愛好者的聖地。據導遊介紹，現在單在登封註冊的合法武術學校就有二十多家，在冊學員多達四萬多人，其來源遍佈全國，且有不少外國學員。由此可見，縣級城市登封，儼然成為全國武術教育強市。作為一名有六年軍旅生涯，且因在河南南陽師部教導隊學習過並因此提幹的轉業軍人，我為今日登封市的武術教育現狀而大感欣慰。

不過，我也心存遺憾。我的爺爺輩兄弟四人，我二爺便是武林中人，可惜他年輕時因過失傷人而吃了官司，於是我爺爺（排行為三）便立下規矩，張家子弟不得習武，以免遭遇與二爺一樣的命運。

有了這個家規，我少年時的習武夢自然破碎。好在我十八歲當兵了，成為行伍之人。在部隊期間，我的拳腳功夫一般，但射擊成績卻一直名列前茅，這算是我得到的一點「尚武」情結的心理慰藉吧。

其實，對於一個國家，一個民族，尚武精神是值得發揚光大的。在中國近代史上，湖南之所以人才輩出，就是因為「瀟湘激盪著一股英雄氣」。清朝時的曾國藩、曾國荃兄弟練兵，使湘軍成為挽救大清王朝的獨木之器；毛澤東領導著秋收起義的農民軍，之所以成功地登上井岡山並成為創建紅軍的基本隊伍，正是由於湖南農民運動中湧現出太多「尚武」之人，所謂「無湘不成軍」的說法正來源於此；抗日戰爭中，發生在湖南的長沙保衛戰、衡陽保衛戰、常德保衛戰不僅重創了日軍，也打出了中國軍隊的威風。有了這種尚武的精神，觀察中國近代歷史的現實，使我這個陝西人，也不得不接受湖南籍的國士楊度在《湖南少年歌》中的驕傲詩句：「若要中華國果亡，除非湖南人盡死」。

少林寺的尚武、湖湘文化中的尚武，都是中華民族尚武精神的生動體現。站在少林寺武僧習武的大殿前，我看著那一個個僧人用腳踩踏出的凹型地面，心想，那是一個何等龍騰虎躍般的雄壯場景呀！

河南乃是中原大省，也是農業大省。如果從少林尚武的角度看，我覺得河南也應該主動地擴大少林寺的影響力，使全省百姓都能成為尚武的百姓，甚至把少林功夫從武林拳藝擴展至百姓的強身健體活動之中。

說到這裏，我又想把「少林」的話題納入地域文化範圍來說。

不是嗎？北京有京味文化，上海有海派文化，其他地域如巴蜀文化、湖湘文化、嶺南文化等等，細細分析，它們都是各具特色的。那麼，河南文化，亦即中原文化呢？我回答不了這個問題，但我認為，中原文化應該包括少林文化。少林寺藏書樓的現有藏書，包括佛經、武術秘籍、醫學秘籍計約三萬冊。它不應該只局限於「藏」，更重要的是讀、學、研、用。凡此種種，它既屬中原文化的珍貴遺存，亦應為中原文化煥發新生提供營養。

從少林寺歸來，我買了一本現任方丈釋永信所編著的書，我計劃以後有時間了再來好好看看少林寺。

（原載《散文選刊》2024 第 3 期）

尋覓桃花源

寫下「尋覓桃花源」這個題目，就得先談文題之解——「尋覓」好理解，不就是「搜尋」、「查找」嗎？那麼「桃花源」又該怎麼解釋呢？

百度上對「桃花源」的基本釋義是「避世隱居的地方」，且選擇的例句有「我心中的桃花源是一個舉世無雙風景優美的地方」。百度詞條好像也被見縫就鑽的商家巧妙地利用了，看完以上詞條解釋，馬上有網絡鏈接到重慶市轄區內的 5A 旅遊風景區，說「桃花源」一般指「酉陽桃花源」，它位於重慶酉陽土家族苗族自治縣境內……門票 50 元起。

顯然，這是商家在藉機忽悠網絡讀者呢。真正關於「桃花源」的備註，是對古文《桃花源記》的介紹：「東晉文學家陶淵明的代表作之一，是《桃花源詩》的序言，選自《陶淵明集》。此文藉武陵漁人行蹤這一線索，把現實和理想境界聯繫起來，通過對桃花源的安寧和樂、自由平等生活的描繪，表現了作者追求美好生活的理想和對當時現實生活的不滿。

如果單從字面上說，你要「尋覓桃花源」，人家帶你到重慶酉陽的「桃花源旅遊區」或者北京昌平櫻桃溝以東八里外的「桃花源村」，或者天南地北的什麼「桃花源酒店」、「桃花源養生基地」，你怕也不能說帶路的人錯了。因為單說「桃花源」三個字，所指模糊，容易使人誤解。只有在「桃花源」前加地名如「重慶」或「北京」，後加店名如「旅遊區」或「村」或「店」，才不至於鬧出南轅北轍的笑話。

但是讀過《桃花源記》的人，大概率不會有上述之誤，他們會理解我所尋覓的地方，指的是《桃花源記》中所描繪的那個「不知有漢，無論魏晉」的理想世界。

說到這裏，我覺得上述例句有失恰當——「桃花源是一個舉世無雙風景優美的地方」，這句話說的是客觀上存在的地方。想想看，風景優美的地方多了去了，舉世無雙的優美之地也不難找。但這顯然不是陶淵明文章所指的地方。我以為，陶淵明通過《桃花源記》，給我們描繪出一個客觀上不存在，但又令我們無比嚮往的地方。就像吳承恩給我們塑造了一個生活中從未有過，但又令我們無比佩服的孫悟空一樣。

回頭再看詞條的基本釋義：桃花源是「避世隱居的地方」。《桃花源記》關鍵章節寫道：

> 見漁人，乃大驚，問所從來，具答之。便要還家，設酒殺雞作食。村中聞有此人，咸來問訊。自云先世避秦時亂，率妻子邑人來此絕境，不復出焉，遂與外人間隔。問今是何世，乃不知有漢，無論魏晉。此人——為具言所聞，皆嘆惋。餘人各復延至其家，皆出酒食。停數日，辭去。此中人語云：「不足為外人道也」。

由此可見，一個打漁人，因受美景所誘，誤打誤撞地來到桃花源，這裏的人熱情好客，設酒殺雞做飯來款待漁人。漁人也友好地與東道主閒聊。由此得知，這裏的人的祖先為了躲避秦時的戰亂，與妻兒老小到這個與人世隔絕的地方，休養生息，跟外面的人斷絕了來往。於是他們連世上有過漢朝，有過魏晉都不知道。聊天時漁人也把自己知道的事一一告訴對方，對方聽完以後，也都感嘆惋惜。漁人小住幾日，便告辭離開了桃花源。

顯而易見，「桃花源」是作家筆下的地名，也是他創造出來的烏托邦世界，與我們熟悉的陳忠實先生筆下的《白鹿塬》一樣。

陶淵明（365–427）生活在距今約有一千八百年前的東晉時期。今天，人們在說起朝代歷史時，往往在說了「周秦漢唐」之後，會把曾經有過的「東晉」省略掉；陶淵明的詩集也少人談起；但他的詩集之序《桃花源記》卻是千古名篇。該文最大的貢獻，是為我們描繪出一個「理想的避世之地」，且將此地命名為「桃花源」（而非杏花源）。從此以後，理想的避世之地就是「桃花源」，「桃花源」就是理想的避世之地。這個概念早已深入人心，有避世打算的人窮其一生都在尋覓桃花源。但能找到嗎？不能！就像你上天入地尋覓孫悟空而不得一樣，桃花源也永遠是人們心裏的一個夢。

我懷疑陶淵明因篇幅所限，或者有意為之，他的類似於「關於桃花源社會實際考察報告」的《桃花源記》太簡單了，也有報喜不報憂之嫌。以至於讓讀者把一個不真實的地方當成榜樣、當成理想，倘若不加分析地嚮往追求，怕是要被陶令所誤的。

我想從陶淵明的文字中解讀桃花源的潛在信息：陶文說漁夫到了桃花源，桃花源的風景很美，所有的人都友善平和，熱情好客，但他們是「先世避秦時亂」而來的。我於是想，桃花源的人是有恐懼感的，儘管漁夫所見的人，已是先世之後，恐懼感已大為降低，但他們小心謹慎地守著一隅，不敢外出，不敢主動地與外界聯繫；當漁夫臨走時，還要叮囑漁夫一定要為他所看到的桃花源保密。這些表述，無不顯示出桃花源的人們謹小慎微，怕惹禍端的精神狀態。也許是封閉得太久，當漁夫來到桃花源，桃花源的人都表現得熱情好客，殺雞備酒，輪流請客；主賓坐罷，又你問我答，說東道西，彼此充滿了好奇。

看了陶文這樣描寫，我倒想反向自問：桃花源的人看來不少呀，非一人一戶矣。那麼這裏的人真就和氣友善，相敬如賓嗎？

我十八歲前，生活在十里村。它在關中平原，渭河北岸，白蟒塬下。我曾為我的故鄉寫過一篇散文《鄉村四季》，讀過的人說，你們老家的村子怎麼美得跟仙境似的。我回答說，我挑著正面的東西寫，當然好了。如果我挑著負面的東西寫，可能會顛覆你的印象呢！我於是懷疑《桃花源記》所描繪的地方的真實性。我認為那美景如畫的桃花源是有的，而活在那裏的人卻與我們十里村不會有什麼不同。因為都是人，都有相同的人性。

我們十里村在美好的背後藏著不美好，在民風淳樸的背後藏著斤斤計較，在和善友好的日子中夾雜著吵鬧打罵，在尊老愛幼的笑聲裏，隱藏著男盜女娼的故事……我有幸與陳忠實先生是關中同鄉，我們十里村人看《白鹿塬》，常說白稼軒像村東頭那誰，而鹿子霖像渠岸北邊那誰，田小娥跟咱們村住在磚瓦窰上的獨戶翠巧太像了！

由此可知，陶淵明先生為後人描繪了一個無法抵達但卻可以嚮往的地方。尋覓桃花源般的美景容易，尋覓桃花源般的社會則屬徒勞。

不過我另有一想——既然陶淵明只表現桃花源中人好的一面而屏蔽了不好的一面，就令我們無比嚮往之。那麼是否說明一個道理——即使「不好」是存在的，但我們屏蔽了、遠離了它，反而我們與「好」為伍，那麼我們是否就易得「好」的陽光與雨露呢？就能令自己置身於理想的生活之境呢？可見，無論是陶淵明筆下的桃花源，還是你所嚮往的桃花源，其實它都是心裏存在的桃花源。要找，也只能在自己的心裏找。

我確切地知道，那些樂觀的人，尤其是身處逆境仍然樂觀的人，心裏都有一個桃花源。他們處世而不避世，卻能把心安放於理想之處，讓心安而樂之。他們心裏之所以有一個桃花源，那是他們找到了「建設優勢心理」這把鑰匙，因為有了這把鑰匙，他的眼睛裏就屏蔽了世上所有的「不好」。打個比方，你嘲笑他穿的鞋子難看的時候，他卻笑著説：「總比沒有腳的人好過哦！」你嘲笑他們家的房子太小，他卻笑著説：「總比無家可歸者強呀！」

顯然，每個人都處在「比上不足，比下有餘」的生活環境中，只要學會比較，且習慣性地「比下有餘」，則建設優勢心理就是唾手可得之舉。

我常去驪山墓園給張家三代祖墳掃墓，置身墓園，那一排排墓碑竟好像整齊的士兵方隊。每個從那裏歸來的人，是很容易就近比較生死的。我每遇此境，便暗自思忖——活著，本身就是天大的「好」，就擁抱著天大的「好」。能活著的天地，本身就是桃花源。

（原載《中國藝術報》，2023 年 2 月 24 日）

永遠的高營長

在新中國的電影史中，黑白電影時代是不能淡忘的。黑白電影中的經典作品不少，但要讓我說，排在第一位的當數《南征北戰》了。也許是愛之愈切，思之愈多之故，我曾做過一有關《南征北戰》的夢…… 在手榴彈實彈演習訓練場，每一個新兵都十分緊張，訓練參謀對站在掩體面前的我做了最後的交代，我把手榴彈拉環套在手指上，可是怎麼也無法扔出去。這時，手榴彈開始冒煙，然後就「轟——」的一聲爆炸了。我被人推倒在掩體中，「高營長，高營長死了！」好像有人在喊。

我推開壓在我身上一動不動的人，發現他竟是高營長，是我喜歡和熟悉的面孔，我一下子就大哭起來，戰友們圍過來，紛紛指責我，說我害死了高營長……

我為什麼有此夢呢，也許是我作為電影《南征北戰》高營長扮演者馮哲的粉絲，對於他的死總覺得可惜，也想為他鳴不平的緣故。當然，投手榴彈的險象確曾發生在我當兵時，只是沒有傷人而已。不久前，我專門去了位於四川大邑縣的建川博物館參觀了「馮哲紀念廳」，回來後總想寫點東西。

百度搜索馮哲會有這樣的解釋：馮哲（1920–1969），原名馮貽哲，出生於天津，原籍廣東佛山，畢業於上海國立音樂專科學校，作品有《裙帶風》（1947 年）、《戀愛之道》（1949 年）、《南征北戰》（1952 年）、《鐵道遊擊隊》（1956 年）、《羊城暗哨》（1957 年）、《沙漠追匪記》（1959 年）、《金沙江畔》（1963 年）。1969 年 6 月 2 日，馮哲在特殊年代中遭受迫害關押而逝世，終年四十九歲；1978 年 7 月 13 日，峨眉電影製片廠公開為馮哲平反昭雪；2005 年，在中國電影百年之際，馮哲被評為中國電影百位優秀演員之一。

我小時候第一次看電影《南征北戰》，就因此產生了對部隊生活的嚮往。當兵後，我又看過馮哲參演的幾乎所有影片，他演的遊擊隊長、偵察英雄、紅軍連長等，既英勇多謀，又沉穩儒雅，是我們同代人崇拜的偶像明星。

百度詞條中對馮哲英年早逝作出的結論，顯得過於簡單了。而由於簡單，便無意中忽略或隱瞞了太多關於馮哲之死的信息和事實真相。我有著濃厚的懷舊情結，還經常回放馮哲的電影作品。每當我看到他在銀幕上活靈活現的模樣時，就無法接受他被「關押而逝世」的說法。因此，我想探究他的死因。

上個世紀六七十年代的「十年」，是是非顛倒、黑白不分的年代。期間固然有不少人受到迫害而死，但也有更多的人熬過長夜見天明，馮哲為什麼屬不幸的那一個？

所謂「關押逝世」之說，實際是對馮哲之死的隱諱表達。另據記載，1969 年 2 月 2 日晨，起床做飯的廚師發現，馮哲自縊於勞改隊的廚房裏。當人們七手八腳地把馮哲從房樑上放下來的時候，馮哲早已魂歸西天。大家在馮哲的衣服口袋裏，發現了他親筆寫的絕命書，只有七個字「天不收我人收我」。顯然，馮哲想表達的是，他不因天死，而因人亡，那麼他說的人指的是誰呢？「七字絕命書」表明，馮哲自縊時是何等的悲憤與不甘啊！

生者與逝者站在了兩個不同的角度，生者可以輕描淡寫，這樣既能讓圍繞馮哲的糾紛翻篇兒，又不傷及相關人的和氣與臉面，似乎最好如此，只能如此。但我認為，馮哲之所以留下絕命書，他分明想傳達一種信息，表達他的不滿。他不希望他的死像一陣風吹過而沒有蹤影。他留下的這七個字，也許是一把鑰匙，一個窗戶，能幫助我們探究他自殺背後的因由。

顯然，在馮哲懸樑自縊的那一瞬，他確實想死，而且實施這個計劃也只花了很短時間。也就是說，一個人要在肉體上完成死的計劃是簡單易行的。但我認為死其實包含兩層含義，尤其是自殺而死。在進行自殺準備時，馮哲首先經歷了心死的過程。而一個電影演員、表演藝術家，正當年華，他怎麼可能就一下子心死了呢？心死一定是有緣由的。這個緣由可能有很多個，它包括個人、家庭、社會原因。

馮哲的電影作品集中在五十年代，六七十年代的「十年」進行文藝清算，主要就是針對這一時期的作品。作為過去的當紅小生，不被當時的「文藝新貴」所接受，受到排擠在所難免。 與馮哲遭受同樣命運的人也比比皆是，大家熟知的還有《五朵金花》、《阿詩瑪》的女主角楊麗坤。楊雖然沒有死於那個時期，但也因此致殘，終身也未擺脱精神疾病的折磨。

早在 1966 年，馮哲就被打成黑線人物、特嫌分子。他所在的峨眉電影製片廠對其進行無休止的批鬥。批鬥中，他有時被人戴上大牌子，而牌子上寫著由他主演的、曾經給他帶來榮譽的電影角色的名字；有一次造反派還把一條死蛇塞進他的嘴裏，說什麼這樣更像個「牛鬼蛇神」！

此時此刻，我相信馮哲對眼前的運動完全失望了，他的事業，他的人格，他的價值觀被徹底擊碎，他感到無力無助。

如果說個人的命運不濟，背後有一個避風的港灣的話，也許馮哲還不至於走上絕路。不幸的是，馮哲的家庭風暴彷彿更猛烈。

馮哲的夫人張光茹，四川人，比他小十歲，小時候被家人送去戲班學戲，十二歲就上台演出，有一次被國民黨軍官看上了，被納為小妾。不久後分手，又跟著一個有錢的少爺同居，少爺另結新歡後就拋棄了她。為此，張光茹還曾揮刀將自己的左手食指剁掉，顯現她的剛烈與極端。

1946 年，張光茹十六歲時到上海演出京劇《棠梨之花》，自此與馮哲相識相愛並走入婚姻的殿堂。本來，一同走在藝術道路上的兩個人，一個電影，一個戲劇，應該有共同的語言，良好的溝通才是，誰知道他們兩人卻擺出了相愛相殺的棋局。

也許作為偶像明星，馮哲比一般男人多了一些女人緣，當許多傾慕他的女性靠近他的時候，不論有什麼樣的合理理由，張光茹都會打翻醋罎子。總之，令人窒息的相互監督與猜忌令一對藝術家夫婦，在愛情保衛戰中傷痕累累。

為此，1956 年，張光茹毅然申請調回成都，馮哲則獨自留在上海天馬電影製片廠，參演《羊城暗哨》等影片，客觀上開始了「兩地分居」的夫妻生活。夫妻分居兩地之際，彼此的寂寞便成為正常的生活狀態了。而對於一位風流倜儻的男明星而言，若能守身如玉，甘願空房私守，不得不以「想老婆」來打發日子，我們當然要對如此完美得如同道德楷模般的行為叫好，但我們不應該要求天下人都能一個樣。

顯然，馮哲在這一點上存在瑕疵。有一天，他在上海某百貨商場遇到一位美貌女子，一時就心生仰慕，不能自已。當這位美貌女子離開商場時，馮哲跟在其身後，直到走完一段路，鬼使神差地與美女一同來到派出所。原來，這位美貌女子是這個派出所的一名警察，在那個階級鬥爭無處不在的年代，警察對於異性出於對她長相、氣質的仰慕而做出類似於今天的「追星」之舉，既不笑納，也不阻止，反而以「釣魚執法」的手法針對馮哲——她一步一步地走著，當走到她的單位——派出所時，才亮明身份，隨即通知其他值班警察協助，將馮哲當作「流氓未遂」者扣留下來，然後通報給天馬電影廠，而天馬廠正好又有人想利用此事打壓馮哲。

於是，這樣一個「未遂」事件，在無限上綱上線之後，馮哲的黨籍被開除了、工資也被降了兩級，最後還被調離上海，美其名曰「照顧其夫妻團聚」，把他發配到了四川峨眉電影製片廠。

今天，當「流氓罪」因其定義模糊而被依法撤銷，而一個「未遂」之人，卻因此而發生命運大逆轉，從政治與道德的高台上跌倒在地。這是多麼大的不公呀！

儘管我們今天再看這個事，那就不算個「事」，但在上世紀五六十年代，這個事就是事關政治生命的「大事」。

本來，已在成都的張光茹可以藉機與丈夫重逢，過上團圓的日子。未料張光茹可能被政治風向帶了節奏，也被道德「潔癖」所控制。她竟然死死抓住馮哲不清不楚的所謂作風錯誤，對其進行長期的「家庭專政」。從 1961 年到 1966 年，長達五年，兩人同在成都而分居兩處。張光茹忙於她的京劇舞台，馮哲則繼續參演《金沙江畔》、《桃花扇》。

面對生活的不幸，馮哲異常無奈也十分苦惱，他住在峨嵋電影廠單身宿舍，常常一個人光顧附近的小飯館以解決溫飽。

「十年」大批判勢頭越來越猛的時候，馮哲甚至在一天夜裏跑到張光茹的住處，懇求與張光茹和好，也許這是上帝給予這對誤會至深的夫妻重新開始的最後機會，如果冰釋前嫌，破鏡重圓，攜手邁過時艱該有多好？

可是倔強的張光茹不僅十分冰冷地拒絕了，而且其後還向造反派揭發了只有許多夫妻之間才有的言論。造反派如獲至寶，接著又來了一番添鹽加醋般的發揮，馮哲又進一步遭受更猛烈的打擊。

如果說個人的不幸、家庭婚姻的破裂，是馮哲失去生命的左腿的話，那麼馮哲曾經所在的單位——上海天馬廠、峨眉廠的造反派之間的這些「合作」，是不是又打斷了他的「右腿」？

客觀的說，馮哲在這兩個單位都受過重用，為他贏得巨大榮譽的影片也多出自這兩個製片廠。作為電影演員，有戲上就是機會，就是幸福。問題是在特殊年代，業務與政治相比，始終處於從屬地位。

當天馬廠開除馮哲黨籍、峨眉廠把馮哲打成特嫌時，他在政治上已被判處了死刑。對比楊麗坤、嚴鳳英、上官雲珠、老舍、傅雷等人的遭遇來說，馮哲與他們殊途同歸。

在加害馮哲的人當中，有他的老領導、老同事，有他的後輩學生，有曾經的崇拜者。他們中有人是盲目地執行上級命令，有人是借題發揮，發洩平時的羨慕嫉妒恨，也許還有更多更隱秘、更醜陋的人性作祟。當然，我們不能籠統地指責馮哲所在的單位，畢竟在那個年代，單位裏的黨委領導已被造反派和「革委會」取代，受迫害的老藝術家、老黨員，又何止馮哲一人。

當馮哲被單位拋棄、被愛人嫌棄，他便成了雨打的飄萍。所幸，馮哲以他的銀幕英雄的形象，此時卻贏得了一個好心對他、崇拜他的小學老師的愛情。他於是有了暗夜中遇到燭光的感覺，私下裏與這位可敬的女性交往起來。誰知徒有婚姻關係的馮哲，與異性的任何往來都是那個時期階級鬥爭的新動向。此事被發現後，等待他的是更加猛烈的批鬥與羞辱。而那位女老師也受此牽連，被迅速處分並被調往外地，硬生生拆散一對有情人！

哀莫大於心死。如果說馮哲在告別人世的那個夜晚來到之前就已心死，且這個心死經過了一個長時間的過程。那麼，我便有理由相信，是由許多看不見的刀對馮哲的心進行了淩遲，他的心是在飽受痛苦後死去的。

這些刀無論是來自於那些搬弄是非的嘴，來自妻子的冷酷背叛，來自同行的嫉妒排擠，還是來自政治運動的顛倒黑白等等，無一例外的都表現出人性的醜陋。我很想知道，所有曾經加害過馮哲的人，在聽說馮哲七字絕命書「天不收我人收我」的時候，有沒有捫心自問？有沒有感覺愧疚與不安？

有文章說，張光茹在得知馮哲去世的當天，竟然去市場買了一隻燒鵝，顯示一幅輕鬆釋然的樣子。但多年以後，她的心情又有了反轉，據說她終身未嫁，晚年寫了許多懷念馮哲的文字。如今，兩人幸福浪漫的合影照片依舊掛在網上，但照片上的笑容叫人看了不是滋味。

那個曾經被馮哲傾慕並跟到派出所的警察，有沒有想到她的那個舉報，給這位男士帶來了什麼樣的後果？我並不贊成馮哲的行為，無論有什麼恰當的理由，這個行為方法也是失當的。但馮哲方法不恰當，是不是就應該受到如此高格處置呢？

回頭來看，上述所有因素，都是相互勾連，有意無意之間的呼應與配合的。當自己內心的不滿、眼前利益的轉換，成了對馮哲的攻擊時，便形成一個又一個插向馮哲心臟的刀子。

馮哲也可以像秦書田在《芙蓉鎮》當中對胡玉音說的那樣「活著，像牲口那樣活著」。可惜的是，馮哲不願意像牲口那樣活著。即使天讓他活，但他身邊的人卻堵住了他作為一個人的生路。

顯然，這是一個悲劇。劇中人物有馮哲自己，有他糾纏一生，相愛相殺的妻子張光茹，也有馮哲的同事以及他們所屬的那個非常的時代。

高壽過百而逝的大畫家黃永玉經歷過馮哲一樣的遭遇，但黃老見組織批判他的生產隊長由於沒有文化而不會寫批判稿時，就自告奮勇地幫隊長寫。於是，黃永玉寫批判黃永玉的文章，隊長唸完批鬥黃永玉的稿子後感謝黃永玉⋯⋯一時之間，批鬥會開成了聯歡會。這算是黃永玉堅強、樂觀、幽默的處世哲學與方法論的生動案例。在我看來，黃老之幽默，其實是人生面臨絕境時能夠打開生命之門的鑰匙，可惜馮哲先生來不及得到這把鑰匙！

謹以此文悼念英年早逝的馮哲先生！您是我心裏永遠的高營長！

責任編輯　呂佳禾
書籍設計　道　轍
書籍排版　楊　錄

書　　名　香江望雲
著　　者　張建全
出　　版　南粵出版社
三聯書店（香港）有限公司
香港北角英皇道 499 號北角工業大廈 20 樓
South China Press
Joint Publishing (H.K.) Co., Ltd.
20/F., North Point Industrial Building,
499 King's Road, North Point, Hong Kong
香港發行　香港聯合書刊物流有限公司
香港新界荃灣德士古道 220-248 號 16 樓
印　　刷　美雅印刷製本有限公司
香港九龍觀塘榮業街 6 號 4 樓 A 室
版　　次　2025 年 7 月香港第 1 版第 1 次印刷
規　　格　大 32 開（140mm × 210 mm）434 面
國際書號　ISBN 978-962-04-5695-4